蔚空 作品

图书在版编目（CIP）数据

逐光者 / 蔚空著.
— 武汉：长江出版社，2019.7
ISBN 978-7-5492-6575-6
Ⅰ.①逐… Ⅱ.①蔚… Ⅲ.①长篇小说 – 中国 – 当代 Ⅳ.①I247.5
中国版本图书馆CIP数据核字(2019)第130797号

逐光者 / 蔚空 著

出　　版	长江出版社	
	（武汉市解放大道1863号 邮政编码：430010）	
选题策划	漫工厂产品部	
市场发行	长江出版社发行部	
网　　址	http://www.cjpress.com.cn	
责任编辑	陈辉 罗紫晨	
特约编辑	向雯雯	
装帧设计	八荒目刻 张丁丁	
印　　刷	武汉立信邦和彩色印刷有限公司	
版　　次	2019年7月第1版	
印　　次	2019年10月第1次印刷	
开　　本	787mm×1092mm　1/16	
印　　张	18.5	
字　　数	383千字	
书　　号	ISBN 978-7-5492-6575-6	
定　　价	36.80元	

版权所有，翻版必究。如有质量问题，请联系本社退换。
电话：027-82926557（总编室）027-82926806（市场营销部）

目 录
—CONTENTS—

chapter 01
男友的贫困室友
✦ 005 ✦

chapter 02
难以启齿的爱恋
✦ 040 ✦

chapter 03
原来这就是爱情
✦ 064 ✦

chapter 04
偷来的幸福时光
✦ 099 ✦

chapter 05
横刀夺爱的秘密
✦ 132 ✦

chapter 06
爱你也会爱自己
✦ 167 ✦

chapter 07
看不透的枕边人
✦ 196 ✦

chapter 08
最纯善的柏冬青
✦ 227 ✦

chapter 09
一切不过刚刚好
✦ 244 ✦

番外 · 01
两人的完美生活
✦ 271 ✦

番外 · 02
冯佳和学弟的幸福
✦ 281 ✦

番外 · 03
程放和他的小姑娘
✦ 289 ✦

男友的贫困室友
chapter 01

许煦是下飞机时才接到主任电话的，一路风尘仆仆地赶到了这家五星酒店，富丽堂皇的宴厅里，正是觥筹交错时。

她穿着还来不及换下的休闲装和有些脏了的运动鞋，身后背着一个大背包，看起来与这满是衣冠楚楚的精英的宴厅有些违和。以至于连端着托盘的服务生，都忍不住带着奇怪的神色朝她多看了两眼，怀疑她是不是走错了地方。

这是市律协的一个行业酒会，也是一年一度本城法律精英的盛大聚会。这种场合自然会邀请一些相关的媒体。

许煦是一家法律刊物的采编，刚刚从外地出差回来。舟车劳顿，本来是准备回家早早休息的，哪知刚下飞机就被领导召唤过来了，连装备都没来得及换。

许煦撇撇嘴，目光在人群中穿梭，寻找自己的同伴。不经意间扫到了前面的几张酒桌，一道熟悉的身影闪入她的视野。

她停下目光，遥看那边。

那张桌上的人，她都有些印象，是华天律所的几个合伙人和高级律师。她看到的那人穿着一身得体的黑色正装，干净利落的短发，年轻英俊，气质沉稳，微微侧着头，正在和旁边一位年长的律师说着话。多数情况下他是在谦逊地倾听，嘴角带着点细微的笑意，间或点点头，神色温和，丝毫没有年少得志的锐利和锋芒。但在这个汇聚了全市法律精英的宴厅里，仍旧显得鹤立鸡群，以至许煦一眼就看到了他。

他什么时候变得这么令人瞩目的呢？她有点想不起来了。

她将目光从年轻男人身上移开，很快在角落的一桌找到了自己那几个虽然穿着正装，却不计形象大吃大喝的同事。比起这个宴厅里的大部分法律精英，他们这些只能算一脚跨进行业，月薪五千的小编辑和小记者能参加这种免费吃喝的酒会，就已经算是工作福利了。

许煦勾唇笑了笑，背着包走过去。

社里的领导自然是跟其他大人物坐在一起，正好让这桌来蹭吃蹭喝的小角色可以肆无忌惮地吃喝八卦。除了自己的三个同事，桌上其他几个也都是圈内年轻同行，大部分在跟访案子的时候见过。抬头不见低头见，所以虽是拼桌，也并没有什么不自在，聊得很开心。

"许煦，你来了！"同事杜小沐看到她走过来，赶紧拍拍身旁给她留的座位。

许煦随手将包放在地上，边和桌上的人打招呼，边坐下。

杜小沐看了看她，喷了一声："我说，这么大好的机会，你就不能换身行头再来？"

许煦笑道："什么大好机会？不就是免费吃吃喝喝么？带上嘴巴和肚子不就行了？"

杜小沐道："出息！今天可汇聚了全城顶级法律精英，随便抓一个就是钻石金龟。"

她刚说完就被旁边的赵昊踹了一脚："杜小沐同志，你能不能有点节操？许煦可是有男朋友的，又不跟你一样是单身狗。"

"有男朋友怎么了？就不能换啊？"

赵昊啐了一口："许煦的男朋友也是律师，就算是要换，也不能吃窝边草吧！"

杜小沐问许煦："你男朋友今天在这里吗？"

许煦犹疑了片刻，笑着摇头。

杜小沐朝赵昊得意地挑挑眉："人都不在这里，算什么窝边草？"

赵昊佯装义愤填膺："你这个道德败坏的女人！"

无伤大雅的玩笑，让众人笑开，包括刚落座的许煦。

杜小沐开了个好头，这些本来就擅长八卦行业内各种小道消息的家伙，自然是顺着这话题开始兴致勃勃地聊起来。

"对了，你们知不知道？柏冬青已经升为华天的合伙人了。"有人忽然兴奋地说。

许煦听到这个名字，下意识抬头看向对面说话的女孩，端起杯子的手不由自主地顿住。

杜小沐睁大眼睛兴奋地问："什么时候的事？我怎么不知道。"

那女孩道："我也是刚刚听华天内部人员说的，今天才正式签的协议，华天还没公布消息呢！"

杜小沐咋咋舌："我的天！他还不到三十吧！"

华天是本市顶级律所，主打刑辩，本省一半以上的大案要案都是由这家律所代理。几个合伙人无一不是从业多年的业界大牛。一个不到三十岁的年轻律师能做到合伙人，堪称奇迹。

这样的男人，自然会成为今晚的八卦主角。

"据可靠消息，刚刚年满二十八。"

许煦默默低头喝了一口水。

杜小沐感慨："我之前和这位大律师打过几次交道，长得帅不说，还特别绅士和有教养，感觉是个性格非常温和的男人。"

赵昊毫不留情地打断她的少女心幻想："醒醒吧！别被表象迷惑了！他代理的那些案子，有几个简直就是教科书版的缺德。他就是典型的为有钱坏人服务的代表，是为虎作伥的代名词，懂不懂！"

杜小沐泄气般叹了口气："说的也是，他这个年纪做到这种成就，只怕不仅仅是业务水平高这么简单了。"

许煦放下水杯，轻轻地笑了笑，不紧不慢地说："判决一个案子的依据是证据和事实，律师在这个范围内为当事人追求最大权益，只要不违背法律准则，做什么都无可厚非，因为这是他们的职业。"

赵昊不以为然："咱们做这行的又不是不知道里面的水有多深，哪有那么干净的？"

许煦道："我觉得柏冬青应该挺干净。"

杜小沐转头看着她，眨眨眼睛，笑问："煦儿，我看你这是以貌取人吧？"

许煦也笑，挑挑眉："嗯，以貌取人。"

众人笑开，又继续聊业内八卦。

大概是出差太累的关系，许煦吃了点东西，就觉得肚子有些不舒服，只得放下筷子起身去洗手间。

其实，可能也不是肚子不舒服，而是在整桌的聊天话题中，柏冬青这三个字出现的频率实在是太高了。

她本来也是个爱热闹爱说笑的人，可是关于柏冬青的话题，她却不知该如何插嘴。听到他们兴致勃勃地分享交换有关他的各种小道消息和隐私传闻，明知道大多是以讹传讹，却让她有种无从反驳的荒谬感。

从隔间出来，走到盥洗台前，旁边正在洗手的年轻女人抬头朝镜子里看了一眼，然后咦了一声，歪头看向她："你是许煦？"

许煦转头，女人穿着价格不菲的名牌套装裙子，干练知性，那张化着精致妆容的面孔有些熟悉，但她一时没想起来在哪里见过，只得笑着点头先回道："我是。"

女人确定自己没认错人后，站直身体，边抽出纸巾擦手，边笑着道："你变化不大，果然没认错。我是江大法学院毕业的，比你高两级，你还有印象吗？"

"哦，是陈薇学姐。"许煦愣了下，总算想起来了。当初这位学姐是辩论社的成员，她看过几次她的辩论，当年也算是风云人物。

陈薇笑："当初我们准备辩论赛的时候，你总来找程放，我们还说过话呢！"

程放？如果不是前几天接到一条自称是程放的通过陌生号码发来的短信，她都已经快要记不起生命里曾经有过这样一个人了。

可见世上从没有什么刻骨铭心和永垂不朽，人类的本质不过是趋利避害且善忘的动物。

许煦没有打算和她叙这种已经毫无意义的旧事，笑着转移话题："学姐在哪里高就？"

陈薇显然对旧事也只是随口一提，回道："之前在国外，去年回来，进了华天。"

华天的招牌之响亮，足以让这里的律师在自我介绍时带着不加掩饰的骄傲。

许煦点头表示由衷的赞许："很厉害啊！"

陈薇问："你呢？在哪个所？"

许煦道："我不是律师，在《法治周刊》上班。"

"去媒体了？也挺好的，压力比我们小一点。"

"还行吧！"许煦玩笑道，"收入也比你少多了。"

陈薇笑了笑，忽然想到什么似的："对了，我们所的柏冬青，你肯定不陌生了，当初是程放的室友，刚刚升了合伙人，绝对是我们江大之光，我这个老同学变成他的手下啦！"

许煦怔了片刻，才轻描淡写地笑着回道："圈子里的人应该都知道他吧！"

陈薇又道："今天有好几个校友在，要不要去打个招呼？"

对于这个连认识都难称得上的学姐所表达的友好和热情，许煦很是意外。其实，她在法律媒体已经做了四年，对本城法律圈子，怎么可能比去年刚回来的陈薇陌生。她今天就是奉领导之命来免费吃喝的，加上刚刚在外奔波了半个月，累得要命，哪里有心思社交。但学姐毕竟是一片好心，她不好拂了人家的好意，便跟陈薇一起回了宴厅。

宴厅这会儿已经很热闹，许多人离开本来的座位，去别桌敬酒，寒暄热聊，过道也是人来人往，在金碧辉煌的大厅里，交织成一幅略显失真的浮华画面。

许煦跟着陈薇找到几个校友打招呼，寒暄了一会儿后，正准备寻个借口回自己位子，陈薇忽然拉了拉她："柏冬青在那边，我带你过去和他打个招呼。"

许煦循声看过去，几米之遥的地方，一个年轻英俊的男人，正端着酒杯站在桌边，和两个人谈笑风生。他的酒杯颜色和其他人不一样，很明显是果汁，这是个不喝酒的男人。

许煦还没回神，人已经被陈薇拉着走了过去。

……这位学姐是不是太热情了？

"柏大律师，许煦学妹来和你打招呼。"

柏冬青刚才就已经看到了许煦，在她被陈薇拉着走过来时，他虽然还在听着旁边两位前辈说话，目光却已经落在她脸上。

两个女人在他跟前站住，许煦对上他的目光，听到他开口问："你什么时候回来的？"

"……才下飞机没多久。"

陈薇听他们对话的语气有些奇怪，似乎很熟稔，但又好像并没有那么熟悉，便随口问："你们说什么？"

许煦愣了一下，笑了，状似轻松道："说出差呢，学长知道我这段时间出差。"

柏冬青的目光微微跳动了一下。他的眼睛是薄薄的双眼皮，眼眸漆黑，看人的时候，有种人畜无害的柔软和真诚。许煦想，自己一开始被他打动，大概也就是因为这双眼睛。那么干净的眼神，好像很容易就能让人通往他的内心。

但显然，这只是她的错觉。

陈薇笑："我来华天半年了，也没见过许煦来所里，我想着大家是校友，可以熟悉熟悉，原来你们本来就熟啊。"

许煦语气轻松地说："我们杂志主要跟刑事案件，肯定得跟学长这样的刑辩大律师搞好关系啊！"

柏冬青抿唇看着她，没有说话，眼睛在她的注视中，微微垂下来。华丽的灯光将他漆黑浓密的睫毛照得分明，微微跳动的眼皮，仿佛暗含着什么委屈。

许煦将目光从他脸上移开，笑着朝陈薇道："学姐，我同事还在等我，我先回座位了，你给我留张名片，我们以后有事联系。"

陈薇点头，将名片递给她："好，再联系。"

许煦回到座位，口袋里的手机震动了一下，她拿出来一看，是一条信息：一起回去。

许煦怔愣了片刻，简短回复了一个"嗯"字。

这场酒会对于许煦和免费来吃喝的同行来说，有些过于漫长了。桌上已经开始无聊到吃第二轮，整个宴厅的欢声笑语仍旧没有减弱的趋势。这些站在职业领域金字塔上的拼命三郎们，在社交场上的精力显然也异于常人。

许煦桌上的八卦已经从钻石精英转到了某某大牛的正室和小三如何和谐相处，她也从兴致勃勃渐渐变得毫无兴趣，百无聊赖地转头扫了眼宴厅中央，很快就又看到了正在和人谈笑风生的柏冬青。

那一桌人正聊得热火朝天，显然不知何时才能结束。

许煦思忖片刻，拿起背包起身，找了个出差赶回来太累的借口提前离席了。

她确实很累，这是她工作几年来出差最久的一次，整整半个月。虽然觉得充实，也有成就感，但她到底不是一个太能吃苦的人，所以这半个月在外头，多少有些煎熬。

柏冬青是二十分钟后和一众同僚告别的，他见许煦那桌很热闹，只是自己要找的人不在座，以为她是去了洗手间，便发信息给她：我在停车场等你。

手机没有回应，他猜可能是她没看见，便一个人先去停车场等着。

这个时候，参加酒会的人已经陆陆续续地出来，有认识柏冬青的人看到他站在车边，笑着打招呼："等人啊？柏律师。"

"嗯。"柏冬青点头，放在裤子口袋里的手，在绒面小盒子上不由自主地摩挲着。

等了一会儿，没等到许煦的回复，却看到几个熟悉的身影说说笑笑地走出来。他将手从裤袋里拿出来，皱眉朝那几个人看了看，确定没有自己要等的人，便迈开长腿走过去，和杜小沐打招呼："杜记者！"

杜小沐刚刚喝了点酒，有些微醺，看到英俊的男人叫自己的名字，完全忘记了矜持，大刺刺地回道："柏大律师！"

柏冬青走过来，礼貌而温和地问："许煦没跟你们一起吗？"

"许煦？"杜小沐有些愕然，"她已经走一会儿了啊！你找她有事？"

柏冬青摇摇头："那你们注意安全，再见。"

看着他折身走开，杜小沐摸摸头，看向旁边的赵昊："听柏大律师的语气，和煦儿挺熟的啊！怎么没听许煦提过？"

赵昊耸耸肩："谁知道呢！可能是因为她男朋友也是华天的吧？"

坐上车子的柏冬青，从裤袋里拿出那个小小的红色绒面盒子。打开时，小盒子发出一声轻响。

里面是一枚铂金钻戒，在车内暖黄的灯光中，闪着润泽剔透的光芒。确定自己升为律所合伙人的那天，他就跑去商场挑戒指，一连挑了三天，才选中了这款。

饶是这样，他也还是有些忐忑，不确定她会不会喜欢。

他盯着戒指看了一会儿，低低地吁了口气，将盒子小心翼翼地收好。

回到家里，已经十一点多，屋子里一片黑暗，只有卧室散发出一点暖黄的光芒。柏冬青轻轻推开卧室的门，默默看了会儿床上熟睡的女人，才蹑手蹑脚地去了浴室。

许煦睡得并不是很熟，半梦半醒之间，感觉到一双眼睛一直凝视着自己，刚迷迷糊糊地睁开眼，便陷入咫尺间一道深幽而灼热的目光里。

"回来了？"她瓮声瓮气地问。

柏冬青怕扰到她睡觉，上床时的动作很轻，然后便这样一直一动不动地看着她，也不知看了多久，仿佛时间都已经在这凝视中静止。

他已经两个星期没看到她了。

"吵醒你了？"见她睁眼，他终于抬起克制许久的手，轻轻碰了碰她的脸，柔声问，"出差很累？瘦了很多。"

许煦半阖着眼睛，任由他抚摸，胡乱点头："有点。"

她睡着的样子乖顺得让柏冬青胸口发热，抚在她脸上的手，不由自主地往下滑动。

许煦本来是没有这方面意思的，但在外孤枕难眠半个月，这熟悉的温暖和气息让她着迷又眷恋。在他的抚摸下，忍不住阖上双眼舒服地哼了哼，像是撒娇一般。

柏冬青不再犹豫，吻上那张他刚刚觊觎许久的红唇。

这是他的女人。

一个黏缠濡湿的吻结束，许煦白皙的脸上已潮红一片，嘴唇微微张开，急促地喘着气。

柏冬青伸出大拇指，摸了摸她染上水迹的红唇，将她抱在怀中，轻车熟路地覆上去。

这是半个月以来，许煦睡得最好的一觉，醒来时已经快九点了。坐起来，睁开眼睛，久违的舒坦感几乎让她有些不知今夕何夕的错觉。

她揉了揉乱糟糟的头发，下床后趿着拖鞋来到客厅，安静得只有来自厨房的声音。她默默走过去，靠在门框边，看着里面那道专注的背影。

柏冬青的个子很高，看起来有些清瘦，但许煦知道，在他的衣服下，也有不算太单薄的腹肌，这得益于他良好的生活作息和运动习惯。

他应该是自己见过的自制力最好的男人，从学习工作到健康管理，自制力好得几乎有些刻板。以至于在经历种种后，她不得不开始怀疑，他的感情其实也不过是源自良好的自制力和习惯。

习惯真不是一个好东西。这半个月在外地，在孤枕难眠的长夜中，她已经打定主意要好好审视和思考这段太过于顺理成章的关系，但回来的第一晚就又沉溺于他给的缱绻中。

忠诚于本能和欲望本身无可厚非，可她忠诚的欲望却只与他有关，在一千多个日子的亲密相处中，这已经成为她的习惯。

同样成为习惯的还有他对她的关怀和照顾。这么久以来，她一直享受着这些习惯，心安理得。是因为这个人是柏冬青，是她愿意将生活分享给他的人。

而对于柏冬青来说，这应该也是他的习惯。但这种习惯大概并非必须限定于她这个人身上，很大程度上或许只是源于他异于常人的责任心和良好的自制力。

这个认知，让许煦觉得糟糕透了。

专心搅拌粥的柏冬青终于觉察门口的动静，转头看向她，微微弯起嘴角，柔声道："早餐马上就好了，你快去洗漱。"

许煦朝他露出一个略带惺忪的笑容，点头。

今天是周末，早餐丰富得让许煦有些咋舌，有滑蛋牛肉粥、土豆丝饼、爽口的凉拌小菜，还有鲜榨果汁。

"你几点起来的？早餐而已，做这么麻烦干吗？"许煦夹起两根凉拌青笋丝送入口中，笑着问。

柏冬青道："很久没做了，今天正好周末。你出差半个月，瘦了很多，是不是在外面没吃好？"

许煦心中微微一动，抬眼看他："还好，毕竟在外面，饮食不太规律。"她转移话题，"对了，听说你升了合伙人。"

柏冬青露出略显羞赧的笑容："也是前几天才正式确定下来的，之前没确定就一直没告诉你，怕空欢喜一场。"

"恭喜你啊！在咱们市里的几个大所，你怕是最年轻的合伙人了吧？"许煦笑着看他，她是真的替他高兴，那个聪明又努力却不争不抢的谦逊男孩，本就该闪闪发光。

只是一直以来，她习惯了这种熨帖而安稳的相处，以至于忽视了他什么时候早就在人群中变得耀眼。

"运气好罢了！主要还是得益于陈老师的栽培和提拔。"

陈老师是华天的高级合伙人，也是之前一直带着柏冬青的金牌律师。

他抬头看她，语气真诚："说起来，我的运气还真是好，一路来总是遇到帮助我的人。"

运气好吗？许煦觉得，如果把他的人生际遇归结于运气好，实在是有些荒谬了。这几年他在工作上的努力，别人不知道，她却看得一清二楚。

可是，他似乎一直是这样，总是习惯将世界给予他的那点其实很细微的善意扩大。

许煦笑了笑："反正我替你高兴。"

柏冬青抿抿唇，神色莫辨地看了看她，低下头喝粥，手伸进家居裤的口袋里，摸了摸那个绒面小盒子："做了合伙人收入会高很多，应该很快就能实现财务自由，生活总算能安定下来了。"

许煦道："那很好啊！"

柏冬青沉默片刻，试探开口："许煦，你希望我们现在的关系能稍稍有一点不一样吗？"

许煦怔了怔，放下勺子，抬头看他，冷不丁道："我们单位下个月会搬到北区那边，我打算跟着搬过去，上班方便一点。"

柏冬青对她的话题跳跃没有马上反应过来，片刻才回神："是吗？那我们这段时间去看看房子，干脆买个大一点的，以后就住在那边。"

许煦犹疑了片刻："我的意思是，我自己搬过去，你们的律所在这边，跟我搬去北区太麻烦。"说着顿了片刻，"房子，我爸已经给我买好了。"

柏冬青似乎没太听懂她的话，抬头定定地看着她，黑沉沉的眼睛动了动，有些无措。

"是……不是，我哪里做得不好？"他其实是隐隐知道的，几个月前，她去华天遇到了姜毅，后来又去了姜毅的婚礼。她虽然没有说过什么，但对他应该是失望了。

他本来想解释，但不可告人的私心让他无从开口。

许煦看着他的眼睛，那干净诚恳的眼神让她有种自己在欺负人的错觉。可就如他说的，是时候让两人的关系稍稍有点不一样了。正是因为他做得太好，好到她必须让他从这种惯性中跳脱出来，然后让他可以去审视这段关系是否真的是他想要的。

也许是她对于爱情还有天真的幻想，她希望自己爱的人，亦是出自真心爱自己，而无关乎其他。

她摇摇头，沉默片刻，忽然问道："冬青，如果当初不是我主动，是不是现在坐在你对面的女人，换作其他任何人，也并没有差别？"

柏冬青抿唇看着她，然后垂下眼睛，裤袋里的手慢慢从小盒子上移开，抽了出来。

许煦继续道："我们在一起这么久，你连姜毅都没有告诉，不就是因为你内心对这段关系感到不确定吗？"她努力装作轻松的模样，笑了笑，"在这世上，男女之间的一段恋爱或者一段亲密关系，并不代表什么，也不是睡过了就要负责，你不用把我当成你的责任。善良可以用在很多地方，但用在感情里，那肯定是错误的。"

柏冬青抬头看她："不是这样的。"但是后面的话却一句也说不出来。

就在这时，他放在桌面的手机响起。他看了眼来电显示，拿起来接听。

"好的，我马上来！"

简短两句后，就挂上了电话，他放下碗筷起身："所里有点急事，我得过去处理，你在家好好休息。"

柏冬青换了衣服，走到玄关处，许煦默默地看了看他："你刚刚说得对，我们的关系确实应该有点改变了。"

柏冬青握着门把的手一顿，转过头看向餐厅的人，忽然开口问："你今天说这些，是因为我让你失望了，还是因为程放回来了？"

许煦愕然一怔，还没回神，柏冬青已经打开门离去。

程放，又是程放！好像某些尘封在旧时光里不再重要的人和事，非要郑重其事地跳出来一般。许煦无奈地笑了笑，电话信息提示闪动了一下，她随手打开，是一个陌生号码：小煦，你出差回来了吗？什么时候有空？方便一起吃个饭吗？

她想起这个号码，前几天给她发过短信，只简短说了自己身份，然后说想和她见面。得到她的回复是在出差后，便没有再打扰。

许煦盯着那条短信怔愣了半晌，回过去：最近都有点忙。

其实也才过去六年,可是为什么青春里曾经浓墨重彩的一笔,现在回过头去想时,是那么陌生?

程放!她是真的快要忘记了啊!

六年前。

刚刚过完十八岁生日,许煦就正式迎来了人生的新阶段——离家上大学。作为宣告成人的第一件事,是向父母争取到了独自去大学报到的权利。

爸爸妈妈到底不放心,无论如何要送她上火车,千叮嘱万嘱咐后还是担心。许爸爸甚至当场就要补张站票送女儿,最后因为列车员的催促,许煦不得不板着脸将这对红着眼睛的父母赶下了车。

她觉得父母真是太夸张了,虽然这是自己第一次独自出远门,但江城离家也就四个小时不到的车程,她这么大个人,还怕她丢了吗?她可是大学生了呢!

伴随着火车慢慢启动的,是十八岁少女对新世界的兴奋期待。

然而四个小时后,当许煦满头大汗地拖着硕大的行李箱,站在人潮汹涌的火车站出站口时,面对陌生的城市,壮志满满的少女整个人蒙在原地,不知道下一步该怎么走。

好在这时候,电话响起,是爸爸打来的。这是上了火车后,许煦第六次接到家里的电话,大概是怕一个人一直打会让她觉得烦,许爸许妈还刻意轮流着来。许煦接到第三次就烦了,后面几次都懒得接听,直接发短信报平安敷衍了事。

但现下这个电话,却让她觉得实在是太及时了,于是赶紧接起来。

"煦煦,你到了吧?"

"到了,到了,刚出了火车站。"

"哦,那你往右边走,那边是等出租车的地方,你打到车,把车牌发给爸爸啊!"那头的许爸爸及时地解决了许煦独自闯世界遇到的第一个难题。

"好嘞!"

搞清楚了下一步怎么走,许煦如释重负地挂了电话,欢欢喜喜地拖着箱子往右边走。走了没多远,一个黑黑壮壮的中年男人跑到她旁边,笑呵呵地问:"小姑娘,要打车吗?"

许煦点头。

男人道:"前面排队很长啊!我车就在对面,坐我的车不用排队,走过去就行。"

许煦看了眼前面拥挤的长队,又转头看着他指的方向,确实是一辆出租车。虽然爸爸妈妈叮嘱了她千万不要坐黑车,但她对黑车的概念就是,只要是正规出租车应该就没有问题,于是没多想,拉着箱子就准备跟着男人过马路。

就在这时,忽然有个男生跑过来拍了她一下:"同学,你是新生吗?哪个学校的?"

许煦转头:"是啊,江大的。"

说话时,她已经看到男生身上穿着的T恤,上面写着"江城大学"四个字。

这是许煦第一次见到程放,九月初的天气还是很热,男孩的额头上冒着一点汗珠,脸颊有些发红，整个人洋溢着让人一眼就能记住的阳光帅气。

许煦想，她之前的同桌徐佩佩果然没有骗人，大学就是帅哥多。

程放不知道对面的新生在想什么，不过这两天他已经看惯了这种独属于新生的懵懂表情。他抬手拿起脖子上的牌子，朝她晃了晃，露出两排白牙，笑道："学妹你好！欢迎来到江大，我是学校负责迎新的学长。"他转身朝不远处的一张台子指了指，"那是我们的迎新点！主要是给从外地来的新生指路。"

许煦朝他指的方向看去，果然看到一张台子上挂着的横幅，刚刚自己竟然没注意到。

旁边的黑出租司机见状，提醒她："走不走啊！我的车子不能停太久的。"

程放将许煦手中的箱子拉过来，道："这个时候正好有一趟校车，我带你去坐。"

听到有校车，许煦笑眯眯地朝司机道："大叔，我们不打车了。"

到嘴的肥肉没了，司机有些悻悻地走了。

程放帮许煦拖着箱子，边朝停车场走，边对广场上迎新的同伴挥挥手："这儿有个单独来上学的学妹，我送她去坐校车。"

也不知是谁吹了声口哨，笑着调侃："哟呵！在火车站待半天，一个能入眼的都没有，还说这一级新生质量不行，看来结论不能下得太早啊！"

许煦撇了撇嘴。

程放对那玩笑话置若罔闻，笑着对她道："刚刚那是黑车。"

"啊？"许煦抬头看他，有些费解，"我看是正规出租车啊！"

程放道："来广场揽客的都是黑车，就算是出租车也是黑车，说是打表，其实打表器被做了手脚的，正常打车去学校就五六十块，但这种黑车能打出两百多，昨天就有好几个新生中招了。"

许煦恍然大悟，笑道："幸亏学长你拦住我，不然我就亏大了。"

她的鼻头上闪着细细的汗珠，兴许是嘴角天生带着上翘的弧度，笑起来便有些俏皮。

程放低头看向她，心里微微一动。

迎新的校车，一小时一趟，许煦正好赶上，还恰好有个座位。程放帮她放好行李，在她上车给自己道谢时，随口问："对了，学妹哪个学院的？"

"法学院。"

程放双眼一亮，似乎有些惊喜，笑道："真是太巧了，我也是法学院的。"

一下火车就遇到直系学长，许煦当然也很高兴，只可惜司机马上要开车，没有时间让他们两个人套近乎。程放赶紧从裤兜里掏出一个小小的便签本，拿起挂在胸口的笔，唰唰在上面写下自己的电话号码和名字，递给她："有什么需要帮忙的，给我打电话。"

许煦眉眼弯弯接过便签："今天太谢谢学长了，等我安顿好再打电话好好感谢你。"

然后在司机的催促下，随手将便签塞进牛仔裤袋里，急匆匆转身上车，找到了最后一个空着的座位。

到了学校之后，便是手忙脚乱的报到、找宿舍、领床上用品，等在铺好的床上躺下时，已经是晚上八点多了，送孩子来上学的家长也都已经离开，宿舍只剩下四个新认识的室友。

等没了父母在旁，这些刚刚进入大学的女孩们就跟脱了缰的野马一样，聊得热火朝天，聊得最多的自然是中学时代不能尽兴的话题——男朋友和谈恋爱。

四个女孩有两个已经有男朋友，还有一个则有暗恋了三年的男生，只有许煦白纸一张，没男友也没有喜欢的人。所以听大家分享自己的八卦事，听得兴致勃勃，两眼冒光。

其实，她之前也有过情窦初开对某个男生动心的时候，但这种感觉似乎都没持续多久，就不知不觉地消失了。现下听着几个室友眉飞色舞地谈论自己喜欢的男孩，她忽然就有点心痒难耐了。

话说回来，这个年龄的女孩，谁没幻想过爱情，想象过自己是言情小说的女主角呢？

她想起徐佩佩说的话，大学的首要任务就是谈恋爱。她之前还嗤之以鼻，现在听着三个新室友说着恋爱的喜怒哀乐，她觉得这件事确实应该作为本阶段的首要任务。毕竟青春短暂，不能留白。

许煦对床的女孩叫王妍，就是暗恋一个男孩三年之久的那位，她见许煦从刚刚满腔八卦的热情陷入沉思，笑着问："许煦，你喜欢什么样的男生？"

许煦不假思索道："帅的。"

她的答案并没有让其他人觉得好笑，实际上，这个年龄的女孩对于男生的喜欢，通常都是这么肤浅，唯一的区别是哪种帅。比如，是金城武还是吴彦祖？

她说完，忽然想起今天在火车站遇到的帅哥学长，赶紧去摸床尾牛仔裤的口袋，可里面除了几张零票子，哪里还有什么便签纸！

"咦？"

"怎么了？"王妍问。

许煦摇头："没事。"

反正是一个学院的，以后肯定会遇到，就是之前忙得一团糟，连学长叫什么名字都没仔细看。

她旁边床尾的冯佳忽然坐起来，说道："说起帅哥，据说咱们学院大三大四帅哥云集，尤其是大三。等军训完毕，我就去教学楼蹲点，看能不能蹲到个帅哥。"

许煦大笑："你一个名花有主的跑去蹲帅哥，缺不缺啊？"

冯佳道："虽然我现在和我男朋友感情不错，但毕竟隔了大半个城市，没法儿经常见面。大学校园里这么五彩斑斓，就算我能一心一意，也不能保证对方跟我一样是不是？所以要一颗红心两种准备。再说谈恋爱本来靠的就是感觉，谁能保证不对别人动心呢？"

冯佳长得很漂亮，也会打扮。与还没脱离青涩学生气的其他三个相比，她有栗色的长卷发、高挑的身材、举手投足的大气洒脱，走在校园里绝对是女神那一类。美女自然不缺乏追求者。

王妍笑嘻嘻道："也是，赶紧出现一个帅哥，把我从前途无量的暗恋中解放出来吧！"

冯佳盘腿坐在床上，手指敲了敲膝盖："我的一个中学学姐是大三的，我跟她打听过了，咱们院的头号帅哥就是院里的学生会会长程放。据说，他刚刚恢复单身，好多女孩都在摩拳擦掌，跃跃欲试要补位呢，你们俩光棍儿，有机会啊！"

王妍喊了一声，摆摆手大笑："又是头号帅哥，又是学生会会长的，估计眼光高得很，咱们这种新手村出来的，就不去挑战那种高难度了。"

许煦不以为然地道："咱们也不差啊！而且谈恋爱就要找赏心悦目的，不然图个啥？"

王妍笑："那你去挑战吧！我给你加油助威。"

许煦自己也笑得乐不可支，笑过后又想起什么似的："不过，咱们院还真是有帅哥的。你们说的那个程放我不知道有多帅，今天在火车站，我看到一个迎新的学长，长得特别帅。他还给我留了电话，说有什么需要帮忙的可以去找他，可惜电话被我弄丢了！"

王妍捂脸道："你说说你，本来拿了言情小说的剧本，大学第一天就遇到了帅哥学长，还留了电话，竟然被你生生浪费掉。算了算了，我对你挑战程放学长，是不抱希望了。"

许煦大笑，厚颜道："你怎么能对我这么没信心？我可是年方十八的无敌美少女！"

"呸！"

许煦的大学生活，顺利拉开了帷幕。

虽然是第一次离家，但因为高中是封闭式管理的学校，有过三年的住校经历。加之家也不算太远，如果想家了，或者爸爸妈妈想自己了，来回也不麻烦。所以她一切都很习惯，也对这种自由的生活充满了期待。

宿舍里几个女生的性格都不错，家境也没什么差距——至少表面看起来是这样，几个女孩很快就成了朋友。新生活比想象中还顺利，哪怕是接下来两个星期的悲摧军训生活，她们也只是嘴上抱怨抱怨，然后继续痛并快乐着。

军训之后就是国庆假期，许煦没有回家，也拒绝了许爸许妈来校慰问的请求。她和宿舍其他两个非本市的室友，跟着冯佳这个本地人，来了一场说走就走的本城七日游——其实也就是逛街，看电影，吃吃喝喝。

在经过一个比军训还累的小长假后，大学生活真正进入正轨。

"许煦，待会儿在八角楼有校辩论赛的决赛，咱们学院对传播学院，去不去看？"第一天上完课回到宿舍，刚刚加入院辩论社的王妍同学向许煦发出热情的邀约。宿舍的其他两个家伙晚上都要忙着在网上和男朋友打情骂俏，只有许煦在理论上有空。

不等许煦回答，王妍又眨眨眼睛，笑道："我们辩论社的社长是程放哦！"

许煦虽然没加入辩论社，但对辩论也还有点兴趣，而且对传说中的法学院头号帅哥也很是好奇，便兴致勃勃地跟着王妍去看帅哥……不，去看辩论赛了。

因为是校级比赛，来观看比赛的学生不少。许煦和王妍两人赶到八角楼这个学校最大的阶梯教室时，里面已经差不多坐满了人，好不容易才到后排找到两个连着的座位。

双方辩手早已在台前坐好，因为辩手都是黑西装白衬衣这种统一着装，又隔得有些距离，一时很难分得清谁是谁。

王妍拉了拉她的手，凑到她耳旁小声道："看到没有？正方四辩就是程放！"

许煦这才好奇地将目光停留在四辩身上，本来也只是随意一瞥，但在看到那张微微低头的侧脸后，蓦地一怔，良久才道："你说正方四辩是程放？"

王妍道："可不是么？上次在迎新大会上他发言了，当时你大姨妈来了，在宿舍没见着。口才贼好，全程脱稿，一个结都没打。据说，大会结束后，就有大胆的新生去问他要电话号码了。"说着用手肘戳了戳她，"是不是很帅？"

因为从来没有将火车站那个热心的帅哥学长和程放联系起来，所以此时的许煦若说不意外那肯定是假的。少女总是喜欢胡思乱想，这样奇妙的巧合，难免就让她忽然小鹿乱撞。

她故意木着脸道："看得不太清楚！"

王妍转头看她："不是不近视么？哎？你脸怎么这么红？"

"人太多，闷！"

"是有点。"

校级的辩论赛，而且还是决赛，每个人都是高手，水平自然很不一般。但程放的表现，却绝对算得上是最亮眼的。不仅仅是因为他的口才好，每当他站起来时，这个高大英俊的男孩便成了全场的焦点，那身平淡无奇的着装丝毫不能掩盖他作为一个少年人的锋芒和锐利。每次他发言完毕，观众席便会发出雷鸣般的掌声和轻呼，多数来自女生，这显然是一个极受女孩子青睐的男生，是人群中当之无愧的焦点。

"是不是很帅？"王妍问。

许煦含含糊糊唔了一声，是很帅呢！

半个多小时的辩论赛在高潮迭起中很快结束，法学院不出意外地获胜，而程放也众望所归地得到了最佳辩手的荣誉。

教室里的观众慢慢散去，获胜的辩论队正被一波学弟学妹们围住说话。王妍拉了拉许煦的手，兴奋道："我去跟辩论队的学长学姐打个招呼。"

两人磨磨蹭蹭来到前面时，人已经散得差不多了，几个辩手也说说笑笑地起身。

"学长，学姐，恭喜你们获胜，作为辩论社的新学员，我要向你们学习。"

一辩陈薇认识王妍这个新社员，笑着道："慢慢来！实践出真知，多打几场比赛，水平自然就提高了。"说着又拍了拍旁边正在和学弟说话的程放，戏谑道，"不过呢，要是我们的最佳辩手社长大人能给你们言传身教，那肯定还是能事半功倍的。"

"你可别给我戴高帽子，理论上我这个社长马上就要退休了。"程放笑着转过来，本来是要去看问话的王妍，但是却先看到了她旁边的许煦。

他目光动了动，微微一怔，继而牵起唇角笑道："是你？"

那天太匆忙，他甚至都没问许煦的名字，知道她是自己直系学妹，又是一个人来报到，秉着乐于助人的心思留了自己的电话。

她没打给他，过了几天他也就忘了这件事。没想到时隔大半个月，再见到她，他一眼就认了出来。

许煦见他认出自己，多少有些惊喜，也就省去了扭捏，大大方方道："学长，上次谢谢你的帮忙。"

程放嘴角弯起，眉梢眼角还留着获胜后的春风得意，歪头故意道："你这个谢谢有点迟啊！"

许煦有点不好意思了。虽然那天的事，对于程放来说，只是举手之劳，但对于她来说，确实是免了被黑车宰一顿——哪怕两百块钱对她来说也并不算什么。

她不太自在地摸了摸耳朵："本来是想打电话给你的，但我不小心把便签纸给弄丢了。"

程放恍然大悟地点点头，从书包里摸出一支笔，朝她道："把手伸出来。"

许煦蒙蒙地将手掌伸到他跟前。

程放朝她微微一笑，在众目睽睽之下，握着笔在她掌心飞快写下一串手机号码："这样应该不会掉了吧？"

笔尖在掌心滑动时，有点酥酥痒痒的感觉，好像有什么东西在许煦心中绽放开来。

也许是春天里的一朵花，她想。

她怔怔地看了看手中的数字，又抬头看向程放，在他背着包准备离开时，忽然叫住他："学长，那次你帮我避免了两百块钱的损失，我请你吃夜宵当作感谢吧！"

周围的人虽然已经不多，但都玩味地看着这一幕。程放的性格开朗外向，女生缘很好，看起来有点花花公子的做派，但向来对主动的小女生没兴趣，刚刚就已经拒绝了好几个学妹的邀约，何况辩论队说好了去KTV庆祝的。

大家都等着这个漂亮小学妹的玻璃心碎一地。就连许煦身旁的王妍都为她提了一颗心，忐忑地看着她。

然而程放只是稍作犹豫，便笑着点头："好啊！"

周围的眼珠子掉落一地的同时，许煦刚刚悬着的心也落了下来。

程放朝队友们挥挥手："钱柜我不去了，账算我的。"

众人散去。王妍用目光对许煦表达出滔滔江水般的敬佩之情后，也飞快地跟着陈薇他们走了。

许煦和程放最后出门，此时已经九点多，上自习的学生陆陆续续地从教室回宿舍。

两人刚刚从八角楼里出来，程放忽然开口道："你等一下，我看见我室友了，我让他帮我把包带回宿舍。"

他说完，便朝前方一个男生疾步走过去，走近后冷不丁在对方肩膀用力拍了一下。

那男生正专心走着路，被人这样一拍，似乎是被吓了一跳，转过头看到来人后，松了口气，微微一笑。

两个人与许煦隔了一段距离，不过恰好站在路灯下方，所以她大致能看到程放这位室友的侧脸轮廓。他头发很短，个子很高，看起来很清瘦，身上的旧T恤在夜风中空空荡荡地拂动。程放将书包交给他，又说了几句话，那男生没开口，只是点点头，然后提着程放那个分量不轻的包转身走了。

程放跑回来，朝站在原地的许煦展颜一笑："走吧！"

许煦随口问："你室友也是咱们专业的？"

程放点头："是啊！"

许煦又道："这才开学就上自习？"

开学这段时间，她已经听到了不少过来人的歪理，他们这种文科专业，就是考前等画重点背一背就好了。虽然她毫不犹豫地怀疑这些过来人都是学渣，但对于开学不到一个月并且刚刚结束小长假就上晚自习这件事，她还是有点好奇。

程放道："我室友是学霸，年级第一，拿国家奖学金的那种。"

"难怪。"许煦道。

有关许煦和程放的恋情，在江大法学院那两年，一度有好几个版本流传。一种版本是女追男——刚入校的大一菜鸟许煦一顿夜宵将法学院风云人物程放搞定；还有一个版本是男追女——校辩赛获得最佳辩手后，程放在许煦手上写下自己的电话号码，并且当晚成功表白。

两个版本虽然大相径庭，但相同的一点是，两人第一天认识就看对眼，并确定了关系，速度堪称神舟六号。

校园里风云人物的恋爱故事，对于看客来说，无疑是一段茶余饭后的谈资。尤其一个是才貌双全且据说还是顶级富二代的风云学长，一个不过是刚刚入校虽然长得还算漂亮却并看不出有何过人之处的小学妹。这样的故事无疑有些王子和灰姑娘的浪漫味道——虽然许煦绝不认为自己是什么灰姑娘。

当王妍将这些传闻笑着告诉已经开始恋爱的许煦时，许煦义愤填膺道："什么叫一天就确定关系？我明明考虑了整整一个星期。"

那天，她和程放去的是校外的大排档。许煦很少吃这种路边的垃圾食物，之前在家没机会，现在到了大学终于没人约束，自然是肆无忌惮。学校旁边的大排档散发着浓郁的生活气息。许煦心情大好，胃口大开，一顿夜宵又是麻小，又是铁板烧，吃得不亦乐乎，甚至还喝了点啤酒。

也许是酒精作祟的缘故，一开始许煦还有些矜持，到后来就完全自在地和程放谈笑风生了。毕竟程放也是一个非常擅长与女孩聊天的男生。

夜宵结束回宿舍时，程学长很有绅士风度地将许学妹送到了她所在的女生宿舍楼下。

"对了，我有个问题，刚刚一直想问你！"当许煦准备转身离开时，程放忽然说道。

许煦转头："什么问题？"

程放摸摸鼻子，笑："你有男朋友吗？"

许煦摇头："没有啊！"

"真巧，我也没有。"

"啊？"

"……我不是说我没男朋友,我的意思是,我也没有女朋友。"

"……"

程放清了清嗓子,眼含笑意,歪头看她:"那你想不想要一个男朋友?陪你上自习和逛街,给你打饭提水带你玩的那种男朋友?"

许煦耳根一下热起来,很快就蹿上了脸颊。面前的男生是那么英俊,路灯下含笑的眉眼像是被打了一层柔光,带着点勾人的邪气。许煦不敢再直接对着他那双让女孩难以招架的眼睛,红着脸低下头去看自己的鞋尖。

饶是从小到大,她有过好几次被人表白的经历,但面对一个在女生宿舍卧谈会经常出现的男主角,她还是有些无所适从。

"我……"她支支吾吾。

程放笑:"给你一个星期慢慢考虑,如果需要的话,给我打电话。"

许煦"哦"了一声,一溜烟跑回了宿舍。

当然,与事实不符的传闻,并没有真的让许煦有什么不爽。因为无论是她和程放火车站的相遇,还是辩论赛他在自己手心写下电话号码,抑或是夜宵之后的婉转表白,都绝对称得上罗曼蒂克的范本——这可是经过了恋爱鼻祖冯佳的认证。

这如同小说的开始无疑满足了一个十八岁女孩对于恋爱的所有想象,而程放这个法学院头号帅哥男朋友,也足以符合许煦对初恋的所有要求。年少的恋爱,在春心萌动的背后,其实也有着不可忽视的虚荣心。无论什么样的女孩,如果拥有一个让人羡慕的男朋友,绝对是青春里值得炫耀的一件事。

喜欢程放的女孩那么多,比许煦漂亮的有之,比她优秀的有之,但她一个刚入校的小女生,用一顿饭就把程放收入囊中。

她自己都觉得:牛!

进入大学的第一个月,许煦以自认为完美的姿势开始了自己人生中的第一段恋爱。

其实学生恋爱能做的事乏善可陈,无非吃饭、看电影、逛街。实际上因为要上课,程放又是大忙人,就算每天能见面,相处的时间也并不多。但程放实在是个很会讨女孩欢心的男生,许煦这种初出茅庐的新手,面对他的各种甜言蜜语和关怀照顾,很快就在这段恋爱里丢盔卸甲、目眩神迷。

和大部分初次陷入爱河的女孩一样,许煦在刚刚开始恋爱的那段时间里,整个人都处于亢奋状态,几乎有点神经兮兮。比如,一天刷牙四五次,没事就拿出镜子照来照去,不到十分钟就会拿出手机看有没有新信息进来,就连上课的时候都不例外。晚上回到宿舍和程放打完电话,经常发癫似的又唱又跳,哪怕会遭到室友们"忍无可忍"的群殴。

冯佳经常打趣她说:"果然你跟歌里唱的一样,恋爱不但是一种病态,它还可能是一种变态。"

许煦这种变态状一直持续了将近大半个月,兴奋才慢慢归于淡定。

这天傍晚,许煦本和程放约好一起去校外吃饭,但学生会临时有事,她只好一个人去。

十月份一过，这座城市的气温便骤降。等许煦吃完饭，从餐厅出来准备回学校时，萧瑟的凉风渐起，好在她听了程放的话，出门时换了件挡风的外套。

走了一段，忽然听到一阵悠扬的二胡声传来。她循声看去，便看到前面路边的一个卖艺乞讨者。这二胡拉得实在是不错，路过的学生大多会驻足片刻。许煦走上前，好奇地朝那人看去，原来是一个双腿截肢的残疾人，四五十岁的样子，拉琴的时候异常投入。

城市里的乞讨者多是残疾人，但像这种认真卖艺的却并不算多。许煦一来是觉得这人拉得不错，二来是觉得这种方式也算是自食其力，于是从钱包里掏出几张零票子，弯身放在前面的钱盒子里。

她放钱时，旁边有个人几乎和她同时弯身，两个人放钱的手，在盒子上方不小心碰撞了一下。

许煦下意识地转头，是一个头发短短的男生，见她朝自己看过来，微微弯了下嘴角，低低道了声"对不起"。

许煦不甚在意地摊摊手，站起来退后，准备再听一首这卖艺者的曲子。不料这时风愈加大了，那卖艺者的琴弦已经受到影响，草草拉完手中的曲子便收了琴。旁边几个驻足的人四散开去，这小小的一方天地，只剩下卖艺者和还没离开的许煦，以及那个男生。

许煦见状自然是要离开，只是走了两步，也不知想到什么，忽然又停下来回头看过去。那卖艺者已经收拾好一切，脖子前挂着一个包，身后背着他的琴，双手撑地，朝旁边一辆残疾人助力车挪过去。那人大概残疾已久，动作还算自如，车子不过几步之遥，很快就挪到了。但车子毕竟不矮，要爬上去，对他这种双腿截肢的残障人士就有点麻烦了。他伸手扶住车子，想先攀上座椅前的踏板，但不知是不是因为风渐大的关系，滑了一下没有成功。

许煦因为这轻轻的一滑，心里提了一下。就在这时，那个站在原地还没离开的男生，忽然走上前，从后面将那人抱起来，小心翼翼地放在了车子上。

"谢谢啊！"卖艺者笑着道。

男生微笑回应："不用谢。"

说完便转身离开，他转身时恰好对上许煦直蠢蠢的目光，大概是意识到自己在被别人看着，有点不自在地低下了头。

许煦倒是没觉得有什么不对，她本来就不是害羞的女生。男生刚刚的举动足以用温暖来形容，而且她忽然觉得他有点眼熟，好像在哪里见过，以至于被对方发现自己在看他，也没有收回目光，一直到人走远了，才抓抓头发准备转身。

就在这时，她的目光不经意地落在那卖艺者离开的地方，地面上赫然躺着一张他们学校的校园卡。她疾步走过去拾起来，朝已经走远了好几步的男生叫道："喂！前面那个男生你等一下！"

如果没猜错，这校园卡应该是这男生抱那卖艺者上车时，因动作太大，不小心从口袋里滑下的。

男生似乎是犹疑了，才停下脚步转头，看向她："你叫我？"

许煦举着校园卡晃了晃："你是不是掉东西了？"

男生摸了一下口袋，脸色微变，赶紧走上前："是我掉的卡，谢谢你！"

许煦却不马上给他，拿起校园卡看了看。学校的校园卡有照片和名字，卡片上小小的一寸照上，留着平头的五官端正的男生正是面前的人，照片旁边写着三个字：柏冬青。

许煦举起卡片和对面的人对比了一下，点点头："没错，是你的。"

然后将卡片还给他。

"谢谢！"柏冬青郑重其事地道谢。

"不用，就是恰好看到掉在地上。"她不甚在意道。

柏冬青似乎很感激，但又不知该做点什么，以至于看起来有点局促，嘴唇翕张了片刻，又道了声"谢谢"。

许煦好笑般挥挥手："小事，小事。"

柏冬青看了眼这满脸笑意的女孩，犹豫了片刻，准备离开。

可就在他转身时，忽然又被许煦叫住："哎！我是不是在哪里见过你？"

如果一个男生对女生说这话，那就是标准的搭讪嫌疑，但此时对两人来说，就只是一句再普通不过的询问。

柏冬青看着面前这个陌生的女孩，茫然地摇摇头。

许煦上下打量了他一眼，也许是穿着打扮太过平淡无奇——头发只比板寸长一点点，个子倒是很高，但身上的旧T恤和脚下发黄的廉价运动鞋，对于一个男生来说，也太过朴素了些，以至于连带着那张五官英挺的清朗面孔，都随之显得有些寡淡了。

这就是一个走在人群中不太会让人注意到的男生。所以许煦虽然觉得有点眼熟，却始终想不起来在哪里见过。

"应该是我记错了。"她耸耸肩，不甚在意地朝他摆摆手，"走啦！"

站在原地的柏冬青低头看了看手中的校园卡，又抬头看向已经走出几米远的女孩背影。暮色中一阵凉风吹过，将女孩的过肩长发卷起。大概是脖子灌进了风，她有些夸张地缩了缩。

柏冬青摸了摸耳朵，转身离开。

过了几天，程放的辩论队在八校联赛中夺冠，按着惯例要请宿舍的人吃饭，顺便带许煦正式认识自己的室友。

学生恋人带男女朋友认识室友，从某种意义上来说，跟见家长差不多。虽然都是同一个院系的学生，但差了两级，许煦并不认识程放宿舍的其他人，除了和程放在食堂吃饭时见过一个叫姜毅的男生，对其他两个她就一无所知。对了，还有在八角楼外，远远看到的那个帮程放拎包回宿舍的男生。

程放和她在一起时，倒是经常提自己的室友，听上去几个人的关系很好。和很多男生宿舍一样，他们也是按着年龄大小排号。之前见过的姜毅是老大，程放是老二，还剩下不知名的老三老四没见过。

"怎么样？怎么样？"傍晚赴约前，许煦一连换了几身行头都不大满意。

"挺好啊。"坐在桌前吃饭的冯佳瞅了她一眼。

许煦问："就是和刚刚几套比起来，哪个看起来更正式点？"

冯美人翻了个白眼："你这有什么区别吗？无非是从红色帆布鞋换成白色帆布鞋，再换成白色板鞋，裤子从没破洞的牛仔换成破一条缝的牛仔，再换成两个洞的牛仔，衣服就别说了，你那衣服除了连帽衫就是套头衫，反正换来换去都是一个风格，标准都市学生妹打扮。不过你是去跟程放的舍友吃饭，又不是要应聘，休闲装扮就好了。"

许煦想了想，对着穿衣镜里的青春少女挤眉弄眼一番："我觉得我还是很漂亮的，不至于给程放丢脸吧？"

冯佳大笑："那是！你可是一顿夜宵就拿下程院草的美少女呢！"

许煦得意地昂昂头，背上双肩包出了门。

冯佳看着她的背影，好笑地摇摇头："小屁孩！"

到了楼下，许煦看到来接自己的程放，开心地跑过去挽住他的手臂。旁边有同院系的女生经过，虽然看过来的目光并无深意，但许煦就是会虚荣心爆棚地理解为是羡慕。

和风云学长谈恋爱，当然是值得羡慕的。

程放低头看了看她，笑道："去见我的兄弟们，怎么不见你紧张？"

相处一个月，程放已经了解她的性格，她就是那种很典型的开朗外向的小姑娘，兴许是刚刚从高中过来，还很有些天真和幼稚，什么都明晃晃地写在脸上，善良且毫无心机，应该是家庭氛围极好且被宠爱着长大的孩子。

这是他第一次和这种女孩交往，好像也有点……意思。

许煦抬头看他："有什么好紧张的？就是几个学长而已，他们又不会吃人。"

程放弯眉笑："他们挺喜欢开玩笑的，要是待会儿开咱们玩笑，你可别生气啊！"

许煦昂昂头："谁开谁玩笑还不一定呢？"

程放轻笑出声："许同学，你挺厉害啊！"

"那当然。"

不然也不会一顿夜宵就搞定了你，许煦心道。

说说笑笑来到约定的餐厅包厢，里面已经坐了两人。

程放拉着许煦走进去，笑道："老大，老四，我女朋友许煦。"

姜毅和老四周楚河站起来，一个叫"弟妹"，一个叫"嫂子"。

程放本以为许煦会被这两个家伙的玩笑称呼吓到，正虚指着两人要警告，许煦却笑嘻嘻地打招呼："学长好！"

程放笑着放下手，介绍说："姜毅你见过的，这是我们宿舍的老四周楚河。"说着又问俩室友，"老三呢？"

姜毅道："青儿说有师兄临时给他介绍了个兼职的活儿，来不了了，让我们自己吃。"

程放道："大晚上的去干什么活儿？"

"不知道，应该就是帮忙送货什么的吧！"

程放摇摇头，拉着许煦坐下："下次再给你介绍我们宿舍的老三，咱们院里的大学霸。"

许煦道："我知道，就是那次辩论赛后，替你把书包带回去的那个学长吧？"

程放似乎忘记了那天的事，想了会儿才点头："就是他。"

少一个人并不影响今天的聚会。这是校外的一家高档中餐厅，价格不菲，程放豪迈地一口气点了十来道菜。

学生恋爱加上才刚刚交往没多久，彼此并不会去关注对方的家庭背景，但一个人的家境如何，从平日里的吃穿用度就可窥见一斑。许煦看得出程放就如传言中所说，应该是个富二代。他不太喜欢在食堂吃饭，穿的运动鞋多为限量版，用最新的电子产品。两个人去外面买东西，从来不看价签，也从来不让许煦买单。短短一个月，在许煦可见的范围内，他的花费远远超过普通大学生，应该比父母给自己的生活费要多很多。

程放的两位室友显然早就习惯了他的慷慨，对于点这么多菜没有任何异议。几个人很快就聊得热火朝天，开始两个男生还调侃一下程放和许煦，但发觉许煦对玩笑很坦率大方，根本达不到看小姑娘害羞窘迫的效果，甚至还被她的直来直往弄得节节败退，只得感叹长江后浪推前浪，最后去聊别的话题了。

吃到一半时，周楚河忽然感叹了一句："对了，老三干了件事，你们知不知道？"

程放和姜毅异口同声问："什么事？"

周楚河道："这学期不是有个什么助学金么？反正跟咱们没关系，就是专门资助优秀贫困生的，一个班只有一个名额，咱们班肯定就是老三。但你们知道他干了什么吗？"这位学长很有些叙事天分，说到这里还像卖关子一般故意顿了顿，才揭晓谜底，"他把名额让给陈建民了。"

姜毅惊讶道："把名额让了？他脑子是不是进水了？"

周楚河道："陈建民不也是贫困生么？好像他爸最近生了病，底下还有弟弟妹妹在上学。然后老三不是刚拿了国奖么？说自己也没负担，就把助学金让了，五千块呢，都够他半年生活费了。"

程放无语地摇摇头："他是没负担，反正是一人吃饱全家不饿。"

姜毅笑道："青儿的脑回路是有点跟正常人不一样，还记得当初入校军训升国旗时，他边唱国歌边流泪的事，我当时心想这不会是个傻子吧？"

周楚河似乎也觉得好笑，拍了拍桌子笑道："对，对，对，还有大一下学期那次，他晚上兼职回来，在校门口遇到有人打劫一个女生，路见不平一声吼把人喝走了也就算了，非得去帮女生把包追回来，人家俩劫匪拿着刀，包是追回来了，人却被捅了两刀，在医院躺了大半个月。问题是那女生包里总共就几十块现金，一个旧手机。"

程放笑："是啊！虽然那两个劫匪抓到了，学校也给了个见义勇为的奖励，但这事传开了后，谁不笑他傻？这回让了助学金，肯定又得被人笑。"

一直一言未发的许煦，忽然将筷子重重地磕在桌面，突然问道："你们觉得这位学长很好笑吗？"

程放转头，发觉小女朋友不知何时脸色有点奇怪，不明所以问："怎么了？"

"你们觉得很好笑吗？"许煦又问了一次。

姜毅："……就是觉得他的行为有点傻。"

许煦语气冷冷道："是爱国傻？还是见义勇为傻？或者是助人为乐傻？"

几个本来说笑调侃的男生，面面相觑，一时陷入不知如何应对小学妹诘问的尴尬之中。

许煦继续道："如果是别人嘲笑这些行为倒也算了，但你们都是法学院的学生，如果连法学院的学生都觉得正义和善良是一件很傻的事，那我觉得这是法律人的悲哀。"

她知道自己说这些不仅听起来好笑，而且还很破坏气氛，但她毕竟只有十八岁，还没有来得及学会迂回和圆滑。当她听到他们调侃着另一个男生本应该受到赞誉的举动时，实在是觉得很不舒服。

她也知道，自己这番话，可能在程放几个人眼中，也跟那位没有出席的室友一样傻气。

意外的是，三个男生沉默了片刻后，收敛了之前的笑容。先是程放拍拍她的肩膀，用试图缓解气氛的轻松语气道："你误会了，我们没有嘲笑的意思。"

姜毅连连点头，清了清嗓子附和："是啊！是啊！我们和老三不仅是室友也是好兄弟，就是希望他能为自己多着想一点，他的情况跟我们不大一样。"

周楚河跟着道："老三的爸爸是军人，在他小学的时候因为执行任务殉职了，他是烈士家属，升国旗应该也是触景生情。他这人特别正直，大概就是受他爸的影响。"

程放歪头看向许煦，轻笑："是啊！我们真不是嘲笑老三，他妈妈在他初三那会儿也过世了，这些年他都是一个人生活，没有人抚养照顾，我们把他当家人呢。像类似让助学金的事，也不是第一次了，我们就是希望他能多想想自己，毕竟一个大学生养活自己也不是那么简单的事。"

其实，刚刚他们确实是在调侃的，虽然没有带着任何恶意。但当许煦这样义愤填膺地质问时，他才意识到这并不是一件应该调侃的事。

面对一个小女生的义正辞严，他忽然有点自惭形秽了。

许煦从那个未曾谋面的学长身世中回过神来，先是惊愕，然后意识到自己刚刚确实是太较真了，有点不好意思地笑道："我知道你们是开玩笑，我就是觉得那位学长其实挺难的。"

姜毅笑呵呵地说："那当然，我长这么大就见过他这么一个。"

众人都笑，气氛总算又恢复了轻松。

漫长的晚餐结束后，服务员来结账，姜毅指了桌上剩下的菜："麻烦帮我们打包。"

许煦笑道："你们还挺节约的嘛！"

程放道："给老三带回去的。"

许煦怔了一怔，皱眉问："给人打包怎么不在开吃前就装好？带剩下的不好吧？"

姜毅不甚在意地笑道："我们平时在外面都是这么干的，男生哪里会这么讲究？"

程放也道:"是啊。"

许煦本想问他"如果有人给你打包剩下的饭菜你会吃吗",但到底没说出口,毕竟这是男生之间的相处方式。何况他们在一个宿舍已经住了两年多,她的质疑显得不太恰当,于是也就抛到脑后了。

回到宿舍区,程放和许煦与另外两人道别后,便开始了小情侣的夜间日常——在校园里轧马路。

走了一会儿,两人在湖边长椅坐下。此时已经进入十一月份,夜晚的湖边很凉。程放将许煦抱在怀里相互取暖,也不知想到什么,伸手在她脸颊上捏了捏,却没说话。

许煦抬头看他,见他目光闪闪,略带笑意,看起来有些意味深长。她摸了摸自己的脸:"怎么了?我脸上有东西?"

程放摇头。

"那怎么了?"许煦一头雾水。也许是过了初恋的变态期,她不再像起初那样,被他盯着时就会心跳若狂。

程放弯唇笑了笑:"我现在才发觉你真可爱!"

先前在饭桌上,当她义正辞严地诘问他们几个,他并没觉得不好意思,反倒是忽然觉得这小姑娘原来这么可爱。

许煦被夸得眉开眼笑,昂昂头道:"现在才发现?意思是之前不觉得咯?那为什么要做我男朋友?"

程放一怔,摸了摸额头:"……就是越来越觉得你可爱。"

"这还差不多。"

这晚的小插曲许煦倒是没放在心上,也没去好奇程放那位未曾谋面的室友,和所有热恋中的女孩一样,每天满心满眼都是男朋友。和程放的约会越来越频繁,甚至还跟着他去社团,两人几乎如胶似漆,连冯佳她们都嘲笑她每天春光满面,一看就是陷入了爱河的人。

因为马上要期中考试,大忙人程放和非学霸许煦也不得不暂时把逛街看电影这类活动改成好好学习天天向上。

程放不喜欢去自习室,说容易犯困,两个人都没课的下午,他就拉着许煦去校门外的星巴克。

校外的这家星巴克,下午人很少,环境确实算得上清静。程放第一次牵着许煦的手走进咖啡店时,里面只有零星几个顾客。

两人走到吧台,程放敲了敲台面,朝收银台后低着头的男生道:"老三!"

穿着星巴克绿色围裙制服的男生抬头,笑问:"来喝咖啡?"

程放拉了拉旁边的许煦:"是啊,我女朋友许煦,你还没见过呢!"

许煦震惊地看着吧台里的男生,满脸写着不可思议。柏冬青也看到了许煦,脸上的愕然一闪而过,然后很快反应过来,朝她微微一笑。

程放给许煦介绍:"这就是我们宿舍的老三柏冬青。"

柏冬青！许煦还记得这个名字，是那天在校园卡上看到的，当然她也认出了这张面孔。

柏冬青没有提那次的小插曲，只笑着问两人："你们喝什么？"

程放道："我要一杯摩卡。"又转头问许煦，"你呢？"

"拿铁吧。"

程放揉了把她的头："你先去找座位坐好。"

许煦笑着点点头，不由自主地看了眼已经低头专心打单子的柏冬青，转身去找座位。

座位对着吧台，她放下书包抬头，正好看到靠在吧台前等待咖啡的程放朝她看过来，四目相对时，男孩帅气地挑眉朝她一笑，然后转头低声和吧台里做咖啡的人低语了几句。

柏冬青没有说话，只是面含微笑，间或点点头。一直到做好手中的咖啡，递给程放时，才抬头，似乎是不经意间朝许煦这边看了眼，淡淡地笑了笑。

许煦还没来得及给他一个回应，他已经低下头继续工作。

这回，她终于知道为何那次在校外觉得他眼熟了，原来是真的见过，只不过是八角楼外远远的一瞥，也不怪她当时没想起来。

平心而论，这个男生是长得帅的，与许煦想象中或者在校园里见过的贫困生不大一样。不阳光，也不阴郁，不时尚，也绝不土气。就算是穿着和旁边服务生一样的绿色制服，也能感觉到他由内而外的干净和独属于少年人的青涩。

这种气质让他很难被人注意，但注意到后大概就不会再忽视。

程放端着咖啡走过来，将拿铁放在她面前，笑道："我的爱心咖啡。"

许煦低头看去，咖啡上面有漂亮的拉花，写着程放和自己名字的首字母，中间是一颗心形图案。小女生谁不喜欢这种简单的浪漫呢？

她弯起嘴唇轻笑，心中喜悦，嘴上却故意道："又不是你自己做的。"

"这是我特意让老三帮我做的。"

许煦看着拉花，不舍得马上喝，瞅了眼在吧台工作的柏冬青，问："柏学长是在这里打工吗？"

程放点头，笑着随口道："他做的咖啡特别好，拉花小能手，以后来喝咖啡专门让他给你做。"

他的理所当然让许煦不以为然："人家是在这里工作的，麻烦人家多不好。"

跟大部分熬过高考后就放飞自我的大一新生一样，许煦不再有学业压力，加上又投奔了恋爱大军，学习自然是靠后站，她没有拿奖学金的雄心壮志，只要成绩不难看就行。至于程放，虽然是风云人物，但他的风云不在学习上，而是体现在各种学校活动中，自然也不会在学习上为许煦当榜样。

期中考试比较简单，两个人都是三天打鱼两天晒网，去过几次星巴克，说是复习，其实大多时候也还是聊天打瞌睡玩手机。

去的时候，柏冬青几乎都在兼职，他似乎不爱说话，每次只是简短地和程放打招呼，然后朝许煦微笑着点点头。

许煦没怎么和他说过话，偶尔坐在座位上不经意地往吧台一看，他大多数时都在低头做咖啡。有客人点单，除了礼貌地询问一两句客人的需求，很少开口说话，但因为脸上一直带着浅淡的笑容，所以并不会让人感觉冷淡，反倒有种春风和煦的温和。

而自从认识后，除了星巴克，许煦在宿舍区三天两头也会见到柏冬青一次。宿舍区不大，法学院男生宿舍和女生宿舍也就隔了一栋楼，如果作息规律，中午和傍晚在通往食堂和水房的路上，其实遇到的几率不会太小。

许煦想，也许之前和这位学长也擦肩而过很多次，只是他在人来人往的学生中太过平凡无奇，所以她从来没有注意过这样一个男生。

然而奇妙的是，如今无论隔多远，她总是能一眼看到他，毕竟他确实是一个模样生得很好的男生。有时候隔得近，她就会笑着和他打声招呼，他则会抿唇微微笑着点头回应。

他似乎总是行色匆匆，多数时候是从开水房和食堂回宿舍，不是提着四个暖水壶，就是抱着三四个饭盒。大学的男生，尤其是文科男生，哪怕是重点大学，到了大三课程不那么多的阶段，有很大一部分也是整日过着堕落的生活，昼夜颠倒地在宿舍打游戏。程放宿舍的几个家伙经常睡到中午才起来，想来也只有柏冬青这种优等生，作息才会如此规律。

一日傍晚，许煦和程放在外面吃了晚饭回来，恰好撞见拎着四个热水壶的柏冬青。

程放隔了几米远就和他打招呼："老三！你待会儿晚上是要去兼职吧？"

柏冬青走过来，点头："嗯。"

"那你回来的时候，顺便帮我在药店带盒喉宝，我常吃的那种，回头给你钱。"

"好。"柏冬青微笑着应道，擦身而过时，朝被程放牵着的许煦点点头，算是打招呼。

待走了几米，许煦忍不住扯了扯程放的手臂："我每次看到柏学长打水，都是拎着几瓶，是帮你们打的吧？"

室友之间帮忙带饭打水不足为奇，许煦宿舍的几个人也会经常干这种事，但从来是轮流着来，绝对不会总是一个人。而这两个月下来，许煦从来没看到程放去打过热水，不过帮自己倒是提过几回。

程放听她问，点头道："是啊！反正他每天去食堂吃完饭都是要打热水的，就顺手帮我们打了，免得我们这些懒得去食堂的人专门跑一趟。"

"你们好意思啊？"许煦有些无语。

程放好笑地看了她一眼，不甚在意道："这有什么不好意思的，你以为我们男生像你们女生一样斤斤计较。我们老三人特好，都主动帮我们干的。"

许煦撇撇嘴："刚带药不是你让人干的吗？"

程放道："那不是顺便么？"他吸了口气啧啧两声，歪头看她，笑道，"我说许小煦同学，你把我们想成什么人了？欺负同学的恶势力？"

许煦道："我就是觉得你们这样不大好。"

程放笑："什么不太好？我们宿舍的人关系好着呢！反正老三也不用谈恋爱，跟我们一样为女朋友鞍前马后，帮兄弟们分担一点琐事就是举手之劳而已。"

"他为什么不用谈恋爱？"许煦下意识地问。

程放道："他现在得学习打工挣钱养自己啊，怎么可能谈恋爱？他自己也说了，工作后才会考虑这种事的。"

许煦想起之前在聚会中听说的，柏冬青父母双亡，已经一个人生活多年。

程放揉了把她的头发："放心吧，你男朋友绝对不是那种会欺负室友的男生。"

许煦对柏冬青不了解，但想到之前吃饭时，程放几个人说他的事，以及那次在路边看到他将那位卖艺者抱上车子的举动，猜想可能真的是一个善良热心的男生。也许男生确实不太会计较这种细枝末节的琐事。

于是也就没再纠结这件事。

许煦和程放的恋爱和相处渐入佳境，虽然也许还没有到懂得爱情真谛的年纪，但谁都不能否认这就是爱情，这就是这个年纪快乐的源泉。

到了十二月份，便正式进入了这个城市寒冷的冬季。在没有暖气的宿舍，早上和被窝告别就成了一件高难度的事，尤其是周末，许煦不到十点肯定是起不来的。

这日早上九点多，她接到程放打来的电话。不等对方说话，许煦就瓮声瓮气笑道："你今天这么早？"

平时的周末，程放的第一个电话基本上已经是十一点左右，因为这个时候他才刚起床。

那头的男生唉声叹气道："今天不是什么国际志愿者日么？我们辅导员把我们几个宿舍的男生叫起来去干义务劳动，我们宿舍被分配去西门外那个天桥清理小广告。大冬天的简直丧心病狂啊！"

许煦幸灾乐祸地大笑："多有意义的一天啊！行吧，待会儿我来慰问你的工作。"

"别了，冷得要死，等我干完活儿给你打电话，咱们去吃好吃的。"

许煦"嗯"了一声，两人又说笑了两句，才挂了电话。

说是这样说，但爱情的力量让她在挂了电话后，坚强地从温暖的被窝里钻了出来，洗漱后直接去了西门外找程放。

西门外这座十字形天桥加起来得有几十米，深受小广告喜爱，从台阶到桥面再到栏杆，常年被各种小广告覆盖，要清理干净还真不是个轻松的任务。

因为是冬天的上午，这会儿来往的人很少，只有稀稀拉拉几个身影。许煦跑上天桥，遥遥看到蹲在地上干活的男生。她认出来那是柏冬青，而程放几个却不知在哪里。

她狐疑地走过去，问："学长，程放呢？"

柏冬青大概是干活干得太投入，被突然闯入的声音吓得手顿了一下，抬头看到是许煦，朝她微微笑了笑，道："他们出来穿太少，冷得受不了，去买热饮了。"

今天的气温本来就低，天桥上更是有四面八方的寒风涌来，许煦才站了片刻就能感觉到寒风刺骨。她低头看着柏冬青身上单薄的旧夹克，忍不住问："你怎么没跟他们一块去？你不冷吗？"

柏冬青低下头继续干活，不甚在意道："还行！"

许煦想了想，蹲下来拿起他旁边的一个小铲子："那我等程放回来。"

柏冬青见她要干活，忙不迭道："我弄就行了，这儿风大，你去下面的店里等着吧，程放来了我告诉他。"

"没事！我穿得多，而且活动活动就暖和了。"许煦用铲子铲了两下地上的小广告，"还挺好玩儿的嘛！"

柏冬青看了看她，没再说什么，又低下头专心干活。

许煦铲了几张小广告就有点无聊了，默默转头看向离自己不到两米的男生，风从栏杆缝隙吹过他的脸，脸颊和嘴唇在这寒风中看起来有些干涸苍白。

他显然是冷的。

她想了想问："学长，程放是不是经常让你帮他干这干那的？"

柏冬青愣了下，转头看她一眼，有些茫然地摇头："没有啊。"

许煦道："我经常看到你帮他们打水带饭。"

柏冬青恍然大悟地勾了勾唇，不甚在意道："就是顺便而已，打一份也是打，打三份四份也是打。程放他们也经常帮我的。"

"是吗？"许煦眼睛一亮，朝他挪过去一步，"程放帮过你什么？"

柏冬青道："很多啊，帮我介绍兼职什么的。"

许煦毕竟和人不熟，也不好具体多问，只笑眯眯道："这样啊！"

柏冬青点点头，抬头看她一眼，笑道："程放这人很好的。"

男朋友被人夸许煦当然很高兴，但也不好表现在脸上，只佯装平静地"嗯"了一声，没有再说话，和他一样，继续默默干活。

然而这位人很好的男朋友，连同他的两个室友，在许煦蹲在寒风中刮了快二十分钟小广告后，还是没有回来。

她等得有点不耐烦了，掏出手机拨了程放的号码。没有人接听。

挂了手机，她瘪瘪嘴没好气道："买个热饮是被人贩子打包拐走了吗？这么久了都不回来？"

"你要不然去下面的店里等着，他回来我告诉他。"柏冬青看了她一眼，道。

许煦其实也觉得待在这里有点冷了，但看了看还没刮到一半的小广告，又默默看了眼认真干活的男生，犹豫了一下："没事，我就在这里等吧！"

就当是帮程放把他该干的活干了。

于是在接下来的半个多小时，人烟稀少的天桥上，一对隔着两米的年轻男女在寒风中吭哧吭哧地劳动。

许煦是个嘴巴不太闲得住的女孩，但毕竟和柏冬青不熟，也看得出这位学长不爱说话，想开口聊天却完全不知道从何说起，暗地里偷瞄了默默干活的男生几回后，看了看手中的活儿，道："学长，这张有点刮不掉。"

柏冬青转头，朝她铲子下看了眼，走过来用力将顽强的小广告刮掉："好了。"

然后又默默走开去干自己的活儿。

"哦！"许煦抿抿唇。

好在这样的静默，终于被姗姗来迟的声音打断："老三，你的姜茶来了。咦？小学妹也在呢！"

说话的人是姜毅，而走在他后面的程放看到许煦，笑嘻嘻跑上来，作势要抱她："领导真来视察工作啊？"

许煦拍开他的手，将小铲往他身上一丢，哂笑道："你这买个热饮还挺快啊！"

程放看着她被风吹红的脸颊，料她来了应该有了一会儿，他笑着摸摸额头："……就有点冷，稍稍去网吧坐了会儿。"

许煦皮笑肉不笑地问："稍稍坐一会儿？连电话都没听到？"

程放从衣兜里掏出手机，看到未接来电，笑道："……就坐着的时候正好戴着耳机。"

许煦干笑两声："然后戴着耳机顺便打了一局游戏？"

程放嬉皮笑脸道："我不是让你别来么？冷得要命，看看你的脸都冻红了。"说着要伸手去捂她的脸。

许煦躲开，指着掉在地上的铲子："我和柏学长已经清理一半了，剩下的归你们了。"

拿了姜毅给的热饮正在喝的柏冬青接话道："没事的，这里也没多少了，我弄完就行，你们去玩吧！"

程放朝许煦眨眼睛。

许煦不为所动，板着脸道："你赶紧的，自己的事自己做，什么都让别人帮你弄，要不要脸啊？"

一旁的姜毅和周楚河见程放被小女友训，乐不可支。程放瞪了他们一眼，拿起铲子道："笑什么笑！赶紧干活！"

姜毅拍拍柏冬青："青儿，你歇会儿吧，剩下的我们来弄就行。"说着蹲在程放身旁小声戏谑，"你以前不这样的啊，看来我们小学妹很是与众不同啊！"

程放道："废话！"

许煦没听到两人在说什么，拍拍手靠在栏杆边，一副地主婆督工的模样，见柏冬青喝完饮料，又要蹲下去跟他们一起干活，赶紧阻止："哎！学长，你已经清理了那么多，剩下的就让他们干吧！哪有干活五分钟偷懒两小时的道理，自己的事就得自己做。"

柏冬青还没说话，程放已经笑着啪啪鼓了两下掌："许小煦同学批评得对，我坚决改正错误，剩下的我们任干完就行，老三你回去吧！"说完又朝许煦眨眨眼，"我这么知错能改，是不是得奖励什么啊？"

程放天生是哄女孩子的高手，一双桃花眼含情脉脉地朝人一看，便能让人心花怒放。许煦自然也架不住他的魅力，眉眼弯弯一笑，凑上前弯身抱着蹲在地上的帅气大男孩，在他额头用力亲了一下。

姜毅和周楚河捂着眼睛哇哇大叫："这大冷天的，我们不仅得干苦力，还得被塞狗粮，有没有人性啊！"

程放道："得了吧，你俩又不是单身狗！"

姜毅笑："那不是女朋友隔得远么？远水解不了近渴，哪里像你和小学妹，天天能黏在一起。"说着又感叹道，"还是老三好，一心学习，心无旁骛，不近女色。"

许煦本来也是跟着在笑，冷不防听到说柏冬青，便下意识地朝几步之遥处站着的男生看过去。

被人点名的柏冬青抿唇轻笑着，沉默不言，脸上并没有被人开玩笑的不自在。大概是觉察到她的视线，抬头看过来，那双干净的眸子里无波无澜，只带着点温和的笑意。目光对上她后，只微微停留，很快就移开。

柏冬青到底没有先走，喝完了饮料，又和大家一起干活。其他几个包括许煦在内，难免边做事边打闹，只有他一个人最专心，偶尔应一声，或者默默笑一笑。

干完活，已经是中午，程放大手一挥要请大家去旁边新开的餐馆吃饭。一行人笑笑闹闹结伴而去。

席间自是欢声笑语，其乐融融。姜毅见许煦和程放黏黏糊糊，故意拉着周楚河开他俩的玩笑。许煦也不害羞，在两人架秧子起哄下，还大大方方和程放当众亲了嘴。然而不管大家闹得怎么夸张，柏冬青都很少说话，只是默默吃着饭，看着大家笑。

快吃完时，程放的电话忽然响起，他看了眼号码起身笑道："你们继续，我接个电话。"

姜毅戏谑："什么电话，还出去接，不会是哪个美女打来的吧？学妹你可得看紧啊！"

许煦斜了眼神色闪躲的程放，笑道："是美女吗？"

程放朝姜毅瞪了一眼："什么美女？社团的辩友找我说比赛的事呢！你就多吃点吧，把嘴巴塞上。"说着朝许煦眨眨眼睛，走出去将门带上。

过了十来分钟，大家都已经吃完放下筷子了，出去打电话的程放还没回来。许煦心下奇怪，起身打开门去看，长长的走廊空空荡荡，哪里有程放的影子。

她走回来，刚拿出手机，程放的电话已经进来："我有点急事先走了，单已经买了，吃完了你自己回去，不用等我了。"

许煦有些不悦："什么急事？招呼不打一声就跑了。"

"有人来找我，你先回宿舍，我完事了给你打电话。"

"好吧。"

因为程放已经离开，许煦到底和这些人不算熟悉，一起出了餐馆大门，就笑着道别，没和他们一道回去，而是准备一个人在外头再瞎逛逛。

然而走了一小段路，她忽然看到前方拐角处有道熟悉的身影，因为被一棵大树挡着，又隔得有些远看不太清楚，正要走上前去确认，却见那身影和一个女孩拉拉扯扯，随后上了路旁一辆红色的小车。

毕竟已经交往这么久，虽然那身影从大树后面到钻入车内，不过几秒的功夫，但许煦还是认出那是程放。她急忙跑上前想看个究竟,可还没跑近,一辆电动车从辅路急速骑过,几乎是擦着她的身体将她带倒在地。偏偏那骑车人见撞到人,也不停下,直接肇事而逃。

许煦摔了一跤,慌乱中抬头朝前方叫了一声"程放",可是已经坐进车子里的人,并没听到这声呼唤。她只能眼睁睁看着那辆红色车子绝尘而去,消失在拐角处。

许煦气急败坏地从地上爬起来,哪知脚下传来的剧痛差点让她再次摔倒,而没摔倒的原因是——她被人扶住了。

许煦转头,看到不知何时出现的柏冬青:"你还没走?"

柏冬青道:"我取了单车从这边去星巴克打工。"他低头去看她的脚,"你没事吧?"

许煦提起那只扭到的脚,龇着牙道:"脚扭到了。"

柏冬青微微蹙眉,突然蹲下身体,拨开她的牛仔裤脚,去查看她的脚踝。他伸手按了下,正好按在痛处,许煦疼得倒吸一口冷气。

柏冬青抬头看她:"应该是扭伤了,问题不大,揉点药就行了。"站起身问,"你们宿舍有药吗?"

许煦摇头。

"这样吧,你先在这儿等一下,前面有个药店,我去帮你买药,然后送你回宿舍。"

许煦被他扶着手臂往边上走,疼着边吸冷气边道:"谢谢你啊,学长!"

柏冬青笑了笑:"没事的。"

许煦靠在路边他的旧单车上,看着他准备转身去药店,忽然想到什么似的叫住他:"等等,等等!我给你钱。"

说着掏出一张一百的钞票。柏冬青愣了一下,接过来,朝前面小跑去。不过两分钟,他就去而复返,将药和找的零钱一起递给她。

许煦也没看,一骨碌塞进包里:"真是太谢谢你了。"

柏冬青笑着摇头:"没事的,上回你还帮我捡到校园卡呢!"

许煦不甚在意地嘻嘻笑了笑,想了想又道:"对了,你是要去打工吧,我还是打电话让程放来接我。"

她掏出手机,拨了程放的号码,电话是接通了,但是明显是响了几声就被人摁掉,试了几次都是如此。

柏冬青见状,道:"没事,这里离宿舍区就几分钟,我来得及。"

许煦收了电话,一边腹诽程放,一边抬头看他:"那就麻烦你了。"

到底是不熟悉,她没法像程放他们那样,将他习以为常的热心当作理所当然。

柏冬青笑了笑,踏上车子,示意她坐好。

许煦笑着坐上车后座。平时坐男友的单车,她可以轻轻松松地靠在程放身后抱着他,但现在这个载着自己的男生,只是一个并不算熟悉的学长,她只能小心翼翼地抓着他的外套衣摆上方。

柏冬青骑车很稳,身体挺直,将迎面而来的寒风替身后的许煦挡开。

短短几分钟的路程，遇到减速带，难免也有颠簸的时候，许煦的手就会下意识地靠近他的腰。虽然是冬天，但他穿得并不厚，隔着薄薄的棉外套，也能感觉到坚硬而劲瘦的腰身。明明都是偏瘦的男生，许煦却觉得柏冬青和程放截然不同，至于哪里不同，她又说不上来。

很快到宿舍楼下，单车停稳后，许煦单车跳下车，再次给柏冬青道谢。

柏冬青笑着摇摇头，温声叮嘱道："那个药你按着说明书擦，用点力气不要怕疼。我之前运动扭伤好多次，用这个药效果很好，顶多两三天就没事了。"

许煦算是第一次听到他说这么长的话，笑着抿嘴点点头："我知道了，谢谢学长。"

待他将单车掉头快速离去，她才拨了电话让冯佳下楼来接自己。

"你搞什么？不是去找程放么？怎么把脚扭伤了？你俩打架了？"冯佳扶着她，小心翼翼地上楼。

许煦疼得龇牙咧嘴："去你的！是被电动车撞了，然后肇事者逃跑了。"

"不是吧？这么缺德！"

许煦摆摆手："算了，也就是脚扭了一下。"她默了片刻，小声道，"不过，我觉得程放确实有情况。"

"啊？"冯佳做出惊讶状，"劈腿了？"

许煦嘴角抽了抽："不知道，反正我看到他和一个女孩儿上了辆车，鬼鬼祟祟的。"

"我去！这还得了？"冯佳拍拍胸口，"放心，要是他真劈腿，姐替你去讨公道。"

美女室友的豪爽仗义取悦了许煦，她咧嘴笑道："有你这句话就够了！"

冯佳又问："对了，那是谁送你回来的？"

许煦道："程放的室友。"

"哪个室友？"

"柏冬青，你认识吗？"

"听说过，他们年级每次第一名那位吧！不过不知道长什么样子。反正那种学生活动参加得少，只知道埋头学习的男生，应该都长得比较安全。"

"是挺安全的。"许煦说完才反应过来这安全的意思，连忙呸呸了两声，"什么叫长得安全？人家长得挺好的，好吗？不积极是因为要打工，哪里有时间参加那么多活动。"

冯佳大笑："你急什么？你跟人很熟么？"

许煦翻了个白眼："好歹人家助人为乐把我一个伤残人士送回宿舍。"

冯佳眨眼睛逗她："不会那位学霸学长对咱们许煦同学也那什么……"

许煦啐了一口，有些不虞道："你别胡说八道了。"

她不是一个开不起玩笑的女孩，实际上宿舍的几个人经常开一些乱七八糟无下限的玩笑，但是当这个玩笑的主角变成柏冬青和自己，她就觉得很不舒服，甚至有种说不出来的反感。当然不是反感柏冬青，而是觉得他那样的男生被当成玩笑，有些侮辱人了。

程放的电话过了快两个小时才通，不过这回是他打过来的。

听许煦说，看到自己和一个女孩上车，还因此被电动车剐倒扭了脚，非常老实地交代，那女孩是前女友。

程放有前女友的事，许煦当然知道。实际上作为院里的风云人物，她不用亲自问他，就早从八卦中得知他之前的恋爱经历，知道他在大学期间，交过两个女朋友，在她之前分手的那位，是传媒大学的校花。

程放这样耀眼活跃的男生，别说在大学交过两任女友，就是再多几个也不奇怪。许煦对前女友这事还真没放在心上，她自己也不是一入校就谈恋爱了吗？

再说了，前女友是校花的风云学长，还不是一顿饭就落在她手里。嘻嘻！

然而当这个本来已经退场的校花前任，忽然又出现，还让程放对自己躲躲闪闪，并导致自己被电动车挂到，就有点让她很不爽了。

程放倒也坦白，说前女友是想找他复合，他背着她去和她见面，是为了彻底打发她，免得她阴魂不散地去打扰她。至于这坦白的真实度有多高就有待考证了。

为这事，许煦连着三天没搭理程放。正好脚扭伤了，窝在宿舍没去上课，程放想逮人也逮不着，只能天天鞍前马后给她打水买饭，送到宿舍楼下，让冯佳他们帮忙带上去。

三个室友在几天的考察下，一致认为程放的表现很优秀，建议许煦酌情宽大处理——当然主要也是这三位没禁住程放糖衣炮弹的诱惑，收受了零食大礼包之类的贿赂。

许煦其实也没打算就这样分手，有个前女友就闹分手，太没面子。

然而，她还没想好怎么原谅程放，便接到了那位前女友的电话。

"你真去啊？"冯佳看她在挑衣服，笑着问。

许煦道："当然，要不去她还以为我怕她呢？而且我也想知道她和程放到底怎么回事？我可不会听信程放的一面之词。"

冯佳瞅了她一眼，朝她招招手，将椅子滑到她旁边。

许煦奇怪地问："干吗？"

"你就打算这么去？我可是听说了，程放的前女友是传媒大学校花。"冯佳笑，"情敌相见，你好歹化个妆吧！"

许煦其实长得很不错，肤白大眼，笑起来眉眼弯弯，看起来很舒服，是最讨人喜欢不过的模样。只不过刚上大学几个月，还残留着高中生的青涩，清汤挂面的直发、休闲装以及帆布鞋，也从来不化妆，孩子气倒是不少，女人味却是半点都无。

许煦想了想那日的匆匆一瞥，那位前女友好像确实很时尚靓丽。她笑嘻嘻地凑到冯佳跟前："那你给我弄弄。"

冯美人将自己平日里化妆的装备拿出来，把她拉下坐好。修眉画眉，粉底口红眼影一整套弄下来，已经是二十分钟后。

冯佳看着面前的少女，对自己的大作得意地吹声口哨，将镜子递给许煦，笑道："这谁家的漂亮姑娘？我都不认识了。"

不得不承认，三分天注定七分靠打扮确实是个真理，许煦从来都是自信的女孩，但这会儿也不得不感叹化妆这门邪术的厉害之处，对着镜子都有点舍不得拿开。

冯佳看她那自恋的小模样，笑道："行了，别自恋了，祝你旗开得胜。要是打起来就赶紧打电话，姐去救你。"

许煦大笑："这里可是我的主场，我还怕她不成？而且她约的是星巴克，不至于在那种地方撒泼吧！"

冯佳点头："也是。"

于是，化了妆的许煦怀着一举击退前任的雄心壮志去赴约了。

星巴克里，柏冬青正在柜台内工作，看到她进来，朝她抿嘴笑笑打招呼。许煦也朝他笑了笑，唤了声"学长好"，然后也不知为什么有点心虚地低头匆匆去了里面。

还好，梁露坐的位置很靠内，离收银台还有些距离。

许煦本是信心满满而来，可先是见到柏冬青莫名就虚了一下，在梁露面前坐下时，又虚了一大下。因为程放这位前女友确实不负传媒大学校花之名，不是脸有多美，而是整个人穿着打扮与举手投足间的气质，和她们这种女学生，尤其是大一女生，实在是截然不同。饶是自己化了妆，和梁露一比，也还是显得太学生气。她甚至觉得程放和这位前女友的气质都有些不搭，毕竟程放看起来也就是个帅气的大男孩。

显然，梁露也是这样看待许煦的，她轻飘飘上下打量了她一眼，脸上的轻蔑几乎毫不掩饰："你就是许煦？"

输人不输阵，许煦板着脸道："没错！你找我有什么事？"

梁露勾唇笑了笑："听说你和程放认识第一天，他就对你表白了？"

许煦："这跟你没什么关系吧？"

梁露继续道："你觉得他为什么对你表白？以为自己美若天仙，让他一见钟情了？"

她语气间明显的讥诮让许煦不由得皱眉，她压下心头的不快，不去接话，转而道："我猜猜你为什么来找我？是因为想找程放复合，但是他不答应，所以想从我这里下手？"

梁露到底年纪也不大，脸色微微一变，敛了笑容："你以为程放真喜欢你？我实话告诉你吧，我们在一起快两年了，开学那会儿两个人闹了点小矛盾赌气才分的手，他找你不过是为了气我。"

要说许煦完全不相信这话那肯定是假的，当初一顿夜宵程放就向自己表白，她起初也以为是一见钟情，还为此沾沾自喜多时，毕竟自己对程放也算是一见钟情了，也符合她所有的少女幻想。

但细想下来，程放已经大三，见过的女孩那么多，怎么可能那么容易一见钟情，何况一见钟情的对象还是她。

可毕竟在一起两个多月，程放对自己如何，她能感觉得到，她不相信一个男生随便找一个和前女友赌气的女友，会对她做那么多，带她玩给她送礼物让她认识自己的室友，而且无底线包容她的小脾气。

虽然梁露的话让她很不舒服，但她还是笑着道："所以呢？你觉得跟我说这个，我就会和他分手，让你们复合？坦白说，你又何必自欺欺人，就算我和他分手，程放也不会和你复合吧？不然你怎么会狗急跳墙来找我？"

"你……"梁露不料这个小女生如此尖牙利齿，偏偏又戳中她的痛处。

开学那会儿，她和程放耍小脾气闹分手。他一怒之下说，你信不信我马上就去找别人。她以为他只是说气话，没想过没几天，他真的交了个新女友。她跟人打听后知道，他跟那女孩认识第一天就在一起了，用脚趾头想想也知道他是故意气自己，实际上他在电话里也没否认。哪想自此之后，他却再没给自己打过电话，她打过去他也不接。后来找到他，他只留下一句"我们已经分手，以后别来找我"，就头也不回地离开。

她这才知道，他跟那女孩来真的了。

许煦见她对自己怒目而视，拿出电话："这样吧，我把程放叫来，看他选你还是选我？"

说着已经拨通电话，那头很快接起，传来程放欣喜的声音："宝贝，你终于肯理我了！"

许煦冷声道："你赶紧来星巴克，你前女友正劝我和你分手呢！"

说完也不等那边有回应，立刻挂了电话。

梁露气得脸色铁青，没料到她会来这一出，咬牙切齿道："你别太得意！"

许煦这会儿倒是冷静了，如果程放真的跟这位前女友还有什么藕断丝连不清不楚，她不会是这种反应。想到这里，她忽然就放松了，不甚在意地靠在椅背，等程放赶来。

梁露深吸一口气，让自己冷静下来，睨了眼她身上国产运动棉服的标志，哂笑道："你知道程放的家境吗？你知道他一个月的生活费多少吗？你知道他成年后，每年的生日礼物是一辆新跑车吗？小姑娘，灰姑娘那是童话，现实中是不存在的，跨阶级谈恋爱是不能长远的，你这种可能连车牌子都不懂的普通女孩，和程放根本不是一路人，你跟不上他的。"

许煦挑挑眉，朝落地窗外的红色小车看去，扬扬下巴问："保时捷？"

梁露轻蔑地哼了一声。

许煦摊摊手："我们家还真没有，只有奔驰 S 级和宾利。"

梁露一愣，随即又讥诮一笑。

许煦靠回椅背，笑道："谈个恋爱还要讲家庭背景，难怪程放要和你分手！"

刚刚坐下来时，她看到这位前女友的长相，本来是有点没底气的，但现在听她这一番话下来，顿时就对这个人有点不以为意了。程放的家境富裕是全院皆知的事实，但除了吃穿用度比普通学生消费多一些，他其实并不算奢侈。他不是本市人，所以所谓的跑车很多，也没见他开过，每天在学校只是骑着辆捷安特。他不止一次半开玩笑半认真地同自己说过，因为未来要做检察官，所以要提前走群众路线——虽然每个月至少两三双限量版球鞋这种作风，实在是不那么群众。

但大体来说，程放确实和面前这位前女友不是一路人。

许煦这副笃定的样子彻底激怒了梁露，她拿起面前的咖啡杯就要朝许煦泼过去，然而才将杯子端起来，手腕就被一只有力的手固住。

梁露惊愕地抬头，看到旁边站着的男生，顿时沉下脸怒道："柏冬青，你干什么？！"

柏冬青面色沉静，一言不发，伸出另一只手去拿她手中的咖啡杯，他的动作看似轻描淡写，可那力度却让梁露毫无反抗之力，只能眼睁睁看着他将咖啡杯从自己手中拿走，甚至都没洒落一滴，然后转身走开。

梁露本就憋着一股怒火无处发作，气急败坏地站起来，一时风度全无，大声呵道："柏冬青，你把咖啡还给我？信不信我投诉你，让你老板叫你滚蛋！"

柏冬青停在原地，转头看她，面色有些犹豫，声音依旧平和："除非你保证不乱泼人。"

梁露青着脸轻蔑道："好好打你的工，少管闲事！我的闲事不是你这种人管得起的！"

本来坐在原处还有点没反应过来的许煦，闻言噌地起身，拿起手中的咖啡，毫不客气地泼向了趾高气扬的女人，怒道："你以为你是谁？凭什么对学长这么说话！"

这突如其来的变故，不仅仅是梁露，就是还端着咖啡的柏冬青都愣住了，连带着本来就安静的咖啡厅一时变得鸦雀无声，寥寥几个客人都好奇地朝这边看过来。

还是柏冬青的反应最快，迅速从旁边抽出几张纸巾。只是正要上前递给梁露时，却被匆匆跑进来的程放给挤开。

"你们干什么？"程放气喘吁吁的声音，打破了这一室寂静。

梁露看到来人，顿时面露委屈，也不顾不得脸上的狼狈，哭着朝他跟前冲过去，然而却被程放避开，伸手将她挡住："怎么回事？"

他皱眉看了看面前的梁露，又看向站在座位翻着白眼的许煦。

梁露干脆顺势而下，可怜兮兮地指控："你的好女朋友就是这个素质？！"

许煦先前本来自认占了上风是有些暗爽的，但方才见梁露对帮了自己的柏冬青出言不逊，顿时火气就冒上来，脑子一热便端起咖啡泼了人，竟然还不解气，现在听了她的控诉，恶声恶气道："对你这种人不需要讲素质！"

"你！"梁露到底没沉住气，转身就要去扇许煦，却被程放及时拉住。

"行了，梁露，咱俩的事我已经跟你说得再清楚不过，谁让你来找许煦的？"他将她推开，走到许煦身旁，从桌上扯了两张纸巾丢给满脸咖啡残迹的人。

梁露接过纸巾，不甘心地指着许煦道："她……"

程放已经缓过劲儿，拉着许煦的手打断她："她是我女朋友，该说的我已经说清楚，请你以后不要再来找我，更不要来打扰我女朋友。"

梁露本来就狼狈的脸，顿时血色全无，虽然之前程放已经说过这话，但她万万没想到他会当众这么不给自己面子。她自小众星捧月，放下身段求程放复合已经是她人生第一回，却不料对方这么薄情。

感觉到咖啡屋里的客人都在往这边看，梁露只觉得又羞又恼，随手抹了把脸，朝许煦哂笑一声："你也别高兴得太早，你的男朋友当初和我开房的时候，也是各种甜言蜜语的。"

说完，哼了一声转身飞快离去，因为动作太大，还撞到了端着咖啡站在原地的柏冬青。

"让开！"兴许是怒气无处发泄，气急败坏地朝他吼了一句。

柏冬青的表情依然平静，只顺势默默别开身体，倒是许煦没忍住又皱了皱眉。

程放拉了拉许煦的手，小心翼翼地笑着低声哄她："你看！我真没干坏事儿。"

柏冬青见梁露出门，转头看了看留在原地的两人，端着咖啡默默地回了收银台。

　　许煦瞪了程放一眼，将他推开，怒气冲冲地飞快往外走。程放赶紧去追她，到了门口才算将人拉住："许煦，梁露到底跟你说了什么？你别听她胡说八道。"

　　许煦停下脚步看向他，阴恻恻道："我问你，你当初为什么刚认识就对我表白？"

　　程放心虚地干干一笑："……当然是对你一见钟情。"

　　许煦看着他冷笑不语。

　　程放做投降状："好吧，我承认当时确实是因为和梁露赌气要找个新女朋友。但喜欢我的女孩那么多，我为什么偏偏找了你？还不是因为第一眼见你就有好感，当时不觉得是一见钟情，现在回头看不就是么？而且比起肤浅的一见钟情，难道不是相处下来真正喜欢上你这个人更重要吗？咱们在一起也两个多月了，我不信你感觉不出来我有多喜欢你。"

　　不得不说搞辩论的人确实会说话，语气诚挚，有情有理，明明是在为自己辩解，却仿若在说情话。

　　许煦也有些被说服了，但她可不愿意就这么放过他，瞪了他一眼，阴阳怪气道："这些话你和你那位前女友开房的时候也说过很多次吧？"

　　程放讪笑着摸了摸鼻子，没皮没脸道："谈恋爱开房不是很正常么？你要是想咱们现在就去！"

　　"程放！"许煦小脸一板，怒吼一声，抬手就是一顿猛揍。

　　程放也不躲，由着她打，等她解气了，一把将她抱住："好啦！要打要骂随你，但因为一个不重要的前女友，我窦娥冤啊我！"

　　许煦干笑两声："人家跟你谈恋爱的时候不也挺重要的么？男生翻脸还真快！我可得有前车之鉴。"

　　程放在她额头亲了一下："之前那不是不懂事闹着玩的么？你怎么能一样？你看我多稀罕你啊！"

　　许煦哼了一声，将他推开往前走，程放又死皮赖脸黏上去，再推开，再黏上去，走了几米之后，两个人终于还是挽在一起。

　　"那是你室友吧？"星巴克柜台里，全程目睹小情侣打情骂俏的女孩收回视线笑了笑，朝身旁的柏冬青低声道，"帅哥就是好，前女友和现女友都长得那么漂亮。冬青，你觉得哪个更好看？"

　　正低头给客人做咖啡的柏冬青抬头往玻璃门外看去，那两道相拥的身影已经走远，很快就看不见了。

　　他茫然地怔了片刻，又低下头，过了会儿才回答女孩方才的问题："……现女友吧！"

　　女孩看了他一眼，点点头坏笑道："原来冬青喜欢那种类型的女孩啊！"

　　"不是——"柏冬青下意识地否认，可不知为何脸颊却有些莫名发热。

　　也许是这种问题对他来说太陌生了罢，他想。

　　好在有客人来，女孩没再继续纠结这件事。

难以启齿的爱恋
chapter 02

许煦与程放和好如初,这场风波不过是小情侣间的小打小闹罢了。许煦到底年纪小,有着许多小女孩初次恋爱的弊病,程放的态度和纵容让她开始得意忘形,就像是故意考验男友的真心和底线一般,时常就要无理取闹一番。

冯佳她们有时候都忍不住吐槽她太作。但她却不以为意,程放越纵容她,她就越喜欢骑在他头上作威作福。而对程放来说,喜欢一个人的时候,无论她做什么,自然都是可爱的。以至于在很长一段时间里,法学院女生宿舍楼下,三不五时就会看到学院之草,可怜兮兮地站在烈日或者寒风中等待闹脾气的女朋友下楼,然后请求原谅。

两个人高调的恋爱,不能说轰轰烈烈,但也谈得风生水起,人人皆知。程放擅长甜言蜜语,精通吃喝玩乐,让许煦的大学生活在多姿多彩中徐徐展开,对于这个年纪的女孩来说,爱情无非就是快乐。

一切都好,只欠烦恼。

她还是会经常看到柏冬青,有时候是在通往食堂和水房的路上,有时候是去星巴克看书的下午,有时候是和程放一块,有时候是她一个人。

每次去星巴克,她拿到的咖啡都有别致的拉花,每次的拉花还都不一样,有时候是一朵花,有时候是一片树叶,有时候是一只猫,有时候是云朵,有时候是海浪。

惟妙惟肖,栩栩如生。

以至于许煦再去星巴克,开始对那杯咖啡有了莫名的期待,有时候不由自主地就站在吧台前直勾勾地盯着柏冬青的动作,看着那杯平淡无奇的咖啡在他手下开花。

而他从来都是低着头专心致志,一言不发,长长的睫毛遮挡住了黑眸中的色彩,只在做完后,才会抬头,面带微笑地递给她。

冬去春来,大一很快就过去大半,转眼又是一年初夏。

前几天程放告诉许煦,他们宿舍准备给柏冬青过生日,让她一块去。许煦当然是欣然同意,不过否决了他们撮一顿的计划,而是提议在宿舍给柏冬青办一个生日派对。程放几个都是懒鬼,不过女朋友的提议自然不会反对。

生日是周五,柏冬青拿了一个竞赛的名次,当日下午去参加领奖活动,晚上才回宿舍。

趁着他不在，许煦招呼程放他们给自己打下手，一块儿布置宿舍。

"已经上来了！"快九点时，姜毅给柏冬青打了个电话，确定他已经到楼下后，赶紧从阳台溜进来，"快快快！把灯关了！"

啪的一声！本来亮堂的男生宿舍瞬间漆黑一片。

两分钟后，敲门声响起，屋内屏声静气不回应，柏冬青在门外小声嘀咕："都不在宿舍吗？"

然后掏出钥匙开门，在门开的那一刻，站在门边的姜毅迅速将灯打开，彩条气球，点了蜡烛的生日蛋糕，然后是许煦带头唱起的生日歌，光芒和热闹瞬间将整个宿舍填满。

柏冬青愣愣站在进门处，半晌没反应过来，

程放笑着揽住他的肩膀："老三，生日快乐！本来是想跟以前一样，大家去吃顿饭给你庆祝生日的，但小煦说给你在宿舍办个生日派对更好。宿舍这些花花绿绿的玩意儿，可都是她布置的，要是觉得幼稚，别怪我们啊！"

许煦龇牙咧嘴踹了他一脚。

柏冬青抬头看看宿舍，又看看自己的几位室友，最后将目光落在笑盈盈的许煦脸上。他漆黑的眸子里如有星子般微微闪了闪，喉咙像是被人掐住，半晌才哑声开口："谢谢！"

程放将柏冬青拉到桌前："你可别感动哭了，赶紧吹蜡烛许愿，这蛋糕还是许煦同志亲自去挑的呢！"

五彩缤纷的水果蛋糕散发着甜丝丝的香气，上面只点了一根粉红蜡烛，已经燃了一些，下方有一个彩色的数字，写着他的年龄——二十一。

带给他生命的父母离世多年，虽然每年都会有人给他送生日祝福，但其实他对生日早已经没有概念。而上一回属于自己的生日蛋糕，要追溯到七年前的十四岁那年了。

柏冬青看着蛋糕上跳动的烛光，半晌没有动作，还是程放按捺不住推了推他："赶紧的啊！"

他反应过来，闭上眼睛许了个愿，然后将蜡烛吹灭。男生当然不会好奇他许了什么愿，实际上姜毅和周楚河觊觎蛋糕已久，见他吹了蜡烛，迫不及待地拿起纸盘，嗷嗷叫唤："分蛋糕！分蛋糕！"

柏冬青笑了笑，拿起塑料刀切开蛋糕，给他们一个一个装好。别人早已经开始吃，他才最后给自己装了一块，低下头慢条斯理地品尝。

他其实对甜食不感兴趣，但是掺杂着水果清香和奶油滑腻的甜味，在口中往下蔓延，好像连心脏也沾染了那清甜的味道。

他的嘴角不由自主地弯起，下意识抬头，恰好对上许煦带着笑意的清澈目光。他口中的"好吃"二字还没说出来，却见她本来笑着的脸，忽然神色一变，等他反应过来，已经躲闪不及，程放和姜毅手中的半块蛋糕稀里哗啦贴在了他脸上。

恶作剧得逞的两人，贱兮兮地叉腰大笑。

只是还没得意三秒，两人脸上就啪啪两下被许煦砸成了两朵花。大功告成的女孩拍拍手得意地挑眉。

程放抹着脸哇哇大叫:"胳膊肘往外拐的家伙,你反了你!"

边叫又去捞蛋糕,宿舍顿时陷入一场混战,几个人闹作一团。柏冬青站在一旁,默默看着几个互相打闹的家伙,嘴角的笑容不由自主地荡开。

好在蛋糕一人吃了一块,剩下也不多,砸了几下就没了。

几个男生这才想起来生日礼物还没送,姜毅从桌下搬上来厚厚一堆书,足有一尺多高,他笑着拍了拍:"青儿,哥几个送你的生日礼物,全套司考复习资料。"

司考是下半年,大部分学生已经开始着手准备,有钱的学生大多会去上高级的辅导班,但柏冬青这样的贫困优等生,自然就是全靠自己动手丰衣足食。

复习资料作为生日礼物虽然有点奇葩,对他来说无疑是再合适不过。

他笑了笑:"谢谢你们啊!"

程放揽着他的肩膀,笑嘻嘻道:"你考试肯定没问题,就是看考多少分的事儿了,咱们哥儿几个复习的时候,还得靠你多给我们押押题画画重点呢!"

许煦啐道:"程放,你平时考试让柏学长给你画重点也就算了,司考还想麻烦人家,你烦不烦啊?"

程放大笑,摇了摇柏冬青的肩膀:"老三,你烦不烦?"

柏冬青笑着摇摇头,忽然想起什么似的,从书包里掏出两个泥塑公仔:"今天颁奖活动发的纪念品,你们谁要吗?可以送人的。"

姜毅瞅了眼,笑道:"我女朋友倒是挺喜欢玩偶,不过喜欢的是SD娃娃,这种小东西她肯定是没兴趣的。"

周楚河耸耸肩:"要是我女朋友喜欢这小玩意儿就好了,不用我成天勒紧裤带省吃俭用,给她买口红了。"

柏冬青有点不好意思地摸了摸头,笑道:"好像是没什么特别的。"

"等等,等等!"见他要放回去,许煦赶紧拦住,然后将那两个泥塑小人拿过来,"你怎么不问我呢?我喜欢啊!"

程放翻了个白眼:"我看也就你会喜欢这种小玩意儿,你学学人家女孩子,喜欢点高大上的行不行?包包啊,口红啊什么的,要不然手办也行。你男朋友我又不是送不起。"

许煦小心翼翼捧着两个泥塑小人,瞥了眼他:"你懂什么?这是传统手工艺品,非物质文化遗产,很珍贵的。"

柏冬青目光闪了闪,笑道:"也没有很珍贵,就是一个手工艺人赞助的。"

许煦将泥塑小人放进自己包里:"反正我挺喜欢这种东西的,我家里还收藏剪纸皮影什么的呢!"

程放抱拳调侃:"失敬,失敬,原来许小煦同学是民间艺术家啊!"

许煦踹了他一脚,忽然想起自己的礼物还没送出,赶紧从包里摸出一个小长盒子递给柏冬青:"学长,我也不知道你喜欢什么,上次看到你在程放笔记本上写的字很漂亮,想你应该喜欢书法，就挑了支钢笔送给你，希望你喜欢。"

柏冬青神色莫辨地看了她一眼，将盒子接过来，低声道："谢谢！"

许煦不甚在意地摊摊手，看时间已经不早，不客气地踹了一脚程放："我回宿舍了！"

程放连忙献殷勤："我送你。"

许煦摆手，边往外走边道："不用了，你们赶紧收拾，寿星最大，别什么都让柏学长一个人弄。"

程放连连说是，但那晚凌乱的宿舍到底是谁收拾的，就不得而知了。

生日派对后，许煦再见到柏冬青，已经是一个星期之后了。那天下午上完课，正要回宿舍，她忽然接到老爸的电话，说来这边开会正好路过学校，时间紧迫来看她一眼就走。

许煦问了他的位置，正好在东门外，便让他去星巴克等着，然后匆匆赶了过去。

许爸爸坐在离门不远的位置，许煦进门第一眼就看到，笑着朝他挥挥手，然后走到收银台前，朝正在工作的柏冬青笑眯眯道："学长，一杯拿铁，一杯美式咖啡。"

柏冬青笑着点头，见她说完就朝后面坐着的中年人看去，有些着急的样子，便道："你去坐着吧，我做好咖啡给你们送过去。"

许煦着急是因为爸爸赶时间，听他这么说，感激地道了声谢，跑到了许爸爸的座位。

"爸！你怎么来看我也不提前打声招呼，还这么赶？一点诚意都没有。"许煦坐下后，对着爸爸佯装嗔道。

许父四十多岁，器宇轩昂，有种上位者与生俱来的威严，但是面对三个月没见的女儿，脸上的严肃顷刻散开，眉梢眼角都是慈爱的笑意："这段时间太忙了，来这边开会也是连轴转，这点时间还是挤出来的，马上还得去赶下个应酬呢！"顿了顿，又学着她的语气假装抱怨道，"你还说我呢！你自己还不是几个月不回家，你妈妈都怀疑你是不是有了男朋友就不想家了！"

父母开明，许煦谈恋爱没多久就跟他们提过，但是爸爸这样当面说出来，她还是有点害羞，梗着脖子道："当然不是，就是很忙，要学习，还得参加社团活动。"

嘴上这样说，心里却有些虚，因为上学期的成绩单，实在是不算太好看。她大部分的课外时间，确实是和程放吃喝玩乐瞎混。

许爸爸倒也不拆穿，笑呵呵从椅子旁边拿起两个袋子："这是你妈妈给你做的点心，让我给你带过来的，你拿去和同学们一块吃。"

许煦笑嘻嘻接过袋子，朝里面翻了翻："嗯，都是我喜欢吃的。"

这时，端着两杯咖啡的柏冬青走过来，放在两人面前："咖啡好了。"

许煦抬头看他，笑道："谢谢学长！"

柏冬青笑着摇摇头。

许爸爸咦了一声，看了眼柏冬青，随口问女儿："你同学吗？"

许煦道："我们学院的学长，在这里打工，他咖啡拉花特别厉害。"说着朝自己面前那杯拿铁上的麦穗图案指了指,颇有些骄傲地介绍道,"学长学习成绩也很好,每次都是年级第一。"

许爸爸笑着看向柏冬青,目露赞许地点点头:"现在这么努力的年轻人不多了,咱们煦煦得向学长学习。"

"伯父过奖了,没有许煦说得这么夸张。"柏冬青面色微赧,"你们二位慢用,我去工作了。"

许煦点点头,转头目送他回到柜台,才又转回来和许爸爸小声说道:"这个学长真的很厉害的,而且人还特别好。"

许爸爸挑挑眉:"看出来了。"顿了顿又道,"对了,你怎么不把你男朋友带来让爸爸看看?"

许煦撇了撇嘴:"谈个恋爱又不是要结婚,见父母干什么,别把人吓到了。"

许爸爸轻笑摇头,端起咖啡喝了两口,又稍微正了正神色:"你也知道是谈恋爱,不是结婚,爸爸妈妈向来是不反对这些的,但女孩子做事要有分寸,不然受伤害的还是自己。"

许煦明白他的意思,耳根不由得有点发热,有些恼羞地哼哼唧唧道:"哎呀!知道啦!"

许爸爸看着女儿,心中感叹,不知不觉自己那个小小的姑娘就长这么大了。他喝了口咖啡,抬手看了下腕表:"我得走了!你没事多给妈妈打电话。"

"明白!你自己也别老是这么忙,有空多和妈妈过过二人世界,旅旅行,度度假。"许煦提起手中的袋子,起身送他。

许爸爸苦笑:"我倒也是想啊,但现在真是身不由己,再等几年吧!"

许煦撇撇嘴:"看你现在忙得跟什么似的,想想还不如小时候你做法官的那几年,虽然也忙,但好歹业余时间是自己的。"

许爸爸轻笑:"行了,行了,你一小孩子家家的,就别操心大人的事,也别光顾着玩儿,成绩还是别太难看,向你这位学长学习学习。"

说着朝旁边吧台里的柏冬青指了指。

"收到。"许煦朝柏冬青笑了笑,忽然想起什么似的,从手中的袋子里拿出一个小盒子递给他,"学长,这是我妈妈做的芙蓉糕,你尝尝。"

也不等怔愣的柏冬青反应过来,许煦已经将盒子放在台面上,朝他挥挥手,笑嘻嘻挽着许爸爸出门了。

柏冬青回神,将糕点盒子拿过来,低下头默默看着。

还是旁边一起打工的年轻男孩"啧"了一声,才将他唤回神。

"怎么了?"柏冬青后知后觉,转头问他。

男孩朝门外抬抬下巴,低声道:"奔驰S级,你的这个学妹原来是富二代啊,平时看不出来。"说着,又似是了然道,"不过,能经常来这里喝咖啡的大学生,确实不太可能是工薪家庭的孩子。"

一杯咖啡二三十块,对于上班族来说不过尔尔,但对普通学生来说是真的有些奢侈了。

柏冬青微微眯眼朝玻璃门外看过去，许煦正站在路边送父亲上车。一个司机模样的男人，毕恭毕敬地替许父打开后车门。

就算他对车不熟悉，也看得出那辆黑色的车子价值不菲。

许父坐上车后，笑着朝窗外的女儿挥手道别，眼中俱是宠溺，叮嘱道："自己好好照顾自己，有什么事要及时打电话给家里。和同学们要好好相处，勿要攀比，戒骄戒躁，要时刻保持一颗正直善良的心。"

许煦眉眼弯弯，挺直身体，对父亲敬了一个标准的军礼："收到！祝许团长工作顺利！"

柏冬青收工回到宿舍时，已经快十点。他将背包放在桌上，手指不经意间滑过书包薄薄的布料，触碰到了包里那个点心纸盒的棱角。

手在半空顿了下，将书包拉链打开，朝里面那个还没开封的盒子看了过去。怔了会儿，忽然想起什么似的，打开书桌抽屉，拿出那只安安静静躺在笔盒里的钢笔。

新钢笔的金属触感明明很冰冷，但是握在手中，却有种莫名的灼热。他低头看了看那钢笔，转过头，正好见姜毅从椅子起身准备去厕所。

"老大，用你电脑查个东西。"他开口道。

姜毅拉开椅子，爽快挥挥手："随便用啊！"

宿舍的几个人，只有柏冬青没有电脑，但他很少借用他们的电脑，需要用的时候，大部分是去学校机房。

他走到姜毅桌前打开电脑网页，将手中这支笔的牌子和型号输入搜索栏，按下回车键，相关信息立刻跳出来，最上面的几条就跟价格有关。

握着钢笔的柏冬青，看着网页上显示的价格，倒吸了口冷气。

几百块的钢笔对于奔驰S级家庭来说，可能不足一提，但是对他来说，实在是太贵重了，何况这还是一个没有任何关系的女孩送给他的生日礼物。

他忽然觉得手中这冰冷的钢笔，变成了一块烫手山芋，又好像是一件不应该属于他的易碎珍宝。

"当当当当！我回来了！"虚掩的宿舍门，忽然被从外面踢开，满面春风的程放大刺刺走进来。

柏冬青拿着鼠标的手吓得一抖，迅速将网页浏览记录删掉，然后关了网页，另一只握着钢笔的手，默默背在了身后。

上完厕所的姜毅从阳台跳进来，朝程放调侃道："瞧你那骚劲儿，肯定又带小学妹去哪里鬼混了！就你们这黏糊劲儿，这约会频率，你可注意点，千万别搞出人命了。"

程放呸了一声："我和我家许小煦同学纯洁着呢！你少拿你肮脏的思想来揣度我们。"

姜毅道："就你还纯洁？咱们宿舍也就老三还能用这个词。"

冷不丁被点名的柏冬青，抿嘴笑了笑，默默挪到自己桌前。

程放从包里掏出一把点心，丢在几个人桌上："我未来丈母娘亲手做的，你们尝尝！"

姜毅跑过来，拿了块撕开，丢进嘴里，含含糊糊道："我去！你这和小学妹都要定下终身了啊！以前说好的要游戏人间的呢？"

程放托腮做深沉状："哎！遇到真爱了，只能认命了！"

姜毅嗤了一声，大笑。

旁边一直没说话的柏冬青，将桌上的包拿起来："……我出去跑步了！"

程放看了他一眼，随口问："跑步还背包？"

柏冬青："再过几个月就司考了，我顺便去看看书，公派的英语成绩也得准备了。"

程放露出夸张的敬佩状，拍拍他的肩膀："老三加油，等以后你留学回来当教授，我这个小小的检察官，要有不懂的专业问题还指望继续请教你呢！"

柏冬青笑了笑没说话，背着包出了门。

此时早已经入夏，十点多的校园，晚归的学生们陆陆续续返回宿舍。柏冬青没有去操场跑步，而是随便找了个路边长椅坐下。长椅靠着路边的大树，和人行道的路灯隔了点距离，于是他整个人便像是隐没在黑暗中，与校道中灯光下来来往往说笑着的学生，泾渭分明。

他低头看了看手中那支已经被自己握得带了体温的钢笔，小心翼翼地放入书包内层夹袋，然后取出包里那个还没打开的点心盒子。

为女儿做的手工点心用纸盒精心包装着，这应该是个很用心生活的母亲，就像他的母亲一样。小的时候，妈妈也经常给他做各种好吃的，用保鲜袋和盒子精心装好，让他带去学校和同学们分享。

但是十四岁之后，那些出自母亲之手的美味，就再也没有了。

柏冬青将纸盒小心翼翼地打开，拿出一块小袋子分装好的芙蓉糕，慢慢送入口中。带着清香的甜味在口中蔓延，比想象中的味道还要好。他一连吃了好几块，直到盒子里只剩下两块才停下，然后认真装好，放回了书包里。

人生四味酸甜苦辣，他十四岁后，就只剩下三味，今天却好像品尝到了暌违已久的甜意。也许不是今天，而是最近开始，好像生活中就多了一点带着酸涩的甜味。

这味道太陌生了，以至于他都不敢仔细去体会。

"你说，我六点才吃饭，还吃了你给的点心，怎么又饿了？"

"大概是你还在长身体吧！"

"横向么？"

"这可不是我说的。"

熟悉的声音让坐在路边长椅的柏冬青抬头，夜色中的校道上，两个女孩说说笑笑地从他跟前走过，朝小卖部的方向走去。是许煦和她的一个室友。

柏冬青默默看着两人的背影走远了一段，鬼使神差般站起来，跟了上去。

他走在人行道靠里的位置，沿着路边的绿阴大树内侧，路灯几乎照不到的地方。而两个女孩则走在人行道下，踏着路灯的光芒前行。

相同的方向，其实只隔了几米的距离，可一个在路灯下，一个在夜影中，就像是隔了千山万水的两个世界。

两个女孩边走边说说笑笑，说到兴奋时，许煦就会笑盈盈地扭过头看向自己的同伴。

柏冬青默默看着她的背影，年轻姣好的侧脸，一颦一笑，在夜灯下是如此生动，美好得有些失真。

小卖部不远，几分钟就到了。

两个女孩进了小店，柏冬青在一棵大树旁站定，目光依然看着许煦的方向。这会儿店里的学生不少，两个女孩挤进去之后就看不到人了。

几分钟后，再出来时，许煦手中多了一盒冰淇淋。小卖部门口灯光明亮，她的面容在柏冬青眼中，忽然就清晰得仿佛触手可及。

许煦不知道自己正被人注视着，她舀起一大勺冰激凌送入口中，满足地闭上眼睛，一副愉快的享受状。

王妍笑道："我饿得肚子咕咕叫，也只敢吃根烤肠，你竟然买这么大盒冰激凌，真不怕胖了你家程帅哥嫌弃你啊？"

许煦又舀了一勺："吃了再减，他要敢嫌弃我，我甩了他！"

王妍笑："甩了他，可就找不到这么帅的男朋友啦！"

"谁说的？天涯何处无芳草。"

"那你倒是说说咱们院里还能找得出比你家那根草帅的男生吗？"

许煦想了想，嘻嘻笑道："好像是没有。"

"瞧把你得意的！"

两个人说说笑笑地往回走，许煦一口一口吃着冰激凌，时而满足地咂咂嘴巴，时而伸出舌头舔舔唇，是这个年纪的女孩再真实不过的快乐。

站在阴影中遥遥看着她的柏冬青，喉咙微微滑动了一下。

她好像总是很快乐。这样的女孩怎么会不快乐呢？有优渥幸福的家庭，宠爱自己的父母，有相互喜欢且英俊优秀的男友，这一切都足以让她能随心所欲地生活。

她的人生是如此美好，就像是此时笼罩在她周遭的温暖灯光，如此明朗。

柏冬青将手伸进书包里，摸了摸夹袋中的钢笔，不知为何，有些怅然地叹了口气。

走出大概十几米后，许煦吃了一口冰激凌，忽然转过身朝后面扫了眼。柏冬青下意识地挪了下脚步，将身体藏在了树干后。

"怎么了？"王妍见她停下脚步，奇怪地问。

许煦舔了舔嘴唇："我感觉有人在看我！"

王妍瞅了眼来去匆匆的学生："没有吧？"

许煦抿抿嘴问："你没感觉到吗？"

王妍摇头："没有啊。"

许煦狐疑地摸摸头，又看了眼周围："现在是没有了，不过我刚刚真是有种被人盯着的感觉。"

王妍道:"你别吓我,跟讲恐怖故事似的。"

许煦轻笑出声:"拜托!虽然是觉得有人在看我,但也能感觉出肯定是没恶意的。"

王妍嗤了一声,坏笑道:"所以是感觉哪个暗恋你的人在偷偷看你吗?你都有程帅哥了还不满足?"

"我就是刚刚莫名生出来的感觉。"许煦自己也觉得有点好笑,摆摆手道,"算啦,肯定是错觉啦!"

这一次,直到两个女孩走远,渐渐消失在夜色中,柏冬青才从大树后面走出来,慢慢朝宿舍的方向走回去。

九月中旬要司法考试,许煦难得起了个大早,跑到男生宿舍下等着给程放壮行打气。程放虽然在学习上有些吊儿郎当,但还算是一个目标明确的家伙,一个富二代不去继承家业,一门心思要当检察官,所以司考必须得过。于是刚刚过去的这个暑假,他跟着柏冬青头悬梁锥刺股了整整两个月。

他运气不错,考场就分在学校附中,骑车过去不到二十分钟,也就不需要找酒店,住在宿舍就已经很方便了。

许煦没提前告诉他自己一大早跑到他楼下等他,待人出来,冷不防跳到他面前,吓了人一大跳。

程放笑着将她抱起来:"这是来给我爱的鼓励吗?"

许煦见柏冬青在旁边,有点不好意思地将人推开,笑着和他打了声招呼:"学长,好久不见了,你和程放在一个考点吗?"

从上个学期期末到现在,她好像就一直没看到过他,包括这开学的十来天,即使是在星巴克,也都反常地没有遇到过,这会儿乍一看到,莫名有点兴奋。

柏冬青微笑着点头,一如既往地没有多话。

程放笑嘻嘻地揉了把小女朋友的头发:"好久没参加过大型考试了,本来还有点紧张的,看到你专门来给我打气,我忽然就充满了信心。"

许煦这时候也不再吐槽他,笑着握了握拳:"虽然你学习没有柏学长这么厉害,不过我相信你一定没问题的,加油!"说着从口袋里掏出两块巧克力,递给他一块,"考试时间长,下午精神容易不好,进去前吃块巧克力能补充能量。"

程放做出夸张的感动状:"我女朋友太贴心了。"

许煦笑着瞪他一眼,将另一块递给他旁边的柏冬青:"学长,你也拿一块,下午补充能量吧。"

柏冬青迟疑了一下,才接过那块巧克力,轻声道:"谢谢!"

许煦摆摆手,踹了程放一脚:"赶紧去吧,别迟到了,好好考,考不好拿人头来见我!"

程放大笑着说遵命,跟她挥挥手去取单车了。柏冬青比他慢一步,走了两米,忽然转头朝许煦看过来。

晨光下的许煦怔了怔，朝他笑着挥挥手："学长，祝你考试顺利，为咱们学院争光。"

柏冬青的嘴角微不可寻地弯了弯，对她点点头，将手中的巧克力握紧，转身离开。

司考之后，大四学生就要正式为前途奔波。考研，考公，出国，找工作，人生的另一阶段就要从这里开始分岔。程放还算轻松，他的目标就是当检察官，因为和许煦来自不同的城市，他已经计划留在江城，而本市的法检系统招考要等到明年春夏交际，准备时间绰绰有余。

就算是撇去家里的关系，程放对这种考试也很有信心，虽然学习成绩不算太突出，但毕竟他们是重点大学，当初高考也是真枪实弹考进来的。只不过上了大学，爱好太多，学习上就有些疏忽了，但底子在，用心准备，也绝对能考出一个好成绩。除此之外，他的履历也确实太漂亮了，光是全国辩论赛最佳辩手的头衔，就足以让他在这种招考中鹤立鸡群。

于是，在大家都忙得不见人影时，就他一个人留在学校优哉游哉地陪女朋友。

转眼两个月就过去，司考成绩终于出来了，程放有惊无险地低空飘过，自然是拉着许煦出去胡吃海喝了一顿。

当天下午，许煦没有课，他又将人拉到自己宿舍陪他看片儿。他们宿舍如今的常住人口就他一个，姜毅去实习了，周楚河因准备考研而在校外租了房子，而柏冬青是本地人，基本上确定会走学校的公派项目出国读研，大四也没什么其他事，自然是住回了家里。

其实，作为一名富家子弟，程放早就想住在外面，与小女朋友共筑爱巢，但被许煦严词拒绝后，只能继续可怜兮兮地窝在学校的宿舍。

今天看的片子是一部欧美的爱情电影，尺度颇大。影片播放到高潮处，那撩人的旖旎画面，让许煦耳根发热，心跳加速，尤其是程放逐渐粗重的呼吸在她耳边响起时，青春的荷尔蒙呼之欲出。

程放忍不住将她抱在腿上，胡乱地边亲她边将手伸进她的衣服内。许煦直觉不应该如此，至少不应该是在这种地方的这种时候，但她毕竟是个未经世事的女孩，被这么一撩拨，脑子和身体都不太受自己控制，也就没再挣扎。

正在意乱情迷时，宿舍的门忽然被打开，有人走了进来。

两人猝不及防，顿时惊慌失措地分开，许煦吓得从程放腿上跳下来。

"……不……不好意思，我……我拿个东西就走。"柏冬青比他们两个还尴尬，眼睛落在许煦凌乱的头发和衣服上，瞬间移开，随手从抽屉里抓了几本书塞进书包，匆匆跑了出去，前后不过几秒。

待到屋内恢复安静，许煦才从刚刚的怔忡中回神，恼羞成怒在程放身上捶了几拳："都怪你！丢死人了！"

虽然刚刚其实也只是抱在一起，还没有到少儿不宜的一步，但毕竟两个人刚刚并不只是打算亲亲抱抱。想到这种事被人撞见，还是被柏冬青撞见，许煦就觉得难堪极了，恨不得挖个地洞钻进去。

好好的气氛被打断,程放真是比窦娥还冤,他哭丧着脸道:"老三都已经好久没在学校出现过了,我哪里想到他会忽然回来!"说着又要将人往怀里拉,"再说了,咱俩郎情妾意的,他又不是不知道,被撞见也无所谓啊!"

许煦将他推开,气呼呼道:"我看男人都不是好东西,甜言蜜语后还是想骗女孩子做这种事。"

程放哭笑不得:"我要不想对你做这种事,你才该苦恼吧!"

许煦哼了一声:"我可是有前车之鉴,等被你骗到手,肯定就跟你那位前女友一样,弃之如敝屣了,我才不干!"

程放哭笑不得,正了正神色,拉住她的手:"小煦,你不一样的,我对你如何,你难道感觉不到吗?"他想了想,道,"这样吧,为了表示我对你的真心,我可以继续接受你的考验。和你在一起,我真的很开心,也想把这份开心长长久久保持下去,所以我留在这里工作,等着你毕业。虽然我确实想马上拥有你,但你不愿意我也绝不会强求。"

不得不说,他英俊的模样,含情脉脉的眼神,以及娓娓道来的声音,确实是很有魅力,许煦自然是被他打动了。

程放又试探道:"等到明年我毕业怎么样?我看过了,毕业那天,应该正好是你二十岁生日,我的毕业礼,你的成人礼,怎么样?"

许煦红着脸支支吾吾点头:"好吧。"

程放笑开,抱着她亲了一下:"说定了,到时候可不准反悔啊!"

许煦笑着掐他:"当然不会。"

宿舍里的卧谈会其实会经常讨论这种事,冯佳是早就尝了禁果,吴小南和异地男友估计也快了。许煦并不排斥,相反还很有些跃跃欲试的好奇,之所以没有下定决心,确实是因为程放的前科问题。冯佳也告诫过她,可别让男生太容易得逞,因为男的通常都很现实,没得到的时候装孙子装得乐此不疲,得到后就成大爷了。她可不想程放也这样。

但她也知道,两个人谈恋爱久了,这种事肯定也会水到渠成。所以程放如此有诚意地提出来这个约定,她觉得没有任何理由拒绝。

实际上她也知道,在这个时代,谈两年才突破最后的防线,足以证明这个男生的诚心。

在两个人约定好未来的同时,刚刚撞破别人亲密的柏冬青一口气从宿舍跑出来,跑了好几分钟才停下。兴许是跑得太急,他这会儿一站定,只觉得有些天旋地转地发晕,胸口憋闷得厉害。

趔趔趄趄地往前走了几步,整个人有些迷迷糊糊,仿佛一下不知今夕何夕。迎面一个冒冒失失的男生跑过来也没注意,一不小心就被撞上了。

他往后跟跄了一步,好不容易才站稳,手中的书包却掉在地上,一支钢笔从没有拉严实的拉链中跳出来,滚出了半米远。

他如梦初醒般回神,目光落在地上,脸色大变,蹲下身手忙脚乱将笔捡起来。光滑锃亮的黑色笔身沾了一层灰，他赶紧用手去擦。沾上的灰是擦干净了，然而那笔帽上却赫然留下了两道刺眼的擦痕。

柏冬青惊慌失措般再次用手指擦了擦，然而痕迹依然在。他似乎有些不可置信，又小心翼翼哈了口气，再用衣袖轻轻擦了擦，然而那擦痕还是没有半点变化。

他停下动作，怔忡地看着手中的钢笔，一时似乎手足无措到不知该怎么办了。

闯祸的家伙还没离开，看着蹲在地上的人奇怪的举止，有点怀疑他是不是要哭了。

"那个……同学，你没事吧？"男生小心翼翼地问。

柏冬青回神，抬头看了眼男生，摇摇头："没事。"

"哦！"男生这才慢慢离开，边走边回头朝依旧蹲在地上的人看了几眼，直到走出了一大段距离，还有些狐疑地摸摸头。

柏冬青用手指轻轻摩挲了几下钢笔上的擦痕，用力闭上眼睛，明明只是钢笔被留了两道痕迹，为什么却像是心脏被人刮了一块，隐隐发疼。

他很想自欺欺人地装作不知道这是为什么，可是他骗不了自己，他很清楚这感觉是源于何故。

这让他感到从未有过的羞耻。

从十四岁后，他的人生就得靠自己摸着石头过河，跌倒时没有人扶，迷茫的时候没有人牵引，也不会再有人告诉他什么事该做，什么事不该做。所以他做任何事都小心翼翼，又用尽全力，生怕踏错半步，给关心他的人们添麻烦，让去世的父母失望。

他也一直做得不错，日子久了，他都开始相信，只要认真努力，人生应该就不会出错。

然而，他还是犯了错。

当他意识到自己可怕的想法后，几乎立刻远离，这个学期甚至离开学校，住回了孤单冷清的家里。他以为自己已经拨乱反正，但是刚刚不小心撞见的一幕，让他明白，自己的这个错误还在继续，甚至已经在不知不觉中放大。

"冬青，你来学校啦？"一道突如而至的男声，将柏冬青唤回神。

他抬头看到来人，赶紧收拾好情绪，站起来微微笑了笑，礼貌地打招呼："张老师！"

这位张老师是他们的辅导员，笑着道："我还正准备给你打电话呢！第一批公派名单已经下来了，你顺利通过，这下可以好好休息一下了，准备准备论文，然后就等着毕业出国深造吧！"

柏冬青愣了下，点点头："谢谢张老师！"

张老师笑着拍拍他的肩膀："加油，好好学习，争取回来留校，到时咱们就是同事了！"

柏冬青轻笑了笑："我会的。"

"那行，我走了，过几天开会再见。"

"再见，张老师。"

目送辅导员的背影离开，柏冬青昂头，眯眼看了看天空的太阳，握紧手中的钢笔，重重舒了口气。

是啊！离开了，就好了。

离开后就可以断掉那些隐秘而羞耻的妄想了。

虽然那次在宿舍和程放亲热时被柏冬青撞见，让许煦觉得很尴尬，但她到底心大，过了几天就没放在心上了。

柏冬青因为司考考了一个接近四百六的变态分数，这几日在院里一时名声大噪，不仅院办宣传栏里张贴着醒目的表扬通告，上课的时候几乎每个老师都会提起他的名字，打鸡血般动员许煦他们这些学弟学妹向他学习。除此之外，大四公派出国的第一批名单公示，柏冬青的名字赫然在列，是美国藤校的法学院。

在这之前，柏冬青虽然成绩优异，但在院里的名气远比不上诸如程放之类的活跃男生。大部分人对他也只是闻其名不见其人，柏冬青三个字自然也不会出现在女生卧谈会中。

但这几天大概是听得多了，晚上熄灯后，大家像往常一样聊天，也不知谁先提到了柏冬青的名字，然后他就成了这场卧谈会接下来的主角。

冯佳道："其实吧，如果男生像柏冬青学长那样学习优秀，就算家境不好，长得一般，也无所谓。毕竟男生的上进心和勤奋刻苦最重要。"

王妍笑着接话："是啊！不过我这个颜狗还是更喜欢长得帅的。虽然不知道柏冬青长什么样子，不过那种家境不好，特别刻苦的男生，想想也猜得出是哪一类。"又道，"对了，许煦，他不是你家程放的室友吗？到底长什么样子？"

许煦在黑暗中嗤了一声："我之前跟你们说过吧！柏学长长得挺好的，绝对不是你们想的那样子。"

王妍来了劲儿："真的还是假的？"

许煦道："我骗你干吗？"

王妍笑嘻嘻问："我有点不信，要真长得帅，怎么没听人说过。"

许煦脑子里冒出柏冬青清朗的俊脸，撇撇嘴："柏学长就是低调而已，主要是挺朴素的，第一眼看过去确实不显眼，但要是多看两眼，就会发现绝对是大帅哥。"

"大帅哥？"王妍来了劲儿，"有没有这么夸张？跟你家程放比呢？"

许煦想了想："这个没法比，两个人又不是同一类型的。"

王妍大惊："程大帅哥竟然在你心里不是理所当然排第一。那柏冬青还真是帅啊！看来我哪天得去认识认识这位学长了。如果真长得帅，成绩还这么牛，我就要视他为偶像了。"

许煦不甚在意道："人家本来就长得很好，而且学习好，人也特别好。"

冯佳笑嘻嘻插话："煦煦，你要当你家程放的面这么夸他室友，看他不吃醋！"

许煦不以为然道："这是客观事实，我当程放的面也夸啊，还让他向柏学长学习呢！"

她语气理所当然，虽然并不算熟悉，但在她看来，柏冬青确实是自己见过的最好的男生。现在听大家聊起他，想到这个很好的学长马上要毕业去国外留学了，以后不知道还有没有机会见面，她心里竟然有点失落。

嗯，有机会要当面恭喜他！

隔日中午下课回来，进入宿舍区后，正在和王妍说说笑笑的许煦，余光忽然瞥到前方不远处一道熟悉的身影。

她转头定睛一看，果然是柏冬青。不由得面上一喜，正要将人叫住对他说声恭喜，哪知手都还没抬起来，只见明明已经看到她的柏冬青，忽然转身急匆匆走了，动作之迅速，就像是被什么可怕的东西追赶一般，一溜烟就不见了身影。

许煦一头雾水地放下手。

"怎么了？"王妍见她怔愣着停下脚步，奇怪地问。

许煦摇头："没事。"

……应该不是上次在宿舍撞见她和程放，觉得看到她尴尬才走开的吧？

一直到放寒假，许煦都没再见到柏冬青，恭喜的话自然也就没机会当面说给他听。

她随口问过程放，他也只是耸耸肩说，学校没事了自然就不用过来。还顺便吐槽说，让他来学校陪自己都不干，太不够哥们儿了。

许煦倒也没多想，学校没事谁愿意住在宿舍啊？洗个澡还得去澡堂排队呢！

一个学期又很快在这种无忧无虑中结束，短暂的寒假也转瞬即逝。然而新学期开学已经一个多星期，程放却没有如约返校。其实在寒假期间，许煦就觉得他有些古怪，不仅不像之前那样一天和她联系好几次，甚至她主动给他打电话，他也通常是敷衍地说几句就说有事挂掉。

但是因为过年那会儿，在家里忙着走亲会友，各种各样的聚会占据了许煦大部分精力，也就没有多想。回到学校，程放还是这种状态，她才后知后觉地察觉到事情不对。

有着丰富恋爱经历的冯佳提醒她，是不是程放有情况了？

许煦恋爱经历贫乏，一听到这个，就跟炸毛了一般，再打电话，免不了各种质问，那头的程放却始终否认，只是态度极为敷衍。

许煦这一年习惯了在他面前骄纵任性，自然受不了他这种态度，两个人在电话里吵了好几次。可过几天，程放又会好声好气地道歉，她自然又原谅他。两个人拉拉扯扯到了五月份，程放还是没有返校。

直到那天许煦从院办回来，看到大四当天的答辩名单，许煦才知道程放已经回了学校。

回了学校却没告诉她，她当即怒气冲冲地跑去了他们宿舍。几声敲门声后，门从里面被打开，程放略显疲惫的脸出现在许煦眼前。

她微微一怔，旋即又被积累多时的愤怒淹没。瞅了眼他们宿舍只有他一个人，走进去将门大力关上，怒气冲冲问："程放，你到底什么意思？想分手就直说！"

程放神色莫辨地看着她，沉默了片刻，才有气无力道："那就分手吧！"

许煦一下怔住，似乎不太相信自己的耳朵："你说什么？"

程放道："你说分手，那就分手吧！"

许煦的脾气瞬间被点燃，气急败坏地质问："你是不是移情别恋了？"

程放看着她生气的脸，道："那就当我是吧！"顿了顿，又道，"你总是这么任性，一言不合就发脾气，什么都要我依着你，我累了！"

满腔的愤怒让许煦忽视了对面男生颓然而又沮丧的语气，怒不可遏地用力推了他一把："分手就分手，你以为我稀罕你！"

说完，摔门而出。

她跑得又急又快，压根儿就不看路，一口气跑出男生宿舍，冷不防就与迎面而来的一个男生撞了个满怀。本来是她撞了人家，但那人身体坚硬挺拔，她没把人怎么着，自己倒是差点被反弹得跌倒，还是对方伸手及时将她扶住。

"你没事吧？"柏冬青见她站稳，才将手慢慢松开。

许煦抬头，看到这张许久未见的面孔，微微一怔，也不知为何，刚刚那几欲发狂的怒气莫名就平静了几分，人也清醒了不少，她勉强朝他笑了笑："没事，不好意思撞到你了。"

柏冬青俊秀的眉头微微蹙起，定定地看着她，迟疑了片刻，才开口试探着问："你……来找程放吗？"

程放两个字，让刚刚平静几分的许煦心中立马又涌上一股烦躁，她不想多说，语气也就有些不好："我和他已经分手了。"说完绕开他走开，走了几步，又觉得自己和程放的破事干什么迁怒别人，于是有些愧疚地转头道，"对了，学长，恭喜你司考第一，拿到公派名额去藤校。之前就想当面恭喜的，但一直没遇到你。"

柏冬青点点头："谢谢。"

许煦扯了扯嘴角，朝他摆摆手："那再见！"

柏冬青抬起手，一声"再见"还没出口，许煦已经转身走开，再没有回头。

他站在原地，默默看着她的背影，直到消失不见，才转过身往宿舍走。

宿舍中，程放正在收拾行李。

"今天就走了吗？"

程放抬头看了进来的人一眼，低低嗯了一声："我哥晚上来接我。"顿了顿又道，"老三，你待会儿陪我去喝一杯吧！"

柏冬青点头："真的就这样和许煦分手了吗？"

程放怔怔地看着地上的行李箱，神色黯然道："不分能怎样？其实几个月前就该分的，一直拖到了现在。"

"她什么都不知道，是吗？"

程放点头："这是我自己的事，跟她无关，她不需要知道。"

柏冬青看着他，沉默了良久，又才低声开口："可是……她会很难过的。"

程放抬头对上他的眼睛："如果真是这样，我应该高兴不是吗？这说明她在乎我。"他顿了顿，才又继续，"我其实特别自私，明明不想让她难过，可是又希望她能为我难过，因为只有这样，才能证明我对她来说很重要。"

他说完站起来，拍拍自己这个相处四年如兄弟的男生的肩膀，对着他有些茫然不解的眼神，苦笑道："跟你说这些，你可能也不懂。等你哪天遇到喜欢的女孩子，就明白了。"

柏冬青神色莫辨地看着他，嘴唇嚅嗫片刻，到底什么都没说，只微不可寻地点了点头。

虽然这回吵架升级到了说分手，但许煦大概真的是被程放纵容习惯了。她潜意识里还是认为，这跟之前无数次的小打小闹没什么差别，她还等着程放来跟自己道歉，只不过这回他实在是太过分了，即使他道歉了，她也要再晾他几天。

然而几天过去了，她没能等来程放的任何消息。没有电话，没有短信，也没在宿舍楼下看到他徘徊的身影。

"煦儿，你和程放怎么回事？真分手了吗？"就这样快过了一个星期，中午在宿舍休息时，冯佳风风火火地从外面跑进来问。

许煦这几天没等来程放的求和，正郁闷着，听了这话便有些赌气道："是啊！真分了。"

冯佳试探问："那你没事吧？"

许煦不甚在意道："分个手而已，我能有什么事！"

冯佳松了口气："那就好，我听大四的学姐说，程放出国了，还想着你好像不知道，怕你知道了难过呢！"

许煦抬头震惊地看向她："你说什么？"

冯佳："……我说程放出国了，你……"

她的话还没说完，许煦已经噌的一下从椅子上跳起，飞快跑出了宿舍。冯佳皱眉看向大开的门口消失的身影，忧心忡忡地皱起了眉头。

飞奔下楼的许煦满脑子都是惊愕和不可置信，程放从来没说过自己要出国，怎么可能忽然出国？

她一口气跑到那间自己去过无数次的宿舍，还没抬手敲门，门已经从里面打开，这回开门的不是程放，而是柏冬青。

许煦看了他一眼，默默越过他走进屋内。那张原本属于程放的桌子和床位已经空空荡荡，这意味着什么，她不会不明白。

她转头茫然地看向旁边的男生："学长，程放呢？"

柏冬青漆黑如墨的眼睛微微闪了闪，犹豫了片刻，低声道："……他走了。"

"去哪里了？"

"和家人一起出国了。"

许煦沉默了半晌，怔怔点头："哦！"

她的脑子在这一刻彻底空白，这超出了她所能思考的范围。她想过和程放吵架和好，甚至也想过真的分手，但绝对没想到过他会不告而别。

以至于她一时找不准现在该有什么情绪。难过？痛苦？还是愤怒？

她完全不知道了，只是有些茫然地往外走，却也不晓得自己这是要到哪里去。

柏冬青蹙眉看着她不紧不慢地出门，没有开口叫住她。犹豫片刻后，默默跟着出去了。

如今已经入夏，午后的阳光炙热，校道上的学生们都很聪明地走在树阴下。许煦似乎对这烈日浑然不觉，毫无顾忌地将自己暴露在明晃晃的阳光下。

路过一处篮球场时，一个篮球忽然飞过来，砸在她肩膀上，然后落在地上。

柏冬青明显看到她身体歪了一下，心里不由得跟着一紧，但被砸中的女孩却仿佛没什么感觉。

"美女！帮忙捡一下球！"球场挥汗如雨的男孩朝这边叫道。

许煦置若罔闻，跨过篮球继续往前走。

柏冬青走上去，弯身将那颗已经停下的篮球，丢回了操场，然后又默默跟上去。

许煦不知道自己走了多久，等她回过神，人已经不知不觉走到校外。她的目光落在旁边的星巴克，走进去问服务生要了杯拿铁，也没在收银台等，直接去落地窗旁的位子坐下。

跟进来的柏冬青看了她一眼，走到收银台前，随便要了杯美式咖啡，然后将许煦那杯已经做好的咖啡要过来。问相识的服务生要了工具，在上面拉了一朵漂亮的花，然后端着两杯咖啡来到了许煦桌前，拉花的拿铁放在她面前，另一杯放在她对面。

许煦正怔怔看着玻璃窗外发呆，对于身旁的一切浑然不觉。直到柏冬青在她对面坐下，她才蓦地回神，表情却依旧有些茫然："学长，你怎么在这里？"

柏冬青望着她，喉咙微微滑动了一下："……路过。"

许煦低头看向面前咖啡上的拉花，那图案有些特别，她问："这是向日葵吗？"

柏冬青点头。

许煦道："很漂亮。"

柏冬青弯唇笑了笑，没有说话。

很多人只知道向日葵象征着阳光，却不知它的花语是——沉默的爱。

许煦心不在焉地盯着那朵花看了许久才抬头问："程放出国的事早就告诉过你们吗？"

柏冬青迟疑了一下，摇头："也是回来答辩时才知道的。"他认真地看着她，沉默了片刻又道，"他不是故意瞒着你的。"

许煦怔了片刻，回神，故作轻松地耸耸肩："无所谓啦，反正我们已经分手。"

柏冬青的眉头微微蹙起，过了半晌，试探问："你真的没事吗？"

"没事啊！"许煦摊摊手。

不过就是分手吗？当然不会有事。但她此刻一点都不愿意去想这个问题，看了眼柏冬青的杯子，转移话题："你喜欢喝什么咖啡？"

柏冬青轻笑了笑："其实我很少喝咖啡，不是很了解。"

许煦奇怪问："你在这里打工不是可以免费喝吗？"

柏冬青点头："是可以免费喝，但是没有时间。"

总是来去匆匆，哪里会有闲心像小资们一样静坐下来品尝咖啡，说起来这竟是他人生头一次。

许煦想了想道："我听说公派给的奖学金很充裕，你以后可以专心学业，不用打工了。"

柏冬青微微笑了笑："是的。"

许煦平日里话多,每次遇到沉默寡言的柏冬青,都是主动找话说。但是现在的脑子和心里空空荡荡,没有半点说话的欲望,勉强说完这几句,就低下头,看着咖啡表面那朵精致的拉花出神。过了片刻,终于还是拿起勺子搅拌开来,然后端起杯子一口气喝了半杯。

放下杯子后,她也没想起擦嘴角,站起身朝柏冬青挤出一个笑容:"学长,你慢慢喝,我走了!"

柏冬青抬头对上她的眼睛,点点头没有说话,只是目送她走出咖啡厅,才又低下头。

他端起面前的咖啡慢慢呷了一口,没有加糖的黑咖啡,香气浓郁,却也苦味十足。

他一个人坐了片刻,将两只杯子端起来,来到收银台。

"小安,你帮我把这两个杯子装起来,我以后不来了,想留个纪念。"

叫小安的男生也是大学生,和他很熟,笑着道:"店里有售卖的杯子,你登记一下,拿一套回去就好啦,干吗要用过的?"

柏冬青微微笑了笑:"我就是拿回去做纪念,这个就好。"

小安若有所思地点点头:"我知道了,因为是自己喝过的更有意义,对不对?"

柏冬青勾了勾唇,不置可否。

小安拿过杯子,边帮他清理打包,边随口问道:"冬青,听说你要出国了,是吗?"

柏冬青点头:"嗯!"

小安露出羡慕的笑容:"真好啊!以后你肯定前途无量。哪像我,读个三本学校,指不定毕业了还要继续在这里做咖啡呢。"

柏冬青默了片刻,似是想到什么,低声道:"……其实做咖啡也挺好的啊!"

小安将杯子递给他,笑嘻嘻地道:"你别安慰我了,做咖啡能有什么前途?"

柏冬青没说话,只是抿唇笑了笑,接过杯子后道了声再见,转身离开。走到店门时,却又停下来,回过头朝收银台看去。

他想起之前好多个日子,他就站在小安的位置,低头做着咖啡,而在收银台外,有一个等咖啡的女孩,站在他对面认真地看着他。

他做咖啡其实很快,但会故意一点一点地放慢手上的动作。他虽然低着头,但是知道那一刻,她看向自己的眼神,一定是专注而欢喜的。他也知道,只有那一刻,自己真真切切地在她眼中。

那些午后,总是有温暖的阳光,有咖啡的香味,偶尔还有舒缓动人的音乐。也有自己,有她,没有孤独。

他有时候在想,时间如果凝固在那宁静的两分钟里,该多好!

也只有在那个时候,他才敢生出那么一点妄想。

所以,做咖啡是真的挺好的。

收银台的小安觉察他的目光,抬头看去,正要开口说话,门口的人却已经转身离开。

"冬青怎么有点怪怪的!"小安奇怪地嘀咕了一句。

分手以及程放的不告而别，似乎并没有给许煦带来多大影响，她几乎没有半点失恋人该有的状态。仍旧是该吃吃该喝喝，每天与室友傻乐。因为不需要再谈恋爱约会，还三不五时跟宿舍里的好学生吴小南去上自习，荒废的学业竟然捡回了不少。

以至于连最亲近的几个室友，都以为她是真的没把失恋当一回事。

一次上课的间隙，许煦和冯佳去安全楼梯的楼道透气，还没进去，便隐约听到两个女孩提起她的名字。

"你瞧瞧许煦，当初和程放谈恋爱的时候多高调啊！整天在宿舍楼下秀恩爱，生怕人家不知道她男朋友是程放似的。我还当情比金坚呢，还不是毕业就分手。人家学长肯定也就是在大学的时候玩玩儿，毕业了就甩了。"

冯佳转头，紧张地看向许煦，只见她扯扯嘴角，一脸满不在乎的神色。

冯佳的眉头蹙起，大力将门推开，朝里面两人冷笑道："谁在大学谈恋爱不是玩玩儿的，不过要找个程放那样的男友玩玩儿也还是要点资本的，不是随便什么火柴妞都行。"

两个女生是隔壁班的同学，不过点头之交，彼此完全不熟悉，见背后碎嘴编排人被抓了个现行，一时尴尬得面红耳赤。尤其是当冯佳这种大美人讥诮地说出"火柴妞"三个字，两人更是无地自容，支支吾吾地离开了。

许煦跟着冯佳走进去，叹了口气道："说实话，我其实觉得跟程放谈恋爱谈得挺亏的。"

"啊？"冯佳疑惑地看向她，不知道她要说什么。

许煦愤愤然道："跟那么个大帅哥谈了快两年，竟然没把他给睡了，我就是个白痴啊，简直亏大了！"

说完就没心没肺地大笑起来。

冯佳怔了一下，冲她肩膀轻轻揍了两拳，笑道："看来你真没事啊！之前看你跟人分手了没半点反应，还想着你是不是憋着呢！"

许煦昂昂头，傲娇道："当然没事，不就是分个手么？旧的不去新的不来，多得是帅哥在前方等我呢！"

冯佳大笑，只是目光里隐隐有些担忧。

六月底是许煦的生日。二十岁，一个有重大意义的生日，自然要过得隆重，父母虽然没有赶过来为她庆祝，但是提前寄了礼物，还给她拨了一笔生日基金，让她请室友们去腐败。

那天是周五，下午正好没课，许煦带着三个室友，跑出去吃喝玩乐半天。晚上还胡吃海喝了一顿生日大餐，又去唱歌，回到学校，已经快十点了。

往常这个时间段，学校虽然还人来人往，但比起白天，已然宁静得像另一个世界。但是今晚，整个宿舍区却出奇地喧嚣热闹，校道上大队大队的学生敲敲打打，唱唱跳跳，仿佛是在过着什么狂欢日。

"对了，今天毕业典礼呢！这届大四今天正式毕业啦！"王妍最先反应过来。

江大有毕业夜游的传统，许煦在学校待了两年，见识过一次学校毕业夜的盛况，不过时隔一年，已经有些陌生了。

现下看着不远处一队不知哪个学院的毕业生,拿着饭盒敲敲打打,还有人大声喊着心上人的名字表白,她忽然就怔忡在原地。

冯佳见她停下脚步,拉了拉她,笑道:"跟鬼哭狼嚎似的,咱们赶紧回去休息吧,累得不行了!"

许煦回神:"你们先回去吧,我在外面乘会儿凉。"

王妍:"你不累啊?"

"还行吧!"许煦挥挥手做出一个赶他们走的姿势,自己朝旁边的长椅跑去。

王妍也没在意,挽起另外两个同伴:"走吧,走吧,让她一个人在这里思考人生。"

冯佳忧心忡忡地朝许煦看了一眼,微微叹了口气,跟着王妍走了。

六月末已经进入这个城市的炎夏,今天又是个大晴天,即使是到了夜晚,也还是热得厉害。

许煦本来之前唱歌的时候就喝了点啤酒,这会儿还真是躁得很,也许不只是身体的热,而是心里头忽然生出的抓心挠肺般的焦躁。

这时,一群夜游的毕业生从她跟前喧嚣而过,有男生敲着饭盒大叫:"莫云云,我爱你!我要和你永远在一起!"

许煦怔了片刻,脑子里一根不知绷了多久的弦,突然咔嚓一声断掉了,好像有一股巨大的力量,瞬间将她的内心全部掏空。

失恋该有的情绪,在经过一个多月后,忽然后知后觉地袭来。痛苦、挫败、迷茫……

铺天盖地,排山倒海,天崩地裂。

她这个时候才意识到,那个陪伴他快两年,填满了她生活的男生,是真的已经离开了。

一时间无法承受的痛苦,让她的心脏都疼起来,蓄积多时的泪水,决堤而下。

她手忙脚乱地掏出手机,拨通了那个已经好久没拨过的号码。

"您拨叫的用户暂时无法接通。"

再拨。

"您拨叫的用户暂时无法接通。"

再拨。

……机械冰冷的女声始终重复着这句话。

魔怔般拨了十几遍之后,许煦终于放弃,然后又想到什么似的,调出手机上那个很少用的男生宿舍号码。电话响了七八声,许煦正要挂掉时,忽然有人接起。

"喂!"一道清润的男声从电话中传来。

许煦怔了一下,旋即情绪彻底崩溃,对着电话里大叫道:"程放!你这个骗子!你说过要留在江城做检察官,和我永远在一起的,你说过要让我看到你的诚心,继续等我的。你说今天是你的毕业礼,我的成人礼!你为什么不讲信用,出尔反尔!你这个骗子!大骗子!"

她边哭边骂,却词穷得厉害,翻来覆去只有这几个字,直到最后终于只剩下了上气不接下气的抽泣声。

电话那头的人,沉默地听着她的控诉和哭声,直到她许久没再开口,才出声道:"许煦,我是柏冬青。"他的声音很轻,带着点小心翼翼。

许煦愣了一下,挂掉电话,继续埋头痛哭。

柏冬青是十分钟后找到许煦的。他拖着一个行李箱,在长椅上的女孩跟前站住,却没有唤她,直到她哭得差不多抬起头抹脸时,才递上一张已经在手中攥了不知多久的纸巾。

许煦本来哭了这么久,已经后继无力,但抬头看到来人,接过他手中的纸巾后,也不知为何,再次悲从中来,又稀里哗啦地哭起来。

柏冬青默默地看着她,仍旧一言不发。

宿舍里其他两个人都已经在毕业典礼后就离校。想到即将远离,他心中有些不舍,于是留守到了这个时候。当他拉着行李箱出门,正要把封条贴在宿舍门上时,忽然听到宿舍里的电话响起。他本来是没打算接的,但是听着那电话锲而不舍地响了六七声,犹豫了片刻,还是重新打开门,匆匆走进去将电话接起。里面传来的声音,他再熟悉不过,只是那原本快乐的声音,这一次却是在电话中痛哭。

在他对她所有的记忆里,她总是快乐的,好像永远都是那么无忧无虑。可原来她也有这么难过的时候。他知道她的眼泪,是为谁在流,所以他连走上去,替她擦干眼泪的资格都没有。

十几分钟后,将多年来没流过的眼泪都哭干的许煦,终于哭够了。她抽噎着抬起头,目光落在柏冬青身后的箱子,哽咽着问:"学长,你是回家吗?"

柏冬青点头:"嗯。"

许煦抹着眼睛,站起来,颤抖着声音道:"学长,我今晚不想回宿舍,可不可以去你家借宿一晚?"

因为先前喝过一点啤酒,又哭得太厉害,她脑子里这会儿已经混混沌沌,根本意识不到自己在说什么,只是想着自己这个样子太狼狈,不想让室友们看到,或者说想暂时逃离这块伤心之地。

柏冬青仍旧默默地看着她。因为哭了太久,眼皮已经红肿,但她似乎浑然不觉,抬头对着他的眼睛,在等他的答案。

他知道自己应该拒绝的,他们其实连朋友都算不上,甚至都不能说熟悉。一个女生跟着不熟悉的男生回家过夜,想想都很荒谬。

何况他心中那不为人知的心思,让他根本无法坦然地答应。

但是对着那双红肿可怜的眼睛,他发觉拒绝的话无论如何都说不出口,良久,终于还是点了点头:"嗯。"

许煦显然是松了口气,她擦了擦泪痕,将手中的纸巾丢在一旁的垃圾桶里,混混沌沌地跟着柏冬青的脚步往校外走。两个人谁都没有说话,许煦是脑子混沌,心不在焉,而柏冬青向来就是如此沉默寡言,两人各有所思,倒也不算尴尬。

柏冬青家离学校很远，好在有一趟直达的公交车，这会儿已经是末班，车上只有寥寥几个人。两人找了位子坐好，许煦靠着窗，柏冬青坐在她旁边，仍旧没有说话，看过去就像是没有任何关系的乘客。

　　夜晚的道路畅通无阻，车子开得快而平稳。

　　兴许是真的累了，车内又有舒适的空调，许煦便在这摇摇晃晃中靠在窗边睡了过去。

　　柏冬青看了看她露在空气中的胳膊，从箱子里找出一件外套，小心翼翼地搭在她身上。这细微的动静，没有让她醒过来，只是闭眼呢喃着稍稍换了个姿势。

　　车子偶有颠簸，她的额头便会随之在玻璃窗上轻轻磕一下，然后眉头微微蹙起，大概是有些疼。

　　柏冬青思忖片刻，将手臂从她后方伸过去，手掌贴在窗户上，把她的脸和玻璃隔开，用手给她当枕头。那是一个类似于环抱的姿势，但他身体坐得笔直，除了垫在他脸侧的手掌，两人没有任何身体接触。然而手掌传来的温度，还是让他心猿意马，心乱如麻。

　　脑袋不再因为车子颠簸被磕碰，许煦终于沉沉地睡去。柏冬青默默凝视着那张与自己相隔咫尺的侧脸，皮肤白皙，眼皮微微红肿，偶尔有城市的霓虹从车窗外划过，便衬得这张脸愈发恬静又楚楚可怜。

　　许煦无知无觉地睡了一路，柏冬青也就一直保持着这个姿势一动不动。

　　整整四十分钟。

　　公车终于抵达终点，空荡荡的车厢里只剩下了他们两人。许煦还睡得人事不知。柏冬青小心翼翼地将手掌抽开，又把她身上搭着的外套拿走收好，这才轻声唤："到了！"

　　没有反应。

　　他稍稍提高声音："许煦，到了！"

　　许煦总算迷迷糊糊地睁开眼睛，惺忪地看了一下周围，一时竟不知今夕何夕，直到目光落在身旁柏冬青的脸上，才稍稍清明。

　　公交车里的灯已经亮起，暖黄的灯光让他本来就温润的面容，显得更加沉静柔和。许煦还未来得及升起的惶恐和无措，瞬间就消失殆尽。

　　虽然这是深夜里陌生的地方，但只要有柏冬青，好像也就没有什么不安。

　　柏冬青见她本来朦胧的眼神逐渐清明，起身拉起旁边的箱子，淡声道："下车吧！"

　　"哦。"许煦慢悠悠地站起来，刚刚睡了一路，这会儿才发觉半边身子发麻，一个趔趄差点跌倒，还是柏冬青眼明手快地将她给扶住了。

　　"谢谢！"许煦讷讷道。

　　柏冬青微不可寻地"嗯"了一声，慢慢走在她前面，领着她下车。

　　这一块已经接近市郊，比起学校所在的繁华区，几乎看不到任何霓虹闪烁。到了这个时间，周遭早已经陷入沉睡的寂静中，只偶尔有路边草木中的虫鸣传来。

　　许煦转头环顾四周，陌生的街道里，看不到任何人影。她有些忐忑地往前走了两步，与柏冬青并排而行。

柏冬青转头，借着昏暗的路灯，看了她一眼，柔声道："没事的，这里治安不算差，前面就是小区门口。"

许煦顺着他手指的方向看去，大概往前几十米的地方，便是一个小区的大门。听他这样说，她也就不再害怕了。

月朗星稀，夜色安宁，一路清风徐来，虽然心中还是像被人挖了一块一样空空洞洞，但那种绞痛感却已经消失殆尽。

许煦默默地跟着柏冬青，没有再说话，一路宁静得只有两人徐徐的脚步声，以及行李箱轮子在地面的滚动声。

进了小区后，没多久就到了柏冬青家的单元楼。老式的低层楼房，没有门禁也没有电梯，脚步踏在楼梯的水泥地面，昏暗的声控灯随之亮起。

走到三楼，柏冬青停下脚步，低低地道了一声"到了"，拿出钥匙，将老式的防盗铁门打开，又打开里面的木门，"进来吧！"

他把箱子拉进去，放在玄关，从旁边的鞋架上拿了一双拖鞋，弯身放在许煦脚边。

许煦默默脱了脚上的帆布鞋，穿上那双男式凉拖，跟着他进入屋内。

"你坐一会儿，我给你倒杯水。"

到底是忽然身处一个陌生的房间，许煦有些局促地点了点头，然后在客厅的布沙发上坐下。待柏冬青去了厨房，她下意识地环顾四周，这是一间很小的客厅，不算明亮的灯光下，是再简单不过的装修，但房间很干净，干净得几乎没有一点烟火味。

柏冬青很快端了杯水出来，放在她面前的茶几上，温声提醒她："你今晚不回宿舍，还没打电话告诉你室友吧？"

许煦这才反应过来，赶紧从包里掏出手机，手机也不知何时被她给关了机。刚刚开机，就有电话进来，她看到是冯佳的号码，迅速按下接听，还没说话，那边已经喘着气劈里啪啦地问道："你跑去哪里了？我跟王妍在学校找了你一圈都没找到，电话也打不通，都快吓死人了，差点就要去报警了！"

等她一口气说完这一串，许煦才有些没底气回道："我到朋友家玩，今天不回宿舍了。"

"什么？什么朋友？大半夜就这么跟人跑了？"

许煦抬头看了眼站在一旁的柏冬青，低声道："是很好的朋友，我没事的，你不用担心，明天一早就回宿舍。"

"行吧！你自己当心点。"冯佳也知这个时候不可能让人回来，只能作罢，想了想又补充道，"有什么事情马上给我打电话。"

许煦轻笑了一声："能有什么事？都说了是很好的朋友。"

"好吧，那你休息，明天早上回来，周一还有最后一堂考试呢！"

"明白。"

挂了电话，许煦朝柏冬青道："学长，给你添麻烦了！"

柏冬青摇摇头："没事的，我给你找了身换洗衣服放在卫生间，你洗个澡好好睡一觉。"

许煦点头："谢谢。"

她将包丢在沙发上，慢吞吞地去了卫生间。

老房子的洗手间很小，不过两三平方米，除了一个马桶和简易盥洗池，什么都没有了。盥洗池旁的架子上放着一套整整齐齐的球衣，想来就是柏冬青为她准备的睡衣，盥洗池上有一只瓷杯，瓷杯上横搁着一支没有开封的牙刷，自然也是他为她准备的。

许煦心中微动，将那支廉价的牙刷打开，又从另一只杯子里拿出牙膏挤在上面，开始对着镜子刷牙。她这才发觉自己的眼睛红肿得厉害，简直像个女鬼一样，好在这么狼狈的模样，只有柏冬青一个人看到。

刷完牙，又迅速洗了个战斗澡。

柏冬青个子高，他的球衣穿在许煦身上，松松垮垮地盖住了大腿，裤衩就更夸张，似乎随时都会掉下来。

"我洗好了！"她磨磨蹭蹭地从卫生间走出来，有点不好意思。

坐在沙发的柏冬青看了她一眼，很快不着痕迹地移开目光，朝一扇房门指了指："床铺已经收拾好了，你去睡吧！"

"哦！"许煦攥了衣服挪到门口，朝里面看了眼。屋内虽然摆设简单，但看得出这就是一个男生的房间，她转头看向他，"我把你床睡了，你睡在哪里？"

柏冬青道："我在沙发上睡就好了。"

家里有两间卧室，但父母过世后，那间主卧就再没有住过人。

许煦对自己的"鸠占鹊巢"有些犹豫："学长……"

柏冬青看她一眼，轻笑一声："没事的，你睡吧，我平时看电视经常睡沙发的。"

许煦虽然心有愧疚，但也知道他那样的人，决计是不会让女生睡沙发的，于是点点头："……晚安。"

"晚安。"

原来这就是爱情
chapter 03

　　柏冬青的床不大，被子有些旧了，是再朴素不过的颜色，但是洗得很干净，没有半点让人反感的异味，反倒有种清新的香气。睡在这样的床上，许煦没有什么不安的，只是明明很困很倦，可关了灯后，却辗转反侧，怎么都睡不着。

　　也不知道过了多久，她从床头柜上摸出手机打开，时间显示还有十分钟就到十二点。

　　十二点也就意味着她二十岁的生日过去了。心里头忽然就没来由地一阵焦躁，好像有什么亟待完成的事情，还没有完成，必须要今天做完才行。

　　"我的毕业礼，你的成人礼。"

　　程放的话蓦地萦绕在她的脑子里，像是魔咒一样挥之不去。

　　她大口呼吸了几下，还是无法平息身心的焦躁，烦躁地从床上爬起来，赤脚走到门口，将房门轻轻打开。

　　客厅的灯已经关了，小小的房间安静得似乎落根针都能听到，以至于沙发上男生的呼吸，在空气中都显得有些明显。

　　窗外的月光打进来，落在柏冬青身上。因为沙发窄小，他双腿微微曲起，脸朝外侧着，胸口下半搭着一条毛巾被，一只手垂落在沙发下，一只手覆盖在眼睛上。

　　许煦怔怔地看着这个或许还并算不上熟悉的男生，身体里亟待释放的焦躁和压抑，让她的心中涌上一个疯狂而荒谬的念头，并迅速如泄洪般一发不可收拾，思想和行为很快就不受自己控制，只有个声音在叫嚣着驱使着她去完成这个疯狂的行为，为自己这段失败的恋情和二十岁的生日，画上一个句点。

　　她悄无声息地走过去，在沙发前蹲下，几乎没有半点犹豫，便伸出双手将上面的男生抱住。

　　本来就只是浅眠的柏冬青，被突然袭来的温热，吓得惊醒，下意识地往沙发内侧躲开。

　　许煦追过去，再次将他抱住，脸靠在他的脖颈。

　　柏冬青伸手想将她推开，低声道："许煦，你别这样！"

　　然而许煦却将他抱得更紧，一股害怕被人拒绝的脆弱袭来，顿时泪如雨下，哽咽道："求……求你，别拒绝我！"

说着，嘴唇从他侧脸的弧线滑到他的唇角，边哭边将他后面要说的话堵住了。

柔软温热的触感，让柏冬青浑身僵住，脑子一片空白，也忘了再将她推开。

许煦却像是沙漠的旅人一下寻到了绿洲一般，急切又用力地去吮吸这张温暖湿润的唇，仿佛这里变成了她的生命之源，所有挫败和痛苦都要从这里发泄开去。

她半压在他身体上，终于将他紧闭的唇撬开，勾出了里面更加湿润温暖的地方。

柏冬青被她这样吻着，早已经失去思考能力，只有心脏擂鼓般狠狠地跳动。

不够！还不够！

这样的吻还远远无法让她彻底解放，许煦急切地将手从柏冬青T恤下摆探进去。

但是当她正要往下滑去时，却被一只有力的手，隔着单薄的衣料，紧紧攥住。

她用力几次想挣开，却没有成功，便急得更加用力地亲吻着身下的人，咬他的耳朵，亲吻他的喉结，想用这种方式软化他。

柏冬青没有躲开，但是抓着她的手，却始终没有松开，仅存的意志力坚守着最后这道岌岌可危的防线。

许煦亲了好久，还是没能让他顺从自己，不由得焦灼地抬起头，自上而下看着他。

她没有说话，只是抽噎着，满脸的急切和哀求，眼泪如雨水般往下掉落，滴在柏冬青的脸上、眼睛上和嘴唇上。

暗淡的月光下，他看不太清楚她的脸，但是却能看到眼泪落下时，一闪而过的晶莹。

眼睛睁不开了，因为她的眼泪落了进去；嘴中有苦涩的味道，亦是她的眼泪。

他抵挡住了她的吻，却终于还是在她的眼泪中，丢盔卸甲。

那只隔着衣服紧紧攥着许煦的手，终于一点一点地松开。

随着攥住自己的手缓缓卸力，许煦也稍稍松弛下来，她有些委屈地抽噎了两声，又有两滴泪水掉落下来。

柏冬青抬手轻轻为她抹了抹脸上的水迹，哑声道："不要哭了！"

许煦点点头，瓮声瓮气地问："你能抱着我吗？"

柏冬青迟疑片刻，终于还是伸手将她抱在怀里。

许煦闭眼趴在他身上，嘴唇摸索着向上，再次寻到那张温暖的唇。这一次她没有像之前那样急躁，只试探着吮了吮，慢慢探进去。

柏冬青一开始还是有些犹豫，但很快便被这从未体会过的黏缠给击溃，开始配合着她的唇舌，交缠在一起。

他明知道这是错误的，明知道她这样做是为什么，也知道明天醒来，或许她就会后悔。可是仅存的理智，已经消失殆尽。他不知道到底是因为她的哀求和眼泪，还是……其实就是因为自己心中罪恶的念想作祟。

总之，从来不会犯错的柏冬青，终于还是要犯错了。

相较于他的挣扎，许煦倒是笃定许多，明明是并不算熟悉的男生，她却发觉自己丝毫不排斥这样的亲密，甚至觉得只是和他接吻，心里头的焦躁便慢慢被抚平。

她停留在他体恤下解放了的手，轻轻地在他薄薄的腹肌上移动，划过劲瘦的腰身，一路往下。

　　她没有经验，只是凭着理论知识去操作，自然是一塌糊涂。

　　可即使这样，两个生涩的年轻男女也渐渐意乱情迷。

　　许煦不知道是什么时候结束的，只觉得自己像是飘荡在水上的小舟，一开始不过是随清风拂动，但很快就被卷入惊涛骇浪。过了许久，才卸力般趴在柏冬青身上迷迷糊糊地喘息。

　　她记得是柏冬青将她抱回了卧室的床上，但他似乎并没有躺下，隐约是坐在床边看着自己。她不知道他看了多久，因为那压抑在心中的焦躁释放后，整个人就彻底松弛下来，沾上床很快就进入了梦乡。

　　许煦这一觉睡到天光大亮才转醒。

　　她睁开眼睛，看着陌生的天花板，怔忡了许久，才慢慢想起自己置身何处。她没有失忆，昨晚的画面，也清清楚楚地悉数回到她的脑子里。

　　她懊恼地拍了一下自己的脑门。

　　这会儿她的脑子已经很清醒，她知道自己昨晚是因为毕业日触景生情情绪崩溃，才会做出这么冲动的事。但失个恋自己发疯似的发泄也就罢了，为什么要去祸害别人？如果是其他人也就算了，为什么偏偏是柏冬青？

　　她还很清楚地记得，他昨晚一开始是如何拒绝自己的。

　　呼！

　　她懊恼极了。

　　虽然昨晚那种让她几欲爆炸的焦躁和挫败已经烟消云散，但懊悔、愧疚、难堪，一股脑涌上来。

　　她用力在床上滚了两下，深吸了口气坐起来，床头柜上整整齐齐放着她的衣服。她揉揉脑袋，拿过衣服换上，趿着拖鞋，蹑手蹑脚地出门。

　　刚走到门口，就撞上从餐厅过来的柏冬青，他眼下有些发青，显然是没睡好，一脸平静地看了她一眼，问："起来了？"

　　许煦不自在地摸了摸耳朵，支支吾吾道："学长，昨晚……对不起！"

　　柏冬青沉默地看了她片刻，温声道："是我的错。"

　　许煦睁大眼睛看他，她太了解他是什么样的人了，所以明明是她的错，却还要揽在自己身上，怎么会有这么傻的男生？

　　她急忙道："学长，我……"

　　柏冬青露出一个淡淡的微笑，打断她："我做了早餐，你去洗漱吧，吃了再回学校。"

　　"哦！"许煦点头，有些泄气。毕竟话题尴尬，她也不想再继续纠缠下去，就当什么都没发生好了。

　　早餐简单又不简单，金黄的鸡蛋饼，浓稠的小米粥，还有切得整整齐齐的水果。

到底还是尴尬，两个人坐在餐桌旁吃饭时，除了许煦夸了一句"好吃"，谁都没有说话。

直到吃完，柏冬青才站起来，将一个小药片递给许煦，轻声道："以防万一，把这个吃了吧！"

许煦目光瞥了一眼那药盒上的字，面红耳赤地接过来，"哦"了一声。

"你坐在沙发上等我一会儿，我洗了碗就送你出去坐车。"

"嗯。"

许煦攥着药盒子，默默地走到沙发，又悄悄朝厨房看了眼。那道清瘦挺拔的身影站在灶台前，正在认真地收拾。

她收回目光，下意识地环顾这昨晚没来得及仔细打量的房子。

现下有阳光照进来，一切便尽收眼底。

这是老国企的福利房，应该很有些年头，客厅很小，无论是寥寥的家具，还是简单的几样电器，都是很老旧的款式，显然是用了很多年。

这些东西，大概从他父母过世后，就没有换过吧！想到一个男生从十四岁就在这屋子里独自生活，许煦心里头不由自主地涌上一股心酸，以至于觉得这简单干净的房间，莫名透着点凄凉和孤独感。

她想了想，从包里拿出钱包。

昨天过生日从银行取了很多钱，她拿出钱包里剩下的一叠百元钞票，偷偷摸摸朝厨房的方向看了眼，又转过头看四周，悄悄将这叠钱塞进了沙发扶手的缝隙里。

这房子这么干净，想必他经常打扫，等过两天他发现这笔钱时，大概也不会想到是她留下的吧？指不定是以为什么时候落在这沙发里的。

许煦有点为自己的小聪明骄傲。

她放好钱，目光被电视上方的一幅照片吸引，那上面是一家三口，穿着军装的男人英武挺拔，靠在他身旁的女人清秀文气，两人中间是个七八岁的漂亮男孩，一看就是缩小版的柏冬青。

"走吧！"柏冬青从厨房走出来。

许煦点点头，起身指了指墙上的照片："我们家也有一幅这样的全家福。"她顿了顿，"我爸爸以前也是军人。"

柏冬青微微笑了笑，点头。

两个人一前一后下楼，这会儿已经九点多，朝阳明晃晃地挂在天空，有清风拂过，竟有些难得的舒爽。刚刚走出单元楼，迎面一个六十多岁的老太太，一手提着一袋米，一手拉着一个装菜的小拖车走过来，笑嘻嘻地看着两人打招呼："冬青，出门啊？这姑娘是你对象吗？什么时候有的，没听你说过呢！"

柏冬青笑了笑不置可否，朝许煦道："你稍等我一下。"

许煦不明所以，只见他走到那老太太跟前，将她手中的米袋和拖车接过去："王奶奶，我帮你送上去。"

老太太笑呵呵道:"要是现在的年轻人都像你这么懂事就好啦。"说着又转头朝许煦道,"小姑娘,冬青可是个好孩子,你要对他好好的啊!"

许煦抿嘴笑了笑,看着走在老人家前面,一手提米一手提小车的柏冬青迅速进入了单元楼。

他穿着一件发旧的白T恤,看起来清瘦单薄。但她知道,他身体下也有分明的肌肉,这是一个如松柏般坚韧的男生。

待人进入楼梯看不见,许煦才转过头,目光不经意瞥到旁边的花坛,几朵黄色的野花,正在阳光下开得灿烂。

她弯身闻了闻,摘下一朵朝天空举起来。看着这朵在风中微微摇曳的小花,不知为何,心情豁然开朗,然后不由自主地笑了。

柏冬青下楼时,看到的就是站在花坛边的女孩,手中握着一朵小花,弯唇笑着的模样。

他微微一怔,停下了脚步,这画面太美好,以至于他不敢惊动。

还是许煦觉察到他下楼,转头看他,笑眯眯道:"好了吗?"

柏冬青点点头,心中揣着的一口气,终于松下来。这是他再熟悉不过的笑容,属于那个无忧无虑的女孩。

他走过去,将手中的一个茶叶蛋递给她:"刚才那个王奶奶给的。"

许煦接过来,笑道:"你这么热心,邻居应该都很喜欢你。"

柏冬青微微笑了笑:"就是举手之劳而已,都是老邻居,一直很照顾我。"

许煦默默看了他一眼,这样好的男生,应该有很好的人生和未来,不应该被自己昨天的错误所困扰。她想了想,终于坦荡荡道:"学长,昨晚的事,你别放在心上。"

柏冬青迟疑了片刻,点头。

并肩走到小区外,恰好有一辆出租车,许煦拦下坐上去。柏冬青则让司机稍等,从副驾驶看了眼那驾驶员的名字,又转到后面拍了张车牌号,才走到后排窗边,递给许煦一张写着电话号码的便签:"到了给我发条短信,报个平安。"

许煦为他这样的细心周全而动容,接过纸条,嗯了一声,抬头看向他,笑道:"学长,祝你出国一切顺利,为咱们江大法学院争光。"

柏冬青神色莫辨地看着她的眼睛,微不可寻地点点头。

出租车司机边启动车子,边朝后视镜看了眼,笑道:"小姑娘,你对象可真是细心,现在的年轻男孩子能这样子的可不多见啦!"

许煦愣了下,失笑:"他不是我对象。"

"啊?哦!"司机大叔为自己的乌龙不好意思地笑了笑。

许煦也笑,等车子开上马路,下意识转过头朝挡风窗外看去,柏冬青还站在马路边,温和的阳光覆在他身上,虽然清瘦却身姿挺拔,如同山巅之上岿然而立的松柏。

许煦再次为昨晚的冲动,幽幽叹了口气,却也只能默默祝福他在未来的日子能够过得很好,遇到一个爱他和珍惜他的人。

直到出租车消失在视线中好一会儿，柏冬青才转身朝小区内走去。

回到家里，他卸力般在沙发上坐了会儿，好不容易才从混乱的思绪中回神，目光不经意瞥到沙发的暗色布套上，有几抹干涸的污渍。

缓缓伸手摩挲了一下，昨晚混乱的场景，蓦地又涌入脑子里。

他闭上眼睛，深吸了口气，起身将布套扯下来，伴随着他的动作，沙发扶手边发出一点窸窣的声音，两张红色的钞票，从缝隙里冒出来。

他微微一愣，弯身将钱拿起，又瞥到那缝隙里冒出的一簇粉色，狐疑地伸手把缝隙里的钱慢慢抽出来。

看着厚厚的一叠崭新钞票，他先是怔在原地半晌，慢慢反应过来，这些钱是来自哪里后，脸色一点一点地陷入苍白。

这些年，因为身世的关系，他遇到过数不清的善意，但却是头一次面对善意而产生如此强烈的羞耻感，以至于攥着钱的手都忍不住有些发抖。

他也不知道自己发了多久的呆，直到手机传来震动，才从怔愣中回神。

打开手机，是许煦发来的短信：学长，我到学校了，昨晚给你添麻烦了，对不起。祝你一切顺利，前程似锦。

柏冬青默默地看了会儿这条短信，简短地回复了一个字：好。

已经回到宿舍楼下的许煦看到这条短信，挑挑眉，准备将手机号码存下来，但想了想又删掉了，注定是不会再有交集的人，就连同昨晚的错误，都随风飘散吧！

"煦儿，你可算回来了！"刚刚走进宿舍，冯佳就忧心忡忡地迎上来，"昨晚到底怎么回事？为什么会忽然去朋友家夜不归宿？到底是什么朋友？"

许煦表情轻松地摆摆手："……就一个挺好的朋友啊！"

冯佳狐疑地上下打量了她一番，不仅没从她脸上看出什么怪异，还觉得似乎跟昨晚甚至是这一段时间，都有些说不出来的不同，大概就是一种彻底放松坦然的模样，她暗暗松了口气，"你真没事？"

许煦反问："你说失恋的事吗？"

冯佳点头。

许煦舒了口气，摊手道："没事了，我要向前看，做一个任何事都打不倒的美少女。"

冯佳嗤了一声，笑道："还少女呢？二十啦！不小啦！已经达到法定婚龄了，可以结婚生孩子啦！"

许煦听到她这么说，也不知为何一阵心虚涌上来，笑了笑，梗着脖子道："我可是永远的美少女。"

许煦不知道别人失恋后，伤口要多久才能愈合，但对于她自己来说，好像那晚之后，就真的再没体会过看着毕业生夜游时突然产生的痛苦，也许偶尔还是有点挫败的失落，可随着时间一点一点地流逝，这情绪也就慢慢消失殆尽。

初恋的轮廓还在，但程放这个人，却渐渐变得面目模糊。

那日之后，虽然她总自诩"少女"，但明眼人都看得出，往常总带着孩子气的许煦，好像渐渐变得稳重成熟了。

有关成长，从来都是这样悄无声息地发生。

"许煦，你真不打算考研？"

司考之后，大家开始谋划出路，选择困难症的王妍跟着吴小南上了几天自习，又有点打退堂鼓了，想再拉许煦入伙，加入她们的考研大军。

许煦正对着电脑准备简历，闻言笑着摇头："我真是念书念够了，现在就想快点进入社会大染缸。"

王妍叹道："我也挺想早点工作的，但是咱们这个专业不考公的话，出路真的很窄，竞争还大。对了，你实习单位确定去哪里了吗？"

许煦道："我找了《法治周刊》，准备去法律媒体看看。"

"你不去律所啊？"

许煦摇头："我觉得自己不大适合，就不去跟人挤了。反正现在也就是实习，还没确定以后到底干什么呢！"

王妍道："说起来也真是的，现在本科生毕业去律所，都不知道多久才能熬出头，小律所还得自己苦哈哈找案源，大律所倒是不缺案源，但进不去啊！就说华天吧，名校硕博和海归一大把，现在的实习生都要研究生，咱们年级好几个想进去实习都没成，而且就算去实习了也很难留下。"

许煦笑："华天老板陈瑞国不是咱们院里出去的么？怎么也不照顾照顾他的学弟学妹。"

陈瑞国在法学界算得上赫赫有名的大牛，当年是江大法学院最年轻的教授，十几年前与人合伙创办了华天，自己成为刑辩界鼎鼎有名的大律师不说，华天在他的带领下，如今早就是省内数一数二的大所。

王妍摆摆手："谁知道呢？反正据我这个包打听所知，咱们院里这两年留下的本科生，就只有柏冬青学长一个。"

"柏冬青？！"许煦握着鼠标的手一抖，转头愕然地看向她。

王妍点点头"是啊！好像他直接就跟的是陈国瑞。"

许煦皱眉："你说的是不是比咱们高两级的那个柏冬青？"

王妍对她的惊愕有些莫名其妙："是啊！你不是认识他吗？你不知道他在华天？他去年毕业进去的，现在都已经拿证开始执业了。"

许煦的脑子有点蒙了，半晌才又道："他不是公派去藤校读研么？怎么会在华天做律师？"

王妍摊摊手："这个我就不知道了。"顿了顿，又道，"不过话说回来，虽然去藤校的机会难得，但华天又不是没有藤校毕业的律师，如果柏学长想做律师，现在进华天也不见得比去藤校差，毕竟律师更需要经验和人脉。我听说，咱们院长和陈瑞国是老同学，去年大四毕业那会儿，陈瑞国正好在招助理，院长就把柏学长推荐进去了。我觉得柏学长真是运气好，能跟着陈瑞国这种大拿，学到的东西和得到的资源人脉，绝对比读几年研究生更有用，要是能得到器重，那就更不得了了。而且我觉得柏学长那么勤奋刻苦，长得一表人才，看着性格也很好，肯定很得师长们喜欢的。哎！四年快读完了，才意识到好好学习的重要性，算是彻底晚咯！"

许煦对她的唉声叹气感慨无动于衷，脑子还有些混混沌沌，怔了片刻，才反应过来她话里的重点："你见过他？你不是都不认识他吗？"

王妍听她这么问，嘻嘻笑道："说起这个我忘了告诉你，就上个学期刚开学那会儿，我在门外的傣家菜吃饭的时候，遇到一个在华天实习的研究生学长，正好柏冬青也在那里吃饭，学长给我介绍，我才知道传闻中的柏冬青长什么样。你之前果然没骗我，他还真是长得很帅啊！那天好像是过来咱们这边的西区法院送材料，穿着衬衣西装，简直了！我都不敢相信，咱们院一众花痴大军，竟然遗漏了这么个人物。简直就是遗珠。"

许煦有点不知该说什么好了，脑子还对这突如其来的消息，有点没办法消化。

只听王妍又道："对了，那次之后，我在咱们学校遇到过他好多回呢，听他说经常要来西区法院送材料，就顺便来学校食堂吃饭，前天中午我回宿舍的时候还看到过他，就在咱们楼下不远。说起来，每次都是他主动和我打招呼，感觉人很和善，所以我才觉得他这个人性格不错。"

许煦的眉头微微蹙起："你怎么之前没说过啊？"

王妍莫名其妙："这有什么好说的？每次就打个招呼，我也和人家不熟啊！就是刚刚说到华天，我才想起这事。你怎么了？不是想要去华天实习，想找柏学长走关系吧？他也刚刚执业，估计没什么关系能帮你的。"

"我说了没打算进律所。"许煦摆摆手，"就是听到他放弃藤校进华天这个消息，有点意外。"

王妍道："男生嘛！有时候就想赌一把呗，虽然华天人才济济，竞争激烈，但万一混出头，虽然社会地位比不得法官和检察官，但收入那是全方位碾压，人家华天一个高级律师，年收入轻松上百万。"

许煦的脑子空白得有点嗡嗡，随即站起来，往门口走。

王妍哎了一声："你干什么去？"

许煦："我去洗漱。"

"去洗漱干什么去外面？"

"哦！"许煦转过身，朝阳台的洗手间走去。

是夜，室友们都回到宿舍，像往常一样，聊得热火朝天，但许煦却反常地没怎么加入，而是坐在桌前，心不在焉地对着电脑发呆。

还是冯佳发觉她的异常，唤道："煦儿！"

许煦浑然不觉。

冯佳又道："许小煦！"

"啊？！"许煦总算被唤回神，却一脸迷茫，"干什么？"

趴在床上的冯佳，朝她翻了个白眼："这话我问你才对吧？整个晚上都心不在焉的。"

"没有啊！"许煦讷讷地回答，想起什么似的，从书架抽出一个本子打开，里面还留着一张便签纸。她将纸条拿出来，飞快地爬上床，把床帘一拉，"你们聊，我睡啦！"

冯佳嗤了一声，嘀咕道："古里古怪的。"

躺在床上的许煦，将台灯打开一点，调成微弱的光，然后摊开手中的便签纸，上面是一串数字。

这是那次柏冬青留给她的电话号码，她当时没存在手机里，但是这张便签却随手塞进了本子里。

她现在拿着这张电话号码是要干吗？既然他没有出国，甚至还经常来江大，却没有和自己联系过，说明他并不愿意见到自己。

那一晚对他来说，应该挺耻辱的吧？

可是为什么自己听到他留在江城的消息，心里头就跟蚂蚁爬似的心痒难耐。

等她从抓心挠肺中回过神来，发觉自己已经输入便签纸上的电话号码，发了一条信息过去：听说你没出国？什么时候路过学校，一起喝杯咖啡？

许煦目瞪口呆地看着已经发送出去的信息。

没有称呼，没有署名，他应该不知道是谁吧？

然而，不过半分钟，手机就震动了一下，有信息回复过来：我明天下午去西区法院办事，七点左右你方便吗？

许煦怔了片刻，也不知为何有点喜出望外，赶紧回了个"好"字过去。

那头很快又发过来两个字：晚安。

许煦唇角弯起，回道：晚安。

然后将手机丢在枕头边，关上了台灯，还不自觉地吹了声愉悦的口哨。

对床的王妍咦了一声："许煦，遇到什么高兴事了，大半夜还吹口哨？"

许煦愣了一下："啊？没有啊！"

对啊！为什么好像心情一下变得很兴奋？

管他呢，不想了，睡觉！

隔日下午，许煦从柜子里扒拉出几件薄秋装，问审美达人冯佳："美女，你看哪件好？"

冯佳瞥了她一眼："你要去约会吗"

许煦愣了一下，摇头："没有啊！就是去见一个朋友。"

冯佳道："朋友就随便穿呗！有必要精心打扮么？"

许煦道："……一个挺久没见的朋友，还是要给人印象好一点的。"

冯佳给她挑出一件，笑道："朋友是男的吧？怎么？打算谈恋爱了？"

"什么啊？"许煦边换衣服，边不以为然地嘀咕道，"当然没有。"

换好衣服，她又对着穿衣镜，左右照了照，将过肩的长发用手捋顺，还稍稍擦了点隔离粉底，让气色看起来更好一些，这才满意地出门。

许煦这一年来，虽然从星巴克那条街路过很多次，但从来没有再进去喝过咖啡。也不知是因为从前总是和自己一起喝咖啡的人不在了，抑或是那个给自己拉花的男生不在了。

总之，她对这项小资活动彻底失去了兴趣。

在出门前，她已经收到柏冬青的信息：我到星巴克了，你慢慢过来！

她当然没有慢慢过去，而是几乎一路小跑，直到离星巴克只有几十米时，才骤然放缓脚步，用力平复因走太快而变得急促的呼吸，然后一脸淡定从容地继续往熟悉的方向走去。

离约定七点还差了几分钟，此时已经入秋，这个时候夕阳早就下山，暮色已至，两旁的街灯浅浅亮起，周遭的景致都处在一种半明半暗的朦胧中。

许煦已经远远看到了这朦胧中的柏冬青。他站在星巴克门口，正在讲电话，不知是不是穿着一身正装的缘故，看起来不再像之前那样单薄，而是越发高大挺拔，整个人已经没有太多少年人的青涩感，而是隐隐透着些超越年龄的成熟。

许煦愣了一下，才继续往前走。

本来在打电话的柏冬青，似乎是有所觉察，转头朝她这边看过来，在看到她时，神色微微一顿，朝电话里低声说了句什么，然后挂断，一动不动地看着向他走来的许煦，嘴角慢慢牵起一丝浅浅的弧度。

就在这时，旁边的广告灯箱忽然亮起，本来有些面目模糊的年轻男人，蓦地笼罩在灯光之下，那张久违的脸，顷刻变得清晰无比。许煦忽然觉得这画面有些说不出来的失真，以至于脚步不由自主地停了下来。

直到柏冬青微微眯眼，朝她走上来两步，低声开口："来了？"

清润温和的声音，与许煦记忆中的人重叠，她终于回过神，笑着朝他打招呼："学长，好久不见！"

柏冬青漆黑如墨的眼睛，在灯光下微微闪了闪，点头对她轻笑了笑："嗯，好久不见。"

两人寒暄完这一句，一时都看着对方没有再说话。还是许煦先反应过来，有些不自在地摸了摸耳朵："……那个学长，咱们进去吧！"

如果没有那一晚，柏冬青对于许煦来说，就是一个不算太熟但印象很好的学长，和他过了这么久见面，便是单纯的欣喜。但因有了那一晚，这样的重逢就多少有些尴尬和怪异。

其实这一年来，她偶尔也会想起那晚的事，虽然和一个不算熟悉的学长发生那种事，实在是荒谬得有些不真实。但她不止一次暗暗庆幸过，幸好那晚出现的是柏冬青，所以即使发生那样的事情，好像也并不会让她觉得太难以接受。

若是换了别人，冷静下来后，恐怕就不知道有多后悔不迭了。

她有时候也想过，如果那晚遇到的不是柏冬青，会不会其实她根本就不会放任自己的冲动演变成最后那样的不可收拾？

当然这个问题只能假设，却没有答案。

两人找了一个靠窗的位子，柏冬青让许煦坐着，他去收银台点咖啡。许煦倒也没跟他客气地去掏钱包争着买单或者AA，毕竟他如今已经是一个执业律师，一杯咖啡钱，应该已经不是什么大数目。

店内的服务生早就换了一波，柏冬青点单后，低声朝服务生说了句什么，那年轻的女孩朝他笑着点点头，片刻后将咖啡递给他，他接过工具，低头在上面拉了个花。

许煦一直抬头看着他的背影。这是她第一次看到他穿正装，原来也是这么合适。

其实，也才毕业一年多而已，但整个人的气质，好像变得很不一样了，与当初那个站在收银台内，穿着绿色星巴克制服的男生，几乎判若两人。少年人的青涩褪去了不少，虽然仍旧年轻，却也有了几分成熟的味道。

唯一不变的是，好像还是和从前一样温和。社会是个大染缸，他却仍旧像是一棵屹立在山巅未经污染的绿色松柏。

柏冬青端着咖啡转身时，许煦不动神色地收回了目光。

"虽然当了大律师，但是拉花的手艺也没退步啊！"看着柏冬青递过的咖啡，许煦轻笑道。

他给她点的是惯常喝的拿铁，上面的拉花是一只形状精巧的猫咪，虽然简单，却别致精巧。

柏冬青在她对面坐下，弯唇轻轻地笑了笑："刚刚执业而已，怎么敢称大律师！"

许煦见他不仅点了咖啡，还拿了一盘点心，随口问："还没吃晚饭吗？"

柏冬青点头："今天挺忙，这个点才忙完。"

许煦又问："是今天忙？还是当律师总是这么忙？"

柏冬青微微一笑："现在刚刚执业，确实每天都挺忙的。"

许煦点头"哦"了一声，又垂眼看向咖啡的猫咪图案。过了一会儿，冷不防抬头开口问："你怎么会突然放弃藤校这么好的机会，进华天当律师了？"

柏冬青看着她的眼睛，微微怔了一下，旋即又笑了笑："去国外公派读研读博固然相对保险很多，回来留校应该问题也不大。但是去年暑假偶然得知陈老师在招助理，我忽然想，自己还这么年轻，也许人生还有很多种可能，为什么不尝试赌一把？毕竟我也只是个俗人，也希望生活能够过得更优渥一些。"

他说这话的时候，那双漆黑如墨的眼睛定定地看着她，明明在说工作，但总让许煦有种感觉，他这是话中有话。不过她也没多想，只是笑着点头："说得也是，要是能成为大律师，收入比做老师和公务员可高多了。听说这两届本科毕业进华天的，就只有你一个，说起来，还要恭喜你呢！"

柏冬青道："也算是运气好，陈老师毕竟是咱们的学长和师长，郭院长和他很熟悉，就帮忙推荐了我。"

"但是你能留下来，说明还是很优秀啊！"

柏冬青谦逊地笑了笑："其实也还是运气好，遇到陈老师这种好老师。"

虽然许煦知道他是在谦虚，但也没法否认，本科毕业就去给陈瑞国做助理，确实是存在一定的运气成分。

王妍说得没错，学习好真的是太重要了，想给陈瑞国当助理的人只怕能挤破脑袋，如果不是因为柏冬青勤奋努力，郭院长也不可能亲自将他推荐给陈瑞国。

她拿起勺子，有些舍不得地将咖啡上那只猫咪搅拌开，若有所思了片刻，冷不丁问："听我们宿舍的王妍说，你经常来西区法院办事，然后顺便在学校食堂吃饭？"

柏冬青犹豫了片刻，神色莫辨地看了她一眼，点头："嗯。"

许煦笑了一下，试探地问道："……那你来学校，怎么也没联系过我？"

其实，问完这句话她就有点后悔了，他为什么要联系一个对他做过那种缺德事的女生？应该是躲都来不及吧！毕竟他这种男生，绝不会沾沾自喜地认为那是一件占了便宜的事。

柏冬青抿抿唇，过了半晌，才低声回道："我担心你不愿看到我！"

"啊？怎么会呢？"许煦微微愕然地看他。她知道他是在说那晚的事，但她向来懊恼悔恨的是自己害了他，却从来没有因为那件事而不想看到他，哪怕确实有些难堪。

回过神后，她重重地舒了口气，如释重负般眉眼弯弯笑开，双手合十："只要你别放在心上，我就谢天谢地了。咱们以后别提了，就当什么都没发生过，不然怪尴尬的。这样以后还能一起吃个饭什么的，毕竟也认识这么久了。"

只要他不因为那件事对她嫌恶就好。

柏冬青看着她，点点头，低头吃了两口蛋糕后，随口问，"你毕业去向定好了吗？"

许煦有点苦恼地扒扒头发："说实话，我也不知道自己想做什么，当初读这个专业，也是因为我爸以前是法官，觉得学了法律可以做很多事，帮很多人。等学了之后，才发觉是自己太天真了。"说着，有些不好意思地看了他一眼，"主要也是这几年没怎么好好学习，自己也知道自己是个半吊子，这回司考都不知道能不能过。暂时是打算去《法治周刊》实习，先看看情况吧！唯一算幸运的是，我爸妈没有什么望子成龙望女成凤的心态，对我的期望就是开心就好，所以算是没压力吧。"

柏冬青点点头，脑子里蓦地浮现出处两年前那个坐进黑色奔驰车后座的中年男人。只有家境足够优渥，父母极尽宠爱的家庭，大概才会对孩子没有任何要求。

他不动声色地看了她一眼，暖色的灯光下，年轻女孩白皙的脸还有些略显青涩的婴儿肥，但这一年来，她显然已经成熟不少。

成长不是坏事，只是成长后就不得不面对成人社会里的规则和黑暗，这是他正在经历的事，所以看着她，就不由得生出一丝不忍。

"学长，你怎么了？"许煦见他看着自己出神，抬手在他面前挥了挥。

柏冬青回神，脸上浮上一丝赧色，赶紧低头喝了口咖啡。

许煦也不知为什么，今天见到他就特别有倾诉欲望，继续絮絮叨叨道："虽然我挺想好好做一份工作，但想到马上要工作了，又有点害怕。学长，你这一年多工作还顺利吗？"

柏冬青抬头，笑了笑："虽然也是摸石头过河，但还算顺利。"

许煦道:"我也觉得你肯定会做得不错。"

明知道她只是一句随口的恭维话,柏冬青心里还是涌上一股暖意。他想了想道:"刚开始工作肯定有些不适,慢慢习惯就好。你去杂志实习,如果遇到什么专业上的东西不懂的可以问我。虽然我也不见得比你懂得多,但毕竟跟着陈老师工作这么久,业内的东西还是了解一点的。"

许煦闻言,喜上眉梢:"那太好了!"

看到她笑,柏冬青的嘴角也不由自主地弯起了一道弧度。

两人在星巴克坐了一个多小时,大都是许煦在说,柏冬青听着,间或点点头应几句,气氛逐渐轻松自然,就好像真的没有人再记得那荒唐的一晚。

腕表显示已经过了八点,许煦才回过神:"学长,你明天还有工作吧?我拉着你闲扯这么久,真是不好意思,咱们走吧!"

柏冬青迟疑了一下,点头道:"嗯。"

两人并肩出门,走了几步,许煦发觉他和自己的方向一致,奇怪地问:"你不回家吗?"

柏冬青淡声道:"先送你回宿舍。"

"啊?不用了,现在还早着呢!"

"没事的,我不急着回家。"

"哦!"

刚刚在咖啡厅明明口若悬河,现在两人并肩走在外面,许煦却有点不知道该说什么了。

这会儿,天色已经黑透许久,路灯和灯箱广告将这条热闹的街照得通明。走了一段,旁边一股烤红薯的香味飘散过来。

两人不约而同地转头,看到靠近路边花坛处,有一个老大爷守着一个烤红薯的小车,那香味便是从他那里散发出来的。

这个孤零零的小车,和旁边灯火明亮的店面比起来,显得过于冷清了。

"我去买点红薯。"许煦被这香味勾得有些发馋。

柏冬青点头,同她一道走到小车前停下。近了才发觉,这老大爷估摸着得有七十来岁,身形佝偻,拿起许煦选好的一个小红薯过秤时,手都有些颤抖。

柏冬青伸手挑了几个大的:"大爷,这些我要了。"

老大爷对这突如其来的大笔生意喜出望外,因为卖掉这几个大红薯,基本上就可以收摊了。他称好,收了钱,忙不迭地激动道谢。

两人转身离开,继续往学校走,许煦掰开手中的小红薯吃了一口,还瞅了一眼柏冬青手中的那一大袋烤红薯,奇怪地问:"你买这么多干什么?"

柏冬青道:"我买了,那老大爷就可以收摊了,这里八点半左右会来城管。"

许煦有些愕然地看了他一眼,然后转头看向刚刚的小摊位,那老大爷果然在慢悠悠地收摊,而不远处,一辆城管车正徐徐开来,路边的小贩风卷残云地逃离。

她有些不可思议:"你怎么知道?"

柏冬青轻笑:"我在星巴克打工经常看到,从我进大学就是这样,现在肯定也没变。那个老大爷在这边卖红薯也好几年了,之前身体还好,现在貌似越来越不行了。"

许煦吃了口红薯,含含糊糊道:"这么大年纪还要出来摆摊,他家里人都不管他的吗?"

柏冬青沉默了片刻,低下头黯然道:"……也不是每个人都有家人的啊!"

许煦蓦地一愣,忽然想起他的身世,心里蓦地就有点发酸,不假思索地脱口而出:"学长,其实你也可以把我当家人啊!"

"啊?"柏冬青一时没回神,有些怔怔地看向她。

什么乱七八糟的?许煦一口银牙差点咬碎:"我的意思是,朋友也可以是家人,你有很多朋友,我也算是你朋友吧,都可以当成你家人,你不是一个人。"

柏冬青有些失笑地摇摇头。

虽然面上是笑着的,但心中却有些黯然。这么多年,他接受了太多善意的同情,没有人问过他需不需要,于是他也就悉数接受了。

接受了,也就意味接受了位置的不对等。

但他其实并不喜欢被人同情。

他轻叹了口气:"谢谢!"

许煦其实也意识到刚刚这种一听就出于同情的话语,并不是很妥当,可是想改口,又不知如何说起,于是只能假装专心地吃红薯。

此后,两人一路无话地走到了宿舍楼下。

柏冬青将手中的袋子递给她:"你拿去分给你的室友们吧!"

许煦也没客气,毕竟这么多红薯,他肯定也吃不完,但自己宿舍的几个家伙个个都战斗力十足。

她接过袋子:"那谢谢啦,我走了!"

柏冬青点头,站在原地没动。

许煦走了两步,又想起什么似的,转头道:"学长,你以后来这边的时候,都给我发个信息吧,要是我在学校,咱们可以一起吃个饭。"

柏冬青微微一愣,点头:"好的。"

许煦走了两步又回头道:"我实习遇到不懂的地方,就请教你了。"

柏冬青笑了笑:"嗯。"

许煦看了他一眼:"那我上去了。"

柏冬青点头,看着她的背影进入宿舍楼,消失不见,才慢慢转身离开。

"来来来!快点帮忙消灭烤红薯。"许煦风风火火地跑回宿舍,推开门大声道。

几个正在玩电脑的女孩转过头,见她这满面春风的样子,冯佳先笑着开口:"瞧你这小模样,遇到什么高兴的事儿了?"

许煦有些莫名地摇摇头:"没有啊!"

王妍跑过来,接过她手中的袋子,看清楚分量,惊讶道:"你买这么多红薯干吗?"

许煦道:"不是我,刚刚和朋友喝完咖啡,路过一个老大爷的红薯摊,见城管快来了,朋友就把大爷的红薯都买了,好让他在城管来之前收摊。"

王妍哇了一声:"你朋友是男的还是女的?这么有爱心?"

"男的啊!"

冯佳笑道:"你俩不知道,刚才煦儿出去见她这朋友时,打扮了好久。看她现在这样子,肯定是有情况。"

许煦摆摆手:"别胡说八道!"

王妍拿起一个红薯掰开就往嘴里送,含含糊糊地问:"什么朋友啊?我们认识吗?"

本来坦然的许煦,忽然就梗了一下:"……你们不认识。"

她也不知道自己为什么不愿意告诉室友们,自己今天去见的人是柏冬青,大概是怕她们太八卦,自己一不小心被问出两人度过一夜这种事吧?

冯佳笑着看她:"咱们打个赌,煦儿要'梅开二度'了!"

王妍坏笑着看了她一眼:"我瞅着也有点像。"

学霸吴小南也附和:"所以煦儿是准备黄昏恋了吗?"

在大学校园里,大四开始的恋爱,都被戏谑为黄昏恋。

"什么乱七八糟的!"许煦摆摆手,从王妍手中夺回一大个红薯,"我吃红薯了,懒得跟你们说!"

不知为什么,总觉得把谈恋爱,尤其是自己谈恋爱这种事和柏冬青联系到一块儿,实在是有种荒谬的不真实感。

这晚,因为不想浪费,在其他三个人战斗力不济的情况下,许煦一个人吃了两大个烤红薯,以至于肚子一晚上胀气。当然,这也不是什么大事!

两个星期后,许煦正式开始了朝九晚五的实习生活,踏入了成人社会的第一步。她这才知道,原来工作比自己想象得更辛苦,她一个实习生,只是每天朝九晚五像沙丁鱼一般挤地铁就苦不堪言,不敢想象数年如一日的上班族,是怎么忍受这种生活的。

好在工作中的收获足以将这些繁琐的痛苦抵消。毕竟不愿意挤地铁,她还能打车。

从记事起的很长时间里,她一直也只是一个普通工薪家庭的孩子,甚至还一度经历过家庭窘困时期,所以即使后来家境因为父亲下海而改善,她也并没有从一个工薪家庭孩子的心态真正转为富二代。

直到如今,当她可以把通勤的将近两个小时,毫无负担地从地铁改为打车,她才意识到自己好像真的和周遭普通同学不大一样。

感谢老爸!

工作一忙,生活中一些还没来得及辨明真面目的小事和心情,也就暂时被忽略了。

柏冬青一个星期来这边办事顶多也就一两次,遇上了就匆匆在食堂里吃顿饭。因为许煦要上班,其实更多的是遇不上,不过关系倒也不算太疏淡,许煦工作中遇到问题,就会发消息请教他,不管何时何地,她都能及时收到他的解答。

到岁末时，两个人差不多一个月没见面，直到临近寒假，许煦又才收到他的约饭短信。这次是提前约好的，自然不是匆匆去食堂见个面，而是找了校外一家很火的餐馆。

许煦赶到的时候，柏冬青已经在订好的位置上坐着。

"你今天不忙吗？"许煦气喘吁吁地坐下，见他难得地气定神闲，不像每次都跟刚打完仗一样。

柏冬青微微笑了笑，给她倒了杯水，放在她面前："刚刚办完一个案子，已经很久没休息了，这两天给自己放了个假。"

许煦端起水杯喝了口水，看着他道："是那个未成年人杀害继父的案子吗？"

柏冬青点头："是的。"

许煦笑道："这案子正好是我师父跟的，那孩子挺可怜的，本来我们还想着一条人命，男孩也已经年满十六，估计得判个几年，没想最后判三缓三，也算是松了口气。"

柏冬青道："那孩子很优秀，被继父家暴多年，出事也是因为失手。我让他的邻居、老师和同学写了请愿书。法官毕竟也是人，所以在法律范围内判了最轻。"

许煦道："我师父当时去旁听了，说这个案子你打得很漂亮，还说你绝对是刑辩界的一颗新星。"

柏冬青抿嘴轻笑："这个太过誉了。"他抬头看她，"你最近工作怎么样？"

说到这个，许煦就忍不住开始絮絮叨叨。其实习惯了，倒也不觉得工作有多辛苦，可不知为什么，忍不住就想跟他吐苦水。

"实习生真的特别悲摧，谁都能使唤！"

"我上次写一篇小稿子，被主编发回修改了十几遍，熬了两个通宵。"

一开始柏冬青还因为担心而微微皱起眉头，但渐渐听出她分明只是故意吐槽，言语间并没有任何不开心，甚至还带着些好玩的兴奋，于是他的眉头也就渐渐松开，看着她的目光温柔如水，嘴角不由自主地弯起一丝弧度。

一顿饭自然是气氛轻松，心情愉悦。这家店本来味道就不错，许煦胃口大开，吃得肚子撑了，才心满意足地放下筷子。

柏冬青见她吃完，也放了筷子。

他吃得不算多，其实早就吃好，只是不好先放筷子，怕她会不好意思继续，所以才一直等着她。

许煦伸伸胳膊，满足地长叹一声："好久没这么好好地吃顿饭了。"

柏冬青看着她轻笑："工作忙也要好好吃饭的。"

许煦反问："那你有好好吃吗？"

柏冬青被噎了一下，不太有底气道："还好。"

他默默地看了一眼她，随口转移话题："你确定毕业去向了吗？打算留在杂志社？"

许煦愣了一下，摇头道："这份工作我还挺喜欢的，但不确定能留下来。而且家里的意思是希望我回去工作。其实之前我有打算留在这里，毕竟这个城市比我家那边要发达一些，我又在这儿上了四年学，已经习惯了这边的生活。但回到家有父母照顾，要是工作不顺还有他们可以依靠，怎么都比一个人留在这里好。"她顿了顿，笑着继续，"其实仔细想想，好像这里也没什么值得我留下的。"

他们这种专业，大部分都奔着考公去的，这个时候工作定下来的并不多，她倒也不急，只不过像她这种还不确定自己想去哪里的却不多。

话虽然如此说，但她心里好像并不想离开这座生活了快四年的城市——只是，她并不太清楚，心中那说不清道不明的恋恋不舍，到底是源于哪里。

她这一番话说完，柏冬青沉默良久，才云淡风轻地应道："是啊！回家挺好的，毕竟是在家人身边，有家人照顾着比什么都好。"

许煦笑着坦然道："我爸妈确实是希望我回家。回了家也不用太担心工作，毕竟家里还算有点人脉，我想做什么工作，大概都不是太难。不像在这里什么都得自己摸黑瞎撞，摔倒了也不会有人扶。"说着又笑了笑，"当然，我觉得靠自己得到的东西，其实更有成就感。"

柏冬青拿起手边的茶杯，低头默默地呷了口茶。

许煦看着他垂眸时，微微跳动的眼睫，随口问："学长，你算是过来人，有什么建议？"

"啊？"柏冬青抬头，表情闪过一丝茫然，旋即又恢复，他放下杯子，重复之前的话，"回家挺好的。"

听到这个答案，许煦心里头莫名有些失落，不过很快就被她挥开，故作轻松道："我家和这里挺近的，以后我来这边玩儿，你可要尽地主之谊请我吃饭，你要去我家那边的话，我可以当导游带你玩儿。"

柏冬青笑了笑，点头："好的。"

回到宿舍，许煦不像以往那样春风满面，而是有些悻悻然地趴在桌前，对着电脑发呆。旁边的冯佳看到她这模样，将椅子滑过来，笑着问："不是和你朋友去吃饭了吗？我看你出门时还挺高兴啊！怎么回来就这么无精打采了？和朋友吵架了？"

许煦摇头："就是忽然想到要毕业了，有点伤感。"

"怎么？舍不得我？那就留在这里陪我呗！"

她们宿舍就冯佳一个是本地人，她的工作已经签下来，进了本市一家大企业法务部，另外两个都是要回家的，只有她一个人还在迷茫着不知去向。

许煦笑着抱住冯佳："我就是舍不得你啊！"

冯佳将她推开："少来！实话告诉我，你是不是有喜欢的人啦？"

许煦一头雾水地看着她："没有啊！我就是不确定自己想去哪里！"

冯佳轻笑一声，拍拍她："行吧，你就慢慢发愁吧！"

许煦撇撇嘴，她真的就是有点迷茫啊！

临近毕业,好像时间都被按了加速键,还没反应过来,寒假就结束,冬去春来,又是一年开始了。

许煦在杂志社的实习结束于三月底。

那天,她被叫进了主编办公室。主编是个很和蔼的中年人,笑嘻嘻地示意她坐下,道:"许煦,你这几个月的实习表现很好。正好我杂志社要进两个人,你有没有意愿留下来?"说着又清了一下嗓子,"虽然我们比不上律所有前途,也不是像体制内那样的铁饭碗,但总的来说,如果对咱们这行有兴趣,我们杂志还是一个很好的选择的。"

许煦愣了一下,回神后赶紧道:"谢谢主编给我这个机会,我挺喜欢咱们这里的工作氛围的,对这行也很感兴趣。"

"我知道,我知道!"主编笑眯眯道,"你还得和家人商量一下对不对?没事,你这几天给我答复就行"

许煦忙点头:"好的,我很快就会给您答复。"

没等回到宿舍,还在出租车上,许煦就迫不及待地给爸爸打了个电话。

"爸,我有点事情和你商量。"

"什么事?"

"……就是我准备留在我现在实习的杂志社工作。"

那头的许爸爸愣了一下,笑道:"你很喜欢这份工作吗?"

许煦道:"就觉得还挺适合我,而且我就想看依靠自己到底能做成什么样子。"

许爸爸道:"你能这样想我很高兴,放心吧,你做什么决定,爸爸妈妈都支持你。"

许煦笑开:"哎呀,我还以为你要劝我回家呢!我真是太失落了,原来你们一点儿都不想我。"

许爸爸在那头大笑:"有什么好想的?你不在家这几年,我和你妈妈多过了不少二人世界。再说了,江城离家里也就几个小时,一天一个来回不在话下,等以后我工作不忙了,就带你妈妈去你那边陪你。等退休了,就去帮忙带外孙。"

许煦娇嗔道:"什么外孙啊?人家还是个宝宝呢!"

许爸爸被逗了:"你妈前天还问,你什么时候再交男朋友呢?现在好好谈一个,过几年就可以结婚啦!"

恋爱虽然并不陌生,但结婚生子这种尘埃落定的人生,对于许煦来说,还是太不真切。她撇撇嘴:"你可看着点妈妈,让她工作之余做做点心听听音乐跳跳舞就好,继续做一个风雅的女性,可千万别跟三姑六婆一样,学人家催婚催生,我可是要专注事业的新女性。"

"不催,不催,就是毕业了一个人离家在外,交个男朋友会有个照应。"

"那万一我不小心碰到个渣男呢!"

"也是。"许爸爸道,"这样吧,上学的时候我们没管你,如今要工作了,交了男朋友,就尽早让爸爸帮你过过目。你爸爸我可是当过法官的,绝对能一眼就能看出人品怎么样!"

被爸爸逗乐了:"我怕你把人吓跑!"听到日理万机的父亲大人那边好像有人找他说话,

她笑着道，"行了，许董你就忙吧，我挂了，还得打给老妈呢！"

在确定父母对她留在这边没有任何意见后，好像就一下找到了留在这里的理由，回到宿舍，许煦立马打电话答复了主编。

不知是因为前路已知，还是单纯的确定工作，抑或是终于决定留在这个城市，总之这一晚的许煦极其兴奋，上床后毫无睡意，辗转反侧半晌，忍不住摸出手机，将柏冬青的号码调出来，发了条信息过去：学长，我们杂志社让我留下了。

那头正在出差的柏冬青，在酒店准备休息，听到床头柜上的手机嗡鸣了一声，拿起来一看，便见到了这条短信。

他脑子里空白了一下，良久才回神，有些不确定地回过去：你是说毕业了留在江城？

许煦握着手机等到回复，赶紧回道：是的，以后还要你多多关照啊！

盯着手机屏幕的柏冬青，看到这一句，嘴角不由自主地弯起，回道：好的。

他将手机放回原处，站在床边发了会儿呆，默默走到卫生间打开淋浴。热水洒落在身上半响，他才反应过来，自己刚刚已经洗过澡了。

与此同时，江大的女生宿舍里，许煦将手机关机后塞进枕头下，兴奋地在床上打了两个滚。

"我的天！煦儿你这是在床上翻跟头吗？"她的大动静晃动了旁边的冯佳。

许煦赶紧平静下来，佯装云淡风轻道："……找到工作了，有点兴奋。"

冯佳轻笑："你那工作有这么值得兴奋吗？"

"当然有。"

这段时日，柏冬青一直在外出差，再见面已经是一个多月后的五月中旬。

"刚刚回来吗？"餐厅里，许煦见他风尘仆仆的模样，随口问道。

柏冬青的目光落在对面久违的那张面容上，点头："接了个外地的案子，上午刚刚开完庭，下了飞机想着正好从这边经过，就来和你见个面。"

许煦听他这样说，心中莫名有些高兴："那很累吧，应该先回去好好休息的。"

柏冬青轻轻地笑了笑："也不算很累，反正接下来这个月，手中的工作没那么挤了，也算能稍稍放松一段时间。"他顿了顿，迟疑着试探，"工作确定是留在《法治周刊》吗？"

那次接到她的短信后，他就没再问过这事，生怕只是自己心里头隐秘的妄想幻化成的一个梦。他也害怕那样的希望，一旦有希望，就意味着他又朝错误的方向踏了一步。

许煦点头笑道："是啊！协议已经签了，七月份就入职。"说着撇撇嘴，有点郁卒地叹道，"以后就没暑假了，等答辩完，我非得好好玩一阵子。你呢？最近除了工作，有什么要忙的吗？"

柏冬青摇摇头："没什么忙的，不过正打算搬家，可能得花几天时间。"

因为家里住得远，为了工作方便，许煦知道他是和同事一块在南区合租，听他这样说，好奇地问："为什么搬家？"

柏冬青有些无奈地笑道："同事的女朋友搬进来了，不是太方便了。"

"哦！"许煦点头，这时才蓦地想起，前几天她老爸问她毕业住处的问题，打算过来给她买一套拎包入住的精装公寓，但想到要自己一个人住，她就有点忐忑，于是拒绝了老爸的好意，打算找毕业留在这里的同学一起合租。可关系好的同学，要不回老家，要不就和男朋友住，她一时还没找到合适的。这会儿听到他说搬家，她忽然灵光一闪，睁大眼睛问道，"你是打算一个人住，还是跟人合租？"

柏冬青看着她闪动的目光，愣了一下："应该还是找人合租吧，现在工作刚起步，得节约点。"

许煦压抑着呼之欲出的激动，继续问："那你是一定要和男生合租吗？"

柏冬青自然是打算与同性合租，正要点头，却忽然意识到她问这话的原因，犹豫了片刻才道："……这个无所谓的。"

许煦松了口气，佯装随意道："我马上也要找房子，如果你不介意的话，我能跟你合租吗？我单位也正好在南区。"顿了一下，又赶紧补充，"主要是我没有一个人住过，所以想先找人一起合租，可是又担心不熟悉的人不好相处。"

说完，她屏声静气，不动声色地看着他的表情。

她知道自己这个提议有些突兀，而他又不是那种会随便拒绝人的男生，暗忖着，如果在他脸上看出一丝半点为难的表情，她立马就收回刚刚的话。

然而柏冬青却低头端起水杯，慢条斯理地喝了一口水，完全没让许煦看出他在想什么。

许煦咬了咬唇，故作轻松地笑道："我就是随口这么一说，你要是觉得不方便就算了，反正留在本地的同学还是挺多的，我……"

"方便的！"柏冬青蓦地抬头打断她的话。

"啊？"

柏冬青看着她，笑了笑："方便的，我刚刚是在想，租在哪一块离咱俩的单位都方便。"

许煦终于怔了一下，不太确定地问："真的吗？如果你觉得不方便就直接说，你不用跟我客气的，我真的就是随口一问。"

柏冬青笑："其实我也不愿意和不熟悉的人合租，所以觉得很方便。"

许煦愉悦地笑开："那就这么决定了。"

柏冬青点头："等我找好房子通知你去看，再决定租不租！"

许煦摆摆手："不用了，我相信你肯定没问题。再说了你是律师，也不用担心遇到黑房东和黑中介，反正能让我毕业那天搬过去就行。"

"好的。"

话是这样说，但随后柏冬青每次看了房子，都会给许煦发来地址和房内的照片，问她的意见。许煦本来也不娇气，就算多少有点公主病，四年大学宿舍的生活，也早就治好了。对她来说，只要环境好一点，生活方便就足以。而柏冬青发给她的照片，比她所预料的好太多，她自然不会有任何挑剔。

因为要留在江城，答完辩后，她和王妍她们搞了个短途的毕业旅行，然后就回家待着陪父母了。柏冬青租好了房子，她也没去看过，再回来便是真要毕业了。

毕业典礼那天，艳阳高照。而在这之前的几天，各种散伙饭已经吃了一轮又一轮，这样的兴奋，在送走两个远行的室友后，终于通通变成了伤感的离愁别绪。

许煦回到宿舍，看着这住了四年的小窝，如今只剩下即将人去楼空的凌乱，这才真正意识到，青春就这么猝不及防地散场了。

冯佳刚刚送王妍和吴小南上车的时候，眼睛已经红了一圈，这会儿心里更加怅然，也不知从哪里摸出一罐啤酒递给她，叹道："真的毕业了啊！"

许煦接过来，砰一声打开，昂头喝了一口，企图将心中的伤春悲秋压下去一点，但终究还是没能成功，只得苦笑道："你说咱们以后还有机会和王妍，小南见面吗？"

"有啊！"冯佳道，"现在通讯和交通这么发达，想见面当然能见，我们不是说好，谁结婚都要出席的么？"

许煦笑着点头："也是！小南回了她们省会读研，王妍和我还是光棍儿，就你和你家郭铭谈了这么久，感情最稳定，肯定你最先结婚，到时候我要当伴娘的啊！"

谁也没意料到，当年那个自诩感情经历丰富，刚刚进校就说要去蹲帅哥的美女，和她高三毕业在一起的男友一直谈到了现在。许煦见过冯佳那个叫郭铭的男友，长相很普通，大概就是走在人群中，立马会被淹没的那一类，也并没有突出的才能，找到的工作不过是小公司的小职员，唯一的优点大概就是看着比较憨厚。许煦心底其实觉得那样的男生是配不上冯佳的，这些年追求冯佳的男生，比他条件好的也多得是。但大二那会儿，冯佳母亲重病，父亲卷走了钱，丢了一堆烂摊子，是郭铭陪着她渡过了难关，所以那时起，她就认定了他。

感情的事，旁人无法置喙，她唯有祝她幸福。

冯佳怅然地叹了口气："结婚？怎么结啊？我和他都是都市底层，我家里就不必说了，我妈过世，我爸人都不知去了哪里，弟弟还在上学，我自己刚刚工作，薪水也不高。郭铭的父母下岗多年，全靠打零工过日子，还等着儿子工作了养老。"说着，朝她笑了笑，"咱们宿舍其实就你最幸福，他们两个也只是工薪家庭的孩子，还得为未来奔波。只有你，要是工作不顺心，还能回家继承家业呢！"

许煦轻笑："哪有那么夸张！其实我们家的条件变好也是我上高中之后的事。小学快毕业那年，我妈妈生了场重病，为了给她治病，不仅把房子卖了，还借了好多钱。终于凑够钱，去帝都最好的医院做手术，当时我爸一个曾经当过兵的大男人，站在手术室外哭得泣不成声。后来我妈病好了，我爸就辞了公职下了海。所以我也经历过没钱的时候，但相信我，一切都会好的。你又漂亮又有能力，不出几年，肯定会变成真正的白富美。"

冯佳笑："那就承你吉言。"她顿了顿，看着收拾好的行李，"需要我帮你搬家吗？"

"不用，不用！"许煦赶紧道，"晚点我朋友来接我。"

冯佳笑着打量了她一眼："你这合租的朋友，不会就是之前来找你吃饭的那个吧？"

许煦有点心虚地点点头。

"真的就只是朋友?"

"是啊!"

"我总觉得有问题。"

许煦一本正经道:"没有,就是一个很好的朋友。"

"姑且相信你。"说着眨眨眼,"要真有什么情况,一定要告诉我呢!"

"必须啊!你可是我最好的朋友,咱们又在同一个城市,以后还得经常见面啊!"

说完又发觉不对,情况?什么情况?不过她也没有深想,笑了笑道:"你回家吧,不用陪我,我等朋友下班来接我。"

冯佳拍拍她:"那我走了,再联系。"

许煦点头。

冯佳拿起包走到门口,拉开门又转过头,朝她笑了笑:"煦儿,恭喜咱们毕业!"

许煦朝她举了举啤酒罐:"恭喜!"

待人走后,她便趴在空荡荡的桌上,迷迷糊糊地睡了过去,直到手机的铃声将她吵醒。

她接起电话,是柏冬青。

"我到了!"

"好的,我马上下来!"

"你等着我,我在宿管登记一下,然后上去帮你拿行李。"

"哦!"

许煦的东西该扔的扔,该送学弟学妹的送,剩下的家当不算太多,不过两个行李箱,一个大置物盒。

柏冬青很快上来,走进宿舍,看到她的行李,道:"我先帮你把盒子搬下去。"

也不等许煦说什么,已经捋起白衬衣的袖子,将那个装着书的大盒子搬起来往外走。

不出几分钟,人又已经上来。宿舍没有电梯,那箱子分量不轻,又是六月底的热天,上下一趟,他额头已经出了不少汗,本来白皙的脸,也有些发红了。

当他一手拎起一个行李箱的时候,许煦反应过来,赶紧上来:"我自己拿一个!"

柏冬青看她一眼,轻笑:"没事的,我来吧!你锁了门去宿管办手续。"

许煦哦了一声关好门,匆匆下楼去办手续,边走还边回头看了他几眼。他虽然拖着两个箱子,但还算气定神闲,并没有吃力的样子,她看过来时,他便朝她轻轻地笑了笑。

暮色下的宿舍楼道还没亮起灯,他清俊的脸在影影绰绰中忽明忽暗,许煦忽然就有点心跳加速。只是毕业日夹杂了太多纷杂的情绪,以至这突如其来的心跳她并没有认真探寻。

等到办好手续,从宿舍出来,许煦见到柏冬青等在路边的一辆黑色车子旁边,她本以为他是帮忙叫了车,却发觉这车没有司机,而且看着挺新。

"好了?"柏冬青走上前几步问道。

许煦点头,好奇地开口:"你自己开车吗?"

柏冬青有点不好意思地笑了笑："刚买的车，工作时老是跑来跑去，没有车太不方便。"

其实，这也只是一辆很普通的国产车，但许煦还是露出惊讶的表情："学长你好厉害啊！才工作两年就能靠自己买车了。"

她诚心实意地夸赞，甚至带着点崇拜的语气，柏冬青自诩并非虚荣的人，却也因为这样的赞美而有些心跳若狂，好不容易才保持表面的淡定，轻描淡写地低声道："车子很便宜的，还得更努力才行。"

许煦抬头笑盈盈地看着他："你肯定会更好的！"

暮色渐沉，校园里的夜灯已经亮起。柏冬青驾着车子慢慢往外开，坐在副驾上的许煦趴在窗边，看着熟悉的景致一点一点地退后，离愁别绪忽然就纷沓而来，甚至有些不敢相信这竟是她在大学的最后一天。

从明天开始她就不再是学生，而是一个真正的社会人了。

"舍不得吗？"柏冬青觉察，轻声问。

许煦叹了口气，点头："是啊！"

柏冬青思忖了片刻，提议："要不然下去走走？把学生生涯再延长一会儿？"

许煦微微一愣，转头看他，笑道："好啊！"

柏冬青弯唇笑了笑，将车子开到不远处可以停车的地方。

两个人下了车，许煦想起来问："你晚上有事要做吗？会不会浪费你的时间？"

柏冬青摇头："这两天没什么要紧的工作。"他顿了一下，"其实毕业两年，虽然经常过来这边，但也从来没有好好逛过学校了。"

"那咱们就好好逛逛！"

"嗯。"

许煦转头看了他一眼，路灯下的男生，或许现在已经不能叫男生了，虽然还是很年轻，浑身上下的青涩感却不知何时已经变得寥寥无几，比起从前校园里那个总是穿着旧T恤的大男孩，如今身着白衬衣的男人，已经成熟了太多。他的模样虽然还是那么温和沉静，没有半点锋芒，但走在人群中，绝对会一眼就能被人注意到。

两个人就这样默默并肩而行，不知不觉走到了操场边，许煦有点累了，便提议："咱们去看台坐一会儿吧！"

"好。"

操场的看台没什么人，只有两三对靠在一起耳语的情侣。下面的操场倒是有不少人在运动，几个男孩在夜灯下踢足球，跑道中有三三两两跑步的学生。

许煦看着那些好像无忧无虑的少年们，怅然道："像做梦一样，四年一眨眼就过去了。明明刚刚入校时的场景，都还记得一清二楚。"

柏冬青笑："是吗？"

"是啊！"许煦指着操场，"我还记得当时军训，我们专业就在左边靠近双杠的位置，还记得那个年轻教官长得特别帅。"

柏冬青轻笑不语。

许煦偏过头看他，挑眉道："你笑什么？我还记得大一时第一次看到你的场景呢！"

"啊？"柏冬青转头对上她在夜幕下亮晶晶的眼睛。

许煦有点得意道："就是在西门外，当时有一个卖艺的残疾人，二胡拉得很好，咱们一块站在那儿听。因为刮了大风，那大叔匆匆忙忙收摊，爬上他的残疾助力车时差点摔了，是你把他抱了上去，然后饭卡掉在地上，正好被我看到，就叫住了你。你肯定不记得了！"

柏冬青："……我记得的。"

"是吗？"许煦听他这样说，心里莫名有些欢喜。

柏冬青点点头，当然还记得，每一次都记得啊！

许煦笑着继续道："后来程放第一次带我和你们宿舍的人吃饭，你没去，就听他们提到你的事情。没多久去星巴克，才知道那个缺席的室友是你。"

程放这个名字，已经很久没从她口中说出过，实际上那个人也确实早已经在她的心中变得面目模糊。只是到了毕业这一天，触景生情，过去四年的一切在脑海里如同走马观花，一些本来已经淡忘的人和事，忽然就又跳了出来。

柏冬青本来凝视着她侧脸的眼睛慢慢垂下来，低头看向操场上年轻的身影。

许煦无知无觉，继续道："我不知道别人的大学是怎样的，但是我觉得我这四年真的挺快乐，虽然学业不算优秀，但也做了很多还算有意义的事，有冯佳她们几个好朋友，还认识了像学长你这样好的人。唯一失败的大概就是谈了一场无疾而终的恋爱，连自己是怎么被甩了的都没搞清楚。"她顿了顿，又有些好笑道，"也不能算不清楚，大概还是我不够好，第一次谈恋爱没经验，整天作天作地的。现在回想起来，当初程放已经很包容我了。不过虽然失败了，我也没什么好怨的，因为当时在一起的时候，他对我确实很好，我也很开心。若是以后能再遇到他，我还得好好感谢他呢！"

并不是刻意缅怀失败的恋情和曾经的恋人，不过是在纪念那些一去不回的青春时光罢了。

柏冬青低着头半晌没有说话，许煦以为他是被自己给酸到，有些不好意思地笑了："学长，毕业生就是这么矫情，你别介意啊！"

柏冬青终于抬头，对上她微微有些泛红的眼睛，嘴唇嚅嗫了一下，低声道："其实……"

"其实什么？"许煦眨眨眼睛。

柏冬青默了片刻，终于还是摇摇头："其实毕业的时候都是这样的。"

许煦笑："是吗？你毕业的时候也这样？"

刚说完这句，蓦地想起他毕业那天发生的事，本来自认为已经坦然多时的她，现下忽然又觉得面红耳赤。

柏冬青显然也是想到这一茬，低着头掩饰脸上的神色，点点头道："嗯，也挺伤感的。"

为了化解尴尬，许煦故意戏谑道："是不是因为有舍不得的女孩子啊？"

"啊？"柏冬青怔了一下，支支吾吾半晌没回答。

许煦转头看他，睁大眼睛，有些惊讶地问道："真的有啊？"

"没……没……没有。"柏冬青结结巴巴，站起来，"时间不早了，咱们走吧！"

许煦来了劲儿，随着他起身，跟在他后面不依不饶："学长，真的有啊？"

柏冬青干脆不说话了。

许煦："是谁啊？咱们学院的吗？你们年级的？你说一下名字，看我认不认识？"

柏冬青："不是的。"

许煦跟发现什么新大陆一般，好奇得心痒难耐，连刚刚因为毕业的伤春悲秋都暂时给忘记了，追着他问："你说一下嘛！她现在在哪里？"

柏冬青沉默。

许煦八卦心起，脑洞大开："你不出国，不会是因为舍不得那个女孩子吧？"

柏冬青继续沉默。

许煦："那你怎么不去追人家？"

柏冬青依旧保持沉默。

许煦："你就跟我说一下嘛！我保证不告诉别人。"

柏冬青的嘴巴就跟蚌壳一样，一直到回到车上，都没说一个字。

许煦绑上安全带，有些挫败地瘪瘪嘴，借着车内的灯光，朝他看了眼，见他满脸通红，猜想他是不愿意分享这种事情，被自己弄得发窘了，于是终于好心放过他，笑道："好了，我不问了。"

柏冬青终于开了尊口，低低"哦"了一声。

许煦还一次都没来过租的房子，当她跟着柏冬青进门时，这房子却完全超出了她的预料，因为比她之前看到的照片，要好上太多。

两居室的房子不算大，但屋子里干净温馨，家具明显是换过的，完全不像是出租房，每一处的陈设都看得出是精心布置过的，茶几上甚至还插着新鲜的花。

许煦换上拖鞋，行李都懒得管，兴奋地进去转了一圈，道："学长，这房子也太好了吧！是你重新布置过的吗？"

柏冬青把她的箱子拎进来，轻描淡写地点头："就是重新打扫了一下，左边那间卧室是你的，你看一下怎么样？"

许煦笑嘻嘻地推开房门，打开灯，看向那间即将属于自己的卧室，里面该有的家具一应俱全，款式很新，墙上还有几幅好看的装饰画。她兴奋地冲进去，用力往床垫上一躺，朝外面的人大声道："学长，这些家具都是房东提供的吗？也太好了吧！"

至此，所有的毕业伤感彻底被对新生活的憧憬所替代。

柏冬青嗯了一声："我也是找了几家，对比后选择这一套的。"

柏冬青将她的几个箱子搬到卧室门口，就没有再进去："你收拾吧，需要帮忙就叫我。"

许煦雀跃地跳起来："这个房子太棒了，我自己肯定是找不到的。"她拖进去一只箱子，又想起了什么，道，"对了，学长，你把房租算一下，我转给你。"

柏冬青："暂时不用给。"

"啊？"

柏冬青："你那次在我家留了五千多块钱，够几个月房租了。"

许煦怔了一下，反应过来他说的是什么，这么长时间他从来没提过，还想着他不知道是自己留的。现在下意识地想否认，但显然否认不了，她只得支支吾吾道："那个……学长，我留钱没别的意思，你别误会了。"

"我知道。"

"真的没别的意思。"

当时留钱只是一时冲动，不过是看到他的生活状况后，想要表达一点自己的心意。但回去后，越想越觉得自己是好心做坏事，不说两个人刚刚发生了那种事，尤其他还是被动的一方，留钱势必会产生误会。就说一个正常的有手有脚且很努力的男生，谁会愿意收到一笔因为同情而给的钱。

她只祈祷他迟点发现那叠钱，这样大概就不会联想到是她留下的。再后来，得知他没出国后，两人再见面，他从来没提过，她以为他确实不知道，她也就放下这事了。

所以，许煦万万没想到他会忽然提起。此刻真是窘迫得要命，只恨自己当时太愚蠢。

可不是愚蠢么？不然也不会把人家给那什么了！

柏冬青看着她的脸色一阵红一阵白，笑了笑，柔声道："我知道你没别的意思。其实那时候我也挺缺钱的，放弃了公派去律所，一开始的实习薪水很少，又没空再去打别的工，还是你留的那笔钱救了我几个月的急，我还一直没感谢你呢！"

许煦听到他这样说，怔愣了一会儿，才回过神，稍稍松了口气："这样啊！"

也不知道是毕业日折腾得太厉害，还是新床太舒服，许煦这一觉睡到了日上三竿才醒过来，打开床头的手机一看，已经快十一点了。

虽然现在还没入职，但大夏天睡到这个点，她也是有点不可思议。

太阳从飘窗照进来，将温馨的小卧室照得明亮，她一骨碌坐起身，满意地打量一下自己的新房间，顿时觉得心情大好。

本来想着开启了生活的新旅程会不习惯，哪知预期中的不适应一点都没发生。她欢喜地跳下床，以为柏冬青已经去上班，不料刚刚走出卧室，就闻到一股食物的香味。

她循着味道来到厨房门口，看到柏冬青正站在料理台前切菜，燃气灶上一个砂锅里炖着什么东西，香气就是从那里飘散出来的。

"学长，你今天没上班吗？"许煦问。

柏冬青转头看了她一眼："今天手上没什么忙的，在家里看看卷宗就行。"

许煦问："那你怎么不叫醒我？"

柏冬青轻笑："你下个星期要上班，也就这几天能肆无忌惮地睡睡懒觉了，所以就没叫醒你。我马上做好饭，你去洗漱吧！"

"哦！"许煦抿嘴忍住心中的雀跃，转身走了几步，又不由自主地回头朝厨房内看去。

此时的男人正拿着刀，将手中的土豆切成细细的丝儿。他的动作很熟练，低着头的模样认真无比，身体颀长挺拔，侧脸沐浴在窗外透进来的阳光中，有种说不出来的熨帖。

许煦的心脏扑通跳了两下，笑着回身钻进了洗手间。

二十分钟后，餐厅的小餐桌上，摆放了三菜一汤，菜式很简单，不过是普通的家常菜，红烧鸡翅、酸辣土豆丝、白灼菜心以及一道排骨汤。

许煦却是搓手兴奋道："学长你好厉害啊！一看就很好吃。"

柏冬青笑了笑："其实我会做的菜也不是很多，都是些最简单的家常菜。"

许煦笑："已经很厉害了，我连鸡蛋都煎不好。"她坐下来，拿起筷子尝了一口，"好吃！以后你也教我，咱们还能搭伙吃饭呢！"

柏冬青也坐下来，脸上被人夸赞的神色有些掩饰不住，点点头："好啊！"他顿了顿，举起手中的饮料杯子，"祝贺你正式开启新生活！"

许煦忙不迭放下筷子，和他碰了碰杯："也算是咱们共同的新生活！"

柏冬青看着她的黑眸里，涌上温和的笑意。

许煦作为社会人的新生活，就从这套温馨别致的出租房开始了。

刚开始工作，自然是忙碌的，好在住处和单位隔得不远，早上坐柏冬青的顺风车出门，晚上慢慢悠悠地回来。

合租之后，她才知道柏冬青的工作到底有多忙，几乎每天八九点才能回家，回来后也还会继续埋头工作，双休什么的形同虚设，两个人相处的时间并不多。

但作为合租室友，他真是妥帖得无可挑剔。每天早上会做好早餐与许煦分享，房间干净得让她永远想不起来去打扫，花瓶里总插着鲜花。两个人都有空在家的时候，他就会做一顿可口的饭菜。许煦每回蠢蠢欲动，想要试手，都被他用下次吧打发掉，自告奋勇洗碗，三回也顶多成功一次。

两人住在同一屋檐下后，他第一次出差，因为担心许煦一个人住在家里害怕，晚上还专门打电话督促她检查门锁，一直和她语音通话，等她睡着才挂断——当然两个人通话，也主要是许煦说，他在对面听着。

而作为合租者，许煦唯一能做的，大概也就是尽量把冰箱填满。

比起上学时缓慢悠长的时光，一旦毕业，日子好像就被安装了加速器，过得飞快。似乎夏天还没离开多久，秋天便转瞬即逝，眨眼又到了岁末。

这日八点不到，柏冬青在房内工作，许煦在客厅边看电视边给他切了一盘水果。因为已经太熟悉她也没敲门，直接握着门把手轻轻推开门探进一个脑袋："学长，吃水果！"

坐在写字台前的柏冬青，正戴着耳机对着电脑屏幕，似乎是在和人视频说话，觉察她推门，像是被吓到一般，惊慌失措地摘下耳机，猛地将笔记本啪嗒一声合上。

许煦愣了一下："我打扰你了吗？"

柏冬青慌乱的神色很快恢复，摇摇头起身，走到她面前，将水果接过来："谢谢！"

许煦试探问:"你刚刚和人视频?"

柏冬青看了她一眼,点头。

许煦笑:"什么人啊?不是工作吧?"

柏冬青的表情有些神色莫辨:"不是。"

许煦坏笑着一脸八卦:"不会是网恋吧?"

柏冬青愣了一下,失笑:"没有,就是一个在国外的朋友。"

"哦!那你继续吧,我不打扰你了!"

柏冬青默默看着她转身的背影,低下头看着手中的水果盘,喉咙上下滑动了一下,用力闭了闭眼睛,伸手将门阖上。

许煦回到沙发,可是电视里在播放什么,再也没有心思看下去,刚刚脸上的笑容也消失殆尽,她转头看向柏冬青那扇关上的门,心里忽然抓心挠肺般难受起来。

刚刚自己推开门时,柏冬青惊慌失措的反应,她没有忽略。

不过是和人通话,有什么是不想让别人知道的呢?依照他的性格,大概也只有隐秘的私事了。至于什么是隐秘的私事,她发觉自己一点都不愿去细想。

这个夜晚,向来睡眠不错的许煦,躺上床后,辗转反侧许久都没有睡着。柏冬青惊慌失色合上笔记本的反应,就像是一根闷棍砸在她头上,让她忽然如梦初醒。

这么久以来不自觉的靠近,到底意味着什么?她终于后知后觉地回过神来。

可是这个回神,并没有让她觉得激动,反倒让她有些不安和失落。因为自己这份感情的发生,似乎不是很合时宜。

隔日起床,柏冬青照旧已经将早餐做好。许煦坐下,看了眼对面的人,吃了几口,故作不经意地开口:"对了学长,你现在工作发展得挺好的,有没有考虑交个女朋友了?"

"嗯?"柏冬青有些愕然地抬头看她。

许煦道:"是这样的,我们社里有几个挺好的姑娘,想找个律师男朋友,如果你愿意,我帮你介绍啊!"

柏冬青看着她,半晌没有说话。

许煦又赶紧试探:"还是你已经有心仪的人了?如果是这样的话,就算是我多事了。"

柏冬青低头下,淡声道:"现在工作太忙了,还没时间考虑这件事。"

"那就是说,没有心仪的女孩子吗?"

柏冬青低着头,沉默不语。

每次说到这种事,都是这种反应。许煦有些挫败地撇撇嘴。

接下来的几天里,许煦陷入了不知如何是好的困扰中。默默暗恋这种事实在不是她的风格,但如果贸然表明自己的心意,而柏冬青对自己没有半点心思的话,不仅会让他难做,彼此也尴尬。

最后,她只能向经验丰富的冯佳请教。

"你说你喜欢你现在的合租室友,也就是你之前说的那个朋友?"接到电话的冯佳听完她的困扰，在那头问道。

"是啊！"

冯佳轻笑："我早就觉得不对劲，果然被我猜中了。"

"现在不是说这个的时候，而是我不知道该怎么办了。我感觉他对我挺好的，但是他对谁都好像都挺好的。而且……我总感觉他有喜欢的人。"

冯佳道："你感觉对不对啊？有没有可能人家喜欢的就是你，不然也不会跟你合租了。"

许煦愣了一下："我也希望是啊！也不介意先表白，可万一要是把自己的心思告诉他，而他对我根本就没那方面的想法，那就尴尬了。"她犹疑了片刻，"而且这几天我还试探了他一下，他好像真的对我没什么歪心思。"

"这么夸张？"冯佳想了想道，"不过也是，孤男寡女住在一个屋檐下，要是男的对女的有意思，应该早就有行动了。"

许煦哀号一声："你这么一说我更没底了。"她顿了顿，牙一咬，道，"实话告诉你，程放那届毕业典礼那天晚上，我不是说去了朋友家，夜不归宿么？就是这个朋友，那晚我和他睡一块儿。"

"啊？"冯佳在那头差点尖叫。

"你别惊讶，不是他占我便宜，是我把人给那什么了！"

"你说笑吧？这怎么可能？"

"就是那晚我想到自己失恋，心情不好，又哭又求的，他就从了我。"

冯佳大笑："你还真是个女中豪杰！"

"你别笑我了，我也后悔啊！"

"等等！"冯佳好不容易收了笑，冷不丁道，"也就是说，你俩一块儿过夜，但是现在关系就跟纯净水一样纯？"

"是啊！"

"那我觉得真不是很妙呢！"冯佳想了想道，"不过你也别急，既然他能和你合租，又对你很好，我觉得还是有可能的。毕竟每个人的想法不一样，也不是每个男人都是下半身思考的动物。"

"学长肯定不是。"

"学长？"

"嗯……"许煦弱弱道，"他是柏冬青。"

"我的天！煦儿，你真是骨骼清奇，竟然找前男友的室友！"

许煦听冯佳在电话里笑她，愤愤道："我跟程放分手几年了，都不知道他在哪里潇洒快活呢！怎么就不能喜欢他室友了？"

冯佳道："那万一人家柏冬青觉得硌硬呢！"

许煦愣了一下，有些不太确定道："不会吧？我也从来没听他提过程放啊！"

冯佳想了想，笑道："这事你也别急，照你说的柏学长那性格，估计就是个慢热型的工作狂,你再试探试探,或者多花点时间相处,男女之间的感情也是需要培养的。要真不行,就跟之前那样,故技重施呗!还怕他不从你。"

"……"许煦,"再见!"

她当然不可能故技重施,不过冯佳说的试探和培养感情,她还是觉得很有必要的。她自己也是花了这么久时间,才恍然大悟对柏冬青的心思,像他那种脑子里估计半点风花雪月都没有的男人,指不定其实也是对自己有心思,不过还没发现罢了。

想到这个可能,许煦心中便充满了喜悦和动力。

两个人合住这么久,因为柏冬青工作忙碌,相处的时间其实并不多,也就是早上一起吃个早餐,蹭他二十分钟的顺风车。晚上他回来通常很晚,能说上一会儿话已经很不容易。

除了一起吃早餐这件事,算起来确实没有任何超出合租室友的暧昧行为。

许煦打定主意后,便开始暗地里想方设法地将两人的关系拉近,一瞅着他有空,就拉着他一块去超市购物,或者让他陪自己去看电影。柏冬青对她提出的要求倒是来者不拒,只不过行为从不逾矩,哪怕偶尔并肩而行时,她故意靠近他,他都会不着痕迹地移开。在家里,他更是恪守男女之间的防线,始终保持着该有的距离。

唯一让许煦还算欣慰的是,经过她细心观察,他身边确实没有任何关系不一般的女性。大概……或许……应该……真的是心中没有人,不过是专注事业无心个人大事罢了。

就这样毫无进展地到了春节假期,许煦知道他是一个人,便邀请他跟自己回家一块儿过春节。但这一次,柏冬青却拒绝了,说是已经答应在陈瑞国家过年。

华天创始人陈瑞国很器重他这件事,许煦是知道的,本来是没多想,但回到家后,却越想越觉得不太对劲,因为这几乎是柏冬青第一次拒绝她的请求。

她邀请他的时候,并没有别有用心,只是单纯地心疼他一个人过年太孤单,但细想下来,这样的邀请确实和平日看电影逛超市不太一样。他没有拒绝陪自己看电影,却拒绝了跟自己回家过年,很大程度上,可能就是在抗拒和自己的关系往前继续迈进。

这个认知让许煦的这个年都没怎么过好。

到了正月初四傍晚,她忽然接到冯佳的信息,还配了一张照片:这个人是柏冬青吗?

照片应该是偷拍的,隔得有些远,画面中的男人西装革履,场景大概是某家高档餐厅。虽然只有一个模糊的侧面,但抬头不见低头见这半年,许煦还是一眼就认出,这就是柏冬青。

她回过去:没错。

冯佳很快发过来:到底怎么回事?我看他好像在和人约会!

许煦大惊:什么?!

冯佳:看着不是很熟,感觉像是在相亲,不过那女孩还挺知性漂亮的。

许煦心中一沉,就像是三九天被人兜头泼了一盆冷水,急忙问:他们在哪里?

冯佳把餐厅的地址发给了她。

许煦收好手机,胡乱收拾了行李,便匆匆出门:"老爸老妈,我有点急事回江城了!"

许妈妈跑过来叫道:"什么急事要这个时候回去?大晚上的你一个人不安全,让司机开车送你！"

许煦道："我这么大个人了，有什么不安全的？开车太慢了，我坐高铁就行。"

两座城市的高铁刚刚开通，不过一个多小时，许煦坐了最近的一趟，但是周周转转抵达冯佳发给她的地址时，也已经九点多。

她从出租车下来，看着霓虹闪烁中的餐厅招牌，忽然就有些恍惚。

她跑来这里干什么呢？不说吃饭的人肯定早已经离开，就算是还在，她又能去做什么？说到底，他和柏冬青除了是室友，顶多也就是朋友关系，她没有权力干涉他任何事。

他拒绝跟她回家，不就是表明了他的态度。

她有些悻悻地招手拦了辆车。

回到出租房，屋子里空无一人，柏冬青还没有回来。许煦坐在沙发上，打开电视，里面演着热闹的节目，她脑子里却一片空白，冷清得有些浑身发寒。

也不知道坐了多久，客厅的门终于从外面被打开。

走进来的柏冬青看到沙发上的人，怔了一下，站在玄关处问："你怎么回来了？"

许煦回神，转头看向他，勉强露出一个笑容："家里很无聊，就提前回来了。"

柏冬青点点头，走过来。

许煦转头不动声色地上下打量他一眼，他穿着一身崭新笔挺的正装，头发刻意打理过，整个人有种神清骨秀的帅气。

这样精心的打扮，就是为了今晚的约会吧？

许煦心头涌上一股酸涩，忽然觉得这段时日自己一头热的各种小动作，真是像个笑话。

她扯了扯嘴角，故作轻松地问道："这么晚才回来？不会是去约会了吧？"

已经走到沙发旁的柏冬青，微微一怔，点了点头："嗯，陈老师给我介绍了一个女孩子，今晚去见了面。"

这样坦然语气彻底将许煦浇了个透心凉。她抬头看他，努力保持着镇定，笑着问："不是说要专心工作，暂时不打算交女朋友的吗？"

柏冬青避开她的目光，淡声道："不想拂了陈老师的一片好心，而且处理得好，应该也不会和工作冲突。"

许煦这回直接从透心凉冻成了冰棍儿，她哦了一声："这么说是已经确定了？"

柏冬青看了她一眼，又迅速别开视线，小声道："……就是先相处着看看。"

许煦愣了片刻，舒了口气，笑道："那以后应该不是很方便了，我得考虑找房子了。"

柏冬青抬眼看她："这个不用急的。"

"怎么能不急？要是你女朋友知道你和女人合租，而且还是有过一夜关系的女人，会怎么想你？"许煦站起来，笑眯眯道，"放心吧，我肯定不会影响你的。"

她丢下遥控器，往房间走，边走边耸耸肩，佯装戏谑道："学长都已经要脱单了，我也要努力了呢！"

她语气轻松，心中却酸涩得厉害，双眼早已经发红。

柏冬青默默地看着她的背影，漆黑的眸子闪了闪，然后黯然地慢慢垂下。

回到房间的许煦，将门关上，挫败地趴在自己的床上，浑身的力气像是突然被卸掉。其实之前冯佳说得没错，如果一个男人真的对女人有意思，不可能相处这么久没有半点表示。何况年前那一段时间，她的行为已经足够明显。他感情经验也许是贫乏，但绝对不是一个木讷迟钝的人，不然也不会拒绝跟她回家过年。

不过是不想让和她的关系有质变罢了。

是她之前太单纯自信，觉得他对自己那么好，怎么可能一点心思都没有？其实想想，他对谁不好呢？换个人对他提出这样那样的要求，大概他也是不会拒绝的吧！

许煦将脸埋在枕头中，努力压下想哭的冲动。

所以自己这是又失败了吗？

这回干脆还没开始就被对方掐断了苗头。

接下来几天，柏冬青早出晚归，也不知是不是去约会，许煦没再问过，怕问了心里更堵得慌。能维持表面的风轻云淡，她已经尽了最大的努力。

二月十四日情人节，正好是新年开工前一天，单身几年的许煦，也终于迎来了一朵正式的桃花——先前一个采访过一直还有联系的律师约她吃饭。

情人节约吃饭，意味着什么不言而喻。

许煦本来对那人毫无兴趣，但是下午看着难得没出门的柏冬青，想了想，还是答应了那位追求者的邀请。

在家里颓废地窝了几天，她打起精神好好捯饬了一番。为了这次并不期待的约会，她把长发吹成了蓬松的波浪卷，化了精致的妆容，上身一件女人味十足的驼色风衣，下身要风度不要温度地只穿了薄薄的打底裤袜，露出修长的双腿曲线。

她佯装轻松地从卧室出来，看到坐在沙发上的柏冬青，朝他笑道："学长，你还不去约会吗？"

柏冬青抬头看她，目光微微闪动，讷讷道："等会儿再出去。你……约了人？"

许煦点头："一个之前认识的律师，人挺不错的。"她走到玄关，换上一双八厘米的高跟鞋，拉开门准备出去时，又像是想到什么，"对了，今晚我不一定回来，你不用管我。"

她也不知道为什么要说这句话，大概是有点赌气吧！

可是和谁赌气呢？她好像也说不出来。

柏冬青脸色微变地转过头，然而玄关的人已经离开，只留下他怔忡地看着那抹似乎还留着她气息的空气。

赵进真的觉得自己是有点见了鬼了！

本来在情人节约到了有好感的女孩，是件很值得高兴的事，然而接下来这位约会对象的举动，却让他完全跟不上节奏。先是在吃饭的西餐厅，让人开了一瓶将近五位数的红酒。他一个年收入三四十万的律师，虽然也能勉强算得上高薪，但第一顿饭就花掉五位数，还是把他吓得冷汗淋漓，暗忖自己倒了血霉，好不容易看上个女孩子，竟然是这种吃人不吐骨头的人。吃饭完后，正要硬着头皮结账时，对方却已经先拿了张金卡递给服务生买单。

人生就像坐过山车一样，瞬间又从低谷飙到了高峰，没想到对方不是故意宰他，而是个低调的白富美。这样的好机会他自然不能错过，于是邀请人家一起去走走，白富美很爽快地答应了。

半个小时后，就走到了这间充斥着寒假未结束的熊学生以及无业青年的网吧。然后在白富美的提议下，两个穿着打扮与嘈杂的网吧完全违和的职场男女，开始了联机对战的白痴游戏。

接下来便是在白痴游戏里，自己被对方跟杀父仇人一般连续暴打了两个多小时。

过了十一点，许煦终于悻悻然放下了鼠标，摘了耳机，转头朝身旁苦不堪言的男人抱歉道："不好意思，让你陪我玩了这么久的无聊游戏！"

赵律师如释重负："没事，没事，是不是心情不好？"

许煦犹豫了一下，点头。从出门后，她脑子就一直很乱，想着今晚柏冬青和他那位准女朋友——或许已经是女朋友了，到底做了些什么？也会牵手拥抱接吻吧？

只要想到这个就心乱如麻，吃饭的时候专门点了一品红酒，然而喝了两口就没了兴致。

她甚至觉得冯佳说得对，要不然再次故技重施得了！不过她很快就打消了这个荒谬的念头。已经错过一回，不能再做错第二次。

赵进看她心不在焉，又问："要回家吗？我送你！"

许煦看一眼电脑右下角的时间，已经快十一点半了。虽然她对柏冬青说了可能不回去，但怎么可能真的不回去？

她点点头："那就麻烦你了！"

上了车，赵进见副驾的人心不在焉地趴在窗边，笑着问："是失恋了吗？"

许煦点头，苦笑道："是啊！失恋了。"

赵进："什么人这么没眼光？你这么好的女孩都不珍惜。"

许煦道："我也觉得他是挺没眼光的，宁愿去相亲，也无视我的示好。"她直起身，转头问道，"你说你们男人要是和一个女人同住一个屋檐下，两人相处得非常好，真的有可能生不出一点感情吗？"

赵进笑着问："怎么？你还要和人合租吗？"

许煦道："赵大律师，我只是一个月薪五千的杂志采编。"

赵进道："但也是一个刚毕业就持有白金信用卡的小采编。"

"这不重要好吗？"

赵进沉默了片刻："我跟你这么说吧，如果我是跟你合租的那个男人的话，除非是心里已经有喜欢的人，不然不可能一点都不动心。"

"真的吗？"

赵进清了清嗓子："毕竟男人就是这么肤浅，如果和好看的女孩儿朝夕相处没有半点感觉，那只能是唐僧。"

　　许煦想了想柏冬青的模样，还真是有点唐僧般清心寡欲的做派。她轻笑一声："还真是敢承认自己肤浅啊！"

　　赵进轻笑："反正我也没机会了，所以就和你实话实说。"

　　"谢谢啊！"

　　夜晚的道路畅通，两人闲聊了没几句，很快就到了小区门口。此时路灯只剩下淡淡的光芒，冬末初春的夜晚，笼罩在一片黑黢黢的寒意中。

　　赵进虽然知道自己没戏，但还是很有绅士风度地下车，走到许煦跟前和她道别，然后忽然勾唇一笑，冷不丁将人一把抱住。

　　许煦吓了一跳，还没出声，只听他小声耳语道："嘘！我猜在后边花坛边抽烟的男人，就是你喜欢的那位室友，不如让他误会一下，看他到底是不是对你一点心思都没有？"

　　许煦怔愣了一下，没再挣扎。

　　好在赵进很快就松开，笑着和她挥手，声音在黑暗中有些刻意的响亮："今晚很愉快，还没分开就已经期待下次见面了。祝你今晚做个好梦！"

　　许煦："……"

　　这表演痕迹是不是有点太过了？她抬手和他挥了挥，目送着他上车离去，才慢悠悠转身。

　　几米之外的花坛边果然站着一道黑影，手指间的烟头在黑暗中闪着一点微光。虽看不清面容，但许煦还是一眼认出人来，她暗暗深吸了口气，走过去："学长，你怎么在这里？"

　　柏冬青走上前一步，淡声道："我看你还没回来，想着你万一要回来的话，这么晚了这段路挺黑的，担心你一个人会害怕，就来这里等你一会儿。"

　　许煦一时如鲠在喉，如果对一个人没有半点心思的话，为什么要做得这么体贴周全？

　　她压下心中五味杂陈的情绪，目光瞥到他手中的烟，有些奇怪地问："你抽烟吗？我怎么不知道？有点不像你的风格。"

　　柏冬青沉默了片刻，笑了笑，低声道："我没有你想得那么好，也有坏毛病的，也会有自私和贪心，有时候明知道有些事情不该做，可还是忍不住想做。"

　　许煦有些奇怪地转头看他，暗淡的夜灯下，他的表情模糊不清，但看得出似乎有些晦暗不明的忧伤。

　　"学长，你怎么了？"

　　柏冬青抬起头对上她的眼睛，笑着摇摇头，走到旁边的垃圾桶将烟头灭了扔掉，又朝她道："走吧！"

　　两人在深夜中并肩而行，因为各怀心思，便没有再说话。

　　进屋后，许煦因为脚下传来的疼痛，嘶了口气。

　　"怎么了？"柏冬青问。

　　许煦脱下高跟鞋，换了拖鞋："这双鞋有点磨脚，估计脚后跟破了。"

　　柏冬青道："你去坐着，我给你拿碘酒擦擦。"

许煦在沙发上坐下，柏冬青从屋子里找了碘酒递给她，自己来到玄关处的鞋架，将刚刚那双高跟鞋拿出来，拿了瓶乳液，蹲在地上一点一点地在后跟处擦着。

"你干什么呢？"许煦奇怪地问。

柏冬青道："新鞋的鞋跟太硬，擦点乳液会软化，待会儿再用湿纸巾捂一个晚上，明天应该就不会磨脚了。"

许煦默默看着蹲在地上的人，他低着头，手上的动作很认真，还带着点小心翼翼，明明不过是一双不合脚的鞋子，却像是在对待什么珍贵的东西一样。

这个人怎么这样坏？既然对自己没有那方面的心思，为什么又要对她这么好？

许煦咬咬牙站起身，慢慢走到他旁边，等她站定的时候，柏冬青也干完了手中的活儿，从地上站起来，可还没转过身，就被许煦伸手用力抱住。

"我什么都没干！以后也不会和那个男人见面了。"她的声音有些微微发抖。

柏冬青因为她的拥抱而僵硬在原地，喉咙像是被人掐住一般，又酸又涩。他很清楚地听到，心里头那些岌岌可危的坚持，在这一刻彻底崩塌。所有的自私和贪婪，一点一点地从心底深处涌出来，汇集，放大，化成罂粟般的果实，引诱着他去沦陷。他不是神佛，他只是一个克服不了心底欲望的普通男人，所以只能选择沦陷。

许煦继续瓮声瓮气道："我不想搬走！"

柏冬青终于哑声开口："你不用搬走啊！"

"那你也别搬走！"

"我不搬走。"

许煦小声道："但是我不想和你只做室友了。"

柏冬青："……"

"你别和其他人约会了。"

柏冬青："……"

许煦声音更小了："我们在一起好不好？"

说完这句，她就没再说话，屏声静气地等着他的回答。

空气忽然变得静默，时间的流逝好像一下清晰起来，一秒、两秒、三秒……

而随着沉默的拉长，许煦的心也一点点地跌落下去。她慢慢松开抱着他的手，深吸了口气，努力找回自己的声音："那个……我就是随便说说而已，你要是不愿意就算了。"

她努力挤出一个比哭还难看的笑容，刚刚转过身，眼泪就不争气地掉下来。

然而还没迈步，整个人忽然被人从后面紧紧抱住，柏冬青将她环在自己胸前，哑声道："怎么会不愿意呢？"

偷来的幸福时光
chapter 04

许煦有点不敢相信地在他怀中艰难地转过身，抬头看着他道："没关系，你要不愿意就算了，千万别勉强自己，我没有要强迫你。"

柏冬青低头对着她的眼睛，伸手给她擦了擦眼泪："我没有不愿意，刚刚我只是在想，这种事怎么能让你先开口？"

许煦咕哝道："那我也没看出来你有开口的打算啊！不是还相亲交了女朋友吗？"她忽然睁大眼睛看他，"我不会第三者插足，横刀夺爱了吧？"

听到这句话，柏冬青表情微微一怔，心中涌上一阵痛苦，以至于没有马上回应她的话。

许煦以为自己说对了："是真的吗？"

柏冬青回神，轻笑一声："哪有什么女朋友？陈老师非要给我介绍女孩子，我为了不拂他的面子，就去和人家见了一面。就见了一面，吃了顿饭，后面便再没联系了，这几天都忙着工作呢！"

许煦重重地舒了口气，破涕为笑："吓死我了！"

柏冬青轻轻替她将残留的泪痕擦干："对不起，是我不好！"

"你有什么不好？你多好啊！"说着又坏笑道，"今晚我出门的时候，说不回来了，你是不是吓坏了？"

柏冬青点头，对着她的眼睛，轻笑道："嗯，吓坏了！"

听他这么说，许煦先前的挫败和难过悉数消散，伸手揽住他的脖颈，静静地靠在他怀里，心中有种尘埃落定的松弛感。他虽然瘦，但个子很高，被他环抱着，也有种让人安心熨帖的踏实。

两人一时都没有再说话。许煦抱了一会儿，才发觉不对劲，揽着他后背的手，抓了抓他的衣服，抬起头皱眉，不可思议地看向他："你就穿这么点出去的？"

现下正是这个城市寒冷的时节，尤其是晚上，气温已经连续几天不过两三摄氏度。南方的两三摄氏度，能把人的骨头冻疼。而柏冬青竟然只穿了一层抓绒的居家服。她这会儿才发觉，他脸色有些不太寻常的苍白，伸手握了握他的手，果然还残留着室外的冰凉。

柏冬青弯唇笑了笑："没事，我不怕冷。"

许煦问:"你在外面待了多久?"

"……没多久。"他不太有底气地回道。

天刚刚黑透没多久,他就脑子乱糟糟地跑了出去,也不知道自己要干什么,只知道心中的焦虑无论如何都没办法排遣,鲜少抽烟的他,站在街边抽了一根又一根。

他还真不知道自己在外面站了多久,想着她说的那句"可能不回来了",他的心就像是忽然被人刮了一刀。他知道是自己将她推了出去,甚至也是自己内心期望过的,但是当事情真的发生,他才知道根本没办法接受。

也许从两个人一起住进这个小小的房子的那天起,他的渴望和贪心就无法再刹住车,以至于他努力想逃避,却终究无路可逃。时不时就生出一丝遐想,恨不得他和她的世界,就只剩下这间小小的房子。

许煦显然不太相信他的话,又伸手摸了摸他的脸:"我看你都快冻僵了吧!身上烟味也挺大的,赶紧去洗澡睡觉,别感冒了!"

柏冬青本想握住她,但想了想自己冷冰冰的手,只得作罢。他深深地看了她一眼,哦了一声,老老实实去洗澡了。

许煦挑眉望着他的背影,心中的愉悦呼之欲出,嘴角不由自主地勾起。

柏冬青洗得很快,身上的烟味已经没了,只剩下沐浴露的清香。许煦笑盈盈地跑过去,本来是想和他多待一会儿,但时间实在是有些晚了,明天两人都要上班,便只亲了一下他的嘴,道:"晚安!"

柏冬青抿抿唇,黑沉沉的眸子,定定地看着她,沉默了片刻,才道:"晚安!"

许煦依依不舍地看着他进屋,心中的狂喜还没沉静下来,这会儿恨不得跟着他钻进他的卧室,和他一起睡。但想了想,觉得自己这回坚决不能这么流氓了,谈恋爱还是得慢慢来,哪怕她真的对他充满了渴望。

于是她忍住冲动,默默洗漱后,老老实实地回了自己的房间。

躺在床上,已经过了十二点,可强烈的兴奋让许煦毫无睡意。总觉得第一天确定关系,不做点什么,就这么各自回房睡了,怎么都有点说不过去。

而且……作为一个男人,也没有一点表示,果真是个榆木脑袋啊!

虽然是这样腹诽着,但许煦的心中还是充满欢喜,忽然得偿所愿,简直像做梦一样。

她摸出手机,点开柏冬青的名字,正不知道要发点什么过去,那头已经有信息跳进来:明天早上想吃什么?

许煦嘴角翘得老高,喜滋滋地打了一串字回过去:都可以,你做什么都好吃。

发完想了想,将台灯调出一个适合的光,找好角度,自拍了一张照片,配上晚安给他发了过去。

可发完便有点后悔了:是不是太幼稚了点?

她捧了捧自己发烫的脸,心跳得极快。片刻之后,手机震动了一下,她赶紧打开,简单的两个字:晚安!

许煦撇撇嘴，自言自语地咕哝：也不发张自拍过来！明天非得按住你拍几张照片存在我手机里。

说完却笑着心满意足地将手机关机，放在了床头，按下台灯，美美睡了过去。

而隔壁躺在床上的柏冬青，定定地看着手机里那张照片，嘴角不知不觉地弯起了一个弧度。也不知看了多久，冷不防打了个喷嚏，才将他拉回神。看了一下时间，不得不恋恋不舍地将手机关掉，盖上被子睡觉。

许煦这一觉睡得很好，早上的闹铃一响，她也没像往常一样赖床，而是一骨碌坐起来，趿拉着拖鞋急不可待地出门，去见柏冬青。

刚刚走到门口，便迎上正从房间出来的柏冬青。他头发凌乱，正揉着鼻子，向来白皙的脸颊，这会儿红得厉害，眼睛好像也不太睁得开。

许煦眉头一皱，走到他跟前，伸手探了他额头："怎么这么烫？感冒了吗？"

柏冬青捂住鼻子别开脸，重重地咳嗽了几声，算是回答了她的问题，然后哑声道："没事，我去做早餐！"

许煦赶紧将他往房间推："做什么早餐？！你赶紧去好好躺着，我去给你找药。"

柏冬青显然还想逞强，但是抵不过许煦的坚持，只得老老实实回到了床上。

许煦边在客厅拿药边道："你今天别去上班了，好好在家休息，我会请假照顾你的。"

柏冬青的声音弱弱传来："就是一点感冒，没事的！"

许煦拿着体温计走到他的房间，递给他："烧得眼睛都红了，还没事？先量量体温，要是温度太高，咱们就去医院。"

柏冬青对着她的眼睛，还想说什么，见她朝自己瞪了瞪，只得听话地将体温计接过来。

早餐是许煦出门买回来的，柏冬青发烧超过三十九度，在许煦的监督下，吃了药后，终于还是抵不过药物的作用，迷迷糊糊睡了过去。许煦向单位请了假，就开始上网搜索发烧感冒的病人吃什么好，她是第一次这么照顾人，一面心疼生病的柏冬青，一面又为自己可以名正言顺照顾他而欣慰。

复杂的东西怕第一次做失手，她选择了最简单的肉末粥，正好冰箱里也有食材。砂锅盛一锅水，加一把米，放在燃气灶上慢慢熬，等开锅转为小火后，她担心水干或者煮糊了，就一直站在灶台前盯着，手里拿着大勺，时不时慢慢搅拌一会儿。

她做得太专心，以至于醒来的柏冬青，在厨房门口站了许久，她都没发觉。

柏冬青默默地看着她的身影，这种被人悉心照料的感觉太陌生，陌生到让他几乎觉得像是在做梦，诚惶诚恐地不敢打破这美好的宁静，生怕自己一出声，这一切就会像泡沫一样消失。

许煦用勺子舀起一点粥，吹了吹送入嘴里，尝了一口，自我感觉还不错，满意地将火关掉，正要转身去把病患叫醒吃饭，冷不防却对上了站在门口不知多久的人。

她眨眨眼睛，笑道："你什么时候起来的，怎么一点声音都没有？"

不是做梦。

柏冬青暗暗舒了口气，轻笑道："刚刚你太专心了，所以没察觉。"

许煦上前摸了摸他的额头："好像没那么烫了，你去坐着，我盛好粥端给你。我按网上说的，加了姜丝，对感冒很有好处的。"

柏冬青顺从地转身，来到餐桌前坐好。

几分钟后。

"味道怎么样？"许煦有些紧张地盯着他喝粥的动作。

柏冬青看向她，笑了笑，点头："好吃。"

"真的吗？"许煦自己也喝了一口，"我觉得就一般吧！不过这是我第一次做，感觉还算成功。"

柏冬青笑："很成功。"

许煦笑道："看来我还是有点天赋的，以后多学几样做给你吃。"

柏冬青笑着点点头："好。"

吃过饭，他要收拾，许煦赶紧将他推开，拿着吃过的碗筷，颠颠跑去了厨房清理，还不忘在里面叮嘱道："你别忘了继续吃药，下午再好好休息，等彻底退烧了我才放心。"

"嗯。"

然而，等许煦收拾好厨房出来，却发觉柏冬青正坐在沙发上认真地翻看案卷和材料。她叹了口气，将他手中的东西拿开，握着他有些发烫的手，对上他黑沉沉的眼睛，笑道："虽然努力工作的男人最有魅力，但是生病了还努力工作的男人就不太让人喜欢了。身体好了才能更好地工作，知道吗？"

柏冬青抿唇微微笑了笑，点头："知道。"

"那就吃了药，再去睡一会儿。"

柏冬青从善如流地吃了药，然后回房间钻进了被子。许煦这会儿也有些困了，干脆跟着他，掀开他的被子，躺在他身旁，美其名曰："我监督你，免得你又偷偷工作。"

柏冬青轻笑，给她将被子掖好："嗯，今天不工作了。"

许煦抬眼看着他："那你闭上眼睛。"

柏冬青听话地闭上眼睛。他睫毛又黑又长，阖眼之后，微微跳动着，许煦有点想伸手去摸，但终究还是忍住了，只做了个虚虚的动作。

他真的长得很好看，为什么以前在学校都没人发觉呢？幸好她早就发现，她可真是有眼光。

带着这样的得意，她很快在他的呼吸中慢慢睡了过去。而本该已经睡着的男人，却缓缓睁开眼睛，目光落在不远处那张恬静的脸上。

是什么时候开始注意她的呢？他有点记不清楚了，反正是很久之前，久得仿佛过了一个世纪。

他伸手小心翼翼地将她脸上散乱的发丝拨开，手指在她光洁的脸颊轻轻滑过，然后慢慢凑过去，在她额头上落下一个鹅毛般的轻吻。

从室友变成恋人后的相处模式，除了更亲密些，其实也没有太大变化，仍旧是柏冬青方方面面周全地照顾着两人的生活。

他的工作似乎更忙了，每天早出晚归，周末也总在外面奔波，虽然已经刻意少接外地的案子，但在家的时间，仍旧寥寥无几。

许煦也不知道他为什么在工作上这么拼命，但男人有事业心总归是好事，她也喜欢看他努力的样子。在她眼中，这样的柏冬青有着独特的魅力，所以从不抱怨他陪自己太少，反倒尽己所能地多照顾一些他，也顺带勉励自己更好地工作，做一个和他一样优秀的人。

两个人的相处，在许煦看来，足以用融洽和甜蜜来形容。唯一让她有点郁闷的是，柏冬青也不知是太过正派，还是真的是个榆木疙瘩，冬去春来入了夏，几个月过去了，两个人除了亲亲抱抱，就没有再进一步的亲密。

虽然她并非觉得男女交往就一定要怎么样，但两人毕竟曾经有过一夜，如今又是共处同一屋檐下，这种事情水到渠成似乎才正常。如果不是有时候接吻时，她能感觉到他身体的反应，她都怀疑他是不是有什么问题。

转眼六月底，许煦的生日到了。因为正好是周六，她和冯佳约好了，带上各自家属，一起见面吃顿饭。

订的是高档川菜馆，许煦和柏冬青先到，察觉他似乎有点紧张，她握着他的手，轻笑："冯佳人很好的，肯定不会为难你，你不用紧张。"

柏冬青看了看她，弯唇轻笑了笑："万一我表现不好，你在你朋友面前会很没面子的。"

许煦被逗笑："冯佳又不是不知道你是谁？顺其自然就好，不用刻意表现。"

柏冬青笑着点点头，凑过头，在她唇上亲了一下。

"喂喂喂！"冯佳的笑声从门口传来，打断了两人的亲密。

柏冬青赶紧挪开，站起来彬彬有礼打招呼："你们来了？"

冯佳和男友郭铭一前一后走进来，朝柏冬青笑道："柏学长，真是闻名不如见面，你现在在江城律师圈可是一颗新星啊，我们公司法务部的人都听过你的大名。"

柏冬青笑了笑，没说话。

许煦跳起来，跑到冯佳面前，和她来了个久别重逢的拥抱，然后歪头看了看眼前这张漂亮的脸。虽然化着妆，但还是看得出神色很有些憔悴，她咦了一声："怎么了？是不是工作很忙？"

冯佳叹了口气，有些无奈地点点头。

许煦朝她身后的男人道："郭铭，你可得好好照顾我们的冯美人，这么个大美女落在你手上，你不好好珍惜，我可是不干的。"

冯佳好笑地掐了她一把。

郭铭笑呵呵道："工作上的事我也帮不上忙，不过刚刚工作，难免辛苦一点。林氏集团福利待遇好，好多人想进去还进不去呢！"

冯佳点头，苦涩地笑了笑："是啊！前阵子我还想辞职来着，但听郭铭这么一说，就想着看在薪水的分上,也得坚持下去。咱们毕竟只是打工族,任性不来!"

许煦抿抿唇,不以为然道:"那也得做得开心才行,你又不是找不到好工作。"

冯佳拍拍她:"别说这些了,今天你生日,咱们赶紧吃饭。"

因为快半年没见面,席上基本上就是许煦和冯佳两个人的主场,凑在一块儿说个不停,两个男人则全程是配角。只不过柏冬青一直没忘记照顾许煦,看到她碗里的菜没了,就会帮她补上爱吃的,虾肉剥得干干净净,鱼刺小心翼翼地剔开,一切自然而然。

冯佳看在眼里,笑着朝许煦眨眨眼睛,背着柏冬青用口型道:"你挑男人的水平,真是绝了,我算是对你佩服得五体投地!"

许煦得意地昂昂头,颇有些骄傲道:"那必须啊!"

一顿饭吃得很融洽,出来时,许煦还有些意犹未尽。两个男人去取车,她和冯佳站在门口边聊天边等着。

"佳,你工作到底怎么回事啊?"许煦问。

冯佳轻笑:"没什么事,刚刚工作,难免遇到这样那样的问题,忍忍就好了。"

许煦道:"要真觉得不开心,还是换一个吧!你又不是找不到好的。"

"算了!"冯佳摇摇头,"现在手上也没什么钱,郭铭准备创业,我要是换来换去,两个人都没保障,再看吧!"

许煦想了想,问:"你和郭铭还好吧?"

冯佳笑着点点头:"挺好的,在一起这么多年,该磨合的都已经磨合了,当然也不可能像刚热恋的小情侣那么激情澎湃。"

许煦道:"想不到当初那个说要蹲帅哥的大美女,竟然和一个男人过了这么久。"

冯佳笑:"谁能想到呢?"她顿了顿,感叹道,"经历了家庭变故,我现在才知道安稳生活的可贵,所以得好好珍惜。"

"说的也是。"

"你呢?虽然是第一次见柏学长,但感觉是个很靠谱的男人,对你很好吧?"

许煦笑着点头:"再好不过。"

冯佳掐了她一把:"那要好好珍惜,可别像以前那样作了。"

许煦道:"对他我可舍不得作!"

"啧啧啧!"冯佳大笑,"这么喂人狗粮,还有人性吗?"

许煦难得有点羞涩:"说实话,就是真的觉得和这个人在一起很安心很幸福。"

冯佳道:"看到你这样,我就放心了。"

"你也要好好的,有什么需要帮忙的,一定要告诉我。我要不行,还有学长呢,他很厉害的。"

冯佳被她逗笑了:"我算是见识了什么叫做真正的陷入爱河!"

两个人女人在这边说笑着,两个并肩去取车的男人,也边走边聊。

郭铭看了眼身旁清瘦挺拔的英俊男人,笑着道:"我听冯佳说许煦家里很有钱,又是独生女，柏律师运气真好，如果娶了这样的女孩子，能少奋斗二十年呢！"

柏冬青微微一愣，朝他看了眼，笑了笑，淡声道："我还是希望自己努力，给她一个好的生活和未来。"

郭铭嗤了一声："你一个律师做得再好能挣多少钱，如果是我，肯定选择去继承她家的事业。"

柏冬青收敛了笑容，没再说话，走到车边，和他挥手道别，先开着车离开。

回程的路上，许煦还沉浸在和好友见面的喜悦中，随口问："冬青，你觉得冯佳和郭铭怎么样？"

"你朋友挺好的。"柏冬青顿了一下，"但是我觉得他男朋友配不上她。"

许煦叹了口气："我也这样觉得，不过感情的事，旁人也不好说什么，一说出来就有种势利眼的感觉。毕竟当年冯佳家里出事，是郭铭陪她渡过了难关。"

柏冬青点头，沉默了片刻，又道："反正你让你朋友多为自己打算打算，要真不合适，还是不要为了那点恩情勉强。"

许煦有点惊讶地看向他，笑道："我怎么觉得这不太像你说话的风格。你不是应该奉行滴水恩涌泉报的吗？"

柏冬青好笑道："哪有这么夸张！"顿了顿，转头看她一眼，"我真的没你想的那么好。"

许煦挑眉："你别臭美，我可没把你想得多好，我想你是个大坏蛋呢！"

柏冬青摇头失笑。

回到家已经有些晚了，两个人洗完澡，腻歪了一会儿，就各自回了房间。许煦将柏冬青送她的礼物拿出来，小小的一个盒子，用精美的包装纸包着。她一点点地拆开，是一块女式手表，跟他平日里戴的那块是情侣款。

许煦将手表戴在手腕上，有些爱不释手地欣赏了会儿，正要取下来，窗外忽然一声惊雷，她猝不及防，尖叫一声，差点从床上掉下去。

入了夏的天气就是这样，雷雨说来就来。

外面响起急促的敲门："怎么了？"

许煦拍拍胸口："没事，门没锁，你进来吧！"

柏冬青刚刚推门而入，又是几道伴着闪电的惊雷响起。

许煦这回有了防备，倒是没被吓到，只是还是有些心惊肉跳。

柏冬青爬上她的床，笑了笑："没事，我在这里陪你。"

许煦笑道："我又不是小孩子，不怕打雷的，就是刚刚太突然，给吓了一跳。"

柏冬青躺在她旁边，笑着柔声道："那我怕，你陪我！"

他难得这样开玩笑，许煦被他逗乐，躺下靠在他身旁，举起戴着表的手腕："和你的是一对，我很喜欢。"

"喜欢就好。"他在她唇上亲了一下。

许煦笑着往他身旁拱了拱，抬眼看向他。他漆黑如墨的眼睛，此时正定定地看着她，像是要把她看进心里去。

两个人相处这么久，这样的亲昵，本来已经不会叫许煦紧张，然而此时被他这样灼灼地看着，心跳忽然就加快，脸也红了起来。

柏冬青弯唇轻笑了一声，伸手将她的头发拂到耳后，凑上前贴上她的唇。他吻得很慢，就像是在对待易碎的珍宝般，一点一点地探入，温柔又缠绵。

窗外雷电交鸣，屋内一室缱绻。

他含着她的唇吸吮了许久，才慢慢移开，亲吻着她的耳朵，然后顺着脖颈往下。

许煦被他弄得浑身软得像是跌进了云里，就在她快要云里雾里时，柏冬青忽然直起身。

许煦迷迷糊糊地睁开水润的双眼，呢喃问道："怎么了？"

他用力深吸了口气，在她唇上啄了一下，微微喘息道："我出去买个东西，马上回来！"

脑子糨糊的许煦等到他套上衣服，匆匆出门，才反应过来他要去买什么。

脸顿时爆红。

客厅大门传来哐当一声，将许煦唤回神，她想到什么似的，匆忙跳下床，光着脚跑出卧室想将柏冬青叫住，但打开客厅的门往外一看，走廊早没了人影，显然是已经坐电梯下去了。她有些懊恼地揉了揉乱糟糟的头发，回到房间，将床头柜打开，从里面摸出一个小盒子。

当初刚和柏冬青确定关系时，她悄咪咪地买了这玩意儿藏在抽屉里，算是有备无患，就想着哪天擦枪走火能派上用场。哪知柏冬青一直跟榆木疙瘩一样，比柳下惠还坐怀不乱，时间一长，她也就忘了这事儿，没想到今晚大概是天时地利人和，朽木忽然就开窍了。

一声雷鸣又乍然响起，许煦吓了一跳，忧心忡忡地跑到窗边。外面风雨大作，这种时候跑出去买小雨衣，真是让人担心，又有些哭笑不得。

几分钟后，客厅响起开门声，她赶紧走出去。虽然出门匆忙，但好在柏冬青没忘记顺手拿了伞，这会儿只是衣服上有些水迹。他边抖落身上的雨水边问："你怎么起来了？"

许煦看着他喘着气的模样，忍不住大笑起来。

柏冬青有些狐疑地看向她："怎么了？"

许煦扬了扬手中的小盒子："你刚刚跑得那么快，我正想叫你时，人就没影儿了。"

柏冬青看着她手中的小盒子，再看看自己手中的东西，脸上的表情第一次那么精彩。

两个人毕竟朝夕相处几个月，许煦自然不会觉得这种事有多难为情，反倒是觉得这样的他很可爱，忍不住戏谑道："不过你还真是精神可嘉，这种天气还跑出去，可以说是非常值得表扬了！"顿了顿，又笑道，"但是呢……这难道不是应该早早做好准备的吗？等到擦枪走火才临时跑出去买，实在是不符合你做事周全的作风，还是说……你对自己的定力太有信心？"

柏冬青白净的脸渐渐有些发红，难得浮现了一丝恼羞成怒的表情，支支吾吾半晌，也没说出个所以然。

许煦被他这模样逗得乐不可支。

"很好笑吗？"他抬头看向她，故意板着脸沉声道，但是一点威慑力都没有，反倒让许煦笑得更厉害。

柏冬青抿抿唇，上前将人直接扛起来，疾步往卧室走去。

许煦在他身上笑着大叫："你干什么？"

柏冬青一言不发地将她丢在床上，然后整个人覆在她上方，不等许煦开口说话，飞快贴上去堵住她那张嫣红水润的唇。

他的吻向来是温柔缠绵的，但这一次，却带着从未有过的急切和凶狠。

窗外雷鸣闪电风雨交加，屋内翻云覆雨一室混乱。

一直到风雨渐渐平息，床上的动静才终于平静下来。这会儿柏冬青已经恢复了平日的从容与温和，将还微微喘着气的许煦揽进臂弯，伸手拨开她黏在脸颊的发丝，柔声问："有没有不舒服？"

许煦抬头看他，在他唇上啄了一下："没有。"她这话倒不是说假，虽然刚刚的男人好像有些失控，但仍旧保持着理智。她想了想，坏笑着问，"看不出来你还挺懂的，哪里学的？"

柏冬青有些不自在地清了清嗓子，低声道："大学的男生宿舍都有那种片子和书，跟着他们一起看过。"

他语气虽然听起来很平静，但耳根却涌上了一抹可疑的红色。

许煦愣了一下，故意吃惊道："原来你也看那些东西啊？"

柏冬青掐了她一把，失笑道："别总说得我好像不是个正常人似的，我也是个生理健康的男人啊！"

许煦点头："是还挺健康的。"

晚上折腾得太累的结果，就是隔日两个人都睡过头了，好在因为是周日，都没有非做不可的工作。最后还是因为门铃声，两人才悠悠转醒，柏冬青揉了揉许煦的头发，道："我去看是谁？你要是还困就再睡儿，我做好早餐叫你。"

闭眼躺在床上的许煦听到了外面的开门声，但半响没人说话，便打着哈欠问："冬青，谁啊？"

柏冬青的声音幽幽传来："许煦，你起来吧！"

许煦嘟哝一声，下床趿着拖鞋，顶着凌乱的头发，惺忪着眼睛从卧室走出来，当目光看到门玄关处站着的人时，本来还有些混沌的脑子，顿时像被人浇了一盆冰水，彻底清醒过来，然后露出一个十分不自然的笑容，抬手挥了挥，弱弱道："爸，你……怎么来了？"

两手提着满满几个袋子的中年成功人士，木着脸看了眼衣衫不整的女儿，又看向面前的男人，用脚趾头想想也知道是怎么回事。他眼神跟刀子一样瞪着柏冬青，冷声道："这是不让我进门吗？"

"叔叔，您请进！"柏冬青反应过来，赶紧侧身让开，给他拿了拖鞋，弯身恭恭敬敬地放在他跟前。

许煦捂着额头，心中叫苦不迭。

她给父母说过是和朋友合租房子，但为了省事，隐瞒了是和男生合租这个事实，之前许父许母提过很多次要来看她，都被她找了借口拒绝。和柏冬青确定关系后，她倒是有说过交了男朋友的事，却还没来得及坦白是和男友住在一起。

本来也就只是单纯地住在一起，哪知刚睡第一晚，就被老爸抓了个正着。

见鬼啊！

许氏夫妇一直很开明，几乎不会插手女儿的任何事，也了解现在的年轻人谈恋爱都挺开放。可许父在没有任何心理准备下发现了这事，要说心理冲击不大，那肯定不是亲爹了。

他换好鞋子，将手中的东西，往柏冬青跟前一递，没好气道："我来这边出差，给煦煦带的东西。"

柏冬青小心翼翼地接过来，提着转身去放，然后和许煦无言地对视了一眼。

许煦整好衣服，捋了捋乱糟糟的头发，干笑两声："爸！你来之前也不跟我打个招呼？我这什么都没准备？"

"你要准备什么？"许爸爸瞪了眼女儿，大马金刀地往沙发上一坐，指了指旁边的位置，"你们俩过来，跟我说清楚！"

许煦也没打算藏着掖着，只是觉得被老爸知道了这件事有些尴尬罢了。反正已经既成事实，她也就放开了，拉着柏冬青在沙发上坐好，笑着道："爸，这是我男朋友柏冬青。"

许父斜睨着眼睛，上下打量了一下旁边的年轻人，有点眼熟，模样生得还不错，用他这双识人无数的眼睛，很容易就看出，这是个品行不错的男孩子。

不过还没结婚，就跟女孩儿同居，也好不到哪里去。

他哼了一声，朝柏冬青冷冷道："行吧，你介绍一下你自己。"

许煦见自家老爸这副神色，怕吓到柏冬青，挽着他的手臂撒娇："爸，他是我学长，上学那会儿你还见过他的，记得吗？星巴克那次。"

许父想了想，皱眉问："就是那个勤工俭学的男孩子？"

许煦点头。

许父面色稍霁，又对柏冬青道："女儿交了男朋友，我了解一下不过分吧？"

柏冬青忙不迭摇头："叔叔，您稍等一下。"

他先给许父泡了一杯茶，然后自己跑进了卧室，也不知劈里啪啦在里面干什么。许父喝了口茶，皱眉用眼神询问女儿，许煦也一头雾水地摊摊手，高声问："学长你干什么呢？"

"稍等片刻。"柏冬青的声音传来。

几分钟后。

许父看着面前茶几上的一堆本子和纸张，嘴角无语地抽搐了一下。

柏冬青先将一页纸张递给他："叔叔，这是我的简历，您可以先看一下。"

然后又将茶几上的东西，一样一样地摊开。

"这是我的身份证和户口本。"

"这是学历证书、工作合同、律师执照。"

"这是工资收入和银行流水，还有车本和房本。"

"车子是很便宜的国产车，准备明年换好一点的。我家里父母已经过世，他们留下的房子是以前国企的老福利房，不过以我现在的收入，应该三四年内可以全款买得起一套中等户型的房子，再好的可能要多等几年，但肯定不会让许煦婚后和我一起承担房贷的。"

说完这些，柏冬青抬头，目光真诚地看向许父："叔叔，您看还需要了解什么？"

许父拿着手中的简历，见鬼一样地看了他一眼，又木着脸看向身旁的女儿。

许煦生无可恋地捂住了额头。

许父本是觉得自己家白菜被拱了很有些不爽，但是柏冬青来了这么一出，顿时一肚子准备刁难的话，全给吞了回去，只得装模作样去看手中的简历。

这简历倒是简单，没有任何花里胡哨的自夸，除了基本信息，就是从幼儿园开始各个阶段的学习经历，以及现在工作的单位和职位。

许父清了清嗓子："我不要求未来女婿赚多少钱，只要人品好有责任心就行。"

说完这句，就好整以暇盯着眼前的年轻人，心道如果他拍胸口说一通华而不实的保证，那他必然得替女儿好好考虑一番。人生过半，大起大落都经历过的前许团长、许庭长、现许董事长，对一切都已经看得很开，不过是希望女儿能有一个幸福美满的人生罢了，至于女儿的另一半有多好的家境，多优秀的事业和赚钱本领，他并不看重，只希望是一个可靠的人。

但人品责任心这些看似简单的要求，反倒是最难得，因为很难去准确判定，哪怕他已经阅人无数。

以至于他看着柏冬青时，内心其实是有点紧张的，生怕他让自己失望。毕竟做一个棒打鸳鸯的父亲，也是很面目可憎的。

柏冬青倒是坦然地对上他的目光，微微蹙起眉头，表情略微有些犹豫纠结，沉默了片刻，最后咬咬唇道："叔叔，您说的这两点，我没办法自证，我现在能向你展示的只有这些客观的东西。"

这样的回答，倒是让许父暗中松了口气。他将简历放下来，目光不经意瞥到那纸张上父亲一栏的三个字，他冷了一下，皱眉问道："你父亲叫柏卫民？"

柏冬青愣了一下，点头。

许父又问："是以前在西北军区当过兵对吗？"

柏冬青再次点头。

许煦好奇地问："爸爸怎么了？你认识冬青的爸爸？"

许父低叹一声，像是想到了一些事情，语气软下来："你忘了我以前也是在西北军区？"他沉吟片刻，"小伙子，你父亲是十四年前过世的吧？"

"嗯，我五年级的时候。"

许父抬眼看向他，目光在瞬间变得慈爱了许多，有些感慨道："我跟你父亲在工作场合接触过几次，他是个非常优秀的军人，当年是在出任务的时候救战友殉职的。你父亲他是个英雄。"

虽然父亲过世多年，但蓦地被人提起，柏冬青的心中还是有些黯然，沉默了片刻，他低声道："小时候爸爸一直身体力行地教育我，要做个正直的人。"

许父抿抿唇，又想起什么似的，问："你说你妈妈也过世了？"

"我十四岁那年过世的。"

许父："那后来你由谁抚养长大的？"

柏冬青道："我爷爷奶奶很早过世，外公外婆远在外地，一直是我自己一个人生活，不过周围邻居，还有从小到大的师长，都有关照我。"

许父倒吸了口气，回过神来，猛地转头看向女儿，劈里啪啦地训斥道："你瞧瞧人家！十四岁就独立生活，还一路都是考的重点学校，边打工边上学，还能每年拿一等奖学金，毕业了进最好的律所，二十五岁年薪就几十万了。"边说边戳着许煦的脑门，"你呢？上大学整天就知道玩儿，一个月花大几千生活费，还给我考了好多门六十分，比人家就小了两岁，薪水却少了快十倍。"

许煦风中凌乱地承受着亲爹的一指弹："……"

等等！作为准岳父，不是应该好好考验未来的女婿么？为什么忽然变成了批斗亲闺女？

窦娥冤啊！

柏冬青看着许父批评许煦，赶紧上前道："叔叔，您千万别这么说许煦，她跟我上的是同一所大学同一个专业，没什么差别的。工作也不能用收入来衡量，她在杂志社做得很好，每期她写的稿子，我都专门剪了一份收藏着，您要看吗？"

许父愣了一下："当然要看！"

虽然还是对女儿被人拐走有些郁卒，但是得知柏冬青身世的许父，心中难免五味杂陈。他自己也出身寒微，如今所得全靠双手一点一点打拼得来，他知道这样的人生有多不容易。何况他再如何寒微，毕竟是成长在一个整体物质匮乏的年代和小镇。而这年轻人却是在这座繁华都市中独自长大，而且显然还没长歪，这实在是太难得。

他见过他父亲，那是一个一身浩然正气的男人，如今泉下有知，看到自己的儿子在自己过世后，如此坚强努力地活着，大概也很欣慰吧！

十分钟后，沙发上的一老一少，凑在一起津津有味地讨论着《法治周刊》上许煦写过的稿子，而作为被讨论的人，许煦则被发配去厨房做早餐。

许父："这篇写得还可以，调查很详实，行文很中肯。"

柏冬青："我也觉得是，这是她刚工作三个月发表的，能写出这种水平，很厉害了。"

许父："这篇就有点问题了，这个观点并不严谨，也不客观，一个法律科班出身的记者，不应该这样写。"

柏冬青："他们杂志社也是要三审的，毕竟许煦才刚刚工作不久，各方面经验有限，不可能考虑得那么全面,这应该是主编的问题。"

　　许父:"嗯,你说得没错,看来他们主编还要提高一下自己的专业水平。"

　　……

　　厨房里的许煦看着锅里的煮鸡蛋,除了对着空气不停地翻白眼,已经找不到别的表情。

　　不过,柏冬青收藏着她所有的剪报,还是让她有点意外的,刚刚他也一直在老爸面前维护自己,这足以让她觉得窝心。

　　自己挑的男人,没错!

　　许父因为是过来出差顺便来看女儿的,行程其实很满,一天下来还有几个应酬,象征性地吃了点女儿做的早餐,便告辞了。这回走的时候不仅没表现出对许煦的依依不舍,还一直恨铁不成钢地叮嘱她要好好向柏冬青学习,并且对后者表示了非常明显的不舍。

　　许煦总算知道柏冬青为什么在律所那么受陈瑞国器重了,这家伙根本就是长辈杀手。

　　两人站在电梯口送别许父,等到电梯门缓缓合上,柏冬青放下举着的手,连带着肩膀一起卸力般垂下来,对着电梯门,重重地舒了口气。

　　许煦转头看他,却发觉他脸色不知何时变得苍白,她不可置信地眨了眨眼睛,笑道:"你不会是一直在紧张,现在才放松吧?"

　　柏冬青看了她一眼,语气有些不太确定道:"也不知你爸会不会讨厌我?"

　　许煦失笑:"你难道没看出来我爸很喜欢你吗?我都不知道你原来这么会讨长辈欢心。"

　　柏冬青叹气:"也可能心里恨死我了。"他顿了顿,又低声道,"因为如果是我的话,看到女儿还没结婚就和男人同居,应该会想揍那男的吧?"

　　许煦被他逗笑,旋即一想又觉得不对劲,拧着眉头阴恻恻道:"你是不是还有一层意思,觉得我和你同居太轻浮随便了?"

　　柏冬青赶紧摇头。

　　许煦插着手道:"昨天可是你主动的。"

　　柏冬青苍白的脸涌上一丝红晕:"我会负责的。"

　　许煦嗤了一声,掐了他一把,不以为然地笑道:"什么叫负责?我才不要你负责,咱们谈恋爱你情我愿,合则来不合则散,可千万别被所谓的责任两个字束缚,都什么时代了!"

　　柏冬青看了看她,到底没说话。

　　人越长大,日子就过得越快,尤其是当生活安心熨帖得挑不出任何毛病时,仿佛就更快了。对许煦来说,其实也不能算挑不出毛病,她和柏冬青工作都很忙碌,尤其是柏律师,简直就是工作狂的代名词,这让两人闲下来好好相处的时间少之又少,自然也就少了年轻人恋爱的激情和浪漫。好在她已经过了喜欢华而不实的阶段,也许是因为有过一次失败的经历,在这段关系里,她很少要求对方为自己做什么,也努力学着付出——然后发觉,好像付出所能感受到的满足和快乐,并不比索取得到的少。

　　两人在一起的第二年,也是柏冬青执业的第四年,这一年,他办了几个漂亮的大案子,获得了当年"全省十大杰出律师"的荣誉称号,一时声名鹊起,成为名副其实的青年才俊。

而许煦在杂志社的工作，也算如鱼得水，可也不知是不是阴差阳错，她竟然一次都没跟过他的案子。

一直到工作的第三年，杂志要做一个青年律师系列的专访，主编开会叫了他们几个采编分配任务。

"许煦，你负责去采访柏冬青。"

"啊？"正专心翻看几个待专访律师资料的许煦，被主编点名，乍然听到"柏冬青"三个字，愣了一下才回神。而此时她手中翻到的，正是柏冬青的资料。

像他们长辈一样的主编道："他最近不是刚打完那个婆婆杀儿媳的案子吗？正火着呢！咱们第一期就做他，你负责去约专访。"

因为柏冬青这个名字，杂志社的人都知道，为了不影响工作，成为别人八卦的对象，在一起这么久，许煦只和同事说自己男友是华天的律师，没说过是柏冬青。其实以前刚刚工作的时候，她也暗暗想过，利用柏冬青这个华天新星的便利，拿到更多采访资源和独家信息，也开玩笑跟他提过。他倒是没反对，还认真地说，如果有需要告诉他，他会想办法。但是每次看着他那么刚正的样子，她就打消了那些小念头。

现下被分配到采访，她觉得自己去采访男朋友的话，肯定不会太客观，便随手翻开手中的一份资料，笑道："主编，我对这位王钊律师更感兴趣，柏冬青就换别人做吧！"

他们这种类似于事业单位的杂志社，内部竞争不算大，氛围自然也就很松泛。主编笑呵呵道："柏冬青是这几个青年律师里，在业内名气最大的，上升势头很猛。你自己不珍惜，可别怪我没给你机会啊！"

旁边的杜小沐举手大刺刺插话："主编，煦儿不做我做啊！我正好还没采访过这位柏大律师呢！"说着朝许煦眨眨眼睛，指着手中资料上的照片，戏谑道，"你是不是听说王律师是海归，长得很丑？我跟你说，柏律师就是没那么上相，我旁听过几次他当辩护人的庭审，绝对比王律师帅多了！"

主编瞪了自己这花痴下属一眼："态度端正点，现在是工作呢！"

杜小沐不以为然道："我这不是希望能在工作中顺便解决一下个人问题，然后更好地工作么？"

一旁的赵昊嗤了一声："律师可都是人精，还想在工作中解决个人问题？我看你别把个人搭进去就万幸了！不过，帅哥什么我就不和你们这些外貌协会的女同志争了。"

杜小沐嘻嘻地笑，朝许煦道："那就这么办了，王钊给你，柏冬青留给我。"

许煦失笑："怎么说话呢！"

主编拍拍手："那就这么定了，你们好好准备，柏冬青是这个系列的第一期，小沐抓紧时间，这个年轻律师是业内有名的拼命三郎，行程很紧，要约到他的专访，不是很容易。"

"收到。"杜小沐兴奋道。

散会后，几个年轻人从会议室出来，边笑边聊着。

赵昊道："小沐，我可跟你说，柏冬青没那么好采访。我跟了他好几个案子，表面看起来特别温和礼貌,但是想从他口中得到点有用的信息,比什么都难。"说着摇摇头,"这种人就属于特别没人情味那类。"

杜小沐没回答,倒是许煦有些愕然地睁眼问:"怎么这么说?"

赵昊道:"这还用问吗?之前的那些案子咱们不论,就说他最近打的那个婆婆杀儿媳案吧!本来案子的嫌疑人除了婆婆还有那个凤凰男丈夫,是从犯。但是柏冬青硬生生地将凤凰男给摘出去了。这案子众所周知的,是因为凤凰男出轨,女方想要离婚但是在财产分割上没能达成一致,然后就发生了惨剧。事实上,证据也显示凤凰男之前确实动过杀妻的心思,只不过最后没能付诸行动,而是老妈替自己完成了心愿。至于是不是他指使的,谁知道呢?反正柏冬青那一套辩护的证据链一出,凤凰男被摘得干干净净,现在案子这么一结,可算是如了凤凰男的意,拿着财产和小三双宿双飞,除了承受一点舆论压力,什么都不用付出。"说着,有些义愤填膺道,"也不知道那些当律师的,为了钱这么尽心尽力地帮助人渣,会不会良心不安?"

许煦喉咙略微一哽:"刑事案子里,也就附带民事赔偿方面,律师能起到比较大的作用,定罪量刑还不都是证据和事实说了算。而且现在的司法体系,本来也是倾向于公诉方,这案子能打成这样,说明辩方确实在法庭上出示了有效的证据,或者说嫌疑人确实是无辜的。这只是律师的工作,咱们也不算是外行,你这么说就有点过了。"

赵昊扯了扯嘴角:"这也不是我一个人说的,柏冬青做类似的案子也不是第一桩了,他在圈内的口碑很明显两极分化,大概是太急功近利了吧。他这个年纪在华天已经是数一数二的年轻律师,反正有点什么也不足为奇。"

律师毕竟不是公众人物,所以即使是他们这种法律媒体,除了特定场合,平时也很少八卦律师圈的人和事,更多的是兴冲冲地讨论最近发生的案子。赵昊说的这个案子,前一阵很轰动,很长一段时间里都是热点,本来一审时凤凰男是从犯,但二审后改判了无罪。

而二审的辩护律师就是柏冬青。

许煦当时没多想,因为她相信法律的公正,也相信柏冬青的判断,只是有些唏嘘感叹,这个世上并不是恶人就有恶报。

实际上当她工作几年后,就越来越清楚世间的各种无奈,法律不等于道德,也无法审判道德。

直到现在,赵昊义愤填膺地谈起这件事,她才蓦地发觉,自己从来没有问过柏冬青的感受。这几年,她看着他的事业越来越好,心底为他高兴,不去打扰他,不给他添麻烦,甚至还刻意让自己的工作与其隔离开来,为此她也没有参与过他的社交。她好像从来没有去关注过他在外界,或者说在这个成人社会中,扮演着什么样的角色,是一个什么样的人。

两个人的世界太理所当然了,理所当然到似乎一直都只存在于那套温馨的小房子,他就只是那个温和善良,对自己照顾有加的柏冬青。

杜小沐笑嘻嘻的声音打断了她的思绪:"赵昊同志,你就别这么义正辞严了,那只是人家律师的工作,律师不遵循法律事实,难道凭着个人感情做事?"

赵昊笑道："我只是提醒你，柏大律师可能不是那么好采访的，你想拿到什么干货恐怕不容易。"

杜小沐大笑："管他呢！我就是想见见帅哥，不行啊！"

许煦没有再参与到他们的谈笑中，而是心不在焉地一直捱到了下班。

这日，柏冬青照旧很晚才回家，陪了几分钟许煦后，便钻进了书房工作。

十点多的时候，许煦给他泡了杯牛奶端进去，笑着问："你怎么一年到头都这么忙？"

柏冬青接过牛奶，有些歉意道："有几个案子要连着开庭，确实挺忙的。等过了这阵就好了，到时候你也空出几天时间，咱们出去度个假吧！"

许煦噘噘嘴，从身后揽住他，又伸手随意翻了下他面前的材料，状似漫不经心地开口："对了！前阵子你打的那个婆婆杀儿媳的案子，网上挺火的，好多网友不仅骂婆婆、凤凰男和小三，连带你这个辩护律师都骂呢！到底怎么回事，你给我说说呗！"

柏冬青昂头看了她一眼，笑了笑："凤凰男是个人渣没错，但证据显示，婆婆杀儿媳确实不是他指使的。"

许煦道："那有没有可能他暗示过呢？"

柏冬青道："作为律师，我只能提供我所知道的证据。"

许煦想了想："可是有迹象显示，他确实对自己的老婆起过杀心！"

柏冬青轻笑道："每个人都可能有过罪恶的心魔，但只要不付诸行动，就不是犯罪。法律能惩治的是犯罪，不是道德。而我的职业，就是遵循法律事实。"他顿了顿，又道，"这个世界其实有几类法庭，第一类是刑事法庭，第二类是媒体舆论，第三类是良心。我相信法律和舆论不能制裁的恶人，最终也不可能逃过良心的审判。"

许煦愣了一下，趴在他肩膀上笑问："你真的相信第三类法庭吗？"

柏冬青微微一怔，没有回答。片刻后，他将资料合上，起身将她抱起来，笑道："我陪你去睡觉。"

许煦在他怀中笑着掐他一把："你又来这招！我可跟你说，你不准再等我睡着了偷偷熬夜工作。"

因为经常都有做不完的工作，柏冬青担心太冷落她，怕她孤枕难眠，总是用他独有的方式将她哄睡着了，才又偷偷爬起来去工作。

许煦这晚本是打定主意等他睡了自己再入睡，可是两年下来，他比许煦还了解她自己的身体，被他翻来覆去一顿折腾，她就累得挨着枕头睡了过去。

柏冬青屏声静气地在一旁凝视着她的睡颜，等到她呼吸渐沉，才小心翼翼抽开被她枕着的手臂，轻吻了她的额头，依依不舍地下床去工作。

这些年被生活裹挟向前，已经很难停下来认真去审视和反思，因为他知道一旦停下，就很可能无力去占据现在所有的一切。

许煦去采访王钊是在两个星期后的周五下午，说起来也是神奇，她工作了三年，跟过不少华天经手的案子，也采访过好几个华天的律师，但来他们的办公楼不过是第二次。上次还是一年前,而且还没进楼,只是在大厦下的咖啡厅,所以还真没见过柏冬青办公的地方是什么样的。

这次采访王钊,对方倒是直接约了她在办公室。她来到华天时,因为王大律师临时有咨询的访客,便被助理带着去了一间小会客室先候着。

大律所果然不一样,环境典雅,服务周到,小助理还殷勤地给她倒了一杯咖啡。

许煦刚刚被带着走过来时,环顾了一下,因为办公区太大,她没看到柏冬青的办公室在哪里,正想着给他发条短信,说自己在华天,刚刚拿出手机,会客室的门忽然被推开,一道声音传进来:"啊?有人啊!不好意思!"

许煦下意识抬头,打开门探进脑袋的男人大概是在找空房间,看到屋内有人,正要走开,但眼神不经意对上她,咦了一声,停下退出去的动作,有点不确定地开口:"许煦?"

"姜毅学长!"许煦认出来人,也是一脸愕然。

上学的时候她和姜毅算不上熟悉,只听说他毕业后考研去了帝都,几年没见,乍一下在这里遇到,还是很叫人意外的。

姜毅不可思议地张大嘴巴,笑着推开门走进来,似乎有点不敢相信自己的眼睛:"真的是你啊,小学妹?变化太大,我都有点不敢认了!"

"是吗?"许煦笑,她打量了他一下,"你才是变化大得让我不敢认呢!"

姜毅笑着叹道:"毕业后就再没见过你,说起来都已经五年多了。"说着歪头上下打量她一番,"印象中你还是个小姑娘呢!现在已经是都市丽人了!"

今天约人采访,许煦穿了身米色小西服套装,脚下踩着高跟鞋,确实是一派都市丽人的打扮。她笑了笑:"是啊!转眼就这么多年了!怎么……你现在在华天做律师?"

姜毅点头:"嗯,毕业后在帝都待了一年,去年回了这边。你呢?"

许煦道:"我在《法治周刊》上班,今天约了王钊律师的专访。"

姜毅哦了一声:"去做记者了?不错啊!"

"哪里能比得上你们律师。"

姜毅摆手笑了笑:"我这也才起步,整天焦头烂额的,压力忒大。"说着,想起什么似的,道,"对了,青儿——就是我们宿舍的柏冬青,现在可是我们华天的骨干律师,你要有什么采访可以找他帮忙。"

许煦愣了一下:"我……知道的。"

姜毅有些好笑地拍拍脑门:"也是!你是法律记者,怎么可能不认识青儿?不过话说回来,他整天忙得跟国家总统似的,我都怀疑他要打一辈子光棍儿,你找他还不如找我,虽然我可能帮上的忙也不多,但毕竟闲工夫多点。"他从口袋里拿出一张名片,"这是我的联系方式,大家也算在一个圈子,以后有什么事可以来找我。"

许煦听着他这一番话,怔在原地,半晌才回神,笑着和他交换名片:"好的,那学长你去忙吧!"

姜毅拿了名片看了眼,和她挥挥手:"你慢慢等。"走到门口又转头道,"有空约大家一起聚一下，吃个饭。"

"好的。"

走出会客室的姜毅，心中有些兴奋，拿起手中的名片看了看，又看了一下腕表，和人约好的时间还早着，朝走廊里面的一间办公室走去。

到了门口，他抬手敲了敲门，里面传来一道男声："进来！"

姜毅推门而入，又随手将门关好，边朝前面的办公桌走边扬了扬手中的名片，笑着道："青儿，你猜我刚刚看到谁了？"

埋首案头的柏冬青抬头看了他一眼，随口问："谁啊？"

姜毅笑眯眯道："老二的女朋友许煦。"

柏冬青额角微微一跳，脸色顿时僵住，眉头也不由自主蹙起。

姜毅没注意到他表情的变化，继续兴致勃勃道："她在《法治周刊》上班，今天来采访王钊的。你这几年有没有见过她？"

柏冬青喉头滑动了一下，低下头掩盖住自己的神色，淡声道："老二离开那么久，人家应该早就有归宿了。"

姜毅道："我看她手上没戴戒指，而且才毕业三年，应该还没有结婚，顶多是有男朋友了，这有什么关系？老二对她一片真心，这么多年就盼着重新光鲜地站在她面前，把人给追回来。前些日子在网上，老二还和我说了呢，现在最大的愿望就是能和许煦破镜重圆。他这些年多不容易，别人不知道，但咱们几个是知道的，等他明年从下面调回来，要重新追求许煦的话，我们可得好好帮他一把。老二家现在终于太平了，哥哥也算是东山再起，就算比不上从前，但条件也比大部分人优越，他自己一表人才，又是检察官，当年他和许煦感情那么好，还怕把人追不回来吗？再说了，许煦要是知道当年分手的原因，铁石心肠也会原谅吧！"

柏冬青的嘴唇翕动了片刻，抬头看他，喉咙不由自主有些发紧："你……有没有想过，如果许煦已经有了感情很好的男友？这么做对她现在的爱人是不是有点不太公平？"

姜毅一副怕了他的样子："我说青儿！你可别圣母了！许煦的男朋友关我们什么事？老二可是我们的好兄弟，过去几年他过得不好，咱们也帮不上忙，如今要回来了，这点心愿咱们还出不出点力吗？"说着摆摆手，"行了，我还有工作要忙，就是跟你说一声。"

走到门口，忽又有想起什么似的，回头道："对了，王钊可是个在美帝浪过那么多年的花蝴蝶，你待会儿要有空去瞅一眼，别让他勾搭你未来的嫂子我未来的弟妹。"

柏冬青沉默不言。

这厢在进行采访的许煦，脑子里一直想着先前姜毅说的那番话，明明只是一句不长的话，却让她消化了半天。

柏冬青从来没跟她提过姜毅也在华天的事，而显然他也没告诉过姜毅这个曾经的室友现在的同事，她是他女朋友的事，姜毅甚至都不知道他有女朋友。

这个突如其来的发现，几乎是让她完全蒙了，以至于采访的时候一直都心不在焉，好在王大律师非常健谈，一场访谈还算顺利。

采访结束时已经五点多，许煦和王钊道谢告辞。刚刚走出来，王钊就跟了上，笑着道："我正好也下班，如果许记者没什么特别安排的话，不知道可不可以赏脸一起吃顿饭？"

这位王大律师长得很是英俊，眉眼间都是风流味道，健谈风趣，无时无刻不在展示着自己的雄性魅力。只可惜，许煦一直不在状态，从头到尾对他这种魅力视而不见。

听到他的邀请，她一时没反应过来，走到电梯门口，慢半拍地回神开始思索怎么回绝。

电梯门叮的一声打开，王钊笑着做出一个绅士般的伸手姿势："有请！"

"谢谢！"许煦走进去，"那个我……"

王钊边按电梯边打断她："你喜欢吃什么？西餐还是中餐？或者泰国菜？越南菜？"

狭小的电梯，两人只有咫尺的距离，王钊按完按键，直起身勾唇看着她，完全不给人拒绝的架势。

然而就在电梯快要阖上时，忽然有人从外面按下，门又徐徐打开。许煦看着电梯门从一道窄小的缝慢慢变宽，门外一道高大的身影，一点一点地进入自己的视线。

"柏律师！"王钊笑着打招呼。

柏冬青淡淡点头，目光落在许煦的脸上，又蹙眉移到她和王钊之前的那点距离，不等电梯门彻底打开，便一脚跨进去，不动声色地将王钊挤开，站在了两人中间的位置。

王钊是民商律师，和柏冬青不属于一块，但华天主打刑辩，现在除了几个合伙人之外，柏冬青在所里的职位是最高的，深受陈瑞国器重，已经有风声透露，陈瑞国有升他为合伙人的打算。所以就算王钊比他学历高，年纪也要大上几岁，对他的态度还是毕恭毕敬，看他进来，笑吟吟打招呼："柏律师，这么早下班？"

柏冬青点头，淡淡地看了他一眼，似是不经意道："对了，王律师，张主任好像在给你们民商组的律师开会，你不去吗？"

张主任是华天民商那一块的负责人，也是王钊的直接上司。

"啊？是吗？"王钊匆匆按下电梯键，便往外走，边朝许煦笑道，"不好意思，看来只能下次再请许小姐吃饭了！今天的采访很愉快，我们再联系！"

许煦笑着朝他挥了挥手："再见！王律师！"

柏冬青在王钊还站在电梯门口挥手时，就毫不客气地将电梯门关上，然后直起身看向身旁的人，道："下次也不要去！"

"嗯？"许煦没反应过来。

"下次王律师请你吃饭，你也不要去。"

许煦眨眨眼："为什么？"

柏冬青看着她，抿抿唇："他是个花花公子。"

"吃醋啦？"他这副样子，让许煦将刚刚的心事暂时抛开，忍不住逗他。

柏冬青面露赧色，微不可寻地点点头，沉默了片刻才问，"你来华天怎么没跟我说？"

许煦道:"本来想发信息给你的,后来遇到姜毅,聊了几句就去采访王钊了。"她看了他一眼,状似不经意地问,"姜毅学长在华天,你怎么没告诉过我?"

柏冬青道:"他去年才进来的,想着你和他也不熟,就没专门跟你说过。"

许煦点头,又问:"刚刚我和姜毅学长聊天,听他的语气,好像还不知道我们在一起。"

柏冬青看着电梯的数字,喉咙微微吞咽了一下,轻描淡写道:"嗯,是还没跟他提过,他才来所里一年,工作也挺忙的,想着什么时候有空了,和你一起请他吃顿饭。"

"哦!"许煦看着他沉静的面容,心中那些疑问,到底没有说出口,出了电梯,才又想起来问,"你今天这个时候就下班了吗?"

柏冬青笑了笑:"没什么重要的事,先送你回去,晚上再翻翻材料就行了。"

因为难得两人都回来得早,柏冬青便下厨做了一顿丰盛的晚餐。

"好久没一起吃过晚餐了。"许煦看着餐桌上几样色香味俱全的家常菜。

柏冬青给她剥了两只虾,放在碗中:"是我太忙了,我真不是一个负责的男朋友。"

许煦笑:"没有啊!虽然你很忙,但是家里什么事都是你弄的,我现在都还不知道电费水费怎么买呢!"

柏冬青想了想,抬头看她,冷不丁问:"你下个星期能空出几天吗?我把工作挪一挪,咱们出去玩几天怎么样?在一起这么久,还从来没一起出去玩过呢。"

"你想去玩吗?"

柏冬青点头,笑着道:"上学的时候没钱,工作后又没时间,对旅行其实没什么概念。但是挺想跟你一起出去玩的,不用再想着工作,就咱们俩好好放松几天。"

许煦听他这样说,不免有些心疼:"行啊!我请个年假就好了。"

柏冬青似是很高兴,弯唇笑开:"那我这两天好好准备一下。"

许煦被他这略带兴奋的表情逗笑:"就出去玩个几天,又不是出国,有什么好准备的?"

柏冬青道:"那还是要的。"

虽然心里生出的疑窦,如同一根刺般梗在胸口,但许煦没有再对姜毅那件事穷根究底,柏冬青在这段关系里表现出来的真诚以及对她的付出,让她觉得对他的任何怀疑都有些残忍。她甚至已经为他找好了借口,也许是因为自己曾经是程放的女朋友,他觉得和室友说起有些尴尬,所以迟迟没有告诉姜毅。

可是程放那件事都已经过去五年了,而两人在一起也超过两年,成年人的交往又怎么能和校园恋爱相提并论?连她自己都觉得这个借口实在是有些荒谬鳖脚。

好在接下来几天,柏冬青兴致勃勃地准备出行计划的表现,让许煦暂时将这件事抛到了脑后。毕竟这是两人一起生活这么久以来,第一次一起出去旅行。细想下来,因为他工作太忙碌的缘故,情侣间常做的诸如约会旅行之类的事,两个人都很少做。当然,也不是所有情侣间的事都做得少。柏冬青看着再如何清心寡欲,到底也还是个正常男人。

因为假期只有四天,两个人就选了一个热门的古城。许煦旅行经历不算少,其实对这种被炒出来的古城,已经没兴趣,但见柏冬青蠢蠢欲动,就定下了。

正是初秋季节，阳光充足，雨水少，是最好的出行时节。

古城不过就是吃吃逛逛，千篇一律的人造风光，许煦已经看过太多，但柏冬青却新奇得不得了，看到好看的风景都会拍下来，看到有意思的纪念品忍不住就要买，哪怕许煦告诉他，大部分都是从小商品市场批发来的，他还是买了很多。

许煦倒是很理解他，因为这些对他来说，是真的很新奇。他成长在都市，看得多是钢筋水泥，家逢变故后，人生就只剩下如何去努力生活，工作虽然经常出差，可也没有闲心慢下来欣赏别处的风光。

一个二十七岁收入颇丰的名律师，从来没有真正旅行过，想想都觉得有些不可思议。

所以对他来说，这第一次真正意义的旅行，风景美不美不重要，重要的是旅行这件事本身。许煦当然也不会扫他的兴，一直耐心地陪着他。

只不过这家伙的精力也实在是太旺盛了！这是半天下来，许煦心中的感慨。

早上七点出门，逛了一天景点，傍晚回来洗了澡，又去看表演，看完表演，亢奋状态的某人，继续拉着许煦夜游，一直到十点多，才恋恋不舍地牵着人往客栈走。

许煦这会儿双腿都开始打颤，笑着哼哼唧唧道："我还以为你能逛到半夜呢！"

柏冬青转头看她，这才发觉她一脸疲惫，顿时有点内疚："是不是很累？"

许煦点头，语气有点撒娇："脚丫疼了！"

柏冬青听着这样的语气，心中就跟泡了水一般，想了想，松开她的手，走上前半蹲下："我背你回去！"

"不用啦！"

柏冬青笑："上来吧！刚刚我看到有女孩走累了，也是让男朋友背回去的。"

许煦大笑，走上前趴在他背上："你是要向别人学习么？"

柏冬青道："我第一次当人家男朋友，确实应该向别人多学习，要不然做得不好，你不跟我在一起了怎么办？"

许煦轻轻咬了他耳朵一下，笑道："胡说！我要是不要你了，去哪里再找个你这么好的男朋友？"

柏冬青背着她慢慢走了几步，沉默了片刻，才又道："许煦，我真的好吗？"

许煦笑："当然啦！我们家冬青是最好的。"

柏冬青叹了口气，低声道："可是我怎么觉得没那么好！"顿了顿，又道，"这几年你好像没有像在大学里那么开心了！"

许煦有些愕然："你怎么会这么认为？人长大了，工作了，见到的事多了，认识的人也多了，要是还像上学时那么整天傻乐，应该是个傻子吧？"她抱住他脖子的手稍稍紧了紧，靠在他脸侧，"冬青，我很喜欢现在的生活。所以希望你也很喜欢，是真的喜欢，而不是把某些事当成理所当然。"

柏冬青道："我也很喜欢啊！"

"真的吗？"许煦想了想，又问，"你有没有认真想过，自己想要什么样的生活？"

柏冬青点头:"想过啊!所以当初才放弃出国进了华天,现在的生活就是我想要的。"

"我不是说工作和事业,是说感情以及将来的婚姻家庭生活。"她顿了顿,"你喜欢什么样的女孩子?"

柏冬青愣了一下,有些失笑地将她轻轻颠了颠:"还用问吗?"

"我的意思是,在我出现前或者我没出现的话,你喜欢的女孩子是什么样的?"许煦故作轻松地笑道,"你当时也不小了,心里也不可能没想过这种事吧?"

柏冬青想了想,脑子里浮现许煦当年青春少女的模样,笑道:"不知道。"

在她出现后,她就是他喜欢的样子,而在她没出现前,他对感情的认知一片空白,所以这个问题他没有答案。

许煦拍了他一下,笑道:"你还真是个榆木疙瘩。"

柏冬青笑着不说话。

许煦说完这话,忽然有些怅然,所以是在他对爱情一无所知的情况下,被自己强行拉了进来吗?

算了!还是不想了!

回到客栈的房间,许煦倒头就往床上一躺:"累死了!"

柏冬青将她的鞋袜脱下来,咦了一声:"脚怎么红了?还磨破了皮。"

许煦坐起来一看:"难怪我觉得脚疼,还以为只是走太长时间路的缘故,原来是鞋子有点磨脚。"

柏冬青道:"我去问老板要个盆给你泡泡脚。"

"不用了,睡一晚就好。"

然而柏冬青已经出了门,几分钟后,端着一个装满热水的木盆走了回来。

"你不嫌累啊。"许煦失笑道。

柏冬青将盆放在她跟前,握着她光裸的双脚放进热水里:"今天很开心,所以不觉得。"

许煦看着蹲在地上,认真帮自己揉脚的男人,心里头像是被人掐了一把,柔软得有些酸涩。这种被人珍视的感觉太好,让她不愿意再有任何胡思乱想。

她默默看着他头顶的漩儿,半晌回过神,笑道:"有这么开心吗?"

柏冬青点头:"是啊!看了漂亮的风景,买了许多有趣的小玩意儿,吃了好多美食,还看了有意思的表演,真的很开心。以后我们有空了经常出来玩怎么样?"

最重要的是,这不是他一个人做的,而是她和他一起完成的。有人陪着去做想做的事,这种感觉实在是太美好。

许煦听得出他是真的高兴,语气甚至都有点幼稚,就像是吃到了糖的小孩子那样满足,哪里看得出是一个大律师。

她笑着点点头:"好啊!"

柏冬青抬头看她一眼,眉梢眼角都是欣喜:"那我们以后把想去的地方一个一个地都走一遍!"

许煦笑着点头。

柏冬青也笑，将她泡好的脚擦干净，端起水盆："我去药店给你买点创可贴。"

许煦哭笑不得："真的没事！"

"药店就在旁边，我马上回来！"

许煦看着他出门的背影，失笑地摇摇头，想了想站起来，趿着拖鞋走到窗边。

夜色中，古城的霓虹下，柏冬青的身影从客栈匆匆走出去，小跑着去到旁边几十米处的药店，很快又从里面出来，疾步往回走。

药店门口，有一个卖手工鞋垫的老太太，这会儿还没收摊。他本来脚步匆忙，已经从那小摊前划过，但走了几步，又像是忽然想起什么似的，退了回去，拿出一张钞票，跟老人家买了两双鞋垫。

全程目睹他一系列动作的许煦哑然失笑，不由得想起当初他在学校外买红薯的情景。他是柏冬青啊，是自己见过的最纯善的男人，怎么可能是不近人情的冷漠律师？

可是，不也正是因为他太纯善了，所以才让自己为所欲为？

她摆摆头，将这个不那么愉快的念头抛开，回到床上坐好。

柏冬青推门而入，走到她跟前，小心翼翼地给她贴药。贴好之后又握着她的脚揉了揉，抬头看向她，沉默了片刻，开口问："你对未来有什么计划吗？"

许煦不明所以："什么未来？"

柏冬青道："就是……结婚组建家庭？"

许煦愣了一下，笑道："冬青，你不会是想结婚了吧？咱们才多大啊？"

柏冬青小声嘀咕："也不小了。"

许煦笑："你现在处于飞升期，不怕结婚耽误事儿啊！再说，你这么忙，怎么结婚？"

柏冬青道："我们律所的规定是，做足了一定数量的案子，为律所创收达到一定金额，就能升为合伙人。我这几年的业绩还可以，陈老师也一直在培养我，明年应该就能做上合伙人了。合伙人是拿分红的，自己一年接几个大案子就好，不会那么忙了。"

许煦笑："那就等你升了合伙人再说啊！"她想了想，道，"冬青，我们现在还很年轻，也许生活中还存着不少变数，虽然你跟我提这个我很高兴，但现在说结婚真的有点早了。"

不仅是因为年岁上的年轻，而是因为经历太贫乏，贫乏到可能还远远不够认清自己想要的到底是什么。

她是说柏冬青。

从古城回来后，柏冬青的兴奋劲儿又持续了好几天，忙里偷闲地将拍的照片挑了一堆打印出来，用相框装好，在卧室里做了一个照片墙。他自己不爱拍照，所以这些洗出来的照片，除了风景，大部分都是他给许煦拍的。他并没有专门练习过摄影，但每张照片中的许煦，都楚楚动人。

除此之外，还有几张是两人的合影。其中，有一张两人在江边的合照，他最喜欢，还专门打印了一张放进钱夹里。

回来后的日子仍旧是无波无澜地过着,仿佛那点疑窦也从未发生。许煦没有问过姜毅的事,只偶然试探提了一次什么时候请姜毅一块儿吃顿饭,他的回答是等大家时间都合适,然而一直到过年,他也没再主动提过这事。

自从两人在一起后,许煦都是带柏冬青回家一起过年的,这已经是第三年了。他做事周全,对人礼貌又很勤快,虽然知道许家什么都不缺,但上门总是精心准备好礼物。到了家里,基本上是许父许母指哪儿打哪儿,既能和许父下棋,讨论近年的案子,又能帮着许母一起做点心。连带着许家的阿姨都很喜欢他,因为阿姨干活的时候,他都会习惯性地搭把手。

许煦在他的衬托下,在家里简直就是一条废柴。父母基本上已经认定,他就是未来的女婿。连许煦自己都觉得之前生出的那点小心思实在矫情,她又不是十几岁恋爱至上的少女,非得纠结什么爱与不爱。如果两个人在一起最终的归宿就是生活本身,又何必在意那点细枝末节的不确定和缺憾。

反正这世上所有恒久的爱情,最终都是归结于责任。

认清这个道理似乎并不难,但是心中那根横着的小刺,却始终没能彻底拔出来。

开春之后的三月份,许煦收到一条婚礼邀约的短信,落款是姜毅。她和姜毅的关系实在是还没有到需要参加婚礼的地步,这信息大概是群发的。不过既然收到了,出于礼貌,她还是要去喝一杯喜酒的,毕竟婚宴地点就在本市,不算麻烦。除此之外,她知道柏冬青肯定会去参加,甚至很有可能是伴郎之类的重要角色。

在她看来,这应该是一个告诉姜毅两人关系的好契机。

然而直到周五,也就是婚礼日的前一天,柏冬青对姜毅的婚礼只字未提。晚上睡觉,许煦故意问他明天的安排,他只说有点事,可到底什么事却没有说。

于是,那根本来扎在许煦心中许久没有活动过的小刺,在这一夜搅动了许久,就像是被人揪住胸口,郁卒得难以呼吸。

翌日,柏冬青很早就出门。他最不擅长的大概就是说谎,所以很多事情宁愿沉默,可是沉默有时候也是另一种谎言的形式。他很清楚,有些事情已经迫在眉睫,可始终还是差了点开诚布公的勇气,无论是对好友还是对许煦,这件事都太难以启齿。

连他自己都鄙视这样的自己,又怎么能让别人原谅。

姜毅的婚宴是中午,新郎新娘都是本地人,家境也都不错,酒席订了八十桌。柏冬青是伴郎团成员,来吃酒席的双方亲属多过朋友,他基本上不熟,跟着众人接待了一会儿宾客,就去了休息室休息。

也不知为何,他今天总有些心神不宁。

独自一人在休息室,一根烟还没抽完,门忽然被推开,姜毅兴奋的声音传来:"青儿,你看谁来了?"

柏冬青转头,在看到门口跟在姜毅旁边身材颀长的男子时,神色微怔,半晌才回神,手忙脚乱地将烟头摁熄在烟灰缸,站起来道:"你回来了!"

程放勾起唇角，走到他面前，用力地将他一把抱住："老三，好久不见了！"

柏冬青伸手紧紧抱住他的背。

姜毅跟上去将两人揽住，哽咽道："还以为老子结婚你也不来呢！"

程放将人松开，笑了笑："要是还在国外肯定是没办法，现在回来了必须要来啊！"

那个曾经在大学里耀眼如光的男孩，早已经褪去学生时代的青涩，变得成熟稳重。经过了人生起伏的男人，面容虽然依旧年轻英俊，但眉梢眼角已然有了风霜般的阅历，连带着脸上的笑意都是成熟的象征。

姜毅轻轻打了他一拳："你还有脸说，前年就已经回国，为什么不来见我们？"

程放轻笑："你们个个都混得人模狗样的，我刚回来，前途未卜，哪里好意思见你们？"

姜毅啐了一口："你跟咱们兄弟见外干什么？"说罢，又笑着拍拍柏冬青的肩膀，"要说混得人模狗样，我也就这样，还是咱们青儿混得最好。说出来你恐怕都不敢相信，青儿很快就要成为咱们所的合伙人了！"

程放有些吃惊地转头看向柏冬青，笑道："那我是不是要提前恭喜？"

柏冬青摇摇头，露出一个不太自然的笑："八字没一撇的事，别听老大胡说。"

姜毅大笑："咱们青儿就是谦虚，以后我还得靠你罩着呢！"说着又想起什么似的，随口问程放，"对了，老二，你说你干吗非得进检察院？吃了那么多年苦，现在好不容易好了，跟着你哥一起干多好！现在呢？一个月领几千块工资不说，还跑去边远贫困县一待两年。"

程放笑："我这种背景想快速升迁太难了，只能另辟蹊径先下基层锻炼。再说，我在国外那四年，再苦的日子又不是没过过，去基层完全不觉得辛苦。"他顿了顿，深吸了口气，好整以暇地继续，"至于我为什么回来非得做检察官？不过是因为想要将偏离的人生拉回从前的轨道。"

姜毅点点头，也不知听明白没有，但柏冬青显然太明白他这句"从前的轨道"意味着什么，本来就有些发白的脸，顿时变得更加苍白。

"行吧！你俩继续叙着，我还得去招呼客人，不然待会儿我媳妇儿又得说我偷懒了。"姜毅边说边朝两人挥挥手，急急忙忙走了出去。

"坐吧！"柏冬青给程放拉了张椅子。

程放笑着坐下，上下打量了他一番，因为是伴郎，他穿着一身黑色正装，头发是做过造型的整齐立体，整个人醒目英俊，跟从前学校里那个从来不显山露水的男孩截然不同。

"什么时候学会抽烟的？工作压力太大吗？"程放目光落在刚刚的烟灰缸上，笑着问。

柏冬青笑了笑："有点。"顿了一下，问，"什么时候调回来？"

"下个月两年满期了就回来。"程放笑了笑，歪头看着他道，"说实话，虽然你现在做律师很成功，但是直到现在我还有点不明白，当初你怎么就敢放弃出国公派的机会，跑去华天的？本科毕业去华天可是半点优势都没有，谁知道几年后能混成什么样子，至于公派读完博，回来留校还是很容易的。这么冒险的选择，真不像你的作风。"

柏冬青沉默了片刻："……有时候也想要尝试一下看起来不太可能的事。"

程放摇摇头，又笑着道："不过，我看你和上学的时候没什么变化，姜毅都变得跟个老油条似的，你倒是看不出一点圆滑世故，怎么当上大律师的？"

柏冬青轻笑："你这是夸我，还是损我？"

程放挑挑眉："当然是夸你。"他叹了口气，站起来，"走吧，咱们也出去，估计仪式也快了。"

两个人并肩走出休息室来到宴厅，见新郎新娘还在门口迎接宾客，便和几个伴郎站在窗边有一搭没一搭地聊着这场婚事。

许煦本来是没打算来参加婚礼的，但自从柏冬青出门后，她就觉得心中堵得慌，开车出门在城中瞎晃，不知不觉就到了这家酒店。看着酒店招牌，思忖片刻后，还是来了宴厅。

"学妹！你来了？"姜毅看到她，笑盈盈地走过来招呼。

"学长，恭喜！"

姜毅点点头，热情地给她带了几步路，指了指内侧的一桌："你去坐那桌吧，都是咱们校友，你应该认识几个。"

"好的，谢谢！"许煦点点头，朝酒桌走去。

那酒桌上确实有几张熟悉的面孔，许煦和人寒暄后找了个空位坐下，目光随意扫了眼宴厅，很快落在远处窗边一道熟悉的身影上。柏冬青和旁边几个人穿着差不多的黑色正装，大概是伴郎团的成员，尽管那些人也都一表人才，但她还是一眼就看到他，其他的人在她眼中，瞬间便成了布景。

因为隔得太远，她看不清他的表情，只看得出是在和旁边的人谈笑风生。明明两个人都在这个热闹的宴厅，可仿佛遥不可及。这种被生生从他的世界隔离出来的感觉，实在是太糟糕了！

"许煦，你怎么了？"旁边的女孩发觉她脸色不太对劲，关切地问。

许煦摇摇头："忽然有点不舒服，不好意思，我先走了。"

"你没事吧？"

许煦摆摆手，几乎是惊慌失措地离开，一直急忙忙走到酒店外面，才大口大口地呼吸，让自己缓过气来。

人真的太贪心了，尤其是在感情世界。其实并不是什么大事，毕竟柏冬青从来是打算和自己长长久久在一起，毕竟他对自己的好真的无可挑剔。可是当她发觉他将她与他的世界，不知是有意还是无意地隔离，就不得不怀疑，也许自己对他来说真的没那么重要，怀疑他对她的爱不过是被动的接受和责任，所以才没有兴致将她带进自己的朋友社交圈。

也许这只是无意识的，可无意识才更可怕。

这厢，宴厅中，姜毅回头朝新娘道："你先等着，我有点事去和兄弟说说。"

然后便急匆匆朝宴厅里面跑去，穿过熙攘的宾客，来到柏冬青和程放所在的角落，拉着程放，有些急促地说：“老二，许煦来了！”

"啊？"发出惊讶的是程放，然而脸色大变的还有柏冬青。

姜毅继续道：“你先前不是说尽量赶来参加我婚礼么？我就给许煦发了邀请，想着给你们制造一个重逢的机会。你也知道，我和她不熟，没指望她会来，所以之前没告诉你。没想到她挺够意思的，真来了！"

大概是有些紧张，程放本来从容的脸色，不禁微微发白，忍不住抱怨道："我这都没准备好，你能别自作主张吗？"

姜毅道："我这不是怕你近乡情怯，磨磨蹭蹭么？再说你要准备什么？马上就要调回南区检察院，很快就能升副检，标准的青年才俊，有什么不好意思面对的。"

"哎！别……"程放还有些犹豫，人却被姜毅拉着往外面走。

姜毅不依不饶地拽着人，又朝后面的柏冬青道，"青儿，一起来啊！"

"啊？哦！"柏冬青脑子一片空白地跟着两人，好像手脚都已经不是自己的，每一步都像踩在薄冰上，浑身冷得厉害，仿佛稍有不慎就要跌进更刺骨的冰窟中。

"咦？人呢？"走到刚刚那张酒桌，却没有许煦的身影，姜毅奇怪地嘀咕。

"新郎官儿，你找谁啊？"桌上有人问。

姜毅道："刚刚许煦是不是坐在这里？"

有认识许煦的女人道："是啊！刚刚坐下时脸色有点不对，说不太舒服不吃饭了，直接走了。"

"啊？！"姜毅惊讶地转头看向程放。

程放面色讪讪，刚刚梗在心头的激动和紧张，顿时消弭殆尽，有些怅然地舒了口气。

姜毅想了想，试探道："……不会是看到你了，然后走了吧？"

程放愣了一下，失笑道："我和她分手快六年了，你觉得可能吗？"

"指不定人家六年对你念念不忘，毫无准备地看到你出现，情绪肯定会波动。"

程放好笑道："我觉得你不应该当律师，应该去做编剧写小说。"说着摆摆手，"你以后可千万别瞎掺和了。"

姜毅道："我这也是想帮你！你说你要将人生拉回原来的轨道，她不就是你原来轨道里最重要的一环么？"

程放沉默了片刻，笑了笑："话虽这样说，但我也得接受人事已非的事实。要是她现在过得很好，有相爱的伴侣，我也不能真的去横刀夺爱啊！"

姜毅嗤了一声："这种大义凛然的话，青儿说还差不多！咱们大老爷们想做什么就去做，趁现在还年轻有机会，不然以后追悔莫及。"说着摆摆手，朝两人道，"算了，仪式快开始了，你们俩赶紧找个位子坐好。"

程放点头，拉了拉柏冬青的手臂："走吧，老三！"感觉出身旁的人似乎很僵硬，转头奇怪地看他，只见他脸色苍白，整个人有些恍恍惚惚，"你怎么了？老三！"

柏冬青被唤回神，摇摇头："没事！"

程放揽住他的肩膀，开玩笑道："是不是看老大结婚了，也着急了？"

姜毅笑道："别看咱老三现在是青年才俊，身边连个母蚊子都没有，整天就知道工作，咱们所里的小姑娘送的秋波，他一个都接收不到。我都不知道他这样下去，还要打多久的光棍儿，可愁死我了！"顿了顿，又继续道，"等我度完蜜月，决定弄一个拯救大龄青年柏律师后援群，必须得让他脱单了。"

程放大笑："婚姻真是太可怕了！你一个大男人才刚刚结婚，就要朝居委会热心大妈发展了，我以后得离你远点。"

姜毅道："我又不用担心你，你的经验比我丰富多了。我是担心青儿，我跟你说，前段时间所里有个长得特别好看的姑娘，在他面前各种暗示，他竟完全领会不到人家的意思，害得姑娘伤心死了。"说着拍拍柏冬青的肩膀，"青儿，你跟我说老实话，你是真不懂人家的意思，还是假装不懂的？"

柏冬青抬起垂下的眼眸，对上两人，笑了笑："假装的。"

"啊？"姜毅有些意外地眨眨眼睛。

程放也笑着看向他，等待他继续说下去。

柏冬青努力让自己表现得自然，但他知道，此刻自己脸上的笑容，一定是不自然的。他暗暗吸了口气："因为我有女朋友。"

"什么？"这回是程放和姜毅异口同声。

姜毅道："你跟我开玩笑的吧？你从来没说过啊？"

程放笑着道："对啊！我在网上问过你，你没说过啊！什么时候的事？"

柏冬青抿抿唇，淡声道："已经很久了，等我合伙人的事情敲定，就准备结婚。"

两个男人显然被这个消息惊愕得有些回不过神，姜毅轻轻捶了柏冬青一拳："你是不是不把我当兄弟？我这都回来跟你共事快一年半了，你竟然一点风声都没透露。到底怎么回事？一个大男人谈个恋爱，不用难为情到连好兄弟都不好意思说吧？还是说故意藏着掖着怕我们把人给你吓跑了？"

柏冬青弯了弯唇角，像是开玩笑道："是啊！故意藏着掖着。"

程放笑着揉了他一把："你小子心思还挺深的啊！"

柏冬青低头沉吟片刻，抬起头道："这样吧，等下个月你正式调回来，那时老四也从国外访学回来了，我请大家一起吃个饭，咱们宿舍四个正式聚一聚，我也有点事给大家宣布。"

姜毅笑："什么事非得搞这么正式？带你那神秘的女朋友跟我们见面么？"

柏冬青扯了扯唇角，勉强笑了声，点头："这么久没带她跟你们见面，是我的问题。今儿是老大的大喜日子，我的事就暂时不说了。等大家都聚齐了再说吧，你们想骂我也好，想打我也好，我都会心甘情愿受着。"

程放歪头看他，有些好笑道："不就是交了女朋友么？这是好事，怎么要打你骂你了？"

姜毅喷了一声，戏谑道："青儿谈个恋爱真是比地下工作还要保密，别是什么禁断之恋吧？行！反正等老四回来，咱哥几个好好聚一聚，还怕不知道咱三弟妹长什么样子？"

　　柏冬青嘴唇轻抿，没有再说话。

　　罪犯有法律制裁，而他这个感情的偷窃者，必然也不可能逃掉该有的惩罚，安稳美好的生活已经过了这么久，该来的总还是会来的。

　　姜毅的婚礼闹到了晚上八九点才结束，柏冬青和程放告别后，身心俱疲地回到家，已经过了十点。

　　客厅的灯关着，卧室半掩的门里透着暖色的光，他轻轻推开门，看到许煦半靠在床头，安安静静地在台灯下看书。

　　"我回来了！"

　　许煦没有抬头，只淡淡嗯了一声。

　　柏冬青站在门口，默默看着她在淡白色的灯光下干净沉静的脸，嘴唇嚅嗫了片刻，低声道："我去洗澡了！"

　　待他转身去洗手间，许煦才慢慢抬起头，怔怔看了看空荡荡的门口，将手中的书放在床头柜上，闭眼躺下。

　　柏冬青洗漱很快，回来见她已经闭着眼睛躺好，轻手轻脚地上床，钻进了被子，轻轻地碰了碰她的手，发觉有些冰凉，便攥在手中捂着，将自己手中的温热传递给她。

　　床上一时静默，几分钟后，许煦才冷不丁开口："你今天忙什么去了？周六也有这么多工作吗？"

　　柏冬青迟疑了片刻，回道："今天不是在工作，是去参加姜毅婚礼了。"

　　许煦内心自嘲地笑了笑："为什么没告诉我？"

　　柏冬青道："本来是想带你一起去的，但是一直还没来得及告诉姜毅咱们的事，怕咱们忽然结伴去，他太惊讶影响结婚的情绪，所以就没跟你说。"

　　"是吗？"他说得如此轻描淡写，就好像这真不是什么重要的事一般，以至于许煦连质问的力气都没有了。

　　柏冬青将她抱在怀中，亲了亲她的耳根，低声道："我升合伙人的事大概下个月底就能确定下来，我已经约了姜毅他们到时候一起吃饭，那时把我女朋友正式介绍给他们。"

　　"再说吧！"许煦将他的手拨开，伸手关了微弱的台灯，翻身背对着他，"睡觉吧！"

　　没有了灯光，拉着窗帘的卧室，顿时陷入沉沉的黑暗中。柏冬青在这黑暗中凝视着她的侧颜良久，微不可寻地叹了口气，缓缓闭上眼睛。

　　不愿意接受的真相，就像是被覆盖在一层薄薄的纸张之下，轻轻一捅便破。但许煦始终差了点去捅破的勇气。

　　她一直以为，自己和柏冬青的这段感情会一直安稳熨帖地持续下去，没想到有一天也得面临患得患失的命运。

是因为太贪心吗？大概是的。

就这么又过了两个多星期，这晚，两个人正要睡觉，柏冬青忽然接到一个电话。

"嗯，我马上来！你别担心！"

他挂上电话匆匆下床，边换衣服边对躺在床上的许煦道："我之前一个当事人的女儿生病进了医院，找我帮忙，我去看看情况，你先睡，不用等我了。"

许煦微微抬头，看着他心急火燎地出门，怔了半晌，悻悻地躺回枕头。

这一夜，她睡得不是太好，做了一晚乱七八糟的梦。隔日睁眼，摸了摸旁边的位置，冷冰冰的没有人躺过的痕迹。

她揉揉额头坐起身，趿着拖鞋走出房门，听到厨房有动静，走过去，看到柏冬青正端着做好的早餐出来。他把粥放在桌上，见她起床了，笑着道："早餐已经做好了，你洗漱了慢慢吃，我得去医院给病人送个饭，晚上可能会迟点回来。"

许煦看着他找出保温盒，将熬好的粥倒进里面，黏软的山药粥一看就是熬了多时。

"你什么时候回来的？"她问。

柏冬青道："早上四点多，怕吵醒你就没睡了。病人昨天下午刚动完手术，今天可以吃流质食物，正好给她熬点粥带去。"

许煦眉头微微蹙起，问："是关系很好的朋友么，要你照顾？"

柏冬青道："就是一个当事人的女儿。小姑娘挺可怜的，单亲家庭，从小和爸爸相依为命长大。她爸爸是个包工头，去年跟开发商那边讨薪的时候，失手伤了人，是我给辩护的，尽了全力也被判了两年。小姑娘才高二，昨天突发阑尾炎，被同学送到医院做了手术，钱不够缴费，晚上同学们回家了，她没人照顾，就给我打了电话。"

许煦："她家没别的亲戚朋友？"

柏冬青摇摇头："我也不知道。"

许煦无奈地笑了笑："是不是谁让你帮忙你都不会拒绝啊？"

柏冬青道："昨天我去到医院的时候，就她一个人，孤零零地躺在床上也不能动，挺可怜的，晚上要打吊瓶，我就帮忙看着。能帮就帮一下吧！"

许煦沉默了片刻，看了眼他明显睡眠不足的脸色，道："你自己别忘了好好休息。"

柏冬青轻笑着点头："我知道，待会去办公室，趁着不忙的时候可以补个觉。"

接下来几天，柏冬青为了照顾那个许煦未见过的小姑娘，每晚都是快十二点才回家。

一直到第六天，她下了班实在没忍住，开车去了医院。还没在医院前台询问，便见到不远处的缴费窗口前提着大包小包的柏冬青，他身旁站着一个微微佝偻着身体的女孩。

许煦皱了皱眉，默默地走过去。

医院里人来人往，两人谁都没有发现她。缴完费，柏冬青将收据递给等待的女孩："好了，没事了。你回家好好休息两天，应该就能继续上学了。"

女孩脸上还有刚刚病愈的苍白，小声道："冬青哥哥，真的太谢谢你了！手术费等我爸爸出来，我让他还给你。"

柏冬青笑了笑："没关系的，扣掉医保，总共也就花了一千多块钱，不用记在心上。"

女孩道："这次要是你不管我，我都不知道该怎么办？"

"怎么会？你还有老师和同学啊！而且这几天你舅舅他们不是也来看你了吗？"

"老师和同学哪会管这么多？我舅舅他们就看了一眼，两个舅舅总共给了三百块钱。"

柏冬青有些无奈地扯了扯嘴角，安慰道："反正没事就好。"

女孩低头失落了一会儿，忽然又抬起头道："冬青哥哥，我想吃黑森林蛋糕。"

柏冬青想了想："行，待会送你回家时路过蛋糕店的话，我下车给你买。不过你伤口还没完全恢复，这种东西只能吃一点，知道吗？"

女孩开心地咧嘴笑开，用力点头。

许煦看着两人慢慢走出大厅，没有上前叫住他，只是有些无力地捂了捂脸。

虽然不想承认，但也不得不承认，原来他对自己的好，真的只是习惯使然，换作任何一个人，大概都不会有区别。

他对她的接受，不过是从不会拒绝。

她最爱他的一点，便是他对这个世界的善意。但是当她发觉，自己对他来说，也许毫不特别，他对她的好，只不过是他对这个世界善意的方式，她便再没办法高兴起来。

那颗悬了许久的心，一点一点地跌落了下去。

人，真的太贪心了，对你好还远远不知足，还必须要这种好是独一无二的。

许煦也不知道自己是怎么回到家的，到了家也只是呆呆地坐在沙发上。她太难受了，可是这种难受却不知如何发泄出来。因为她知道，柏冬青没有任何错误，他其实也是一个受害者，一个被自己强行卷入这段感情的受害者。

错误的大概从来都只是她。

这晚，柏冬青回来得还算早，八点多就到家了，看到许煦坐在沙发上，唤了她一声，大概是终于忙完一件事情，语气有些轻松："小玲出院了，明天终于不用再去医院了。"

许煦转头看他，脸上透着些略带古怪的神色，明明面无表情，却又好像是在努力压抑着什么，她一字一句地问："你也觉得挺麻烦的吧？"

柏冬青点头："是挺麻烦的，这段时间正在准备晋升合伙人的材料，每天晚上去医院，耽误了不少事。"

"那为什么不拒绝？"

柏冬青愣了一下，走进客厅看到她的脸，才发觉有些不对劲，低声问道："小姑娘挺可怜的，开口找我帮忙，我怎么忍心拒绝？"

许煦道："是不是只要开口，你都不会拒绝？"

柏冬青抿抿唇，走到她跟前，想要握住她的手："你怎么了？"

许煦抬头对上他那双带着关切的黑眸，沉默了片刻，开口道："冬青，我们结婚吧？"

柏冬青愣了一下，眼底露出一丝笑意，点头："好。"

许煦面无表情地看着他，又沉默了片刻，道："还是不要了，咱们现在还年轻，晚几年再说吧！"

柏冬青脸上的笑意僵住，眼中的黯然一闪而过，犹疑了一下，还是点了头："也行。"

许煦噌地站起身，像是有什么东西终于被点燃了，对着他几乎是歇斯底里般大叫出声："你是不是从来不会拒绝别人？！是不是别人要求你做什么，你都会说好？！你就不能依照你自己的意愿吗？！"

她的脸涨得通红，连带着眼角都有些发红，积聚了这么久的情绪，终于在这一刻一下子爆发了出来。

柏冬青从来没有见过她这副模样，两个人在一起从未闹过一次矛盾，互相也没有说过半句重话。她在自己面前，总是温和体贴的。乍然看到她发怒，他完全不知所措，脸色发白地站起来，握住她的手，小心翼翼地问道："是不是因为这几天晚上我去医院照顾小玲很晚回来，你不高兴了？她一个人在医院害怕，我就去陪她，给她辅导一下落下的功课。她就是个十几岁的小姑娘，你别多想。"

"她只是个小姑娘，可是别人呢？不是只有这个小姑娘不是吗？还有很多你没拒绝过的人对不对？他们呢？"

柏冬青道："我有分寸的！"

许煦没有荒谬到去吃一个十五六岁小女孩的醋，只是今天医院的那一幕，忽然让她如梦初醒，心中憋了多时的疑窦和郁气，终于找到了去处。她觉得自己这一刻恐怕有点像失心疯，好像浑身都在忍不住颤抖，只想将那些积郁的情绪，狠狠发泄出来。

她口不择言地叫道："你要是有分寸，当初就不会不拒绝我的靠近！"

柏冬青睁大眼睛，怔忡地看着她，嘴唇翕张了片刻，却没能发出任何声音。

是啊！如果真的有分寸，他当初就应该推开她。当自己的好友从云端跌到泥泞，被迫离开喜欢的女孩，在国外过得水深火热，每次在视频里诉说着对她的想念时，他却将那个女孩悄悄据为己有了。

许煦没有发觉他神色的古怪，继续发泄这许久以来无处安放的情绪，红着眼吼道："你是不是永远都不会对人说不？我现在说分手，你是不是也会点头说好！"

"分手"两个字将柏冬青从怔忡中拉回神，脸色像是被惊吓过度般，蓦地变得灰白，他紧紧攥住她的手，猛地摇头："不是这样的！"

许煦吼完这一通，整个人像是泄了气的皮球，顿时萎顿下来，重重坐回沙发上，有气无力道："冬青，对你来说，我和你善意以待的那些人是不是也没有什么区别？"

柏冬青随着她的动作，半跪在她跟前，将握在自己掌中的双手，凑到嘴边吻了吻，抬头用有些发红的眼睛看向她："你怎么可能和别人一样？你对我来说，从来都是独一无二的。"他顿了顿，声音有些哽咽，"对不起，我错了，我不知道你对这件事这么介意，以后不会了，你不喜欢的事，我都不会再做。你别再说那两个字。"

许煦看着他诚惶诚恐得几近卑微的样子，心中不由得有些难受。

他应该从来没有和人吵过架，所以面对自己莫名其妙的愤怒，第一时间想到的是自己犯了什么错。

其实他能有什么错呢？

他不过是一直在用自己的善意对待着这个世界，错的是她，不应该这么贪心。

她抽出被他握着的一只手，摸了摸他的脸，低声道："对不起，刚刚是我在无理取闹，最近心情有点不好，跟你没关系。"说完，站起身绕过他，边往浴室走边道，"我有点困了，今天早点睡。"

犹半跪在沙发前的柏冬青，看着她的背影，黯然地垂下了眼睛。

许煦洗漱后上床没多久，柏冬青也跟着摸了上来，从她身后将她抱在怀里，边轻轻吻着她的脸颊和嘴角，边低声道："你别生气了！"

许煦无奈地扯了扯唇角："我没生气。"

柏冬青抿抿唇，又道："以后别再说那两个字了。"

"什么？"许煦不明所以。

柏冬青迟疑了片刻，低声道："别说分手，如果我做错了，你骂我打我都可以，但是别说这两个字。"

许煦沉默了一会儿，在黑暗中点头："嗯。"

身后的男人似乎是重重地松了口气，将她紧紧抱在怀中，含住她的唇吸吮了一会儿，只是她心里却始终空了小小的一块。明明这个人就是属于自己的，用尽全身心在讨好着她，可是为什么她还是不满足？

她长到这么大，在爱情中仍旧没能从容。

贪心，还矫情！

横刀夺爱的秘密
chapter 05

隔日上班，杂志社有个出差的工作，本来分在赵昊头上，但临出发前他家里忽然有点急事。许煦正好想冷静几天，认真想想自己和柏冬青该何去何从，便接了赵昊这份出差的活儿，订了当天傍晚的机票。

她下班前给柏冬青发了条信息，两人几乎是前后脚到的家。

"去多久？"大概是回来得有些急，站在卧室门口看着她收拾行李的柏冬青，开口时气息微微有些喘。

许煦抬头看他一眼："这次是一个深度调查，会比较久一点，大概两个星期吧！"

"哦！"柏冬青点点头，沉默了片刻，"你别忘了带点常备药，要是水土不服，有哪里不舒服，及时吃点。衣服带两件厚的，这阵子很多地方都会变天。"

许煦笑了笑："我知道的。"

柏冬青嚅嗫了下唇，默默看着她没有再说话。

去机场，自然是他送的，一直送到了安检处，

许煦排了队，见他还没走的打算，不由得有些失笑："行了，你赶紧回去休息吧，我又不是第一次出差。"

柏冬青道："你到那边估计得九点多，下了飞机直接去酒店，这么晚了就别出去逛了，到时候给我打电话。"

"知道！知道！"许煦推推他，"你赶紧走吧，站在这里我有压力。"

"行，那我回去了！"

许煦点头，目送他转身迈步。

他走了几米，又转过头看向她，欲言又止，最终只是沉默地对她挥了挥手。

许煦也抬手挥了挥，然后看着他的身影消失在川流不息的机场大厅，微微叹了口气。

虽然工作经常出差，但往常都不过两三天，这一回半个月，对许煦来说也是头一遭。

习惯了那个也许还称不上家的家，那个足以带给他安心舒适的房子，在外头这些日子的颠沛流离，确实不是什么美好的体验，尤其是到了晚上，孤身一人躺在宾馆冷冰冰的床上，夜晚都仿佛变得漫长了许多。

她不得不承认，几年的相处，柏冬青已经成为自己生命中不可或缺的一部分。然而，只要想到自己可能是他生命的可替代品，就算他对自己再好，始终意难平。

两个星期的夜晚，除了在宾馆整理采访资料写稿，许煦就是在思考这件事。

可爱情从来就是一个没有标准答案的玄学问题，所以她根本思考不出任何结果，唯一能想到的便是，两个人必须留出一点距离，从这段太理所当然的关系中稍稍跳出来，让他能看得更清楚，真正明白自己想要的是什么，也让自己想清楚到底愿不愿意将就。

虽然听起来有些荒唐，但这是她唯一能自我安慰的方法。

当她出差回来的隔日早上，将这个梗了许久的问题，终于当面问出来后，虽然知道柏冬青给不了答案——因为此时的自己也不可能有答案，但她心里还是有种如释重负的轻松。

屋子里只剩下她一个人，回了程放的信息后，手机变得安静。

她第一次收到这个号码发来的信息，是前几天出差的时候，当时忙得不可开交，脑子里又都是和柏冬青的事，敷衍地给他回了信息说自己在出差很忙，有事回头再联系。

她其实也就是客气一下，压根儿没打算主动去联系对方。

程放，真的是好久远的名字，以至于她要努力回忆，才能想起他的样子。她自己都觉得有些不可思议，书上都说初恋刻骨铭心，可不过六年，她的初恋已经模糊不清。

大概是因为柏冬青已经将她所有的感情占据，以至于她都分不出一丁点心思缅怀往事和故人。

她瞅了眼手机屏幕，对方约莫是看出她这是婉转又冷淡的拒绝，识趣地没有再发过来。

她起身揉了揉脸，准备出门去赴和冯佳今天的聚会。

虽然在同一座城市，但各自有各自的生活和工作，这几年许煦和冯佳聚会的次数，越来越少，上一次见她已经是年前。不过不见面并没有影响青春时代积累下的情谊，每次见面并没有生疏和隔阂，彼此仍旧将对方视为最重要的朋友。

许煦不想自己那点小情绪影响和朋友的会面，到了约定的餐厅见到已经先抵达的冯佳，笑嘻嘻拍了她一下："亲爱的！想死你了！"

冯佳抬头笑着看她："看样子最近过得还不错啊！"

许煦的笑容敛了几分，在她对面坐下，耸耸肩道："见到你心情当然好啊！"她挑眉看着她，却发觉好友憔悴的脸色，妆容都不太挡得住，精神看起来明显不太好。

她眉头微微蹙起，问："佳，你怎么了？看起来好像很疲惫的样子？"

冯佳苦笑了笑："工作太忙了！"

许煦道："要说刚进去那会儿忙，还能说得过去，如今你都是经理级别的了，怎么还这么忙？再说了公司法务又不是在律所，有这么忙么？"

冯佳叹了口气："如果光是我自己的工作，倒是还算轻松，主要是还得帮着郭铭忙他公司的事。"

许煦扯了扯嘴角："他要创业就他自己做，你这么拼命干什么？现在男女事业还是不要混为一谈。"

"道理是这么个道理,但是看他这两年做得这么艰难,我不帮忙怎么办?"

许煦想了想:"那你们准备什么时候结婚?你也不算小了。"

冯佳比她大了一岁,二十七岁在都市中虽然不算大,但两人毕竟在一起将近十年了,真是应了久恋不婚这句话。

"再……说吧?"冯佳垂眸,搅拌了一下面前的咖啡,有点不太确定道,"我现在有点犹豫了。"

许煦皱眉,半开玩笑道:"怎么?你有别人了?我跟你说,感情这事就是要忠于本心,只要没结婚,移情别恋不是什么大事,坦白告知就好,一面移情别恋,一面又隐瞒才是不道德的。"

冯佳失笑:"你说什么呢?"

"没有啊!"许煦抿抿唇,"我还想着你要是遇到更合适的男人,还挺替你高兴的。难不成是郭铭有问题?"

冯佳笑着摇摇头:"你别瞎猜。就是……我越来越觉得我和他的三观不是很合,他以前是个挺朴实的男人,可是创业这几年越来越不踏实,整日想着投机取巧地赚钱。"

许煦沉默了片刻:"佳,女人还是要洒脱一点,不要被一些所谓的感动困住。我真希望你像大学刚入学那会儿一样敢说敢做!"

冯佳无奈地扯了扯嘴角:"人长大了怎么可能还像少年时期那么无所畏惧?现在每天睁眼看到的都是房价物价,我自己的工作到了瓶颈,想转去律所,可是又瞻前顾尾。"

"想转去律所就去啊,你也做了几年法务,去了律所肯定也上手很快。"

"但是郭铭总觉得林氏薪水高有保障,我现在进律所的话,太大的所进不去,中等规模,都得自己找案源拉业务。他大概是听说过不少女律师为了案源接受潜规则的事,所以不大想让我去。而且……"她顿了顿,"现在他公司想拿林氏的单子,我人在林氏的话,还能帮点忙。"

许煦不以为然地嗤了一声:"郭铭这不是明摆着利用你么?他一个大男人自己做生意要女朋友拉业务,能有点出息吗?"

冯佳道:"他肯定是没法和你家柏冬青比的。"

许煦愣了一下,放缓语气:"佳,我没别的意思,就是觉得你应该洒脱一点!"

"是啊!我怎么变得这么拖泥带水优柔寡断了?"冯佳叹了口气,目光露出一丝迷茫,"可是只要想到当初我家出事的时候,是他陪我渡过难关,我就没办法真的放弃他。"

许煦有些恨铁不成钢地看着她,终究也只是跟她一样叹了口气,"反正你自己要有分寸,人活着还是得多为自己想想。"

冯佳点点头,笑着看她:"你呢?听说你们家柏冬青升华天合伙人了,正儿八经的青年才俊,你当初可真是有眼光,在人一无所有的时候就把人给霸占了,现在算是到了收获的时候了。我要有你这眼光,也不至于落到现在这种进退两难的地步。"

许煦没有像之前那样，提起这件事就得意地嘻嘻哈哈，而是反常地低头沉默下来。

"怎么了？"冯佳觉察她的不对劲，皱眉问，"不会是你也遇到了什么问题吧？"

许煦叹了口气，自嘲地笑了笑道："是遇到了点问题，都怪我以前想得太理所当然了。"

"不会是男人有钱就变坏这句话应验了吧？"

许煦摇头："那倒没有，正是因为他太好了才让我困扰。"她顿了顿，苦笑，"我倒喜欢他能坏一点！"

冯佳笑："你这话我就听不懂了。"

许煦道："你也知道我跟他在一起，是我主动的。我现在开始怀疑他是因为不懂得拒绝别人，才和我在一起，而并不是因为喜欢我。他对我确实很好，可是他对任何人都很好，如果当初换作是别人主动，我感觉可能也是一样的结果。"

冯佳愕然地看她："你是不是想太多了？"

许煦无奈地扯了扯唇角："我也希望是，可是你知道吗？他和我的关系，连同在华天上班的大学室友都没告诉，如果我们在一起只是一年半载倒也罢了，可是我们都三年了。难道不是因为我对他来说并没有那么重要吗？"

冯佳蹙眉想了想："虽然听起来是有点奇怪，但也并不代表他不爱你吧！"

"我也不是说他不爱我，只是可能没有我想的那么爱我，就是他女朋友的位置，换成其他人，应该也没什么区别。"

冯佳愣了一下，扑哧笑出声："煦儿，我可能已经过了那个阶段，不是太理解你这种爱情至上的心态了。"说着，顿了顿又道，"不过像你这样挺好的，对待感情永远真挚热情。"

"你就别笑我了，我自己都觉得自己挺矫情的。"她笑着摆摆手，放在桌面的手机震动了一下，发出一声嗡鸣，有新信息进来了。

她随手点开，是早上那个没被自己存入电话簿的号码，简短的一条信息：那等你有空了再约。

过了两个小时才回过来，不知是之前忘了，还是掛酌了这么久。

当然，许煦并没有想这么多，她皱了皱眉头，敷衍地回复过去：好的。

"谁啊？让你眉头都皱起来了。"

许煦随口道："程放！"

正端起杯子喝咖啡的冯佳差点没一口喷出来，睁大眼睛看向她："程放？你前男友？"

许煦漫不经心地点点头："是啊！"

"他不是出国了吗？怎么？回来了？"

"谁知道呢？应该是吧！"

"你们俩又勾搭上了？"

许煦啐了一口："我这才收到他短信呢，面都没见过。他长什么样我都快忘了，怎么可能勾搭？"

冯佳上下打量她一番，啧啧道："我说别人的初恋，那都是心头的朱砂痣，你这怎么提起初恋就跟提路人甲似的？而且你们俩在学校是多轰轰烈烈的一对儿啊！"

许煦道："是他甩了我好不好？难不成我还得对一个抛弃我的初恋念念不忘？再说了，已经六年了，我跟柏冬青在一起的时间，早超过当初那段幼稚的校园恋爱。我现在正愁着正事，哪里有心思去缅怀一个几百年没见过的初恋。"

冯佳笑道："我就喜欢你这种洒脱！"

许煦微微一愣，自己洒脱吗？如果真的洒脱，为什么会纠结于和柏冬青的这点细枝末节？这么跟自己过不去？

她沉默了片刻，自嘲地叹了口气，笑道："可能我也不是洒脱，只是现在的感情，早已经把过去彻底覆盖，心里连一点踪迹都没了。"

冯佳笑："看来你真的是很爱柏冬青！"

一语中的！

她和冯佳难得出来聚一次，女人之间也不只是男人的那点破事，自然不会只喝一杯咖啡相互吐吐苦水就告别，两人一起开开心心地吃了饭，看了电影，逛了商场，直到傍晚才依依不舍地各自回家。

许煦出门没开车，先前逛商场的时候，她接到柏冬青的信息，问她什么时候回家，她说了个大概时间，他发过来说正好顺便，到时候到商场接她一起回。

这里离家车程将近一个小时，许煦也不喜欢出租车内的气味，便应下了。

和冯佳告别后，她一个人来到路边等着。这一块是城市的繁华中心，又正是车多的时候，马路上来来往往的车子拥挤成一团，像蜗牛般缓慢地蠕动着。

柏冬青的信息进来：我快到了，路况有点堵，你稍微等几分钟。

许煦回过去：没事不急，你慢慢开。

发完便靠在路牌边低头玩手机。

"嗯，我还在芙蓉路这边，堵车堵得厉害，估计还得等会儿才能到。"坐在出租车内正在打电话的程放，皱眉看向窗外的路况，目光不经意间扫到不远处站在路边的一抹身影。虽然隔得有些远，但这会儿夕阳还未落下，那身影就笼罩在余晖之中，一眼就能看清。

他心头一窒，赶忙吩咐出租车司机："麻烦开到前面那个站牌旁停下。"

自己上一次见她，还是两年前，他回国后顺利考进了司法系统，马上要被下派到偏远地区锻炼。临走前，偶然得知她还留在这里，于是在下班时间，跑去她单位外，隔着马路偷偷看了一眼，然后便背着行囊去了遥远的贫困县。

此刻站在路边的女人，已经有了几分成熟女性的味道，跟六年前的那个围在自己身旁的少女已经截然不同，但和两年前的那一眼却没什么区别，所以他几乎立刻就认了出来。

驾驶座的司机听了他的话，叫苦不迭："小伙子，现在车这么多，就差车头挨着车屁股，我怎么变道插过去啊？"

程放目光一动不动地盯着那道身影，也没和手机里的人说再见就挂断，继续吩咐司机：

"那你就开到前边红绿灯停一下，我自己下车走过去。"

"那可以！"

他用力深呼吸，想着待会儿假装偶遇后的开场白，但是脑子里却有些空白，只能悬着一颗心，紧紧盯着那道身影，生怕一不小心就从自己的视野中消失。

内侧的车道渐渐畅通，一辆黑色的车子从后面开上去，靠边停在那道身影跟前。

程放看着她打开车门，快速坐进了副驾驶，然后又眼睁睁地看着那黑色车子载着她，消失在了拥挤的车流中。

前后不过一分钟，短暂得像是做了一个让人骤然醒来的梦。

"小伙子，你还下车吗？要下就赶紧趁着堵着的空当下去，要不然就不好下了。"

司机的声音将程放拉回神，他的目光还停留在刚刚的站牌处，只是那里早已空空荡荡。

"算了，不下了，您继续开吧！"他有些颓然地靠在椅背上，用手捂住了眼睛。

刚刚那辆车内的人，应该就是她现在的爱人吧！

两年前终于能回国，他顺利考进司法系统后，为了前途，直接申请去了偏远地区锻炼，除了偶然得知她的工作单位，没去刻意打听她的消息，所以并不知道她是否有男友，或者可能已经结婚，因为他曾经觉得这不是问题。

当初家里出事，被迫离开，在国外那几年无论过得多艰难，他想的都是一定要撑过去，无论如何都要努力让人生回到原有的轨道，然后将她追回来，因为她是自己人生正轨中最重要的一部分。也正是靠着这些信念，他才能咬牙度过那些自己人生前二十二年绝对想象不出的艰难。

可是等到真的回来，他却忽然发觉没有了那几年的信心和勇气。

因为他知道，很多东西可以靠努力获得，唯独感情不行。他的爱情还停留在六年前，可是对她来说，自己大概早就是一个微不足道的前男友。

程放想到这个，忽然一阵挫败感油然而生。

"下个月我搬去北区住，估计不能经常来这边，就给你买了几身新的内衣和袜子。穿旧了的就及时扔掉，别觉得可惜。你现在都是华天的合伙人了，要是让人知道你袜子破了还缝好继续穿，指不定怎么笑你抠门呢！"坐上副驾驶的许煦将购物袋放在脚边，随口对旁边的人道。

虽然柏冬青如今的收入早就跨入金领行列，但他没有由俭入奢，还是像当初一样节约。除了工作需要，每年购置几套比较昂贵的正装外，根本想不起来为自己买东西。当初刚住一块，许煦看到他拿针线缝补破洞的袜子，都差点惊呆了。

但其实他并不小气抠门，收入从来对许煦如实交代，甚至几次提过要把银行卡交给她保管，只不过许煦嫌麻烦没要。每次去出差，他总会给她带不少礼物，包括各种昂贵的化妆品和鞋包，许煦都看得肉疼。

当然，也心疼。

所以这两年他的东西都是她给添置的。

柏冬青嗯了声，点点头，沉默了片刻，低声试探着开口："我的工作不用坐班，住到北区也挺方便的。"

许煦看了他一眼，想了想，好整以暇道："冬青，难道你没发觉我们俩之间有很大的问题吗？"见他抿唇沉默，她当他是默认，继续道，"我不是要和你分开，只是希望我们彼此跳出来认真审视一下这段关系，我不想等结了婚之后才发觉问题，到时候后悔就晚了。"

柏冬青还是沉默，过了许久才冷不丁问道："我在你心里是什么样的人？"

许煦看了他一眼，无奈地笑了笑："你太好了，好到我都不知道该怎么办了！"

趁着红灯的空当，柏冬青转头看她，喉咙滑动了一下，声音略有些喑哑道："我真的没有你以为的那样好，其实我很贪心自私，甚至为了自己的私欲，连朋友都欺骗背叛，这样的我你还觉得很好吗？"

许煦显然对他的话不以为意，轻笑道："你能做什么背叛朋友的事？大概觉得偷吃了朋友一颗糖也是背叛吧！"

柏冬青眼眸垂下来，没再说话。

他确实是偷走了朋友的糖，只不过是感情中的那颗糖。

许煦揉揉额头，苦笑道："说实话，我还宁愿你没这么好，宁愿你自私一些。"

至少在感情中能自私点，这样还能让她觉得自己是特别的。

周一上班，许煦临时接到一个任务，去南区检察院了解最近一个案子的进展情况。

因工作关系，她对市内司法机关颇为熟悉，接待她的是见过好几次的助理检察员小陈。

小陈是去年考进南区检察院的，还有点刚刚毕业的小丫头的那股劲儿，见到许煦，将她带到会客室，热情地倒了杯茶，笑嘻嘻道："许记者，这个案子刚刚转到新调来的程检手里，你稍稍等一会儿，我已经跟他说了，他很快过来跟你谈。"

许煦笑着随口问："有新检察官进来了？"

小陈眼神里有压抑不住的兴奋，笑嘻嘻道："本来就是咱们这里的，不过一考进来就去基层锻炼了，刚刚才调回来。是海归硕士，等下半年张副检察长退了就是他了，三十岁都不到呢，妥妥的年轻有为。"说着又放低声音，小声道，"而且长得特别帅，以后就是咱们南区检察院的门面担当了。"

许煦轻笑出声。

就在这时，带着磁性的男声从门口传来："小陈，麻烦你了，你去忙吧！"

小陈赶紧站起来，堆着满脸的笑说道："程检，你来了！那我去忙了。"

程放笑着点点头，目光落在她身后的许煦那张略显惊愕的脸上。

小陈出了门，程放才不紧不慢地走过来，笑着同她打招呼："小煦，好久不见了！"

许煦从惊讶中回神，这些年她早已经淡忘了眼前这个人，但不代表见到他会认不出，也不代表对这样的不期而遇不感到意外。

她从记忆里搜寻出程放从前的模样，试图和眼前这个成熟的男人重合，很遗憾，虽然是一模一样的五官，但却判若两人。

这个发现，让她与初恋情人乍然重逢的那点小尴尬，瞬间便荡然无存。

这大概就是时间的力量，对她来说，程放真的已经是个陌生人。

她笑了笑，语气平常道："好久不见了，没想到小陈说的新检察官是你，你还是做检察官了。"她拿出名片递给他，"我是《法治周刊》的编辑记者，以后还请程检多多关照。"

程放知道今天是她过来，刚刚做足了准备，才让自己看起来自然从容。然而此刻许煦这种再平常不过的客气，却让他提着的一颗心跌进了谷底。

他僵硬了片刻，才反应过来，接过她手中的名片，不太自然地笑了笑："不敢，不敢，以后大家也算在一个系统，互相关照才是。"

许煦道："程检太谦虚了，刚刚可是听小陈说你下半年就能升副检察长了。"

程放轻笑："八字没一撇的事，别听小陈瞎说。"

在许煦的记忆中，他从来都是张扬甚至自负的，几年不见，看到他这么谦逊稳重，说不意外是假的，不过她对他没有任何好奇，所以除了意外倒也没有其他想法。

她笑着道："那我们开始吧，我也不好耽误程检的工作。"

程放点点头，示意她坐下。

案子刚刚进入公诉阶段，饶是许煦他们周刊是隶属于司法系统的官媒，检方这边能透露的信息也很有限。她不得不承认，当初那个在学业上吊儿郎当的人，如今已经是一个非常专业的检察官，从头到尾有条不紊，既没有透露不该透露的信息，又将案子介绍得清清楚楚，不会让许煦没东西可写。

两个人谈了快一个小时，结束时正好到了午饭时间，程放看了下腕表，道："这么多年没见了，难得遇到，一起吃个饭吧？"

许煦沉吟片刻，笑道："行！"

餐厅就选了南区检察院外不远的一家，简单清雅的环境。

两人在临窗的卡座坐好，程放将菜单递给许煦："你点吧！"

许煦没客气，接过来随意点了两样，将菜单还给他。

程放弯唇笑了笑，翻开菜单，朝旁边的服务生一口气指了好几样，彬彬有礼道："就这些吧！谢谢！"

待服务生离开，许煦轻笑了笑："检察官请客吃饭，这样是不是超标了？"

程放笑："私人请客自掏腰包，无所谓。"

"对哦！我差点忘了你可是个富二代。"

程放脸上的笑容微微一僵，继而又轻笑着摇摇头，给她倒了杯茶递过去。

许煦忙伸手接过来，衬衣的袖子往上缩了缩，露出一截皓白的手腕，以及手腕上别致但并不算新的手表。

程放目光不经意落在那只腕表上，笑道："手表挺特别的，好像在哪里见过相似的。"

这手表是和柏冬青在一起后,她的第一个生日他送的,不算太名贵,但胜在别致实用,最重要的是,跟他手上那块是情侣款,这两年许煦便一直戴着没换过。

听程放提起,她笑着随口道:"是吗?我朋友送给我的,我倒是很少见到相似的。"

程放挑眉,故作轻松道:"男朋友?"

许煦大大方方点头。

程放微微一怔,继而风轻云淡地笑了笑:"男朋友是江城人?"

许煦点头:"是啊!"

"难怪你留在这边工作。"

许煦神色莫辨地看了他一眼,略作犹疑后,试探性地问道,"你出国后,和之前的室友联系过吗?"

程放低头沉吟片刻,点点头,看向她正色道:"小煦,当初不告而别是我的错,我没有联系你是有苦衷的。"

许煦笑着摇摇头:"已经过去那么久,我很早就没放在心上,何况当初我们已经分手,你去哪里不需要对我交代。我只是……怎么说呢?这些年没听到过你的消息,所以有点好奇你和朋友有没有联系。"

程放轻笑:"有联系的,不过我有拜托他们不要向别人透露我的状况。"说着有些自嘲地笑笑,"毕竟当初混得不是很好,有点丢人。"

许煦道:"也就是说,你和柏冬青、姜毅他们这些年都有联系?"

程放俊眉微蹙,叹了口气道:"小煦,我并不是刻意不想联系你。"

许煦对他的话不甚在意地摇摇头,心里想的却是,柏冬青连姜毅都没说过,怎么可能隔着网络,同程放这个自己的前男友提起两人的事。

她和程放已经没有任何关系,而他们还是有联系的好友,既然他没提过,自然也轮不到她来告知。

许煦思忖片刻,客客气气道:"不管怎么样,看到你还挺高兴的。"

程放也想像她一样,对于这场真正的久别重逢,如此云淡风轻地笑出来。但他笑不出,因为他没办法像她一样,让那段他美好年华中的往事,就这样随风飘过。

哪怕他之前做过无数次预设,她身边早就有了别人,但是当两个人真正的面对面坐着,她没有表露出任何对往事的怀念,也没有对自己当初不告而别流露出怨怼,甚至都没有显出半点尴尬,他还是有种心脏被人刮了一刀般的难受,以至于忍不住对她身边的那个男人生出一股嫉恨。

因为女人都是怀旧的物种,如果连初恋都能彻底淡忘,只能说明她后来遇到的那个人,重要到足以盖过所有过往。

两个人各有所思地默默吃了一会儿饭,程放忽然开口:"什么时候有空?我请以前的老同学聚一聚,你也来啊,带上你家那位。"

许煦愣了一下,笑着点头:"好啊!"

晚上，难得许煦和柏冬青都回来得挺早，便在家一起吃了顿久违的晚餐。

饭是两个人一起做的，柏冬青掌勺，许煦给他打下手。吃完饭，他去洗碗，她也跟在他旁边。

或许是分开了半个月，下个月又将面临分离，要说许煦心里没有不舍肯定是假的。

她站在他身旁，看着他手上刷碗的动作，想到白天的事，道："今天我见到程放了。"

柏冬青手一抖，冲了一半的碗掉在地上，发出一声清脆的碎裂声。

许煦目光落在地上的碎片上，又移到他略微惊惶的脸上，蹙眉问："你怎么了？有这么惊讶吗？"

柏冬青摇摇头，蹲下身去收拾地上的碎片，低声道："你在哪里见到他的？"

许煦道："南区检察院，他是那边的检察官，今天去采访遇到的，其实我也挺意外的。听他说你们一直有联系，你不知道他现在在做什么吗？"

柏冬青点点头："知道。"沉默了片刻，缓缓抬头看她，神色有些说不出的古怪，连带声音都变得有些喑哑，"许煦，其实……"

"其实怎么了？"许煦皱眉问。

然而柏冬青嘴唇嗫嚅了片刻，到底什么都没说出来。

许煦见状，道："我知道你没把咱们的事告诉他，毕竟他是我前男友，我能理解的，所以今天我也没和他说起你。而且这些年，他和我没关系了，和你却还是朋友，说与不说是你的事。"说着又有些自嘲道，"当然，我觉得对你来说，可能也不重要。"

毕竟这么久了，他仍旧自觉或者不自觉地把她隔离在他的世界之外。

柏冬青抿抿唇，将碎片清理好，又默默地站回水池前继续洗碗。

许煦看了看他，总觉他有点不对劲，但想了想还是没去多问。

入夜，躺在床上的许煦正看手机，洗完澡的柏冬青爬上床，坐在她旁边后便一动不动。

许煦觉察异样，抬头看他，正好对上他那双凝视着她的黑眸，也不知看了多久。

她放下手机，奇怪地问："你怎么了？"

柏冬青抿抿唇，哑声开口："我……"

许煦从未见过他如此欲言又止的模样，半坐起身，好整以暇看着他："你今天到底怎么回事？"问完忽然灵光乍现，"是因为程放？因为我见了程放？"

如果是因为她见了初恋情人而让他吃醋，其实她还挺高兴的，只是看他的样子，实在不像是吃醋，反倒像是有什么难言之隐。

柏冬青微微一愣，没说是，也没说不是，将她抱进怀中："如果我真的做了一件很不好的事，你会不会讨厌我？"

许煦从他怀中挣开，看着他的脸道："你到底做了什么？不能跟我直接说吗？"

他那双黑色的眼睛已经微微泛红，大概是不想被她看到，赶紧垂下眼睛，哑声道："反正是一件令人不齿的事，等我处理好再告诉你。要是你也觉得我的做法可耻，可以责骂我，但是别因为这件事就放弃我好吗？"

说到最后，声音越来越小，几乎低得如同蚊蝇。

许煦愈发狐疑，但见他脸色实在难看，也不好追根究底，思忖片刻，点点头："行，我等你告诉我。"顿了顿，又道，"冬青，我希望你明白，我是你女朋友，不管你做了什么，我都会跟你一起面对。"

柏冬青抬头看她，发红的眼睛里隐隐闪动着复杂难辨的光芒，没有再说话，只是凑上前吻了吻她的唇。

"睡吧！"许煦躺下来。

柏冬青关了台灯，在她身旁躺好，伸手将她揽在怀中，紧紧抱住，像是害怕她会忽然消失一般。

许煦在黑暗中默默想着，好像类似的话，他并不是第一次说，以前她没有当作一回事，但今晚他的神色，没办法再让她忽视。

难道他真的做过什么不好的事？

可是他这个人连句重话都没对别人说过，怎么可能做什么坏事？

她想来想去，也没想出个所以然，最后只得作罢。

转眼到了周五，许煦下班时忽然接到姜毅的信息，说他刚度蜜月回来，婚宴时人太多招呼不周，所以想今晚专门请几个老朋友吃顿饭弥补，希望她能参加。

姜毅对于许煦来说，完全就是一个不熟悉的学长，在学校时也不过是点头之交，毕业后更是时隔几年，前次去华天才见到。

上次请喝喜酒已经有些让她意外，今天专门请朋友吃饭，也给她发了邀请，怎么都有点说不过去。

她心里头觉得奇怪，但想着以后也算是一个系统内的，而且，请吃饭是以新婚夫妻的名义，倒也没什么大问题，于是欣然前往。

吃饭的地方是一家私密性不错的会所式餐厅。许煦来到雅间时，里面已经坐了三个人，除了姜毅和他的新婚妻子，还有一个，许煦前几天刚刚见过，正是程放。

她倒是没觉得意外，毕竟程放是姜毅的室友，上学时两人就是臭味相投的好哥们儿。

程放却是在看到她的那一刻，面露惊愕，然后狐疑地看向姜毅。

只见姜毅朝他眨眨眼睛，笑嘻嘻地站起身打招呼："学妹你来了！还怕你不赏脸呢！"

许煦笑着走进去，准备在姜毅的妻子林菲旁边坐下。哪知她还没走近，姜毅已经快速地拉开程放身旁的位置："学妹，请坐，请坐！"

许煦倒也没多想便坐了下来，只是觉得这位学长似乎有点热情过头了。

难不成是知道自己和柏冬青的关系了？但旋即又否定了这个想法，因为他对自己的热情，分明是和程放有关。

这个发现让许煦微不可寻地皱了皱眉，希望是自己想多了，不然也未免太荒谬了些，都陈芝麻烂谷子了。

姜毅回到自己的位子坐好，看了眼腕表，笑着道："老三老四应该马上就到了，我们先点菜，等他们人来了，不用久等就能吃。"

许煦算是明白了，这是他们的宿舍聚会。

姜毅叫来服务生，把菜单递给程放："以前咱们宿舍吃饭，老二一直是点菜能手，今天就交给你和学妹了。"

程放笑着接过菜单，转头柔声问许煦："想吃什么？"

他的语气熟稔得让许煦有些不太自在，她摇摇头道："随便吧，都可以！"

姜毅啧啧两声："学妹你这不行啊！当初在学校的时候，咱们宿舍吃饭，每次老二问你想吃什么，你可从来没说过随便啊！"

许煦笑了笑道："主要是因为我过来前已经吃过饭了。"

姜毅还想说话，被程放笑着打断："行了，我点就好，我点菜的水平绝对没有下降，你们尽管放心。"

他翻开菜单，认真地一样一样报给服务生。刚刚点完，服务生还没离开，门忽然从外面被推开，一高一矮的两道身影走了进来。

姜毅见到来人，笑道："你们可算是来了！"

许煦侧头，对上的是正看向她的柏冬青，他的脸色几乎瞬间僵硬，连带着人都停在门口，一时忘了继续往里走。

旁边的周楚河倒是浑然不觉，激动地跑上前，一把抱住程放："你终于回来了！"

程放笑着将他推开，在他脑门敲了一下："马上就要博士毕业的人，矜持点！"

周楚河笑嘻嘻道："我这不是高兴么？"说着，目光落在坐在他旁边的许煦身上，双眼一亮，笑问，"你们俩这是旧情复燃了？"

许煦将目光从慢慢走进来在她旁边默默坐下的柏冬青身上收回，还没反应过来周楚河的话，程放已经笑着回答："别胡说八道，我这跟许煦才第二次见面，人家有男朋友的。"

周楚河哦了一声，笑嘻嘻道："我这不是希望有情人终成眷属么？就跟咱们老大和大嫂一样。"

许煦有些无语地扯了扯嘴角，他们这宿舍是还活在六年前吗？把分手六年的男女强行拉扯在一起，他们不尴尬，她还尴尬呢！

她觉得自己今天好像不应该来，边想着边转头看向身旁的柏冬青。

柏冬青抿抿唇，面色苍白地低下了头。

虽然柏冬青脸上没有什么表情，但是许煦却从他的脸色中看出了太多东西。

愧疚、痛苦、自责、恐惧……

他虽然是个老好人，但性格其实并不懦弱，也并非胆小怕事的人。是什么让他表现出这种表情呢？

许煦疑惑地皱起眉头，思忖片刻，忽然灵光乍现一般，联想到了什么。

明明这是他们宿舍的聚会，明明姜毅并不知道自己和柏冬青的关系，却莫名其妙地请了自己，明明自己和程放分手已经六年，姜毅、周楚河的态度和语气却这么奇怪。

再看到柏冬青这种反应，她再想不出点什么所以然，那就真的太迟钝了。

这时，姜毅已经站起来，神色激动道："毕业六年，这是咱们宿舍的几个兄弟第一次聚齐，以前每次都是老二缺席，以后终于不会了。"说着，他将目光对上许煦，"学妹，今天我把你也叫来，我知道你肯定觉得突兀，老二也一直让我别多事，所以这些年我们从来没有打扰过你。但过了这么多年，现在老二回来了，我真忍不住了，觉得有些事是时候说清楚了。"

程放看向他，蹙眉笑了笑，轻描淡写道："姜毅，今儿大家难得聚在一起，好好吃顿饭不行么？我的事你就别操心了！"

许煦不动声色地看了两人一眼，正要开口，旁边的柏冬青忽然噌的一下站起来。

"老大，我先说吧！"

姜毅被他弄得微微一愣，反应过来，点点头道："你说也行，反正这件事你也很清楚。"

柏冬青低头，对上许煦看过来的目光，喉咙上下滑动了一下，像是被人掐住一般，许久才发出声音："当初程放和你分手出国，是因为家里破产，父母因此入狱，他没办法再考检察官，再加上高利贷追债，待在国内不安全，只能和哥哥出国，所以不得已跟你分手。"

"他出国也不是大家以为的去留学，一开始是去了东南亚投奔做生意的亲戚，在那边打了两年工，才辗转去美国读书。前年父母出狱，政审能过了，才回来考进检察院。"

许煦看着他翕张的嘴，脑子里有种强烈的不真实感，以至于好像听不懂他在说什么。

柏冬青说到这里似乎是有些词穷，不得不停下来，姜毅马上激动地接上他的话："他当时不想让你知道，因为不知道自己将来会怎样，不想让你有心理负担。他一个养尊处优二十多年的大少爷，出去那几年过得怎么样，没跟我们详细说过，但据我所知一天睡三四个小时是常态。"

"过去的就过去了！别说了！"程放低声喝止。

姜毅道："我今天还非得说！"他看向许煦，"学妹，刚听老二说你有男朋友了，我说这些可能不合适。但老二是我大学四年的好兄弟，我不能眼睁睁地看着他吃了那么多苦，如今好不容易回来，却什么都不能再做。"

他伸手指向程放，一字一句道："他当初跟你分手是不得已，他一直觉得很对不起你，在国外那么多年，也从来没忘记你，这么努力回来让人生恢复正轨，就是希望能有机会和你重新开始。"

他这番话说完，在座的每个人的表情都显得很微妙。许煦脑子里更是一团混乱，要说听到这些不惊讶是假的，但更多的是觉得荒谬。

程放见屋内一时陷入安静无声的尴尬，看了眼身旁许煦不自然的脸色，笑着出来打圆场："小煦，老大的话你别放在心上，咱俩的事过去那么多年了，大家都有了自己的新生活，再纠结过去就有点好笑了。不管怎样，我祝你幸福。"

许煦沉默不言。

还站着的柏冬青，沉默了半晌，抿抿唇再次开口："以前的事说得差不多，那么就继续说现在的事吧！"

姜毅奇怪地问："现在有什么事？"

柏冬青道："我本来是打算等过几天大家聚的时候说的，但既然现在大家都在，我就开诚布公地说了吧！"

他看了眼许煦，眼睛微微泛红，嘴唇也有些发抖，哑声道："我和……"

许煦忽然像是如梦惊醒般，猛地站起身："姜毅学长，今天谢谢你的邀请，不好意思，我有点不舒服，就先走了。"

"小煦……"程放见她脸色白得厉害，低声道。

许煦摇摇头，拿起包头也不回地往外走，伸手拉开门后，忽然又停下来，转头道："谢谢你们告诉我这些，但是这种事情不应该由旁人说出来，尤其是这么多年后由旁人说出来，我觉得有点荒谬。"她见柏冬青又要开口，直接叫了他的名字，"冬青，咱们顺路，麻烦你送我一下。"

"啊？"柏冬青仿佛还沉浸在自己的情绪中，一时有点没反应过来。

许煦又说了一遍："麻烦你送我一下。"

姜毅自知刚刚的那些话，许煦肯定一时半会儿接受不了，也就忽略了她和柏冬青之间的细小微妙，赶紧道："青儿，你和学妹要是同路的话，就送送她吧！"

柏冬青犹豫片刻，终于还是点点头，随手拿起挂在椅背的外套："……那下次，我再约大家。"

程放点点头，目光不经意地落在柏冬青左手袖口处露出的半截手表上。刹那间的停留，没让他看得太清楚，但却有种熟悉感一闪而过。

他眉头狐疑地蹙起，看着柏冬青跟在许煦身后出门。

屋内瞬间恢复安静，默了半晌后，姜毅试探开口："老二，我知道是我多事，但我看你回来之后也没动静，我真忍不住。"

程放不甚在意地轻笑着摇摇头，沉吟片刻，抬头冷不丁问："老三之前一直没跟你提过女朋友的事么？"

姜毅愣了一下，对他这跳跃性的问话，一时有点没反应过来，回神后，有些无奈地摊摊手："我也是结婚那天才听他说的，在华天工作了一年多，我见他就跟个工作狂似的，从来没提过这种事，我还以为他一直是光棍儿呢！"他想到什么似的，笑道，"说起来咱们宿舍，最终还是青儿和你混得最好，一个在单位是我上司，一个是上升期的检察官，以后还得靠你们多罩着呢！尤其是你，要是法庭上遇上，可得手下留情。"

程放若有所思了片刻，才回神，笑道："四年好兄弟，一辈子好兄弟，虽然你今天的做法让我有点尴尬，但你的情意我心领了。法庭上肯定不敢手下留情，不过在符合法律法规的能力范围内，还是可以互相帮助的。"

姜毅连连点头："兄弟如衣服，女人如……"

还没说完，已经被旁边的老婆一顿揍："如什么？"

姜毅赶紧嬉皮笑脸地改口:"女人如心肝。"

周楚河戏谑道:"嫂子,老大的意思是为兄弟可以两肋插刀,为老婆可以插兄弟两刀。"

看着几个人开玩笑的程放,低下头喝了口茶,失笑般摇摇头。然而盘旋在心头的那一丝不好的预感,却始终没能消失。

此时已经将近八点,夜幕降临,华灯初上。城市川流不息的马路上,尾灯闪烁不停,变成了一道长长的车河。

许煦靠在打开的车窗边,半闭着眼睛,让微凉的夜风吹在自己的脸上。

从餐厅出来到现在,她和柏冬青谁都没有开口说话,车内有种诡异的安静。

也不知是不是这突如其来的真相,让许煦反应不过来,她仿佛一下子失去了语言功能。

不,其实是能反应过来的。

如果她对程放哪怕还有一点意难平,听到今天这些话,多少都会被影响。但是感情这种事,真的是过去了就过去了。

她发觉自己听到程放的这段际遇,除了觉得有些意想不到以及略微的同情之外,再没有其他感觉,像是在听一个陌生人的故事。

只不过这个陌生人的故事,让这段日子以来,自己苦苦追寻而没能得到的答案,在这个晚上,忽然全部揭晓。

当初柏冬青放弃出国,却从未来找她。两人合租后,他从不逾矩暧昧,甚至在一起后,也是过了几个月才主动和她发生亲密关系。至于为何这几年刻意将她隔离在自己的朋友圈之外,也都因为这个故事,通通都有了解释。

她求而不得的关于他是否真爱自己的疑问,自然也迎刃而解。

他知道程放当初离开的原因,知道好友并没有放弃自己这个前女友。然而还是在明知道程放在国外吃尽苦头的同时,选择接受和自己的这份关系。

如果不是因为爱自己,他那样的性格,怎么可能做出这种在他看来绝对是背叛朋友的恶行?

可是这个发现,并没有让她觉得开心。

她一面心疼他因为自己而被迫面临友情和爱情的抉择,卷入这种良心备受煎熬的困境中,而且挣扎了这么多年;一方面又不得不失望,他竟然将这段你情我愿的关系当作罪恶,将她认真对待的感情当作错误,从而羞于示人。

所以之前他一直不敢让程放得知,害怕自己的行为让他的境地雪上加霜。同时也选择隐瞒了她,因为担心她会对他的行为不齿——实际上,他不止一次拐弯抹角地暗示过,只是她之前一直不知道那些话背后的真相。

许煦觉得这种感受实在是太糟糕了,她让自己爱的人背负着罪恶和自己在一起,而自己却一无所知。

车子抵达小区内,柏冬青停好车后,许煦开门下车,没有等他,直接大步往单元楼走。

柏冬青锁了车，默默地跟在她身后，想要追上去拉住她的手，但到底还是和她保持了几步距离。

许煦快走到单元楼门口时，慢慢停下来，在旁边的花坛边坐下。

柏冬青迟疑片刻，走上前蹲在她跟前，握住她的手："我知道是我的错，不该隐瞒你这么久。"

许煦借着夜灯，凝视着他满含痛苦的眼神，一字一句地问道："程放当初走的时候，交代过你们不准告诉我他发生了什么，是吗？"

柏冬青点头。

许煦："因为你知道程放的事，也知道他对我所谓的余情未了，所以觉得和我在一起，是乘虚而入背叛了朋友，觉得我们的关系是错误的对吗？"

柏冬青点点头，又赶紧摇头："你没有错，是我的错。"

许煦："所以你觉得喜欢我是犯错？"

柏冬青沉默不语。

许煦轻笑了一声："那么既然程放回来了，他要重新追求我的话，你是不是准备大大方方地成全？将你的圣人做到底？"

柏冬青睁大眼睛看向她，用力摇头。

"那如果我想要选择他呢？毕竟他这么多年对我念念不忘，还是很让人很感动的。"

柏冬青脸色刷的一下白了，握着她的手，变得很用力："不行！"

"为什么？既然我们在一起这么令你罪恶，何必勉强自己？"

柏冬青哑声道："没有勉强，从来没有，对我来说，你比一切都重要。"

许煦叹了口气："是我害了你，当初如果不是我主动，就不会让你陷入这种煎熬中。"

柏冬青红着眼看她，哽咽道："如果不是你，我可能一辈子都不知道自己想要什么。"

因为是她，所以即使背叛了朋友，即使再愧疚，也从未后悔过。

虽然父母不会教导孩子爱情这一课，但是这种能力却会在与父母相处的过程中潜移默化地形成，家庭幸福的孩子大多会有着健康积极的爱情能力，家庭不幸的则很大一部分在这方面相对消极。

而他两种都不是，因为在性格成型最重要的青春期，家庭对他感情能力的潜移默化，完全是一片空白。

所以当他第一次遇到心动的人，而且还是一个自己不应该去喜欢的人，他根本不知道该如何是好。当他知道自己做错了事，在自责的同时，更加害怕的其实是失去，所以只能笨拙愚蠢到自欺欺人地选择隐瞒，仿佛这样，她就会永远属于自己。

他可以承担做错事的惩罚，但是无法接受失去。

许煦看着他痛苦至极的模样，到底心里不忍，将手抽出来，站起身，不紧不慢道："刚才，如果我不叫你走，你是不是准备宣布咱们的关系，然后让你的室友们揍你一顿？"

柏冬青低声道："他们揍我是应该的。"

许煦轻笑了一声，往单元楼里走，边走边轻描淡写地说：“那可不行，你是我的人，除了我，谁也不能欺负你。”

柏冬青怔愣了一下，回过神，赶紧跟上她。

许煦斜了他一眼：“我也是你的人，我们是堂堂正正地谈恋爱，如果你再有什么隐瞒我，自己一个人挣扎纠结，或者像今晚那样，把我和别的男人联系在一起，我就不要你了！”

"啊？哦。"

柏冬青跟上去，试探着伸手去牵许煦，被她故意躲开，又试了一次，才成功牵上。

许煦借着走廊暖黄的光看了他一眼，见他一副做错事般小心翼翼的模样，知道他还没释怀，有些无奈地轻笑一声：“这件事对你室友他们来说，可能确实会觉得你不够厚道。但我怎么可能因此瞧不起你？你以为我像你这么一根筋么？我可是个自私的女人，想到你在友情和我之间，最终选择的是我，说实话我还挺得意的。唯一不爽的是，你当初竟然犹豫了那么久！”说到这里，她故作惊叹地轻呼一声，“我这么说，你是不是会瞧不起我？”

柏冬青忙不迭摇头。

两人走进电梯，许煦笑道：“那不就得了。你不是约了他们准备宣布我们的关系么？到时候我跟你一块去，他们有什么不满，冲我们一起来就好啦。”说着有些愤愤然道，“用几百年前就结束的关系，道德绑架别人的人生，也未免太荒谬了些。”

柏冬青低下头不说话。

许煦继续道：“你在担心他们不会原谅你吗？”

柏冬青点头，顿了片刻，低声道：“其实也没关系，我已经有心理准备。就算他们不原谅我也无所谓的，毕竟和我一起度过余生的人是你，不是其他人。”

许煦听到这个答案，满意地点点头：“这还差不多。以后多想想自己，别老想着别人怎么样，你不嫌累，我还嫌累呢！”

柏冬青嗯了一声，低着头没再说话。

等到电梯叮的打开，两人走出去，他忽然轻轻地笑了一声。

许煦转头看他，见他抿着的嘴唇，微微弯起，像是想大笑出来，却又用力忍着。

"你笑什么？"

柏冬青摇摇头，走上前开门。

她说得没错，是他作茧自缚了，虽然自己的行为确实是对不起朋友，但你情我愿的感情绝不是罪恶。

人世间许多事都可以礼让，唯独感情和爱人不可以。相反，礼让才是罪恶，因为对方是有血有肉有感情有思想的人，而非物品。

他从来没有如此感恩遇到的人是她，她用她的坦荡从容，包容他的狭隘笨拙，原谅他的怯弱，带着他走出困住自己几年的迷雾。

意识到这一点，他忽然就有点后怕，如果当初不是她主动，自己想必就错过了对他这么好的她。

而错过了她，余生又还有什么意义呢？

想到这个，进门后，他几乎是有些惊慌失措地将许煦紧紧抱住。

许煦本来还在奇怪他刚刚为什么笑，现下忽然被他抱住，还箍得特紧，一下子连气都有点喘不过来。

"你干吗呢？"她用力拍了拍他，反应过来后有些失笑地问。

柏冬青默不作声，手上力度稍稍放松一点，却仍旧将她抱在胸口。

抱了一会儿，他依依不舍地将她放开，低头对着她的眼睛。

许煦正要开口说话，沉默的男人冷不防凑上前吻住她的唇。

还好，熟悉的气息和温暖，让他确定了这一切的真实性。

一个黏缠的吻眼见着就要将火点燃，许煦忽然想起什么似的，将他轻轻推开，故意板着发红的脸，嗔道："我还在生气呢！在我生完气前，你不许碰我。"

柏冬青睁着那双已经染上欲色的眼睛，嘴唇抿成一条线，却还是老老实实地点头。

许煦勾唇轻笑了笑："去弄点吃的，我饿了。"

"好。"

不仅是她饿了，还没吃晚餐的柏冬青饿得更厉害。不知是不是想通了，心里的大石头落下，一大海碗面吃得干干净净，连带着许煦没喝完的面汤，都给一块儿扫光了。

时间尚早，也不能吃了马上睡觉，许煦便百无聊赖地坐在沙发上看电视，柏冬青也难得没去书房工作，规规矩矩地坐在她旁边，陪她一起看烂俗的偶像剧。

烂俗是真烂俗，许煦边看边在心里吐槽，不经意转头看了他一眼，却见他看得极为认真，一脸被感动的表情。

许煦："……"

她无语地将电视关掉，打着呵欠回卧室。柏冬青从烂俗的剧情中回神，也赶紧跟上她，爬上床时，还谨记不碰她的叮嘱，和她老老实实隔了半米距离。

两人安安静静地躺了片刻，许煦不动声色地斜了他一眼，像是想到什么似的，冷不丁问道："你当初为什么会看上我？"

"啊？"柏冬青愣愣地有点没反应过来。

许煦挑起眉头："不会是因为我主动，才惦记上我吧？如果是这样的话，那天晚上换成别人，是不是结果也一样？"

柏冬青终于回神，面红耳赤地摇头否定了她这个假设："当然不是！"

许煦继续问："那如果是很漂亮的女孩子呢？比冯佳还漂亮的那种。"

柏冬青板着脸，严肃道："如果是别人，我根本不会让人跟我回家。"

因为是她，所以他才没有抵住诱惑，让两人在不合适的时间，做了不合适的事。

当然，他并没有后悔。如果没有那次错误，他们也就不会有后来的交集。

许煦若有所思地点头，心中其实有些窃喜，表面却还装作一本正经的样子："这么说你在那之前就喜欢我了？在程放还没离开的时候？"

柏冬青不置可否。

许煦叹了口气："那确实有点不对啊！毕竟喜欢兄弟女朋友这种事还是不太厚道的。"

本来板着脸的柏冬青，惭愧地低下头。

许煦承认，时至今日，在感情世界里，她仍旧和大部分女人都有的虚荣心，当得知他在上学时就喜欢自己，还是让她很有些自鸣得意。

她不想再逗他，免得他再次缩回去。她在被子里轻轻踢了他一下，笑道："喜欢一个人没有错，何况你当初也没做过什么。"

好吧！实际上他从来就没做过什么，从头到尾就是她在主动。

想到这个就有点来气，明明这家伙就是喜欢自己的，可要不是当初她主动，两人什么都不可能发生。

饶是这样，也拖拖拉拉了三年才在一起。

她哼了一声，咬牙切齿地躺进被子里，啪的一下将灯关掉。

暗下来的卧室，安静得只剩下两人的呼吸。

过了几分钟后，许煦到底没忍住开口道："让你不碰我你就不碰？这么听话，怎么之前还瞒我那么久？"

"我……"

许煦道："让我高兴了，我就原谅你。"

柏冬青这回倒是反应极快，她话音刚落，他就飞速伸手将她揽进怀中。

这一晚，柏冬青有没有让许煦高兴不得而知，反正第二天起来，她腰酸腿疼地差点下不了床，气得差点将罪魁祸首揍了一顿。

过了两天，许煦下班后，被主编叫去一起参加一个饭局。

这个饭局是司法口一个新上任的领导做东，宾客不多，总共也就一桌十来个，都是系统内的人。

许煦和主编赶到的时候，人差不多都已经到齐了。

"陈局，你好，你好！"走到前面的主编笑吟吟地与人寒暄。

"王主编你好！"被叫作陈局的中年男人笑着走过来打招呼。

王主编在这个系统混了快半辈子了，桌上的人差不多都认识，一一打完招呼，顺便介绍了自己的下属许煦，两人才找了位子坐下。

刚刚坐好，包间的门又被推开，两个男人一前一后走了进来。

陈局再次笑着上前迎接："郭检察长，幸会，幸会！"

两人握手寒暄了几句，那位郭检察长将身旁的年轻男人介绍给各位，自然又是一阵虚与委蛇的客套。

许煦默默看着程放恭谦地和人打招呼，怎么都想不起来，当年那个张扬肆意的大男孩是什么模样了。

她做了这么多年记者，采访的对象有多少，自己都已经记不清楚，但却在无形中学会了几分识人的本领。

她下意识将此时的程放和柏冬青做比较。后者在社交场合，也是这么礼貌谦逊，但是他的恭谦却给人一种难得的真诚，而非程放这样隐隐暗含了城府和世故。

寒暄完毕，程放在她旁边的空位坐下，低声道："这么巧？"

许煦轻笑着点点头。

饭局算是半公半私性质，主要是这位新上任的领导想要了解本地的法治生态，聊的话题自然都是这方面的。

许煦和程放两人在这桌上年纪最轻，资历最浅。许煦只是记者，无非是老老实实听着，暗自记下来将来对采访写稿有用的东西。

程放则有着与年龄不符的游刃有余，虽然看起来谦逊，但也不至于唯唯诺诺，非常懂得如何表现自己。公事私事泾渭分明，丝毫不因为许煦坐在旁边受到影响。

许煦知道，他这个人的交际能力从来就非同一般，如今成熟沉静下来，想必只会更加得心应手。

一直到饭局结束，两人几乎都没再私下说过话。

从饭店出来，送走了主编，许煦因为没开车，便来到已经开了彩灯的喷水池边坐下，等柏冬青来接她。

坐了才两三分钟，一道身影在她跟前停下站定。

"没开车？"是不知何时走过来的程放。

许煦抬头看他，彩灯闪烁下，男人的脸显得有些不真实，陌生得让她生不出任何遐想。

她笑着点点头。

"不介意的话，我送你回去！"

"谢谢，不用了。"许煦笑了笑，"我刚打电话给男朋友了，他一会儿来接我。"

程放微微一愣，继而又笑着点头："行，那我就先走了。"

许煦："慢走！"

程放默默地看了她一眼，转身走了几步，又停下来回过头，再次看向坐在水池边的人。

她背后的音乐喷泉跳得欢快，周遭有小孩子在嬉戏，她却低着头看手机，似乎对周遭浑然不觉。

包括还没有走远的他。

到底是什么样的男人，有这么大的本事，让一个女人对初恋完全没有哪怕半点缅怀之情？无论是身在云端还是泥泞，他都没有怀疑过自己对异性的吸引力，但如今却不得不生出一点挫败。

他脑子里闪过前两天晚上在餐厅里，她脱口而出的那句"冬青"，以及柏冬青手腕上一闪而过的手表。

他默默地看了她一眼，转过头，闭上眼睛，深呼一口气，抬步离开。

许煦在饭局快结束时才给柏冬青发短信,他赶来时,已经是快一个小时后。

"等很久了?"刚刚加完班,还西装革履的柏律师气喘吁吁地跑过来。

许煦抬头看他:"你这么急干什么?还早着呢,我又不急。吃过饭了吗?"

柏冬青点头。

许煦拍了拍身边的位置:"那陪我坐一会儿再回去。"

柏冬青弯弯唇,在她旁边坐下。

这会儿已经入夏,却还没到最热的时候,有风的晚上,很是舒爽,喷泉边有很多出来约会乘凉的年轻情侣。

有人在拍照,有人抱在一起亲密耳语,还有人在笑闹着,总归处处彰显浪漫气氛。

许煦偏头看了一眼身旁坐得笔直的男人,努努嘴:"学学人家,咱俩好像都还没好好谈恋爱,就跟老夫老妻似的了,我还很年轻的好不好?"

大概是确定了自己在他心中的地位,好像不自觉就有点想恃宠而骄。

呵!女人啊!

柏冬青扫了一眼周围的几对情侣,像模像样地伸手将许煦揽进怀中,掏出手机:"那我们拍照吧!"

许煦见他这么上道,好笑地靠近他,两人脸贴脸拍了两张自拍照。

拍完,许煦低头检验成果,见照片里的人笑得很傻,撒娇般道:"太丑了,删掉删掉!"

柏冬青喜滋滋看着,将手机拿开藏在身侧:"不要!"

"嗨!你这是翻身农奴做主人啊!"

许煦正要抢他的手机,一个提着小花篮的六七岁小女孩小跑过来,稚声稚气道:"叔叔,买朵花送给阿姨吧!"

许煦停下动作,问:"多少钱一支?"

"十块!"

"这么贵?便宜点吧?"

女孩还未开口,柏冬青已经柔声道:"小朋友,我都要了。"说完扫了眼花篮里的数量,掏出两百块钱递给小女孩,"早点回家吧!"

小女孩喜形于色,重重地鞠了个躬,将篮子连花一起给了他:"谢谢哥哥!哥哥再见!"走了几步,又转头朝许煦挥挥手,"阿姨再见!"

"嗨!"许煦佯装大怒,两百块钱从叔叔变成了哥哥,她却还是阿姨,这小家伙要不要这么现实!

柏冬青笑着拍拍她的手,将花篮递给她:"送给你!"

他虽然经常买鲜花回家,插在花瓶里,做家里的装饰,但送她玫瑰却是头一遭。

许煦有点想嫌弃这没包装的玫瑰,但心里到底还是高兴,笑着接过花篮,却也不忘傲娇道:"下次送玫瑰再多点诚意,知道吗?还有,虽然小姑娘出来卖花看着挺可怜的,但其实不见得生活就多困难,别总是让自己的同情心泛滥,该讲价的还是要讲价,不要当冤大头。"

柏冬青点头，看着她笑着低头去闻手中的花朵，表情恬然又满足。

其实自己能为她做的并不多，但她好像从来都很容易满足，不过是一顿早餐、一束花朵，她表现出来的样子，都好像自己真的为她做了很多一般。

许煦觉察出他火热的凝视，转头奇怪地看他。

还没开口，咫尺间的男人已经低头俯身下来，吻上了她微微张开的唇。

背后的音乐喷泉在彩灯下欢快地跳跃着，清凉的夜风拂起两人的发丝和衣角，周遭的欢声笑语点缀着这美好的夜色。

远处，一个颀长挺拔的男人面无表情地看过来，这一切正好落在他那双冰寒的眼中。

隔日，柏冬青难得的早早下班，路过一家花店时，他想起昨晚的事，将车子停在路边，走了进去。

店内的年轻姑娘看到有顾客，而且还是年轻男人，明白这是生意上门了，赶紧走上前殷勤招呼："先生，是要买花吗？"

这是一家精品花店，装饰得很漂亮，摆放得整整齐齐的花卉，新鲜芬芳，娇艳欲滴。

柏冬青想起昨晚送给许煦的那一篮子小姑娘卖剩下的玫瑰，回家才发现花瓣都有不少已经发黑枯萎了，偏偏她还爱不释手地插在花瓶里，舍不得扔掉。

现在想来，他其实还挺惭愧的。他知道男女谈恋爱，送玫瑰是表达爱意的方式，也明白女孩子大都喜欢这种方式。可他之前没送过许煦玫瑰，并不是因为他真的不懂浪漫，只是在学校的时候，他看到过太多次程放送她玫瑰，于是每次想要送玫瑰的时候，心里头就会冒出点说不清道不明的心虚和自责，或者还有那么一点点酸味，以至于在一起这么多年，昨晚才是他第一次送她玫瑰。

看到她脸上喜悦的表情，他才意识到之前的自己错得多离谱。因为他的狭隘，她错失了很多该有的快乐。

花店的姑娘见他没反应，又问了一遍："先生，您想买什么花？"

柏冬青总算回神，有点不好意思地扯了扯唇角："玫瑰。"

"红玫瑰吗？"

柏冬青点头，又赶紧补充了一句："要好一点……不！要最好的！"

年轻女孩笑了，指着旁边两种样品："最好的就是卡罗拉和红拂，您是送给女朋友吧？"

柏冬青点头。

"现在这种红拂很受女孩子欢迎，您可以先看看。"

柏冬青凑上前认真对比了一下女孩推荐的两种玫瑰，想象许煦大概会喜欢哪种。她应该更喜欢娇艳浓郁风格的吧？

得出这个结论后，他指着红拂道："那我就要这种。"

女孩笑着问道："我们有数量不同的花束礼盒，您看需要哪种？如果是生日纪念日，我建议选择九十九朵的礼盒。"

柏冬青沉默了片刻，想到什么似的，问："那如果是求婚呢？"

这件事已经拖了这么久，今天是时候了。

女孩笑道："那就选一百零八的花束礼盒，一百零八的花语是求婚。先生，您是要跟女朋友求婚吗？"

被人这么一问，柏冬青露出一点赧色，点点头："就要你说的这种。"

女孩眉开眼笑道："您今天选的日子还真不错，咱们店里正在做活动，一百零八的礼盒只要九百八。"

柏冬青想到昨晚许煦说他不要当冤大头的话，赶紧道："还能再优惠吗？"

女孩看得出他不是缺钱的人，笑道："这已经是优惠过的价格了。如果换作七夕情人节这种日子，价格得贵一倍。先生，求婚可是人生中最重要的时刻，价格代表了您的诚意。我猜想您应该很爱您的女朋友，不然也不会要最好的，是不是？"

柏冬青点头："那你帮我包起来吧！"

礼盒是现包的，女孩挑选玫瑰花的时候，他就在旁边认真地盯着，每选一朵都要经他过目，弄得女孩儿想偷偷插一两朵稍微枯萎一点的都没机会。

一百零八朵玫瑰，半人高的盒子。在女孩嘴甜说完一句"这么帅的男朋友求婚，您女朋友肯定特别高兴，祝你们甜甜蜜蜜白头到老"后，柏冬青心满意足地抱着礼盒出门，来到车尾，小心翼翼放进后备箱内，然后站着满意地看了一会儿才关上。

他坐进驾驶座，想着是买菜回去做一顿美味晚餐，还是在外面订一家高档餐厅。许煦肯定喜欢自己给她做的饭，但是要求婚的话，高档餐厅似乎更能表达自己的诚意。

放在车子上的手机，忽热嗡鸣一声，有信息进来了。

他随手拿起一看，是程放发过来的：有点事请大家吃饭，方便吗？

后面直接附上了地址。

柏冬青微微皱眉，思忖片刻回过去：方便，我马上过来。

他抵达约好的餐厅包厢时，里面已经坐了三个人，正是程放、姜毅和周楚河。

程放见他进来，笑着站起身："老三来了，我还怕大律师忙，没时间跟咱们吃饭！"

他脸上虽是笑着的，但笑容却没有抵达眼底，看向柏冬青的眼神有些神色莫辨的冷意。

柏冬青这么心思细腻的人，怎么会看不出怪异。他勉强扯了扯唇角，笑着问："突然约大家聚会有什么事吗？"

程放笑道："你不是约咱们下个星期聚吗？我怕那时候临时有事要忙，趁着今天老大老四都没事，就先约上。没打扰你今晚的安排吧？"

柏冬青摇摇头："没有。"

"坐吧！"程放伸手示意，"别弄得跟罚站似的。"

他每句话听起来似乎都很正常，但柏冬青却听出了其中的夹枪带棒。

他神色平静地拉了张凳子坐下。该来的总是要来的，今天一个人来说清楚也好，免得和许煦一起，让她跟着尴尬。

姜毅笑嘻嘻道："今天就咱们四个大老爷们儿，吹牛打屁不用顾忌。"

程放笑："是！什么话都可以说。"说着，转头看向柏冬青，"老三，你不是要跟我们宣布事情么？今天就一起说了吧！"

柏冬青点头："嗯！确实应该告诉大家了——"

他还没说下去，程放却抬手打断他，笑道："不急，咱们先叙叙旧情，再慢慢说。"

他开了瓶酒，给几人各倒了一杯，然后举杯站起来道："对我来说，大学四年是我人生中非常重要的阶段，你们三个是我最重要的兄弟。这些年，我在外漂泊，也算是经历了人世间各种坎坷，虽然你们在国内帮不了我什么，但我知道你们一直在关心着我。尤其是老三，当初我从越南辗转到美国读书，他二话不说就给我转了十万块钱救急，这份情谊我一辈子都不会忘记。这一杯，我先干为敬。"

说着，他抬头，将杯中酒一饮而尽。

姜毅面上动容，随后也一口喝掉手中的酒，激动道："咱们当年都只是普通学生，你家里落难，我们帮不上忙，只能跟着干着急，眼睁睁看着你出国。如今你回来了，以后需要用得上咱们的，一句话的事。"

周楚河附和点头："我一个穷书生，比不得老大老三，不敢说什么帮忙的话，不过以后要是喝酒的话，绝对随叫随到。"

程放笑着道："有你们这句话，我已经很高兴了。"他转头看向柏冬青，"老三的为人我最清楚，需要帮忙都不用我们开口。当年我们三个没少享受他的照顾。"

柏冬青道："你们也帮过我不少，对我来说，你们都是我真心相待的朋友。"

"是吗？"程放似笑非笑，"我还担心你这么年轻就做到了华天合伙人，跟上学时的为人处世不大一样了呢！"

姜毅笑呵呵道："这你就冤枉老三了，他在咱们所里，一点领导架子都没有，对我这个老同学很关照的，帮了我不少，总之非常非常够哥们儿。"

程放点点头，笑着叹道："也是！当初我和许煦分手，离开学校那天，只有老三在宿舍，临走前，我拉着他陪我去校外喝酒。那天说了很多乱七八糟的话，现在想想竟然还记得。"

柏冬青神色微微一怔，不止程放记得，他也记得。

当初程放家里出事，他虽然告诉了宿舍几个人，但他性子骄傲，表面上看起来除了有些心事重重之外，并没有表现出多痛苦的样子。直到他和许煦分手，临行前的那天，拉着他在外面的小酒馆喝酒，两杯下肚，还没醉情绪就彻底崩溃，在他面前泣不成声。

他语无伦次说的那些话，他现在都还记得很清楚。

他说他曾经憧憬过的关于他和许煦的未来生活，说前途什么都能舍得，唯一舍不下的就是许煦。

后来他痛哭流涕地抓住自己的手，就像抓住的是一根救命稻草。

他说："老三，你帮我照顾好小煦，不要让他被别人抢走了。我绝不会烂在国外，我一定会衣锦还乡，把她追回来。"

自己当时是怎么回答的？

是啊！当时自己回答了一个"好"字。

那些不合常理的请求，是醉酒后的胡言乱语，但也是酒后吐露的真言。

那个"好"字是当时安慰他的承诺，却也是自己那一刻的真实想法。

因为那是他第一次目睹自己这个从来都是光芒四射意气风发的好友，如此无助，如此狼狈不堪。

那一刻的自己，是真的想尽已所能帮助他。

然而在一个多月后，他就违背了自己的承诺。

程放若有所思片刻，又笑着道："不过那天是喝醉酒说的话，当不得真，毕竟当时你也是要出国的人，怎么可能帮我照顾小煦。"他说完这句，沉默了片刻，忽然脸色一变，啪的一声，将手中的酒杯重重地摔在地上，厉声道，"但是我没想到你竟然这么当真！"

姜毅和周楚河吓了一大跳。

"老二，怎么了？"姜毅急忙道。

程放看着柏冬青面无表情的脸，冷笑道："你们问他！让他告诉我们，准备对我们宣布的是什么？"

"青儿，发生什么事了？"

柏冬青看了几人一眼，语气平静地一字一字道："我女朋友是许煦。"

"什么？"姜毅和周楚河异口同声地叫道，就像是没听懂一般。

柏冬青又重复了一遍："我女朋友是许煦。"

姜毅一副惊讶得不知如何是好的表情："这……这到底怎么回事？"

相比两个大惊失色的旁观者，程放倒是显得很冷静，一字一字地问："你们好多久了？"

柏冬青："几年了。"

他话音刚落，程放的拳头已经上来。他没有躲开，硬生生让那带风的拳头落在了自己脸上，发出一声令人心惊肉跳的闷响。

包厢内顿时一阵兵荒马乱，姜毅和周楚河忙不迭跳起来，将两人隔开。

姜毅语无伦次道："老二，虽然……这个消息有点让人意外，但你和许煦分手那么久，她有新恋情也挺正常的。"

程放站起身，脸红脖子粗，指着柏冬青吼道："没错，许煦有新恋情哪怕是结婚了我都无话可说，如果她过得好我会祝福。她可以和任何人在一起，但！这个人不能是你！"

"你明明知道我还爱他，明明知道我和她分手是迫不得已，明明知道我在国外那几年过得像条丧家犬时，她是我最重要的信念和牵挂。"

"那几年咱们在网上视频，我说起最大的愿望就是能够衣锦还乡出现在她面前。你大概关上视频，回头就躺在她身边。那年我去美国，你给我打了十万块钱救急，到底是因为我是你兄弟，还是因为偷走了我心爱的人，那钱只是内疚的补偿？"

"你隐瞒了这么多年，生生让我做了这么久的傻子。你可真行！"

柏冬青对脸上火辣辣的疼痛似乎浑然不觉，一言不发地听他发泄完毕，才不紧不慢地开口："这件事是我对不起你，我也没有什么好解释和辩解的，刚刚这一拳头是我欠你的。"他顿了顿，一字一字道，"但许煦是我要共度一生的人，无论什么情况下我都不会放弃她。"

　　程放冷哼一声，拿起外套，大步往外走，到门口时，又蓦地转头，冷声道："柏冬青，咱们的友情今晚就正式结束了。我期待以后在法庭上和你相遇，让我看看二十八岁华天合伙人的真本事。"说完，头也不回地拂袖而去。

　　周楚河看看门口，又看看坐在原地的柏冬青，犹豫了片刻，还是咬咬唇，追了出去。

　　姜毅看了眼被甩上的门，在他旁边坐下，低声道："青儿，你嘴角流血了，我去帮你买点药擦擦。"

　　柏冬青伸出手指，将嘴角渗出的血迹随意地擦拭了一下，摇头淡声道："没事，他没用全力，睡一觉就好了。你不用管我，去看看老二怎么样吧！"

　　"老四已经追去了，应该没事。"他顿了片刻，"说实话，我真没想到你和许煦……"

　　柏冬青自嘲地轻笑一声："为什么任何人都可以，就我不行？我不过是喜欢上一个人，这个人恰好是许煦而已。"

　　"你也别怪老二刚刚的冲动，主要是他一直没忘记许煦，回来时本来还想找她来着，哪想到你竟然和她在一起，一时想不开挺正常，过段时间应该就会想通的。"

　　柏冬青舒了口气："无所谓了，之前一直瞒着没告诉他，是怕给他雪上加霜，现在他已经重新拥有了光鲜的生活，也不需要我再努力去修复这段兄弟情了，就顺其自然吧！"

　　姜毅道："那你回去好好休息吧！"

　　柏冬青点头起身。

　　两人出门来到酒店外，早没有了程放的身影。

　　和姜毅告别后，柏冬青回到车上，准备启动车子时，才后知后觉地觉得脸上疼得厉害。

　　他动了动嘴角，顿时一阵锥心的火辣传来。转下后视镜一照，嘴角还残留着血迹，连带着半边脸都已经肿得老高，眼睛一只大一只小，形容之狼狈让他自己都忍不住有点想笑。

　　然后，他也真的笑了出来，如释重负地笑了。

　　那些压在心中如同沉甸甸包袱一样的负罪感，终于随着那一拳而烟消云散。

　　以后他可以堂堂正正地去爱所爱之人。

　　唯一郁闷的是今晚自己这副鬼样子，之前准备的玫瑰花没办法派上真正的用场了。

　　担心自己脸上的伤被许煦发现，柏冬青发了条信息谎称加班，在外面游荡到了快十点才回家。

　　进门的时候，许煦正坐在沙发上看电视，客厅只开了一盏落地台灯，光线调得微弱，她的脸就在那暖色的灯光下，柔和得像一幅画。

　　"回来了？"听到开门声，许煦转头看向玄关处。

　　"嗯。"柏冬青抱着硕大的花束礼盒，挡住自己受伤的半张脸，走进来侧身将盒子放在她面前的茶几上，"送给你的，你看看喜不喜欢？我先去洗澡了。"

说完也不等许煦打开，就迅速折身钻进了洗手间。

许煦狐疑地看了眼他动作飞快的背影，低头将盒子打开。

满盒子带着香气的娇艳红玫瑰跳入眼帘。大片的红有种让人兴奋的浓烈，以至于许煦怔了半晌才回神。

意外的同时，又有些狐疑。这是忽然开窍，知道送她玫瑰了？但今天又不是什么特殊节日，这么大手笔是干什么？

许煦本想开口问他，但听到浴室哗啦啦的流水声，暂时作罢。她喜滋滋地欣赏了一会儿花，起身去找玻璃瓶，将玫瑰从盒子里小心翼翼地拿出来插好。

这么一大盒玫瑰，用了四个大玻璃瓶，才勉强插完，整个屋子都是玫瑰的香气。

只不过许煦有点奇怪的是，本来以为这盒玫瑰是九十九朵，但插花的时候，顺便数了一下，却发觉是一百零八朵。她好奇地上网一查，一百零八朵玫瑰的花语是求婚。

当许煦看着网上的答案时，有那么一刹那，心跳忽然加快。

这是要跟她求婚么？

本来在这之前，她还从没认真想过这个问题，但是当她意识到柏冬青要跟自己求婚，抑制不住地兴奋又激动。

她赶紧跑到礼盒边，伸手在里面摸了一圈，并没有摸到戒指的影子。

不会是藏在花朵里吧？想着，又跑到插好的花束前，仔仔细细地查看。

"我今天特别累，早点睡了。"柏冬青从浴室出来，捂着半边脸说完这句，就匆匆钻进了卧室。

许煦一门心思想找出求婚戒指，转头看了他一眼也没在意，回头继续寻找。然而每一朵玫瑰都检查完毕，也没发现半点蛛丝马迹。

她撇撇嘴，伸长脖子朝卧室里看了眼，柏冬青已经躺在被子里，半蒙住脑袋，果真是要睡了的样子。

莫非是自己误会了？他只是单纯地送束花而已？可是单纯送个花，怎么就偏偏送一百零八朵？

许煦倒也不是失望，自从自己的心结解开后，她已经笃定未来必然和柏冬青共度。只不过女人不管多大年纪，总还是对浪漫有所向往，尤其是柏冬青这种榆木疙瘩，要是能对她做点什么浪漫的事，当然会让她十分欣喜。

她洗了手回到卧室爬上床，在自己枕头下摸了摸，还是什么都没有。然后又不甘心地趴在侧身躺着半蒙住头的柏冬青身旁，在被子下寻到他的手摸了把，仍旧是空空荡荡。

"你是不是忘了什么？"她抱住他，拱进被子里，在他脸上亲了一下。

"嘶——"柏冬青因为侧脸的伤处被碰到，疼得倒吸了口冷气。

"怎么了？"许煦吓了一跳，坐起来将被子掀开。

卧室里只有淡淡的台灯光芒，但也足够让她看清楚柏冬青还没来得及遮挡的侧脸，从嘴角到眼角的左侧脸，青青紫紫，肿得老高。

"怎么回事？"许煦见状，心惊肉跳地将他拉起来问。

柏冬青轻轻地揉了揉伤处，低声道："没事，就是走路不小心摔了一跤。"

许煦要信他这鬼话，那真是白跟他在一起生活这么多年了。她将他的手拿开，去检查他受伤的地方。

柏冬青不自在地歪头躲避，支支吾吾道："……真没事。"

"你躲什么躲？我说你怎么十点多就睡觉呢，原来是不想让我看到。"

柏冬青道："不想让你看到这么丑的样子。"

许煦哭笑不得："你没擦药吧？"

柏冬青道："就是点皮外伤，睡一觉肯定就能消肿了。"

许煦皮笑肉不笑地干笑两声，快速下床，跑到厨房劈里啪啦地忙活。柏冬青也不知道她在干什么，坐在床上睡也不是，不睡也不是，只能傻愣愣地等她回来。

十分钟后，许煦拿着一个剥了壳的煮鸡蛋走进来，命令道："躺好，我给你用鸡蛋滚一会儿消消肿，不然明天都不知道你怎么出去见人！"

"哦！"柏冬青老老实实地躺下，将那半边青肿的脸露给她。

许煦盘腿坐在他旁边，试探着用鸡蛋在他脸上碰了碰："怎么样？疼吗？"

柏冬青轻轻地摇头："热乎乎的，很舒服。"

许煦在他受伤的脸颊上小心翼翼地滚着，轻描淡写道："到底怎么回事？"不等柏冬青回答，又赶紧补充道，"你要再说什么不小心摔倒，信不信我让你给我示范再摔一次！"

柏冬青微微张开的嘴又阖上了，过了一会儿才低声道："我今天去见程放了。"

许煦看着他那有些黯然的表情，心下猜到了几分："他知道咱们在一起的事了？然后为这事打了你？"

柏冬青点头。

许煦眉头微蹙，轻嗤一声，不悦道："他还真是够能道德绑架的。不管当年他发生了什么事，我和他分手都是事实，这都过去六年了，凭什么你不能跟我在一起？就因为你是他朋友？"

柏冬青道："他生气我能理解，毕竟我很清楚他发生了什么，也知道他没忘记你。而且和你在一起后还隐瞒了他这么多年，换成是我也会生气的。"

"换成是你估计也就生生闷气吧！"她说着手上稍稍用力，"你说你怎么这么傻？他打你，你就让他打？"

柏冬青疼得吸了口冷气："这件事我确实有错，他打了我这一拳，我心里反倒舒坦了，以后也不会再有什么心理压力。"

"本来就不应该有。"许煦轻笑一声，"咱俩在一起是我主动的，你顶多就是没抵挡住我的美色，说起来还是受害者呢！"

柏冬青也笑了，只不过因为半边脸肿着，看起来有点滑稽。

许煦笑得更甚："以后他要是再对你动手，你可不能就这么让他打。"

柏冬青一本正经道："不行！打架斗殴轻则构成治安违法，重则触犯刑法，我不能知法犯法。"

许煦真是哭笑不得，拍了他一下："我又没让你和人打架，正当防卫总行吧？躲开也不难吧？反正不能让人这么打，你不怕疼，我还心疼呢！"

柏冬青黑沉沉的眸子跳动了一下，伸手将她抱住，声音喑哑道："真不疼！"

时至今日，偶尔还是有种做梦的感觉。他从十四岁开始，人生进入了漫长的孤独之旅，仿佛走在一段不知何时才能到头的长夜之中，就在他以为这种独自前行的孤寂会漫无止境时，忽然有人来到他身边，赠给他一抹熹微之光，然后天光大亮。

这么多年，他经历过不少善意，遇到过很多善待他的人，但只有她对自己的好是不掺杂任何其他东西的。

命运曾经对他残忍，如今用最好的方式补偿了他。

手中的鸡蛋快凉了，许煦停下动作，仔细检查了一下他的脸："好像好一点了，好好睡一觉，明天应该就没事了。"

柏冬青抬头，目光灼灼地看她："不想睡！"

许煦毕竟和他同床共枕这么久，他这表情意味着什么，她不会不清楚，她勾起唇角，坏笑道："要不要我拿镜子给你照照，体会一下我看着你这张脸的心情。"

柏冬青伸手将台灯关掉："看不见就好了！"

机智！

后来，许煦被弄得迷迷糊糊时，忽然想，他的求婚戒指到底藏在哪里啊？

关于求婚这件事，虽然隔日起来，柏冬青也没提过一个字，但许煦百分之百确定他昨晚肯定是有打算的，只是被程放一拳给搅和了。

本来她对程放无爱也无恨，顶多是听了他的经历有点同情，但想到他打了柏冬青一拳，还把自己人生中第一次被求婚给搅黄了，不由得就对他生出了一点怨气。

第二天，她好奇地在家里又翻了一遍，然而还是一无所获，也不知柏冬青把戒指藏在哪里。不过想想要是自己真找出来，也就没有惊喜了，于是干脆装作什么都不知道，耐心等着他下一次的行动。

真的要结婚了吗？她其实真的没怎么认真考虑过这个问题，总觉得自己还年轻。但仔细想想，其实真的已经不算太小了，好像对人生的新阶段忽然就有了期待。

过了两天，许煦下午在外面采访刚刚回到办公室，杜小沐就兴奋地跳起来，指着她桌上的一束粉色玫瑰："煦儿，有人给你送了玫瑰花，我帮你签收了。"

许煦挑挑眉，拿起来花束看了眼，是粉色的玫瑰，十一朵，没有留下卡片之类的信息。

"谁啊？谁啊？"杜小沐一脸八卦。

许煦笑道："我男朋友啊！还能是谁？"

杜小沐笑嘻嘻道："你不是说你男朋友很不开窍，一点都不浪漫的吗？这可是粉玫瑰，多少女心！"

许煦看着这束花,想着昨晚自己看到家里的玫瑰开始出现枯萎的迹象有点心疼时,柏冬青说没关系,只要她喜欢,以后经常送她。

没想榆木疙瘩还真是行动派,今天就送到办公室了。不过这粉玫瑰一看就不便宜,前天又刚买了一百零八朵红玫瑰。这个送花频率,就算他年入不菲,也着实太奢侈了点。

回去得跟他说说。

"煦儿,你和你男朋友谈了挺久了吧?打算什么时候结婚啊?"一旁的杜小沐随口问。

许煦想着被搅和掉的求婚,笑道:"快了,到时候请你们喝喜酒。"

"那必须啊!"

下班后,许煦捧着这束粉色玫瑰刚刚回到家,找了瓶子准备插花时,柏冬青也回来了。

"这么早?"坐在沙发前开始插花的许煦转头看向他。

然后两个人都愣住了。

许煦看到柏冬青手中抱着一束红玫瑰,而柏冬青也看到了茶几上拆开的粉玫瑰。

两人面面相觑片刻,许煦看了看他手里的花,又看看面前的,试探地问道:"今天下午的花不是你送的?"

柏冬青默默地走过来,目光落在那束粉色玫瑰上,将手中的红玫瑰递给她,木着脸道:"这才是我送的。"

许煦也有点蒙圈了,眨了眨眼睛,看了眼他不是那么高兴的表情,故意笑着道:"这花也没署名,我还以为是你送的呢!看来是某个不愿意留名的暗恋者。"

柏冬青将拆开的花拿起来,一言不发地走到旁边的垃圾桶,丢进去,还用脚毫不客气地踩了两下。

许煦被他逗得乐不可支:"我要知道不是你送的,肯定不会拿回家的。我真不知道是谁送的!"

柏冬青转过身道:"上学的时候,程放经常送你粉玫瑰,他说你喜欢粉色。"

"啊?"许煦还真没把这束花和程放联系起来,被他提醒,才想起上学那会儿,程放确实送过她不少粉色玫瑰,她干干地笑了两声,"我真不知道是他送的!"

然后又拿起手中被他塞过来的红玫瑰:"我早不喜欢什么粉色了,就喜欢红玫瑰,越红越好。"

柏冬青在她旁边坐下,抬头定定地看着她,沉默了片刻,才开口:"虽然是我对不起他,但他要来跟我抢你,我是绝对不会退让的。"

他的左脸颊虽然已经消肿,但还残留着一点青紫的痕迹,板着脸说这话时,竟有种难得的冷厉和严肃。

许煦挑挑眉,笑问:"怎么个不让步法?"

柏冬青想了想,没想出个所以然:"反正不会退让。"顿了一下,又一本正经道,"你以后不准收他的礼物,不准和他私下见面。"

他平时实在是温和惯了,做出这副严肃的表情,对许煦来说,没有半点威慑力,反倒是被逗笑了:"白痴,我和他那点事都过了多少年了,当时根本就不懂事,谈恋爱就是虚荣心作祟加上好玩而已。说实话,他当年要是家里没出事,我和他恐怕也早就分手了,他也不可能还惦记我这么多年,无非是天之骄子的生活被迫中断,美好戛然而止,不甘心罢了。"说着又故作高深地笑了笑,"不过呢!人生的事谁也说不准,咱俩现在虽然过得很好,但也不能保证彼此就是共度一生的人,所以……"

她摊摊手,故意留了个白。所以当然是赶紧求婚啊!傻子!

柏冬青神色严峻地皱起眉头,若有所思地点点头,也不知在想什么。

许煦笑着站起身,瞅两眼垃圾桶里可怜兮兮的玫瑰,弯弯唇角,回了房间。

隔日下班,许煦刚走出单位大楼,便见到路边站着一道不知等了多久的熟悉身影。

程放勾唇一笑,朝她走过来:"小煦,有空吗?一起喝杯咖啡聊聊。"

许煦不得不承认,这个男人确实很帅气,无论是六年前张扬的大男孩,还是如今成熟的男人,都是很吸引女孩子的类型。只是很可惜,她不在其中。

她笑了笑:"我和你应该没什么聊的。"

程放笑:"前两天,我对老三动了手,是我太冲动了,因为知道你们俩在一起我确实是太震惊!"

许煦道:"没什么震惊的,我和冬青在一起时彼此都是单身,是你情我愿的事,你忽然跑回来对他进行道德绑架才让我觉得震惊。可能你不知道,我和他在一起是我主动的,而正是因为你,他挣扎了很久才接受我,他已经很对得起你了。"

程放的脸色有点微微僵,但旋即又恢复如常,点点头,语气诚恳道:"是我的问题,所以我给你们道个歉,希望以后还能当朋友相处。"

"许煦!"一道男声忽然响起。

许煦转头,看到柏冬青从路边停靠的车子上下来,匆匆往这边赶。走近后,一把抓起她的手,才朝程放打招呼:"程检这么早就下班了?"

程放笑道:"老三,你这是干什么?那天的事是我不对,刚刚得知你和小煦在一起,我确实是脑门一热,没忍住对你动了手,是我太冲动了,但我也希望你能站在我的立场理解我。回去后我就想通了,这件事谁也不能怪,我和小煦已经分手这么多年,她和谁在一起是她的自由,不能因为你是我兄弟,就在这件事上用道德绑架你,要怪的话,只能怪命运弄人。"他顿了顿,又才继续,"那天那样对你,我自觉暂时没脸直接见你,今天找小煦就是为那天的事,想让她跟你转告一声对不起。既然你来了,我也就不怕什么尴尬了,咱们三个一起吃顿饭怎么样?我好好跟你们道个歉,这么多年的友情,怎么可能说断就断!你说是不是?"

许煦转头看了一眼柏冬青,果不其然,刚刚急匆匆跑过来抓住自己的手,直接叫人"程检",一副宣告主权的架势,听到程放这一番话,脸上的表情顿时软化了,还明显多了一丝愧疚。

许煦太了解他这纯良老好人的性子了,本来就觉得是自己对不起朋友,对方那一拳原本打消了他七八分内疚，然而等人家的口气一软化，他那愧疚立刻又上来了。

程放的道歉是不是真心不得而知，但他的心软绝对是真的。

对于程放这番道歉的话语，许煦没有兴趣去追究到底有几分真心实意。她没有柏冬青那么无私善良，所以哪怕程放是标榜着对自己余情未了，但只要想到他的这种余情未了，会让柏冬青陷入挣扎和纠结，她就没办法生出一丝半点感动，甚至有些反感本来平静美好的生活被打乱。

当然，她也承认凡事有两面，如果不是程放回来，自己也不可能知道柏冬青这几年的内心经历，也就不可能如此确定自己在他心中的位置。

见柏冬青准备点头答应程放的提议，她赶紧暗自掐了掐他的手，笑着先开了口："今天可能不是很方便，我和冬青约好待会儿有点重要的私事要做，下回有空再约吧！"

程放的目光从两人交缠的手一闪而过，眼中浮上一丝冷意，但很快就遮盖过去，耸耸肩轻笑道："既然这样，那就下次再约吧！"说着又看向柏冬青，"老三，那天的事是我不好，我给你道歉。"

柏冬青赶紧摇头："没事的，本来就是我不对，我没放在心上，你也别放在心上。"

程放点点头，笑着朝两人云淡风轻地挥挥手，转身走到旁边停车的地方，坐进一辆黑色的车子，绝尘而去。

这边的两人也回到车内，柏冬青边启动车子，边有点奇怪地问："你怎么知道今天我约你一起吃饭是有重要的事情要做？"

许煦道："我不知道啊！刚刚那样说只是为了拒绝程放一起吃饭的提议。你不觉得尴尬，我还觉得尴尬呢！"说着又咦了一声，"你约我下班一起吃饭，是有重要的事和我说吗？我还以为就是你今天工作不忙，约我一块儿去外面吃顿好吃的呢，毕竟咱们也好多天没好好一起吃顿晚餐了。"

今早出门上班的时候，柏冬青说他这几天没什么重要的工作，让她别开车，自己开车送她上班，然后晚上下班早点来接她，两个人一起在外面吃顿饭。

他说这话的时候，一脸的神秘兮兮，要是没看到之前那一百零八朵玫瑰，许煦还不会多想，但现在用脚丫子想想，也知道他是要干什么。不过为了不打破他试图给自己惊喜的一腔心意，她故意装作什么都不知道。

果不其然，柏冬青听到她这么说，明显松了口气，忙不迭摇头："没什么，就是想和你一起好好吃顿饭。"

求婚戒指买了有一段时间了，但求婚这件事却屡屡被中断。他昨晚专门查了一下，发现网上都说女人对于求婚仪式很看重，他严重怀疑之前每次求婚都胎死腹中，是因为自己对仪式这件事太草率，所以今天暂时放下手中的大半工作专门计划这件事。哪知来接她，下车就看到程放，差点以为计划又泡汤了，好在许煦将人给打发了。

许煦瞅了眼开着车，嘴角微微上扬的家伙，想到他今晚明明是计划要求婚的，刚刚竟然准备答应程放一起吃饭，到底知不知道什么叫作重缓急？！

是可忍，孰不可忍！

她气得伸手用力揪了他一把，咬牙切齿道："不是说要是程放回来追求我，你是绝不退让的吗？刚才他才说两句好话，你就准备答应和他一起吃饭了。我看你也不像是在乎我的，哪个在乎女朋友的男人，会愿意带着女朋友和她前男友一起吃饭！"

柏冬青腰间的肌肉被掐得生疼，可他开着车也不敢乱动，只能让她为所欲为。

听她这样说，忍着痛急忙辩解表忠心："我当然在乎你。我就是觉得他刚刚挺诚恳的，毕竟是我对不起他在先，要是能修复关系，我觉得也挺好的。"说着又赶紧义正辞严地补充一句，"只要他不打你的主意。"

许煦心中哭笑不得，面上却故意板着脸继续道："别忘了程放以前是辩论社社长，打辩论经常拿最佳辩手的。他要真打我主意，你别是被他忽悠几句，就把我给卖了。"

柏冬青沉默了片刻："不会的。"

"什么不会的？"

"我把自己卖了也不会把你卖了。"说着，又小声道，"不过他那么会说话，你可别被他的花言巧语骗走了。"

"我当然不会。"许煦说完这句，又有些失笑，"话说回来，你这好脾气，把自己卖了也不稀奇！"

柏冬青咕哝道："其实我没你想的那么傻。"

"也是哦！"许煦挑挑眉，看他一眼，笑道，"毕竟你是华天最年轻的合伙人呢！外界对柏律师的评价都是冷静严谨逻辑严密，甚至还有什么冷血无情的。"

说着，她抱臂歪头上下打量了他一番："我怎么就没看出来？哪天你开庭，我一定要去旁听一次，见识一下柏大律师的风采。"

柏冬青弱弱道："你还是别去了。"

"为什么？"

"我怕分心。"

许煦："……"

柏冬青订得是一家酒店旗下的高端中餐厅。

英俊的服务生领着两人来到预订的包厢，刚刚打开门，便见到桌上用红玫瑰拼凑的心形图案。

最近红玫瑰出现的频率实在是太高，高到许煦都已经有点审美疲劳。

她决定了，等求婚这事完毕，一直到婚礼之前，都不准他弄这劳什子红玫瑰了！

当然，为了配合柏大律师的用心，她还是露出夸张的惊讶表情："好漂亮啊！"

柏冬青看到她这表情，嘴角弯起一抹欢喜的弧度。

他拉着她进去，把菜单交给她："我看网上评价，这家店的味道很好，你看着点。"

许煦接过菜单，随便点了几样，抬头问他："你要吃什么？"

柏冬青强压着兴奋，假装淡定道："你点什么我就吃什么！"

许煦轻笑，又加了两个菜，点了果汁，将菜单递给服务生："就这些！"

全程没参与点菜的柏冬青这时开口道："交代厨房，快点上菜吧！"

说着朝服务生使了个眼色。

对方会意般朝他笑着点点头："两位稍等，菜很快就上来。"

许煦假装没看到他和服务生之间的小动作，心下却好奇他到底要怎么唱这一出。

一个榆木疙瘩费尽心思玩浪漫，着实不容易，她自然也得配合好，让今天成为两人余生值得纪念的一个日子。

菜上得很快，虽然是中餐，但摆盘精致得让每一份菜品都像是艺术品。许煦不忘拍了照才动筷子。

菜的味道也很是不错，许煦边吃边赞不绝口，柏冬青看到她吃得高兴，上扬的嘴角就没有下去过。

看来网上的攻略还是很有参考价值的。优美的环境，美味的食物，最后再来一个突如其来的浪漫惊喜，这样的求婚，女朋友想不答应都不可能。

因为脑子里一直想着求婚的事，他自己倒是没吃多少。往常许煦如果见他吃得不多，必然会问，但今天知道他要干什么，也就继续假装什么都没发现。

她吃得差不多了，放下筷子慢条斯理地开始喝果汁，不动声色地等他的行动。

这时，帅气的服务生端着一个盖着不锈钢盖的精致瓷盘走了进来，放在桌子中央的心形玫瑰中间，然后笑着朝许煦道："小姐，这是您男朋友为您专门准备的爱心果盘，二位慢慢享用。"

许煦点头道谢，看着他出门，目光回到桌子中央那果盘上不透明的盖子，然后又看向对面的柏冬青。

此时的他也正睁着那双黑沉沉的眼睛灼灼地看着自己，双颊明显有一点激动的潮红，连带着呼吸时胸口的起伏，都再明显不过。

许煦继续假装没察觉他的异状，故意问道："这什么果盘，还用盖子盖着？"

柏冬青："你打开看看就知道了！"

虽然想努力保持平静，让惊喜留在最后一刻，但发出的声音还是有点不争气的颤抖。

他确实不懂浪漫，之前觉得两个人在一起这么久，结婚是水到渠成的事，所以晋升合伙人的事确定后，就买了个代表自己心意的昂贵戒指，准备直接跟她提结婚的事。上次虽然买了一百零八朵玫瑰，其实也不过是因为看到她收到自己的花很开心后的突发奇想，实际上也没想过求婚仪式的事。

直到这两天上网查过后才意识到自己太草率了，他怎么能这么潦草地对待这件事？对方可是自己生命中最重要的人啊！

他本是为了讨许煦欢心，可现在才发觉，这种事一旦有了仪式感，好像忽然就变得有些不一样了，更庄重，更神圣。以至于他忍不住就开始紧张，明知道她应该不会拒绝，但还是担心，万一她不答应呢？万一她觉得这种方式很蠢呢？

心脏扑通扑通跳得厉害，感觉要从胸腔里蹦出来了。

许煦瞅了眼他那故作风轻云淡但明显快要绷不住的紧张模样，忍住想笑的冲动，微微倾身，如他所愿地伸手打开那个不锈钢盖子。

呃！这盖子下竟然还有盖子，估摸还不止一层。这么做作的方式，想必是从网上学的。

她真的很想笑，毕竟这种套路想猜不到都难，但她还是佯装一脸奇怪地抬头看他，狐疑问道："怎么还是盖子啊？"

柏冬青面无表情地摇摇头，努力做出一脸无辜："不知道诶！你再拿开看看！"

傻瓜！脑门都出汗了，还以为自己演得很好啊？

许煦再次打开盖子，果不其然，下面还有。她觉得自己都要装不下去了，但还是配合地蹙起眉头问他："怎么回事？"

柏冬青："你再看看！"

许煦假装撇撇嘴，再次伸手，然而这回还没将盖子拿起来，柏冬青放在桌面的手机忽然响起。他懊恼地啧了一声，看了眼来电显示，准备挂掉。

许煦笑着收回手："你先接电话吧！"

柏冬青有点郁卒地将电话拿起来接听。

"什么？"他脸色微变。

"好的，我知道了，我明天就到。"

他放下电话，抬头看了眼桌上还没打开的盖子。

"怎么了？"许煦见他脸色有点不对，忧心忡忡地问。

柏冬青语气还算平静："我外婆脑溢血住院，我得去看看她。"

许煦有些意外："怎么样了？严重吗？"

柏冬青点点头，又摇摇头："人已经抢救过来，不过问题好像挺大的。"说着抬头看着她认真道，"你跟我一块去吧，趁我外婆还在，让她见见你。"

许煦点头，笑道："好啊！"

柏冬青愣了片刻，目光落在桌子中央，闪烁了一下，忽然想起什么似的，伸手将没打开道盘子拿过来，起身道："这果盘看着量很少，我去找服务生换一盘。"

许煦知道外婆的消息，打乱了他求婚的节奏。这种情况下再求婚确实有些奇怪，于是也就装作什么都不知道。

柏冬青走到门口，悄悄将戒指盒子拿出来，放回裤子口袋，朝外面的服务生，欲盖弥彰般吩咐："给我们换一份。"

"好的先生，你稍等。"服务生配合道。

柏冬青手放进裤子口袋，手指抚摸了一下戒指盒子的丝绒表面，暗暗叹了口气。

看来他的求婚之路，真是险阻颇多。

爱你也会爱自己
chapter 06

两人是隔日一早出发的,也是这一刻,许煦才意识到,柏冬青是有亲人的,而去见亲人对他来说,可能比自己想象的要重要一些。

他跟她说过自己的家庭情况,父亲那边是几代单传,爷爷奶奶又早逝,所以没有近亲。最亲的是外公外婆以及舅舅一家。

她之前好奇地问过他,当初他妈妈过世时,他只有十四岁,为什么本应是他监护人的外公外婆舅舅他们没有照顾他,而是让他一个人生活?

虽然十四岁搁古代都能定亲了,但他们这一代,十四岁真的还只是个孩子,可能还会跟父母撒娇。至少她十四岁时,晚上八点之后是不允许单独出门的。

柏冬青给她说的是,一开始外公外婆来照顾过三个月,可是因为舅舅家还有年幼的表弟表妹需要他们帮忙照看,所以没办法长久留在他身边。而且那时老人家年岁已大,在异乡生活多有不便,所以他就让他们回去了。

他说得风轻云淡,但许煦却能大概猜到一点,他和外公外婆的感情应该不错。只是,父母双亡的孩子,对于一些亲戚来说,大概就是一个可能会剥夺他们利益的负担吧!正好不在一个城市生活,也就有了不尽抚养责任的借口。

当然,柏冬青没有让自己成为别人的负担,一个人也顽强而健康地长大了。

这些年因为忙碌,他只偶尔回去看一下年迈的外婆,和舅舅那边联系甚少。

这是许煦第一次跟着他来到他母亲的故乡,一个远离江城的西南小城。

小城靠山临水,风光极美。

但柏冬青没心思带她欣赏风景,下了车直接去了县城的人民医院。

"舅舅,舅妈!外婆怎么样了?"他走进病房,看到里面的人,急忙问道。

这是一间双人病房,一个吊着点滴的老人的床边,坐着一对中年夫妇,正是柏冬青的舅舅和舅妈。

柏冬青的舅舅的身材有些发福,模样看起来挺憨厚老实,但眼神却有着小生意人的精明,舅妈烫着一头俗气的卷发,典型的小城市井妇人。

夫妇二人见到来人,立刻笑盈盈地迎上来。

舅妈道:"冬青,你来了!外婆刚醒,一直念叨你呢!"

柏冬青点点头,走到病床前,皱眉弯身看向床上的老人。

外公去世近十年,外婆也快八十岁了,脸上布满象征衰老的褶子。这会儿已经醒过来,但浑浊的眼睛,显示着她的思维并不是那么清醒。

直到柏冬青唤了好几声"外婆",老人家才张了张干涸的嘴唇,用细如蚊蝇般的声音开口:"冬青,你来了!"

见外婆认出自己,柏冬青稍稍松了口气:"外婆,我来看您了!您感觉怎么样?"

外婆道:"挺……好的,看到你……外婆就好了。"

柏冬青握住她的手:"我在这里呢!"

外婆的眼睛涌上一层浑浊的水汽,低声道:"外婆对不起你啊!你妈妈走了,我却没有照顾好你!以后去了下面,怎么跟她交代哦!"

"外婆,我挺好的。"

站在不远处的许煦看着两人的互动,不由得有些动容。世上哪有不疼外孙的外婆呢?就像她的外婆,小时候真是恨不得把天上的星星都摘下来给她。

她想到什么,转头不动声色地看了一下旁边的舅舅和舅妈。

两人猜到她的身份,舅妈笑嘻嘻地低声开口:"你是冬青的对象吧?"

许煦点点头。

听到舅妈的声音,柏冬青似乎这才想起来,转头朝她招招手。

许煦走过去,将手伸向他。他握着她,朝床上的老人柔声道:"外婆,这是您未来的外孙媳妇,您不是说一直想看吗?我把她带来了。"

许煦笑着道:"外婆您好,我叫许煦,是冬青的女朋友。您快点好起来啊!不然冬青会担心的。"

"好、好、好……"外婆嘴角微微上扬,似是在笑,只是布满皱纹的脸看起来有点奇怪。

她说完这句,眼睛缓慢地眨了眨,又迷迷糊糊地睡过去了。

柏冬青给老人家掖好被子,又将她打着点滴的手放好,才站起身,转身道:"舅舅,舅妈,这里有我照顾着就好了,你们回去休息吧!"

舅妈堆起一脸笑:"冬青,你大老远赶过来,怎么能让你在这里看着,你带你对象先回家好好休息,让你舅舅回去给你们做饭,外婆这里有我呢!"

柏冬青笑道:"不用,我专门来看外婆的,外婆没事我就放心了,在这里陪陪她也好。"

舅妈点头,又叹道:"这回是暂时脱离危险了,但老人家年纪大了,一身毛病,三天两头就要住院。这次才进来三天就花了大几千。你外婆说她一把年纪了,不用给她浪费钱,但我和你舅舅怎么可能不管!"

柏冬青眉头微蹙:"外婆治疗缺钱,你们怎么不和我说?"

舅妈看了眼丈夫,模样老实巴交的男人赶紧开口道:"你一个人也挺不容易的,我们哪里好意思跟你开口?"

舅妈连声附和道:"本来我和你舅舅也不缺这点钱,但是这两年家里生意不大好做,你弟弟妹妹又在上大学,正是开销大的时候。医生说你外婆这回出了院,生活没办法自理,得坐轮椅,就得专门有人护理照顾。我要照顾外婆的话,店子你舅舅一个人肯定照看不过来,就得请人,又是一笔开销……"

夫妇二人是开食品批发店的,至于收入如何,柏冬青不太清楚。当然,他也不在意,听了舅妈叫苦,便道:"外婆的医疗费我出就好。出院后如果需要人专门看护,你们告诉我需要多少费用,我给你们。"

舅舅和舅妈相互看了一眼,眼神中明显有窃喜的味道。

舅舅道:"那怎么行呢?你外婆说过,当初你妈妈过世后,我们也没照顾上你,你自己一个人过日子长这么大,现在让你来拉扯我们,那是混账才干得出的事!"

舅妈配合地抹了抹眼睛:"我们那时也没办法啊!你是个懂事的孩子,十几岁就能自己照顾自己。可当时你弟弟妹妹才那么点大,正是需要人看着的时候,我和你舅舅起早贪黑干活养家,你外公外婆不帮忙,这个家怎么过得下去。我和你舅舅当年也商量过,想把你接来这里抚养,但咱们小县城能跟大城市的教育质量比吗?要真把你接来,不是害了你吗?"

柏冬青笑了笑:"我了解的。外婆年纪大了,说的话听听就好,该管的我一定会管。"

舅舅看了看他,试探道:"听说你们大城市做律师的收入很高,前几天听梅梅提起,你现在是什么大律所的合伙人,就跟公司二老板三老板差不多,赚得那肯定是盆满钵满。"

一直在旁边默默看着这对夫妇表演的许煦算是明白了,原来在这里等着呢!

她看向柏冬青,显然他也意识到了什么,愣了一下,笑道:"没有那么夸张,能吃饱喝足而已。"

"冬青你太谦虚了,从小就是这样。梅梅今年研究生毕业,也在江城工作,说你做律师都出名了,她在报纸上看到你的。"

柏冬青道:"那只是因为案子受关注,我作为律师被记者采访。"

"反正你有出息不假!咱们家就数你最争气,你爸妈泉下有知肯定很骄傲,我们这些家里人也替你高兴呢!"

许煦心中冷笑,柏冬青一个人生活那么多年,家里人也就只有老房子客厅照片里的父母而已。

当然,现在还有她。

这些人在柏冬青是小树苗时,舍不得施肥灌溉,放任树苗自生自灭,等到了收获季节,发觉小树苗自己长成了参天大树,还结了茂盛的果实,又想着能摘点果子了。

天底下哪有那么好的事。

柏冬青倒是没怎么在意,笑道:"别说这些了,外婆在睡呢,别吵到了她老人家,你们回去休息吧!"

舅妈笑嘻嘻道:"那行!我和你舅舅这两天照顾老人家也是没怎么阖过眼,店子也没人管，你们小年轻先看着点，晚点我们再过来。"

柏冬青点头。

夫妇二人离开的时候，舅妈还不忘把缴费单子递给他，夸张地抱怨："这是费用单子，你看看，你看看，现在医院真的是跟抢钱似的……"

还没说完，柏冬青已经打断她，温声道："没事的，交给我就好了。"

舅妈便眉开眼笑地离开了。

柏冬青转头看到许煦盯着他的目光，有些无奈地笑了笑。

许煦知道，他其实将一切都看得很清楚，也分得清孰是孰非，从来都是。可是，但凡别人有一点好，他便对剩下的不好无能无力，所以很难拒绝别人。

他有时候应该也是纠结的，只是到底是心太软了。

她爱他的善良，却不希望善良成为他的负担。

她跟着他坐在床边，守着还在吊水的外婆。老人家是下楼时摔了一跤，摔出了脑溢血，虽然抢救了回来，但年纪毕竟大了，落下了偏瘫，脑子也不大清醒，时不时睁眼唤一声柏冬青的名字，然后又迷迷糊糊地睡去。

柏冬青知道，从进入病房没多久许煦就一直若有所思地在想什么。

他握住她的手，笑着道："虽然我妈过世后，外婆就照顾了我三个月，但她真的很疼我。小时候，我妈经常送我来这里过暑假，外婆有好吃的一定会专门留给我。但是舅舅家里确实有负担，两个孩子当时也小，得要人看着，手心手背都是肉，我勉强已经能够独立，所以不想让老人家为难，就让他们回来了。为这事，外婆这些年一直念叨自责，还让我少来看她，不想我为她花钱。"

许煦能猜到老人家在想什么，儿子儿媳是什么样的人，当妈的肯定知道，不让柏冬青频繁走动，也是怕自己这个心软的外孙被人惦记上。

她笑了笑道："外婆确实挺疼你的。"

为了照顾外婆，柏冬青难得地给自己放了一个小长假，紧急的工作交给了别人，不急的工作放在了一边。许煦自然也是请了假陪他。

有两人忙进忙出，舅舅舅妈就当了甩手掌柜，只不过小商人的嘴上功夫，这两天是发挥到了极致，又是各种夸赞恭维自己这个出息的外甥，又是各种吐苦水家里不容易，尤其是要照顾老人更不容易。

别说是柏冬青，就是许煦听了也觉得要是出息外甥不拉扯他们一把，那就是没有人性。

五天后外婆出院，柏冬青拿着单子去缴费。舅妈跟在他身后，装模作样道："你外婆毕竟跟我们住，医药费还是我们出吧！"

柏冬青笑道："没事的，我拿就好。"

一旁的许煦，这几天见多了这对夫妇的表演，实在为他不值，实在忍不住，笑嘻嘻道："是啊！下次你们再出就好了。"

柏冬青有些好笑地看了她一眼。

舅妈愣了一下，又赶紧道："你们是不知道，年纪大了三天两头就进医院，现在的医院就跟抢钱的，随便几天就好几千，我和你舅舅一个月也就赚那点，不过老人家生了病肯定得治，我们就算是砸锅卖铁也不会不管你外婆的。"

柏冬青这回笑了笑，没有说话。

出院的时候，外婆的神智已经恢复了不少，虽然口齿不太清楚，说话很费力，但表达意思不是太难。回家的路上，外婆的兴致不错，时不时就歪头，和推着她的外孙，以及旁边的准外孙媳妇聊上两句，看起来很高兴。

冬青舅舅家住三楼，外婆偏瘫不能走路，柏冬青二话不说，将老人家抱起来上楼。

外婆虽然是个瘦小的老太太，但这样抱着，分量自然也不会太轻。

许煦看着他绷紧的脊背和手臂，忽然就想起那天早上，站在他家单元楼外，看着他帮邻居阿婆送米上楼的场景。也许就是那次，那道穿着旧衬衣的单薄身影从此刻在了自己心中。

此时的他仍旧是清瘦的，但是整个人已经不那么单薄，结实的手臂和宽厚的肩膀，表明他已经是个真正的男人了，一个可以让人依靠的男人。

也不知为何，许煦竟然莫名生出了一丝骄傲。

这个男人可是她的呢！

这会儿已经是六月天，抱着外婆爬上三楼，柏冬青的额头上已经出了细细密密的汗。

他将外婆小心翼翼地放到卧室的床上，老人家折腾了一路，沾上床就迷迷糊糊地睡了。

柏冬青将薄被给外婆盖好，才轻手轻脚地出来。

舅妈已经给他倒了茶端上来："看把你累的！快喝口水。"

柏冬青接过来道了声谢谢，大概是渴了，仰头喝了一大口。

舅妈看看他，又看看许煦："你们还在这里待几天？"

柏冬青道："我请了十天假，还能陪外婆几天。"

舅妈搓搓手，笑道："那敢情好，反正你弟弟妹妹不在家，住酒店太浪费钱，你们把行李拿回来在家里住吧！这是冬青你第一次带对象回家，我和你舅舅是长辈，怎么说也得代替你父母好好招待招待。"

许煦腹诽，柏冬青的家明明就只有那个单位旧福利房，以及现在两人一起住的公寓。

这个千里之外的地方，怎么就变成他的家了？

柏冬青倒是没多想，只是笑了笑，道："不用了，反正酒店也不远，白天我过来陪外婆就好……"

他还没说完，就被许煦笑盈盈地打断："舅妈说的是，住酒店不划算，咱们这几天还是住在家里，能省不少呢！"

柏冬青有些奇怪地看向她，选择住酒店是因为怕她住在舅舅家不习惯，她怎么……

许煦朝他使了个眼色，虽然他没看太懂，但大概可以理解为：听我的，别啰唆！

他向来是对她言听计从的，于是老实地闭了嘴，然后对她的话点点头。

舅妈听两人答应住下，眉开眼笑道："本来就是，回了家当然是要住家里才方便。"

虽然这里并不是柏冬青的家，但需要他的时候，也就成了他的家。

柏冬青没有说什么，毕竟亲情对他来说太稀缺了，所以有一点类似的，哪怕只是披着一层虚假的外衣，他也忍不住想自欺欺人。

晚上吃饭，舅舅舅妈做了一大桌子好菜，这个招待确实很不错。舅舅还兴致高昂地喝了点酒，只是喝着喝着，就猛地咳了起来，满脸涨红，直喘粗气。

舅妈赶紧给他拍背顺气，又朝柏冬青叹道："你舅舅今年也快五十了，为这个家操劳了这么多年，身体都已经垮了。我别的不担心，就是现在你外婆瘫痪了，上下楼都得抱着，我一个女的肯定是抱不动，全都得指望你舅舅。三楼说高不高，但就怕这楼梯走不稳，一不小心摔一跤，那可就麻烦大了。你外婆为什么脑溢血？就是下楼的时候不小心给摔的。"

给丈夫顺好气，舅妈坐好，又给柏冬青和许煦布了两筷子菜，继续唉声叹气道："我说让你舅舅换套电梯房，他说咱们家没钱，不用换，大不了就是他辛苦一点，抱你外婆上下楼的时候小心一点。"

舅舅佯装不满地打断她："虽然咱们小县城房子便宜，但一套下来也要五六十万。我们现在这套房龄十几年了，地段也一般，卖出去再买新的，至少还得自己补二十来万，这还不算装修呢！两个孩子都还没毕业，妈又身体不好，我们哪里拿得出钱？换电梯房，你这不是痴人说梦吗？"

这一唱一和的意思，许煦要是看不出来，那可真是要去看看脑科了。

柏冬青自然也听出了他们的用意，这样拐弯抹角地问他要钱，心里当然不好受。

可是想到外婆的身体，如果住在这种楼梯房，抱着上下楼确实不方便，也不安全。老人家也不可能总闷在家里不出门。

他犹豫了片刻，知道是坑，还是往下跳了，点点头，语气平淡道："也是，外婆现在的身体状况确实应该住电梯房才方便。这两天我趁着人在这里，去看看房子，要是有合适的，就定下来。"

舅妈眼睛一亮，笑着道："要不是为了你外婆着想，我们也不用换房子。不过你放心，钱就当是跟你借的，等我们有了就还你。房子我们之前有看过，把地址告诉你，你明天再看看怎么样！"

许煦想了想，笑道："冬青，舅舅和舅妈不容易，又要送孩子上学，又要照顾外婆，买房子压力对他们来说，实在太大了。你看……"

柏冬青思忖片刻，很上道地接着她的话道："舅舅和舅妈，要不然这样吧，房子我买了给你们和外婆住，你们就不用把这旧房子卖掉了。"

许煦赶紧附和："是啊！反正电梯房也就是为了外婆上下楼方便，等外婆百年之后，这房子也就不是必需了，冬青到时候再卖掉，如今房价一直在涨，还能升点值呢！反正冬青也不会要你们的房租，这些年你们就跟外婆尽管住。"

舅舅舅妈相视一眼，脸色变得有些不大好了。他们本想借着老太太生病的机会，找柏冬青拿点钱买个新房子，虽然嘴上是说借，但以冬青的性子，不也还是不会说什么的。

而且他们打听过了，小城的一套房子对自家这外甥来说，并不算什么。

舅妈是个机灵人，刚刚分明听出是这准外甥媳妇提的头，不然外甥也不会说房子他买，真是个厉害的女人。

许煦觉察到舅妈不悦的眼神，装作没事人一般，端起汤碗喝了一口，笑眯眯道："舅妈这汤做得真好喝！"

舅妈抿抿嘴，讪讪道："好喝就多喝点。"

许煦挑了挑眉，笑着说好。

夜晚，柏冬青陪着躺在床上的外婆说了会儿话，等到老人家再次安睡，才拉着许煦回房休息。

这间卧室是冬青表弟的房间，舅妈倒算是很贴心地给他们换了新床单和被套。

柏冬青看着她大刺刺倒在床上，问："住在这里习不习惯？要是不习惯，咱们还是去酒店吧！"

许煦斜了他一眼："你知道我为什么答应住在这里吗？"

柏冬青点头："我知道你是想看我舅舅舅妈到底对我怎么样！"

许煦轻笑出声："你原来是真的什么都知道啊！"

柏冬青沉默了片刻："他们毕竟是我的亲人，只要不是太过分，我能做就做吧！"

许煦理解他渴望亲情的心理，其实她也不愿意掺和这些事，毕竟他这些年其实很少和这些人走动。

可想到在他最需要他们的时候，他们不仅不照顾他，还把外公外婆叫走，就怎么都有点为当年那个小冬青觉得不平。

她愤愤道："他们当你是亲人了吗？当年你需要他们的时候，他们为你做了什么吗？给过你钱吗？"

柏冬青犹豫了片刻："他们那时确实也不大容易。"

其实那时外公有退休金，每个月会给他寄几百块，后来听说舅妈不高兴，他就让外公不用寄了。父母留下了一些存款，加上父亲的抚恤金，倒也顺顺利利地让他上到了大学，到了大学就可以自己打工了，自己养自己，其实也不算难。

他想了想又道："毕竟外公外婆是他们赡养的，如果能让外婆余下的日子过得好一点，给点钱也无所谓。"

许煦认真地看向他，过了许久才道："你其实对他们也是有怨言的对吗？"

柏冬青犹豫了片刻还是点了点头。他不是圣人，当年舅舅舅妈的行为确实让人心寒。

许煦笑了："难怪你刚刚挺上道，我一提醒，你就说你买房子。"她将脚丫放在他胸口，"其实我也觉得花点钱没什么，但得值得。你舅舅舅妈到底怎么样，还得你自己评判。"

柏冬青抓起她的脚亲了一下，笑了笑："我知道你是不想我吃亏，我心里有数的。"

许煦翻了个白眼："我看你也就只是心里有数。"

见柏冬青爬上来要亲她，她笑嘻嘻打了个滚："打住你不纯洁的念头，这可是别人家。"

柏冬青还是抱着她亲了口："很纯洁的。"

隔日，柏冬青带着许煦，一面推着外婆在街上闲逛，一面了解当地的房子。小城的楼盘就这么多，了解起来也容易，倒也不算麻烦事，当天下午就确定下来了。

在售楼中心，外婆听到他要买电梯房，顿时咿咿呀呀直摇头。

柏冬青蹲下来，握住外婆枯瘦的手，道："外婆，上下楼梯太危险了，舅舅年纪也大了，抱不动你呢！"

外婆眼泪直往下掉，含含糊糊道："不要花你的钱。"

柏冬青笑着摇头："不花钱，房子用我的名字买，房价还会涨，比存钱划算。"

外婆听到房子是用他的名字买，明显松了口气，连连点头，咧嘴笑道："用你的买，不用你舅舅的。"

柏冬青站起来，看向许煦："幸好你昨晚提醒我，不然外婆知道我拿钱给舅舅买房，又得难受。"

买房子也不是一天两天的事，看好之后，签了定金合同，三人就回家了。

这些日子，舅舅舅妈总是拐弯抹角地提起家里缺什么，什么又坏了诸如此类，柏冬青都记得。回去的途中，全买了，小到舅舅的刮胡刀，大到表弟想要的笔记本电脑，大包小包装满了一个出租车的后备箱。

因为有些是店里需要的东西，路过舅舅家的批发店时，几个人下了车。

此时的店门口，舅妈不知为了什么芝麻蒜皮的事，正在跟隔壁的店老板吵架。

许煦是第一次见到这种泼妇骂街的吵架方式，两个中年妇女叉腰对峙，将对方祖宗十八代骂了个遍。

眼见着对方要动手，舅妈脸一伸："你今天有种动手试试，我外甥可是大律师，你要是动我一根手指头，我让你赔得倾家荡产！"

许煦："……"

柏冬青："……"

对方倒也没真动手，跳起来指着鼻子骂："你别以为我不知道，你那外甥当年爹妈没了，本来是归你公婆养的，照顾了人没几天，你们两口子就把你公婆叫回来了，连生活费都不让寄。你还有脸提你外甥！缺不缺德？人家现在理你么？"

舅妈道："你血口喷人，我和我家那口子对我外甥好着呢！"喷完这句，余光扫到柏冬青的身影，面色一喜，赶紧走过来，又看到他和许煦手上拎的东西，转头朝刚刚骂架的人，趾高气扬道："看到没？这就是我外甥，孝顺着呢！"

对方看到这阵仗，悻悻然回了店内。

舅舅舅妈看到柏冬青买了这么多东西，嘴上说破费了，脸上却乐开了花，自然又是各种讨好的话不要钱似的往外甥身上贴，连带着把许煦也夸了个遍。

没有人注意到，轮椅上的外婆有点闷闷不乐。

晚上回了房，许煦朝柏冬青伸手："把你的手机给我。"

柏冬青递给她："干什么？"

许煦挑挑眉，打开他的记账本。

他一直有记账的好习惯，早年是用本子，后来换了智能手机，便用手机。许煦一开始还觉得一个大男人去超市都不忘记个账，未免太龟毛。后来才听他说，当年一个人生活，一直到大学前，差不多四年，几乎没有任何收入来源，他怕父母留下的钱不够到高考之后，每一笔都必须花得小心翼翼，自然就学会了记账。虽然现在不用担心钱的问题了，但这个习惯却保持了下来。

许煦看了眼今天的花费，还真是不少，除了房子的定金，剩下的也有一万多。

她正看着，门外有细碎的脚步声传来。老房子不隔音，所以听得很分明，那脚步声在门口处消失了，显然是站在外面。

许煦勾唇一笑，对着手机中的账本一条一条地念道：

"按摩仪，二百四十二。"

"铁观音，三百四。"

"笔记本电脑，五千二。"

…………

柏冬青奇怪地看着她，不知她葫芦里卖什么药，但也没打断她。

许煦念了十来条就停下了，然后把手机往床上一扔，用故意压低的声音喝道："你自己看看为你舅舅家花了多少钱！你每个月工资是上交给我了，就领两千块零花钱，但照你今天这个花法，是不是还要我拿我自己的薪水给你补贴啊？我们结婚不要钱的啊？房子都还没买呢！你说你舅舅舅妈对你好，你结婚肯定会给你钱的，我都在这住两天了，怎么连个见面礼都没有啊！"

她把一个厉害女友演得十分逼真，尤其是语气，弄得外面本来准备敲门拐弯抹角再问外甥要东西的舅妈，顿时默默地惊叹：原来冬青找了这么个厉害媳妇，还没结婚就把钱给管住了，这还得了。

舅妈偷偷摸摸地钻回房间，急不可耐地拉着丈夫道："我说冬青怎么不给我们借钱买房，非要自己买，肯定都是他那媳妇儿出的主意。我刚听到了，他那媳妇可厉害啦，还没结婚，就把冬青工资卡拿了，每个月就给两千零用。梅梅不是说冬青一年少说也有百万么？我看那女人就是瞅准了冬青没爹没妈，才把钱都给掌控了。咱们得想想办法，咱们才是冬青最亲的人，可不能让肥水流了外人田。"

男人噌地坐起来："你说冬青的钱都被他那没过门的媳妇儿管着？那怎么行！没过门都这样，要等过了门，还能有我们的份？！"

"就是这个道理啊！而且那女的还说和冬青结婚，要我们给钱呢！"

"当真？"

"可不是么？"

"那咱们真得想想办法。"

这厢演完戏的许煦,趴在床上乐不可支地笑得直打滚,眼泪都快蹦出来了。

"我刚刚像不像那种特厉害的坏女人?恨不得把男人血吸光的那种?"她问。

柏冬青笑着点点头:"有点像!"

许煦坏笑:"那我要真这么厉害,你怕不怕?"

柏冬青摇头:"你再厉害我也心甘情愿。"

明明是句哄人的甜言蜜语,可从他口中说出来,却显得无比真诚。

许煦乐得更厉害:"你就傻吧,要真遇到个厉害的,只怕会被啃得骨头都不剩。"

柏冬青在她旁边躺下,也不说话,只笑着看她。

许煦抬手戳了戳他的脸:"真傻了?"

柏冬青仍旧是笑着不说话,过了片刻,忽然伸手将她抱在怀中。

"干什么呢?"许煦对他的行为一头雾水。

柏冬青:"就抱抱。"

是啊!幸好自己遇到的是她。连亲人之间都有算计,可是她却从来没有要求过他什么,总是替自己着想。以至于他都不知道,自己能有什么给她的。

隔日上午,两人推外婆遛弯,见着日头渐烈,便早早回了家。

"……冬青哥哥!"门从里面打开,不是舅舅,也不是舅妈,而是一个年轻姑娘,看到门口的人后,略微迟疑了一下,才激动地开口。

柏冬青愣了愣,没认出来:"你是?"

舅妈洪亮的嗓子从餐厅传来:"她是梅梅啊!你不认识啦?不过也是,女大十八变,梅梅比小时候漂亮多了,认不出来正常。"

梅梅大名夏梅,是舅妈的侄女,二十多岁的姑娘,长得很水灵漂亮,性格显然也很是活泼开朗。

柏冬青笑着打招呼:"原来是梅梅啊!确实认不出来了。"

许煦挑眉斜了他一眼:梅梅?呵呵。

夏梅跟轮椅上的外婆打了声招呼,撒娇般道:"奶奶,冬青哥哥竟然都不认识我了!"

外婆朝她慈爱地笑了笑,没说话。

夏梅也没打算要从偏瘫的外婆口中得到什么话,只是随口说笑而已。

她帮着柏冬青将外婆推进门,看了眼许煦,笑道:"冬青哥哥,这就是你女朋友吗?我之前还专门上网查过,都说你没女朋友,我还以为真没有呢!"

柏冬青好笑道:"我又不是明星,网上能查到什么?"说着看了眼许煦,给她介绍,"这是舅妈的侄女,叫夏梅。"

又对夏梅道:"这是我女朋友,许煦。"

两个女人笑着朝对方点点头。

舅妈将炒好的菜放在餐桌上，走过来堆着一脸笑道："你们俩得有好多年没见过了吧？小时候每年暑假冬青来这里，就你们两个玩得最好，还一起洗澡一张床睡觉呢！"

夏梅大笑："小时候的事太糗了，小姑你就别提了。"

柏冬青也笑着道："是啊！那么久的事我都不记得了。"

他一转头，就对上许煦皮笑肉不笑的脸，看她用口型无声道："原来是小青梅啊！"

这无声的几个字，让柏冬青没忍住打了个寒战，一脸无辜地眨眨眼睛。

舅舅在看店，午饭是屋子里几个人一起吃的。外婆因为偏瘫，手抖得厉害，柏冬青先亲手喂她，等老人家吃好了，才回到桌上，和等着他的人一起开吃。

舅妈显然很喜欢夏梅这个侄女，在桌上不停地夸她如何如何优秀。

二十五岁，名校研究生毕业，多才多艺，已经签了江城的一家外资银行。

哦，对了，还单身。

许煦用脚趾头想想，也能猜到这位好舅妈的用意了。

昨晚刚听到自己掌管无父无母外甥的财政大权，今儿就按捺不住了。

啧啧！

最好把贪婪全暴露出来，才好让冬青彻底失望。

柏冬青显然还没想太多，毕竟这个夏梅确实是他认识多年的小青梅。

舅妈说到兴致处，乐呵呵道："梅梅，冬青，你们记不记得，小时候你们俩还被咱们大人开玩笑定过娃娃亲呢！"

夏梅连连点头，眉眼弯弯笑道："是啊！是啊！当时我还说长大了要当冬青哥哥的新娘子，冬青哥哥也同意了的。"

柏冬青听得还挺高兴，笑着接话道："小时候不懂事，都不知道新娘子是什么意思。"

许煦嘴角弯起一个夸张的弧度，表示出对这种童年往事的极大兴趣，然而左手却悄悄垂下，爬上了旁边柏冬青的大腿。

柏冬青转头看她，露出询问的眼神。

许煦歪头朝他抿嘴一笑，手上一个用力，狠狠掐了他一把。他大腿的肌肉很结实，被这样一掐，疼得倒吸一口冷气。

"冬青哥哥，你怎么了？"对面的夏梅看不到桌下发生了什么，只看到柏冬青龇牙咧嘴的表情，奇怪地问。

柏冬青转过头："……没事。"说完夹了一只鸡翅放在许煦碗里，"你吃。"

许煦将鸡翅夹起，放回他碗中，笑眯眯道："你刚刚光顾着听舅妈和夏梅说话，都没吃多少，还是你吃吧！"

柏冬青垂下头，开始闷头啃鸡翅，舅妈和夏梅再说什么，打死他也不接话了。

大腿真的好疼啊！

这顿午餐，柏冬青闷头吃了三碗饭，后面舅妈和夏梅说了多久，他就吃了多久。

吃完饭，夏梅热情道："许煦姐是第一次来这边吧？冬青哥带你到周边玩了吗？咱们这里很多地方风景不错。"

　　柏冬青道："这几天要陪外婆，我准备回去前一天，也就是后天带她去转转。"

　　夏梅道："择日不如撞日，这里我可比你熟悉多了，下午我带你们俩去玩玩怎么样？"

　　柏冬青还没说话，厨房里收拾的舅妈大声道："冬青，你们跟梅梅去玩儿吧，下午我在家照顾你外婆。"

　　"我………"

　　许煦打断柏冬青的话，笑着道："我看行，既然有向导，那就择日不如撞日吧！"

　　"就是！"夏梅笑道，"正好今天天气也不错。"

　　是不错，就是太阳有点晒。

　　一男两女一起出门，而且还都年龄相当，就算柏冬青是个榆木疙瘩，也觉得有点奇怪。

　　吃饭时大腿被掐的地方还隐隐作痛，所以坐上了舅舅的送货小面包车后，就老老实实地当司机，坚决不和夏梅主动说一句话，她问自己的时候，也只点点头或者嗯一声。

　　坐在他旁边的许煦，看着他紧绷的下颌，以及时不时瞟自己的眼神，要不是因为有夏梅在，只怕要被他逗得前仰后合。

　　夏梅在柏冬青这里遇冷，忍不住就朝前面的许煦抱怨："冬青哥怎么这么闷？比小时候还闷！许煦姐你怎么受得了他的？"

　　许煦看不出夏梅打的是什么主意，不过显然是对柏冬青很有兴趣。她从来不觉得自己是爱拈酸吃醋的小气女人，但现在才发觉，大度的前提是因为一直觉得柏冬青经历空白，人又老实。

　　哪里晓得他竟然会忽然冒出个小青梅，还一起洗过澡，睡过觉，订过娃娃亲！

　　虽然不应该把童年的事当真，但就是觉得好不爽。

　　她笑了笑，回夏梅的话："他平时还好，也不知道今天怎么回事！大概是见到老朋友的缘故吧！"说着朝柏冬青咧嘴一笑，"是不是啊，冬青？"

　　柏冬青猛地摇头，方向盘没打稳，小面包车在路上狠狠打了个飘。

　　车内的两个女人猝不及防地猛晃了一下。

　　夏梅坐稳，两眼放光地趴上前道："上回见面时，我还在上大二，冬青哥哥好像是准备出国，所以回来看外婆。我还以为冬青哥哥都不记得我了呢！"

　　柏冬青讪讪地笑了笑，继续保持沉默。

　　简直就跟做贼心虚一样。

　　许煦在心里哼了两声，本以为他和夏梅只是童年玩伴，原来几年前还见过啊！

　　她这回真有点抓心挠肺了。

　　他们第一个玩的地方，是当地一个有名的河水漂流。今天正好是周六，来玩儿的人不少。因为可以下水游泳，女孩子们很多都会换上泳衣。

　　夏梅和许煦在景点内的商铺随便买了一套，一起去了更衣室换衣服。

　　"你跟冬青哥哥在一起多久了？"夏梅边换衣服边笑着随口问。

许煦道："好几年了。"

夏梅感叹道："我真有点想象不出他会交女朋友。"

其实这个感叹早些年许煦也有过，她笑了笑："他也是正常人啊，怎么就不会交女朋友了？"

夏梅想了想："大概就是觉得他性格太好，会吃亏吧！"

许煦算是明白了，估摸着冬青的舅妈给她这侄女说过自己怎么掌控柏冬青钱财的事，夏梅这是有点替她的竹马抱不平呢！

她笑了笑，没说话。

两人的泳衣款式差不多，都是分体式的，比比基尼的布料稍微多一点，但也很清凉，该露的都露出来，不该露的也露了很多。

许煦看了夏梅一眼，先前没看出来，换了泳衣才发觉，这姑娘身材火辣，很是诱人。

然后她低头看了看自己，虽然超过了及格线，但和对方一比，还是有点自惭形秽。

柏冬青的小青梅，长大了是个身材火辣的美女这件事，还真是让人有点郁闷啊！

两人一起走出来，柏冬青早已经换了T恤和裤衩在大厅等着。

许煦不动声色地看着他，心道，要是他的目光敢在旁边的辣妹头部以下停留超过三秒以上，她绝对叫他好看。

夏梅看到柏冬青，快步上前，唤了一声："冬青哥哥！"

柏冬青转头看到她，朝她笑了笑，目光毫未停留，直接越过她看向后面跟上来的许煦，然后脸色一变，三步并作两步走到她跟前，将手中的救生衣以迅雷不及掩耳的速度套在她身上，还紧张兮兮地朝周围看了看。

"……"许煦，"你干吗？"

柏冬青伸手将救生衣给她扣好，尤其是胸口前的带子，认真系紧，确定挡住那片春光才算满意，然后面无表情地摇摇头："给你穿救生衣。"

许煦撇撇嘴低声道："保守的家伙！"

"咱们快走吧！"准备好的夏梅催促两人。

他们要了一只三人的橡皮船，柏冬青坐在前面掌舵，两个女孩坐在后面。这处漂流不走激烈凶险风格，而是主打沿岸风光，大部分时候水流不算湍急。

许煦第一次来这里，坐在船上，看着两旁的美景慢慢流逝，哪怕船上多了个人，心情也还不错。

只是这种平静很快就被打破，玩漂流的时候，很多人喜欢打闹泼水，不管认不认识，看到旁边的船，都要手贱地泼两瓢。

开始还好，大家都是走斯文路线。后来遇到了两只双人船，也不知怎么回事，一直追着他们泼。

许煦严重怀疑，大概就是因为两只船上四个都是男生，看到柏冬青一人带两个女孩子，对他充满了嫉妒之情。

一开始，许煦和夏梅还兴奋地还击，后来被泼狠了，就有点招架不住，让柏冬青赶紧划船甩掉这些人。

然而那几个人嘻嘻哈哈地咬住他们不放，船只来到一处小瀑布似的急流时，那两只船左右夹击，故意撞了两下他们的船，然后大笑着冲下去跑了。

可怜的三人船被撞后，在颠簸中大力摇晃了几下。柏冬青到底不是职业艄公，小船终于还是在两个女人的尖叫声中翻了。

激流水浪扑面而来，几乎是瞬时就让人失去了方向。

柏冬青记得许煦就在自己左手边，来不及细看，反手胡乱一抓，不偏不倚抓到了一只手。他一手抓船一手抓人，随着波浪翻滚了好几下，终于在激流下方稍稍停稳，用力一拉，将手的主人拉在自己旁边，让她跟自己一样趴在船边。然后抹着脸上的水，喘气问道："没呛到吧？"

夏梅也大口呼吸着，笑着断断续续回道："幸好刚刚你拉住了我，不然我指不定得喝多少水呢！"

柏冬青听到这不属于许煦的声音，神色大变，赶紧慌慌张张四顾去寻找许煦。然后便看到十来米处的地方，许煦一脸狼狈地扒着旁边的一块大石头，正用力地咳嗽着，看向他的眼神，明晃晃写着几个大字：柏冬青！你——死——定——了！

柏冬青有点没反应过来般，愣了半晌，才放开手中的船，手忙脚乱地朝许煦游去。

"你没事吧？"他来到她跟前，紧张地问道。

刚刚翻船时，许煦眼睁睁看着柏冬青紧紧抓住夏梅，然后自己被激流冲得天旋地转，喝了好几口水。

漂流翻船不是什么大事，身上有救生衣，顶多是呛两口水。但是在水中看到男朋友抓住别人，自己只能无能为力地被冲走，这种感觉很不好。

许煦心中不爽的矫情情绪，这会儿瞬间飙到峰值。

她难受地拍拍胸口，阴阳怪气道："你还真是挺大公无私的嘛！女朋友不拉，拉别人！"

闯大祸了！

柏冬青急急忙忙解释："我……以为抓住的是你！"

许煦皮笑肉不笑："女朋友都能弄错？你怕不是想换个女朋友吧？"

柏冬青看她呛得厉害，伸手去拍她的背，却被她一把推开。

这块儿已经在激流下方，水流还算平稳，但毕竟是站在水里，许煦手上的力度没控制，柏冬青被她一推，摇摇晃晃地扑通一下给跌进水里，好半晌才爬起来。

许煦看着他满脸水，狼狈得厉害，心里才稍微解气了一点。

不远处的夏梅看到两人的互动，拖着漂流船走过来，有些不满地对许煦道："许煦姐，漂流摔进水里，是再正常不过的事，呛两口水也没什么大不了的，这又不是冬青哥哥能控制的，你怎么能怪他呢？"

柏冬青抹了把脸，连连道："是我的错，是我的错！"

夏梅扯了扯他："冬青哥哥，你怎么这么老实啊！"

许煦看着这小青梅一副抱不平的模样，抱臂靠在身旁的岩石上，似笑非笑地瞥向被夏梅拉住手臂的柏冬青道："冬青，看来你是真想换个女朋友了！"

柏冬青还没说话，夏梅已经开口："许煦姐，你干什么呢？大家出来玩，你不用这么跟冬青哥哥闹脾气吧！"说着又不爽道，"我看你就是仗着冬青哥哥好欺负！"

许煦笑："没错啊，我就是仗着他好欺负！"

柏冬青眼见架势不对，赶紧平息两个女人之间蠢蠢欲动的怒火："别闹了！咱们继续漂下去吧，没多远了。"

许煦横眉一竖："你说我在闹？"

柏冬青心道不好，自己这是说错话了！

在一起这么多年，许煦还真没和他闹过什么脾气，他竟然一时摸不准，也不知她是在捉弄他，还是真要生气了。

看她板着脸，差点急得抓耳挠腮，赶紧软声软气道："你怎么了？"

许煦哼了一声："我怎么了你看不出来？那可能是我得换个男朋友了。"说着转身爬上石头，"你们继续漂吧，我不玩了！"

"许煦姐——"夏梅有些不悦地唤道。

许煦坐在石头上，笑道："别叫我姐，我也就比你大一岁。你跟你年薪百万的大律师冬青哥哥好好玩儿吧！"

夏梅的脸色一阵红一真白，知道自己那点心思被看出来了，委屈地看向柏冬青："冬青哥哥……"

哪知柏冬青只是可怜巴巴地看着许煦，对她的委屈毫无反应，她正要再去抓他的手臂，柏冬青忽然一个箭步从水中往石头上爬去，不等许煦反应过来，一把将许煦从地上抱起："不玩了，咱们就回去！"

"你干什么？快放我下来！"许煦叫道。

这是什么套路？不是应该好好哄她，把她哄下去继续完成漂流吗？怎么她说不玩了，他就当真了，不知道走下去可能会很远吗？

柏冬青道："地上扎脚，你没穿鞋。"

许煦看他真的走上了旁边的小路，也就不挣扎了，揽着他的脖子，看了眼还在水中的夏梅，这会儿正气急败坏地呼喊她的冬青哥哥，然而柏冬青充耳不闻。

许煦笑着戳了戳他："人家在叫你呢！"

"不理。"

"你什么时候变得这么没有绅士风度了？"

"有点烦。"

"啊？"

"夏梅有点烦。"

许煦："……"

好在这里离终点没多远了，柏冬青一路抱着走过去，也就花了不到十分钟。

换好衣服后，柏冬青拉着许煦就走。许煦也没多想，直到上了那辆破面包车，看到他启动车子，她才睁大眼睛道："夏梅还没来呢！"

"不等了！"

"为什么啊？"

"我说了，她有点烦。"

"怎么会？她可是你舅妈给你找的新女朋友呢！"

而且刚刚夏梅其实也没做什么，站在正常人的角度来看，确实是自己在无理取闹。

只不过面对男朋友的小青梅，要保持风度确实不太可能。反正自己恶劣女友的形象已经在冬青舅妈那里树立起来了，再添砖加瓦一点更好。看他们还能整出多少幺蛾子。

柏冬青抿嘴不说话，挂挡将车子开上了路，真的不去管夏梅了。

两人没有去舅舅家，柏冬青直接带许煦去了之前住的酒店。

折腾了半天，许煦也累了，四仰八叉地倒在床上，享受着空调的凉意。过了一会儿，掀开眼皮，见柏冬青坐在一旁定定地看着她，她竖起身盘腿而坐，装出一副要秋后算账的架势。

"我跟你在一起这么多年，竟然不知道你还有个小青梅！"

柏冬青皱了皱眉："就是舅妈的侄女，小时候见过而已。"

"所以一起洗过澡，睡过一张床？"

"……我不记得了。"

"不记得了？你可是几大本法律条文都背得清清楚楚的，不说过目不忘，但记忆力也好过大部分人，你舅妈和夏梅都记得，你不记得了？"

"也就是梅梅三四岁我六七岁的时候，后面就没有了。"

"原来还是记得很清楚的嘛！"

柏冬青面红耳赤道："我和她真的不熟，今天刚见面，我都没认出来。"

"你们不是大学的时候见过吗？怎么就没认出来。"

"那时，她比现在胖。"

"你的意思是，现在人家的身材很好喽？"女人不讲理起来那是毫无道理可言，许煦想起之前夏梅的胸器，忽然脸色一垮，"说！漂流的时候，你是不是悄悄注意到了她的身材？是不是觉得她比我身材好？"

柏冬青一脸无辜："什么？"

许煦往床上一趴，嗷嗷叫道："你别装了，你肯定是看到了，估摸着还在翻船的时候趁机摸了人家。难怪你拉她不拉我，男人没一个好东西！我算是看透了！"

说完故意将脸埋在枕头里，一副悲愤的模样。

柏大律师急得跳下床，语无伦次地辩解："我没有！"

许煦故意不理他,等着他下一步的动作,可等了半响,也没等到任何动静。

她狐疑地转头,却见柏冬青不知何时坐在床边,背对她低着头。

她悄无声息地挪过去,看他垂着眼睛,一副委屈的样子。

她戳了戳他:"我还等着你继续解释呢!"

柏冬青抬头,眼眶有些发红:"我真的以为拉的是你!"

许煦吓了一大跳,她就是故意跟他开个玩笑啊!这家伙怎么当真了?

她还没说话,柏冬青又道:"可是你说得对,怎么能连女朋友都弄错呢?!"

许煦有点无语地看着他,片刻后,叹了口气,道:"那种时候你能想到要拉住我已经很不错了,又不是超人,拉错了也很正常。我又没真的怪你,你不会没看出来我是跟你开玩笑的吧?"顿了顿,又道,"不过你有个小青梅这件事,我还是有点不爽的。"

柏冬青当然知道她是跟自己开玩笑,她对自己那么好,怎么可能会因为这点事生气。只是想到自己拉错了人,心里就有点不好受。今天只是无足轻重的漂流,可万一哪天遇到真的危险,他的一个错误,只怕就会悔恨终生。

但又觉得自己这么想,好像有点小题大做。

明明已经在一起这么久,未来已经可以预见,可为什么遇到她的事,还是有种患得患失的不安全感。

许煦瞅了眼他沉默不言的模样,不知道自己这位男朋友脑子里装了这么多乱七八糟的东西,戳了戳他,道:"你没听到我说不高兴你有个小青梅吗?"

柏冬青抬眼看她,沉默了片刻,问:"你是吃醋了吗?"

许煦反问:"你没闻到酸味吗?"

柏冬青轻轻笑开:"闻到了,不过我喜欢吃酸的。"说着,凑上前在她唇上亲了亲。

亲完后分开,看了她片刻,道:"今天我们就住酒店吧,我待会儿去看外婆,把行李拿过来。"

许煦点头,她也不想见到他舅妈她们,活这么大,算是见识了什么叫极品,幸好柏冬青和他们关系疏淡,对他们客气,也只是希望外婆能得到好一点的照料。

柏冬青离开后,许煦就在酒店睡大觉。也不知睡了多久,迷迷糊糊地听到敲门声,她下床趿着拖鞋来到门口,凑到猫眼看了眼,皱了皱眉开门。

"舅妈!"

门口站着七八个人,除了最前面的冬青舅妈她认识,其他都是陌生面孔,不过从穿着打扮,无外乎都是在这个小城生活的,可能柏冬青自己都不认识的七大姑八大姨。

舅妈笑了笑:"姑娘,这些都是冬青妈这边的亲戚,来找你聊聊。"

许煦不得不有点佩服柏冬青这位舅妈了,本来跟外甥疏淡多年,现在知道外甥出息了,就开始以人家长辈自居了,挺把自己当回事的嘛!

她自然猜得到她带这一波可能不明真相的三姑六婆来是为了什么,虽然并不想接待,但毕竟这是人家的地盘,要是撒泼胡闹,吃亏的还是自己。

于是，她笑了笑，错开身："舅妈，你们请进！冬青去看外婆了。"

舅妈道："我们就是来找你聊的。"

酒店房间不大，七八个人一进来，立刻显得逼仄了。几个人分布在沙发椅和床上，齐齐看着一脸笑的许煦。

舅妈清了清嗓子："我们今天来是跟你谈谈冬青的事。"

许煦笑眯眯地点头。

舅妈："冬青呢，没爹没妈，我和他舅舅就是他最亲的人了，他的人生大事，我们当然得操心，绝不能让他吃亏。"说着朝旁边一个圆盘子脸大妈道，"我们冬青长得一表人才，现在工作好，收入高，肯定很多不怀好意的女人惦记着他。他这人呢又老实，万一遇到只想要她钱的厉害女人，只怕会吃大亏。"

圆盘子脸大妈附和地点头。

许煦继续笑着做出洗耳恭听的样子。

"我也没别的意思，就是听说冬青的钱都在你手上，你们都还没结婚，你这不是看他没爹没妈就欺负人么？我们当长辈的可不能答应。"

许煦终于笑着开口："冬青的钱是都交给我保管的。因为他爸妈过世后那么多年，没人管他，现在有我管了，他当然要把钱交给我。"

舅妈的脸色微微一僵，听出她话里的意思，语气冷了几分："怎么就没人管了？难道我和他舅舅不是人？"

许煦摊摊手："这可不是我说的。"

舅妈被噎了一下，顿时脸色更加不好，开始露出几分市井泼妇的嘴脸："我这是好好跟你说话！你这是什么态度？亲人就是亲人，打断骨头连着筋，我们和冬青再隔得远，那也是血浓于水，比你亲多了。你别以为跟他睡了，就觉得自己是人家老婆了，我们这些亲戚都还没同意呢！"

说着朝旁边的七大姑八大姨道："我跟你们说，冬青这对象，住在我们家里，都是跟冬青睡一起的。这还没结婚呢！我都替她害臊。"

七大姑八大姨你一句我一句地说起来，也不知说了些啥，反正许煦一句也没听，站起来冷着脸道："外甥最需要照顾的时候，你们不闻不问，现在发达了，就跟苍蝇一样凑上来。我害不害臊不重要，重要的是，只要我一句话，冬青就能跟你们老死不相往来！说什么血浓于水，我听着才害臊！不然你们怎么不直接去找冬青，而是背着他来找我。"

"你……"

舅妈气得站起来，抬手指着她。

"哎呀，姑娘，你怎么能这么跟长辈说话呢！"

"是啊！怎么说也是冬青的舅妈！"

门口发出一声响动，是刷卡开门的声音。众人包括许煦，都循声看去。

门从外面被打开，推着外婆的柏冬青走进来。只见他双唇紧抿，脸色铁青，冷冷扫了一眼房内,最后停留在许煦脸上。他将坐着轮椅的外婆放在旁边后,迈着长腿,走到许煦身旁,牵起她的手,面向舅妈一众人。

"我妈过世之后,我亲爱的舅舅和舅妈,总共来看过我一次,前后给过我两千块钱。

"我的外公外婆照顾我了三个月,就被你们以表弟表妹年幼更需要照顾为由,把他们叫回去了。

"外公外婆是我的监护人,每个月给我五百块生活费,持续了仅仅一年就被你们喊停,因为你们比我一个没有收入的孩子更需要钱。

"十四岁后,我和你们见面的天数,满打满算不超过一个月,还比不上一个普通邻居。但是……"他看了眼身旁的许煦,"我和她认识八年,在一起生活了三年,我们虽然没结婚,但她一定会是我的妻子,所以我们睡在一起天经地义。除了那点血缘关系,你们和她比起来,算个什么东西!我和她在一起,还要你们同意?"

不光是舅妈和七大姑八大姨的脸色大变,就是许煦也不可思议地看向他。

此时的他,是她从未见过的样子,表情冷厉,目光锐利,周身散发着让人畏惧的寒意。

柏冬青继续道:"我年薪百万也好,千万也罢,只跟她有关系,跟你们没有任何关系。还有你们……"他抬手朝旁边的三姑六婆一指,"你们都是哪里冒出来的玩意儿,我一个都不认识,竟然跑来欺负我女朋友!"

舅妈终于回神:"冬青……"

柏冬青打断她:"我这次来只是因为外婆,不过舅妈你既然这么关心我的财务状况,那我就跟你算笔账。你和舅舅当年盘下批发店的钱,我妈给了两万块,别以为我妈不在了,就没人知道,出款证明的单子还在家里收着呢。还有我成年前外公本来给我的生活费,总共三年,加起来一万八。这些都是当年的价格,如今房价升值加上利息,您自己先算算多少钱,免得到时候收到律师信和法院传票,觉得我在讹你们。"

他人生得高大,尤其在这狭小的酒店房间里,对着一众小城中年妇女,更显得鹤立鸡群。他虽然年少坎坷,却也是在大都市长大的孩子,如今又经过了社会的历练,加上此刻严肃凌厉的表情,跟这群井底妇人见过的小城年轻人,截然不同。

其实他说话的语速不快,声音也说不上冷厉,可是所有人的脸上都不由自主地流露出敬畏之色,一时间噤若寒蝉。

许煦抬头,默默地看着他,对于自己从来没见过的模样,惊讶之余,心跳忽然加快了。

原来除却温柔熨帖的一面,这个样子的他也很迷人。

被他攥着的手,偷摸在他手心抠了一下。

柏冬青转头看她一眼,点点头,示意她什么都别管。许煦会意,回他一个了然的眼神。

被震慑住的舅妈愣了半晌,终于回神,忽然用力往旁边的床上一坐,拍着大腿干号道:"我可怜的姐姐姐夫哦!我们两口子对不起你们啊,我们是冬青在这世上最亲的亲人,我们也是不想他被人骗了,还没结婚就把钱全给别人了,这不是欺负我们家冬青吗?"说着要去拉柏冬青的手,"我可怜的冬青啊!舅妈真的是为了你好啊!"

在她的手碰到柏冬青的手臂前,他已经不动声色地避开。

旁边有人开始小心翼翼地试探道:"是啊,冬青!你舅舅舅妈也是为了你好!怕你被人骗了!"

柏冬青冷笑一声:"是怕我被人骗了,还是怕我的钱被人管着,从我这里捞不到什么油水?"他顿了顿,对舅妈道,"本来外婆是你们赡养照顾,我给你们点钱无可厚非,希望你们照顾得好一点。但我现在改变主意了,以后一分钱都不会再给你们,如果你们不想收到法院传票去打官司的话,就把我刚说的钱直接还给我,我给外婆请看护,要么你们自己掏钱给外婆请看护。"

舅妈听了开始撒泼:"你这个没良心的,仗着自己当了大律师,想欺负我们这些没文化的长辈啊!"说完起身跌跌撞撞地跑到外婆跟前,号道,"妈!你看看你的好外孙哦!"

脑溢血中风后的老太太,嘴巴有些歪,口水有点兜不住,手也因此一直抖着。

但是脑子还清楚着,举起发抖的手,一巴掌扇在儿媳脸上。

虽然因为偏瘫,力度也就能拍个蚊子,但整个人散发的愤怒,却颇为震慑。

只见她用颤抖的手指着面前的儿媳,含含糊糊道:"你们……你们不许再找冬青,他没有你们这样的舅舅舅妈!"

众目睽睽之下,又都是夫家的亲戚,舅妈到底是不敢对婆婆怎么样,只能做出委屈的样子撒泼大哭。

外婆不再理她,朝孙子招招手。柏冬青拉着许煦走上前,在老人家身旁蹲下:"外婆!"外婆抓住他的手,又朝许煦伸出那只颤抖的手。

许煦赶紧握住她:"外婆!"

老太太浑浊的眼睛里泪光闪闪,断断续续开口:"冬青……外婆对不起你!你不用管外婆,他们不敢对外婆怎么样的,周围多少眼睛看着呢!你要好好的。"

柏冬青点头:"外婆,我会好好的。"

老太太又看向许煦:"姑娘,我们冬青命太苦,但他是个好孩子,你要好好待他。"

"我会的,外婆。"许煦柔声应道。

一旁的舅妈还想闹事,屋子里来看热闹的三姑六婆,终于回过神来,簇拥上来,将她往外拉,又朝外婆和旁边的两个年轻人讪讪道歉:"伯娘!我们都是被叫来的,不知道原来是这么回事。冬青,是我们的错,你别放在心上啊!我们这就走!"

外婆拍拍孙子的手:"冬青,外婆回去了,你们早些回家吧!陪了外婆这么多天,外婆已经很高兴了,不能一直耽误你们年轻人的工作。"

柏冬青点点头:"那外婆好好休息。"

老太太被人推走了,屋子里的人散去后,从嘈杂恢复了宁静。

站在门口送走外婆的柏冬青,将门关上,刚转身,便对上插着手臂,歪头似笑非笑看着他的许煦。

"怎么了?"他有些奇怪问。

许煦放开手走上前，捧住他的脸，故意左右看了看。

"干吗呢？"柏冬青任由她折腾，只是笑着道。

许煦喷了一声："这是我的柏冬青啊！难道刚刚是被什么人附体了？"

柏冬青笑着将她的手取下来："我总不能看别人欺负你！"

许煦听得心里一阵甜蜜，笑道："原来你发怒的时候是这样的。"

冷静克制却有种轻易将人碾压的气势。比起那些只知道怒骂甚至使用暴力的男人，这样的他更让人有安全感。

柏冬青叹了口气："听到他们说你，确实很生气啊！"

"三姑六婆也就是奇葩一点，没什么好忌惮的。"许煦倒是不甚在意，摆摆手，笑着上下打量他一下，"之前还想着你这么好脾气，从来不跟人争辩的性子，怎么当律师啊！不过现在相信你是凭真本事当上华天合伙人的，等回去上班了，我一定要好好去法庭旁听一次你给人辩护。"

柏冬青失笑："所以你原本以为我是怎么当上合伙人的？"

许煦故意道："圈内都传你是潜规则上位呢！"

柏冬青哭笑不得："潜规则？"

许煦撇撇嘴，坏笑道："那也不是不可能！！"

柏冬青哭笑不得："陈老师可不是这种人。"

许煦说完就往后跑，还没跑到床边就被柏冬青从后面一把抱住，将脑袋搁在她肩膀，再没有其他动作。

"干吗呢？"许煦问。

柏冬青低声道："刚刚舅妈他们那样说你，会不会很生气？"

许煦道："说什么？说我没结婚就跟你睡在一起么？"

柏冬青点头。

许煦道："拜托，我可是新时代的女性，没那么保守。"

柏冬青笑着抱起她往床上一丢，自己也趴了上去。

两个人来了这边一个礼拜，什么都没做过，这一开始，自然是闹了很久。从落日晚霞时分一直到小城霓虹闪烁很久，酒店大床上的动静才平息下来。

许煦感觉出他今天的兴致特别好，不是之前那种因为工作忙碌旷了好几天后的急切，而是心情舒畅的感觉。

她躺在他臂弯里缓过劲儿，抬头看他，果然见他表情放松，嘴角还挂着浅浅的笑意。

"有这么高兴吗？"

柏冬青垂眸看她，沉默了片刻，点头。

他已经记不得有多少年了，他一直在小心翼翼地讨好着这个世界，害怕给人添麻烦，害怕惹别人生气，从来不会拒绝别人，哪怕是面对并不那么合理的要求，损害的是自己的利益，他也会尽所能去做。除了法庭上的辩论，生活中他甚至都没有反驳过别人。

今天如果不是在门口听到舅妈对她说那些话,他也不会走进来和自己这所谓的仅有的至亲撕破脸。

可是当他说完那些话,看到舅妈狼狈不堪,才发现不用讨好别人的感觉原来是那么好。

神清气爽,豁然开朗。

也是今天,他才意识到,自己已经二十八岁,不再是那个在彷徨迷茫中摸着石头过河的孤独少年。他有自己要守护的人,有自己创造的生活,更有了可以给别人温暖的羽翼,而不需要再默默期待着有人给他遮风挡雨。

他不用再讨好这个世界,只需要讨好自己爱的人。

许煦见他只笑不说话,用手戳了戳他,笑道:"傻了啊?"

柏冬青勾起唇角:"以后不傻了。"

许煦想了想问:"你真准备让你舅舅舅妈还钱?"

柏冬青摇摇头:"我查过了,他们经济状况确实一般,两个孩子在上学,开销挺大的。外婆现在瘫痪了确实需要照顾,我不可能真的让他们花钱找看护,可是不找看护,外婆肯定得不到好的照料。我想了一下,今天不是很多七大姑八大姨么?虽然我也不认识,不过看样子好些都是无业妇女,既然是外婆那边的亲戚,我明天去问一下,看他们其中有谁愿意照顾外婆,价格公道一些,应该会有人愿意做,请熟人总比找不认识的看护方便些。然后和舅舅舅妈说好,虽然外婆有人看护,但他们必须监督协助照顾,如果有任何照顾不周,我就起诉他们还钱。"

许煦点头:"你想得还挺周到。"

柏冬青道:"毕竟外婆是我妈妈的妈妈,还是希望老人家能安度晚年。"

许煦想到什么似的,轻笑一声:"原来你什么事心里都算得清清楚楚,要是哪天咱俩闹掰了,你是不是也要跟我算这么清楚,让我把欠你的都还给你。"

柏冬青轻笑:"我们怎么可能闹掰?"

许煦道:"我是说万一,就像你舅妈一样,触犯了你的底线。"

"我的底线就是你啊!"

许煦得意地点点头:"也是哦!"说着眯眼一笑,"我是不是太不谦虚了?"

柏冬青被她逗乐,摸摸她的脸:"饿了没?起来咱们去吃点东西,早点休息,明天我把这些事处理好,争取晚上就回去。"

许煦点头。

因为太累,隔日醒来已经快十点了,柏冬青不知何时已出门,给她买了早餐放在桌上,她填饱肚子,正要给他打电话问情况,人已经回来了。

"怎么样了?"

柏冬青点头:"已经搞定了,舅舅舅妈怕我翻旧账要钱,我说的都答应了。请了一个远方表姨做看护,跟外婆关系挺不错的,家里条件一般,下岗很多年了,还有个儿子在上大学,这几年一直打零工,挣得不多,我给她一个月三千的工资,她很高兴。看在工资的分上,也肯定会照顾外婆。她也悄悄答应我,如果舅舅舅妈对外婆不好,会告诉我。电梯房到时候交房了,他们可以免费住,其他就没有了。"

许煦笑着抱住他:"你想得很周全了!"

柏冬青笑:"其实我能做到的就是这么多了,希望外婆能好好过完以后的日子吧,在她百年之后,所谓的亲人就完全没有了。"

许煦道:"怎么能这么说呢?难道我不是?"

柏冬青一本正经道:"你当然不是!"

许煦脸色一板。

柏冬青又道:"爱人就是爱人,怎么会是亲人呢?你比亲人重要多了。"

柏冬青毕竟二作繁忙,在外待了一个多星期,回到律所,已经堆积了一大堆事,一上班,就连轴转了一个星期才稍稍缓了口气。

周五临近下班,想着去接许煦一块儿好好吃顿晚餐。自从回来后,两个人除了晚上睡觉在一块,就没有其他属于爱人之间的相处活动了。

他打开抽屉,看到里面安安静静躺着的那个戒指盒,心里一惊,这一来一回折腾,竟然把这件大事给忘了。

上次那种求婚方式肯定不能再用,想到许煦揭了几层盖子,忽然被自己的电话打断,他就有点郁闷。还是弄一个直截了当的,但一定要是女人觉得浪漫的方式,让她终生难忘。

他打开网页,拿出自己的小本本,准备把可行的方案先做笔记记下来,再慢慢计划。反正许煦是他的,也跑不了,不急于一时。

刚搜了几条,忽然有人敲门。

"请进!"

"青儿。"来人是姜毅,抱着一份文件,笑吟吟地走到他办公桌前。

柏冬青抬头,朝他笑了笑:"有事?"

姜毅把文件放在他桌上,往前一推:"我最近不是接了两个法律援助的案子么?我们组长这段时间在出差,我这急需经费,帮帮忙签一下字。"

柏冬青打开他的经费申请表,随意扫了一眼,对于整个律所来说,这笔费用不算什么,但是对于法律援助的案子来说,肯定是超了。

政府会根据律所受理的法律援助案件的数量给予一定补贴,评级评优也需要看这个。但是法律援助的案子通常费时费力,很多律师都不愿意接,接了之后也会想方设法地跟律所申请尽可能多的经费。如果是影响比较大的案子,一般上司都会通过,但姜毅这两个只是普通案子。

柏冬青笑着看他一眼:"这样吧,你先去找你们组长审核一下,要是他说没问题,你再拿来给我签字,然后去财务划款。"

姜毅微微一愣,继而笑道:"这不就是你签个字的问题么?又没有多少钱,等我们组长审核,还不知道要等多久,我这着急着呢!而且以前又不是没直接签过,帮个小忙而已。"

他之所以直接越过组长找柏冬青签字，正是因为组长不会轻易通过。

柏冬青笑："姜毅，咱们私下是兄弟，要我帮什么忙都好说，但在华天，只有工作关系，还是按着规矩来，这样对别人才公平。"

他以前对姜毅的要求很少拒绝过，像这样的事，已经不止一回，每次多批的款，他都让财务从自己名下的费用划走，反正也不多，也是禀着能帮朋友就帮，拒绝这件事对以前的他来说是陌生的。

姜毅对他委婉的拒绝很意外，本想再说点什么，却见他已经低头去看电脑，显然是没打算多说，只得讪讪地撇撇嘴："行吧！我去问问我们组长。"

他有些不悦地拿起文件，出门时动作有些大。

柏冬青抬头看了眼被阖上的门，挑挑眉，心情并没有因为朋友可能生气而觉得懊恼，反倒有种莫名的释然。

拒绝别人，好像也没那么难。

以前面对请求，尤其是朋友的请求，总觉得不好意思拒绝。就像从前在学校，遇到很难的考试科目，室友们让他给他们抄，但这远远超过了他的原则，虽然不同意，却还是觉得愧疚，就会花大量的时间给他们画好重点，还会进行考前辅导。

他以为这是自己应该做的，他们也就觉得理所当然。

其实从来没有什么理所当然。

他摇头笑了笑，收拾好本子关电脑，准备给许煦打电话，却忽然有电话进来，是最近接的一个案子的当事人，涉嫌过失杀人，正处于取保候审中。打电话来，是约他吃饭。

他想了想，答应了邀约。

正要下班的许煦，本来想着今天周五，忙了这几天的柏冬青，不知道会不会早点收工，哪知就收到他的信息，说晚上有约了当事人吃饭，可能得晚点回去。

许煦撇撇嘴，回过去：好吧。

还跟了个哭唧唧的表情。

收了电话准备下班，忽然被杜小沐叫住："煦儿晚上有空没？星光璀璨新开了家茶餐厅，网上挺多好评的，我跟赵昊说好了一起去，你要不要搭个伙？不然就俩人实在是没意思。"

许煦想着自己也是孤家寡人一个，笑着点头："行啊！"

这家茶餐厅走的是精品高端路线，环境很优雅，卡座的沙发椅背很高，就算是在大厅，也还算有私密性，靠窗的几个位置，还用玻璃屏风隔着。

许煦几个既不是约会，也不是应酬，就是来吃东西的，随便找了个位子便开始兴致勃勃地点餐。

点完之后，杜小沐便拉着许煦结伴去洗手间，让赵昊留守原地。

"喂！看到没有？"回来的时候，路过一处屏风，杜小沐拉了拉许煦，小声道。

"看什么？"

杜小沐朝屏风里指了指："柏律师在里面！"

许煦朝缝隙里看了眼，果然看到柏冬青，还有另外两个男人，应该是在应酬。

她假装不甚在意地哦了一声，以前是因为工作关系，刻意没有告诉同事们柏冬青是自己的男友，现在忽然觉得这种类似于地下恋的感觉，还挺有意思。

杜小沐拉着她回到座位，兴致勃勃道："刚刚跟柏律师在一起的好像是林凯杰，林氏集团董事长的独子，三个月前因为弄出了一条人命，涉嫌过失杀人。据说死者是他的情人，半夜从红叶温泉酒店回市内的时候，两个人下车吵架，把人推倒在地，那女的不知怎么就滚下河淹死了。我当时正要跟，但林氏集团公关了，稿子被撤，这消息当时没炒起来。"说着感叹道，"有钱真好啊！直接取保候审，又请了柏冬青做律师，估摸着一条人命一天牢都不用坐。"

这个案子三个月前其实闹过一阵，但是林氏集团当时公关了，加上网友都是善忘的群体，每天都有新热点，很快就翻过了篇章。许煦没跟过这个案子，自然也就没在意，笑了笑道："过失致人死亡缓刑的几率很大吧！"

杜小沐道："话是这么说，但林凯杰可不是什么好东西，那个死了的女孩也很可怜，父母双亡，哥哥还有点残疾。我之前采访柏律师，感觉人挺好的，但为这种人打官司，要真给人脱了罪，不知道会不会良心不安？"

许煦笑道："律师也就是辩护，定罪与否还是看证据，由法官定夺。对律师来说，就是工作而已，跟良心有什么关系？"

赵昊接话道："那也不能这么说，现在有钱人犯罪的多，为了脱罪，花钱请律师干缺德事的可不少，懂法的人才会钻法律空子。我接触过那么多律师，这个群体真的是很精明。柏冬青办过的那些案子，反正争议的不少。别说给林凯杰打缓刑，就是无罪，我也信。"说着摊摊手，"之前那个婆婆杀儿媳的案子，你们还记得吧？那个凤凰男无罪释放后，带着家里的财产，很快和小三结婚生孩子了，现在过得好着呢！那凤凰男要不把柏冬青在家里供着，我看是说不过去的。"

许煦微微皱眉，精明？为什么她没从柏冬青身上看到这一点？不过做事周全稳妥倒是不假，看他对外婆的安排就可见一斑。

她拿起一块厚多士吃了一口，轻描淡写道："法律讲究的是证据，只能制裁犯罪，没办法惩治道德，咱们应该都清楚。"

杜小沐点头："是啊！法律的交给法律，道德的交给道德。但是不得不承认，对于我们普通人来说，更难过的还是道德这一关。"

许煦笑了笑，转移话题："咱们出来吃美食的，讲这些干什么！"

杜小沐也笑："我这不是看到柏律师发表一点感叹么？吃吃吃！别说这些有的没的，咱们就是月薪五千，出来吃顿大餐，还要三个人一块凑单的穷鬼，操心那些干什么！"

许煦笑了笑，转头朝柏冬青那边看了眼，但除了屏风，什么都看不到，所以想象不出，对着一个道德缺失的有钱当事人的柏冬青，是什么模样。

"老二！等很久了？"餐厅的另一个角落，姜毅走到一个卡座坐下，朝对面的程放道。

程放摇摇头，看了他一眼，笑道："怎么了？一脸不高兴的样子！"

"别提了！"姜毅摆摆手，倒了杯水喝了一口，"今儿快下班时，遇到件忒不爽的事！"

"什么事？"

姜毅撇撇嘴："去找青儿签字申请一笔经费，他竟然不同意。本来不是什么大事，但想想就是觉得不爽。"说着又有点自嘲道，"不过，人家现在是律所的合伙人，我上司的上司，要在我面前端起领导的架子，我也不能说什么，谁叫我没人家有本事呢！"

程放笑了笑，沉默了片刻道："你给我说说这两年的老三吧！"

姜毅愣了一下，问："你不是还气不过他和许煦的事吧？"

程放挑眉看他，似笑非笑地反问："要换你，你气得过？"

姜毅笑了笑："这事他是做得不地道，同学四年，你真心当他是兄弟，有什么都想着他，不说别的，每年他过生日，你都会专门请他吃饭。冲着这一点，他也不能干撬墙脚的事啊，而且还瞒了这么久。以他现在的条件，找什么女人找不到，非找兄弟喜欢的人。"

"上学的事就别提了，他帮我的事只多不少。只不过我是真信任他，什么都告诉过他。临行前那天，我叫他陪我喝酒，还半真半假地让他帮忙照顾小煦，他就这么给我照顾的？"

程放自嘲一笑，摆摆手，"算了，不说这些了，你就跟我说说这几年他在华天的事吧？"

姜毅道："你也知道我去年才进的华天，进去的时候，他已经是金牌律师。他是陈主任亲手带出来的徒弟，除了所里的几个合伙人，就他职位最高。反正在我看来，性格基本上就是老样子，脾气好，好说话，有什么问题找他基本上都会帮忙。不仅陈主任喜欢他，大家对他的评价都很好。"

程放手指轻轻地敲着桌面，若有所思片刻，有些意味深长道："你说他到底是脾气好，还是……其实不过是圆滑世故有心机？陈主任这些年的得意门生应该不止他一个吧？但这么器重应该是头一回吧？听说是把他当接班人培养的。能得到陈瑞国这种大牛的青睐，光靠性格好我觉得不太合情理。"

姜毅眉头轻蹙："那我还真没看出来，我进华天一年多，除了今天我让他帮忙签字他没答应，之前都挺好的。"

程放轻笑："我只是觉得他可能跟我们想得不太一样，或者说，人总会变的，面对五光十色的社会和利益，会不会老三可能早不是以前那个柏冬青了？说实话，我看过他之前辩护的一些案子，很难想象是上学时的那个老三办的。虽然这是律师的工作，但其中涉及的伦理道德之争，他作为律师表现出来的冷漠，确实让我有些意外。我的意思是，这些事情对我们来说可能很正常，但换作他，就有些让人意外了。"

当然，和许煦在一起，且隐瞒他这么久，更让他觉得意外。也正是这件事后，他才认真地去查阅柏冬青之前办的案子，在承认二十八岁华天合伙人确实实至名归的同时，也不得不惊叹好几桩影响较大的案子，实在是不像出自他认识的那个柏冬青之手，哪怕证据链无可辩驳，但那些当事人的恶也同样无可辩驳。若是换作别的律师，他觉得无可厚非，但那可是曾经升旗会流泪，为了陌生女生被抢的包，徒手去跟持刀歹徒搏斗的柏冬青。

程放觉得，哪怕他自己是一个法律至上的法律人，对于那些嫌疑人因为柏冬青的辩护而轻判甚至脱罪的案子，也很难不去对他产生一点负面的想法。

不是说他的辩护有问题，实际上他做的一切都符合程序正义。他只是很难想象，他那样的人会接下那些案子，并且如此倾尽全力，甚至会利用法律漏洞。

许煦呢？这几年她对他辩护的案子，应该不会陌生，她难道不会有任何想法吗？还是说也像其他人一样，被表象所迷惑？

姜毅听他说完，若有所思了片刻，点头："你这么一说，还真有点道理。我们做律师的，之前确实只注意到他办的几件有争议的案子很漂亮，考虑更多的是如何学习他的手法，没有反思过道德伦理的问题。其实若是别人倒也没什么，但是青儿的话，那确实有点问题了。"

程放笑了笑："我也就是这么一说，大家出来工作，各司其职，各凭本事，他又没用什么见不得人的手段。"他说着笑了笑，道，"算了，还是别说这些了。对了，我把你叫出来吃饭，嫂子不会有意见吧？"

姜毅摆摆手："我三天两头就加班应酬，她早习惯了。只要我有空，你叫我随时奉陪。"

程放道："我离开这么多年，现在这边除了我哥，没几个朋友，如今和老三之间肯定是有芥蒂，能出来吃饭喝酒的，也就只有你和老四了，以后可别嫌我这个光棍儿烦。"

姜毅笑："你要结束光棍儿生涯还不容易？过不了多久就要升副检了吧？你这不叫光棍儿，叫钻石王老五。"

程放摇摇头，笑道："其实单身挺好的，我现在对女人没什么兴趣。"

姜毅故作惊讶状："难道你准备一辈子单身？"

程放失笑："我倒希望啊！一了百了。"

姜毅敛了笑，叹了口气："老二，我知道你一直没忘记许煦，但感情的事没法勉强，她如今和青儿在一起是改变不了的事实。你还在原地，人家已经往前走了很远，你何必跟自己过不去呢？"

程放看着他，沉默片刻，冷不丁道："那如果我往前追上去呢？"

许煦三人毕竟就是来搭伙吃饭的，一顿饭很快就结束，吃完结了账就一起离开。路过刚刚那扇屏风处，里面的人也恰好结束走出来。

"柏律师！"杜小沐看到人出来，赶紧打招呼。

走在中间的柏冬青闻声转头，便看到了许煦和她身边的同事。

杜小沐走上前，笑道："柏律师，真巧啊！"

柏冬青笑着点点头，越过她，目光落在后面走上来的许煦脸上，朝她用眼神示意。

许煦却故意眼观鼻鼻观心，假装没收到他的询问，走上前后，故意笑眯眯道："小沐，这就是柏大律师啊！真是闻名不如见面！你好，我是小沐的同事，《法治周刊》的许煦。"

说着还朝他伸出了手。

柏冬青的嘴角抽了抽，转头朝旁边的林凯杰道："林先生，今天就到这里吧，有事我们再联系，我交代的一些事项，你千万要注意。"

林凯杰笑了笑："行，你和朋友聊，我再联系你。"

林凯杰和助手离开了，柏冬青才又转过头，握上许煦伸出的手："你好！"

他一本正经地配合，让许煦忍不住想笑，但还是生生憋住了。

杜小沐没觉察两人的微妙，笑着道："柏律师，刚刚那个是林氏集团的林凯杰吗？案子还有两三个月就开庭了吧！能不能给点独家消息啊？让我提前做准备。"

柏冬青笑了笑："独家消息就是没有消息。"

杜小沐撇撇嘴："你们律师的嘴巴就是严。"

柏冬青又看向许煦："许小姐挺眼熟的，我们是不是哪里见过？"

许煦还没回答，杜小沐已经先道："煦儿，你男朋友不是华天的律师么？柏律师肯定认识的，叫什么名字来着？"

"……"许煦，"我男朋友就是个小律师，不提也罢！"

柏冬青眉头微不可寻地挑了挑："是吗？我们华天的律师我肯定都认识，不妨说来听一下，以后若是华天跟《法治周刊》合作，也算方便。"

许煦忍着笑，一本正经道："他叫榆木。"

杜小沐："你男朋友叫于慕啊？名字还挺好听的。"

许煦的嘴角抽了一下，心道，是榆木疙瘩的榆木。

不过，好像也不是那么木了！

柏冬青笑了笑，点头："行，回头如果有什么合作，我让榆木律师来给你们谈。"说着抬手看了一下腕表，"时间不早了，我得回去了，不然女朋友得催了。"

杜小沐喷了一声，小声在许煦旁边嘀咕："果然青年才俊都不可能是单身的。"说完朝柏冬青挥挥手，"那柏律师再见！"

许煦也笑着挥挥手。

柏冬青笑了笑，转身先她们下楼。

杜小沐拉着旁边的两人慢悠悠地出门，感叹道："你们说句公道话，柏律师看着是不是一点都不像无良律师。"

赵昊道："人不可貌相，懂不懂！这种人就叫作衣冠禽兽。刚刚跟他一起的林凯杰，难道像个坏人吗？但是传言这个人是超级人渣。"

杜小沐点头："你说的也是，就算柏律师人不坏，但这么年轻就做到这个级别，那也绝不是什么纯良之辈，肯定是很有手段的。咱们这些人就八卦八卦得了，也不知道他女朋友是什么人。"

赵昊笑："我跟你说，你就打消找律师当老公这个念头吧，小心坑得你骨头都不剩。"

"哎！"许煦打断两人，"你们能不能考虑一下我这个律师女友的感受？"

杜小沐摆摆手："反正你男友是小律师，小律师对记者，半斤八两，谁吃亏还不一定呢！"

　　几个人说说笑笑地下楼来到路边，因为不同路，许煦送走两人打了车，自己站在路边，刚刚拿出手机，便被人从后面拥住。

　　熟悉的气息扑面而来，许煦放下手机，故意不回头："谁啊？"

　　柏冬青："你的小律师男朋友。"

　　许煦转过头抱住他的脖颈："怎么？不高兴了？"

　　柏冬青道："之前我没把你介绍给姜毅他们，你不也不高兴吗？"

　　许煦怒目："那能一样吗？"说着又道，"你又不是不知道自己什么身份，要是咱们杂志社知道我男朋友是你，我估计整天耳朵都没法安宁，尤其是杜小沐。而且工作上肯定也会给我弄出不少事来，到时候指不定给你添多少麻烦呢！"

　　柏冬青笑道："我明白的。"摸了摸她的脸，"反正都吃了饭，不然……去看场电影再回去吧。"

　　许煦撇撇嘴："你自己说说，咱们都好久没约会了，感觉还没热恋就进入老夫老妻的状态了。"

　　柏冬青拉起她的手："行，那咱们现在补课。"

　　两个人靠在一起黏黏糊糊地往后面的商场走，看上去和大部分人热恋的年轻男女，没有任何不同。

　　好像除了彼此，眼中看不到其他人。

　　以至于和程放、姜毅擦身而过时，谁都没有注意到。

　　"那不是老三和许煦吗？"姜毅和程放停下脚步，看向很快走远的男女。

　　程放默默地看着两人的背影，对姜毅的话没有反应，只是脸上的表情，在夜灯下看起来明显写着失落和怅然。

　　他知道，许煦眼里是真的看不到自己了，她已经走得太远，远到自己不知道还能不能追得上。

看不透的枕边人
chapter 07

本来这个周末没有什么紧要的工作，柏冬青打算好好休息两天，满足许煦的热恋要求，陪她约约会，逛逛街。

他知道许煦有关"热恋"的抱怨，只不过是随口说说而已，但也不得不承认自己这个男朋友确实做得不好。

他还记得当初在学校里，她和程放那场高调张扬的恋爱，两个人每天在一起吃喝玩乐，想笑就笑，想哭就哭，吵吵闹闹，浓烈又炙热。所谓的热恋大概就是那种样子。

而和他的这段关系，不说一开始因为自己的怯弱和退缩，每一步都是她主动。就是在一起后的这些年，因为心里头对程放的愧疚，以及对未来的不确定，为了有能力去守护这段"背德"的感情，他将大部分精力投入到工作中，一年接几十件案子，早出晚归出差加班是他的常态，哪里和她好好谈过恋爱。

他总想着要给她很多很多，但其实同床共枕几年，她真正想要的，自己给的一直寥寥。反倒是她总是无限包容，从来不对自己要求什么。

他曾经不敢确定她对自己的感情，甚至一度怀疑自己不过是程放离开后的替代品。直到程放回来，看到她完全释然的态度，他终于确定，自己并非替代品，而是独一无二的。可正是意识到这一点，他就更加觉得愧疚了，因为他的怯弱和犹疑，让她错过了太多应该在感情中享受的东西。

好在，现在也不迟，毕竟他对她的感情还在热恋中，且这种热恋还会持续很久很久，久到整个余生。

昨晚，许煦因为说要享受热恋，两个人看完电影回家后，柏冬青就身体力行地给她证明了热恋该有的状态。

隔日两个人都难得睡了懒觉，日上三竿了，还窝在床上不愿动弹。

当然，许煦主要也是没力气动。

直到肚子传来一阵咕噜响，她才不情不愿地睁开眼睛，气哼哼地戳了戳还闭着眼的柏冬青，瓮声瓮气道："饿了！"

柏冬青掀开眼皮，看着她嘴角弯起一丝弧度："我去做饭。"

许煦枕在他手臂上，伸手摸了摸他的脸，笑道："算了，叫外卖吧，为了让我体会热恋的感觉，你也挺累的！"

她曾看过一则研究，说爱情的维持时间只有十八到三十个月，余下就只是惯性以及微不足道的余韵。可显然这所谓的研究并不科学，或者说并不绝对，至少对她完全不适用。

她和他在一起已经超过三年，但每天早上睁开眼，看到这张熟悉得不能再熟悉的脸，还是会有种心动的感觉。对这个人，真的有种处在热恋之中的感觉。

柏冬青听她这么说，脸色有些微赧，笑了笑："总吃外卖不健康，我也不是很累，你再躺一会儿，我快做好了叫你。"

许煦点点头，笑着点菜："冰箱还有五花肉，我要吃小炒肉。"

竖起身的柏冬青对她比了个好的手势。

这会儿已经十一点，许煦睡是再睡不着了，浑身酸软又不想起床，便继续躺在床上边玩手机，边等柏冬青做好了饭叫自己。

她习惯性地登上微博，一篇热门文章跳了进了她的主页。她随手点进去，扫了几行，眉头不由得皱起来，继续看了下去。

发这篇文章的人名叫莫伟，是林凯杰过失致人死亡案的受害者莫辛的哥哥，整篇文章两千多字，从兄妹俩如何相依为命，到自己妹妹进入林氏集团实习后，如何被林凯杰逼着应酬陪酒，再到应酬到大半夜，却被林凯杰推下河不慎溺亡，以及如今林凯杰请了金牌律师为自己辩护，又仗着有钱想收买他这个唯一的亲属和解。他无钱无势，还是个残疾人，不知道如何替妹妹讨回公道，只能写下这篇文章通过网络的途径为妹妹的枉死讨个公道。

文章还配了莫辛和他自己的照片，一个青春靓丽的女孩，和一个拄着拐杖的年轻男人。

整篇文章语言朴实，却情真意切，哪怕是许煦这种看过不少悲惨事件的法律记者，看到这篇文章，也心里难受。

弱者总是容易受到大众同情的。

这篇微博是昨晚发出来的，已经有好几万转发评论，而由这篇微博延伸的热门话题也有不少，林凯杰的各种黑料漫天飞，很多甚至都有真凭实据，跟之前网上捕风捉影的完全不同。除此之外，他的律师柏冬青也被扒了出来，还有人总结了这位大律师办过的所有有争议的案子。

其实这些案子加起来也不超过十个，比起柏冬青办过的案子数量，连零头都不到，但是被摘出来放在一起，经过网络这个放大镜，便显得这是一个为了钱不讲任何道义的冷漠无良律师。

虽然谩骂柏冬青的声音和林凯杰的不能比，但作为一个非公众人物，被这样谩骂也算是卷入了一场网络暴力。甚至还有各种添油加醋的人肉信息，包括照片都被人发在了网上。

许煦一面同情莫家兄妹，一面又对网上骂柏冬青的话气得牙痒痒。

什么叫作衣冠禽兽？你丫才是衣冠禽兽。她登上小号，和几个骂得最凶的网友对骂了几句，气哼哼地爬起来，跑到厨房门口。

"冬青,你在网上被骂了!"

柏冬青正在炒菜,随口问:"怎么了?"

"林凯杰案受害人的哥哥昨晚发了微博,今早成热点了,你也是热点之一。"

柏冬青愣了一下,转身道:"你让我看看。"

许煦把手机递给他。

他一手拿锅铲一手拿手机,皱眉扫了眼莫伟的文章,又翻了一下各路热点,然后把手机还给许煦,笑了笑:"骂就骂吧,我问心无愧就行。"

许煦迟疑了片刻,问:"那个林凯杰好像不是什么好东西,莫家兄妹挺可怜的,你真的要给林凯杰辩护吗?"

柏冬青回头看了她一眼,好整以暇道:"我是刑辩律师,当事人都是犯罪嫌疑人,很大一部分在道德上来说,可能都不是什么好东西。但这就是我的工作,我需要的是确定真相,尊重事实,不管当事人人品如何,单就涉及的案子本身来说,不应该因为人品而被误判,造成错案冤案。在我的工作范围内,事实比一切都重要。"

许煦点头:"我明白,只是……"

柏冬青笑了笑:"别人误会我没关系,你别误会就行。"

许煦道:"我知道你肯定不是那种为了钱而助纣为虐的律师,但是看到莫伟发的文章,还是挺难受的。"

柏冬青点头:"饭做好了,你去洗漱吧!"

许煦点点头,握着手机转身。柏冬青看了她的背影,幽幽地叹了口气。

等洗漱完毕从卫生间出来,许煦听到柏冬青正在打电话。

"不要刻意公关,不然会适得其反。莫伟前两天已经答应写谅解书,也准备接受补偿金,昨天忽然发这么一篇文章,肯定有问题。他只有初中文化,这篇文章的措辞和水准不可能是他自己写的,应该是找了法律援助或者其他高人。"

那头的林凯杰愤愤道:"我按你说的,给他一个瘸子登门道歉好几次,还准备赔偿一百万,他还有什么不满足的?他妹妹的死我又不是故意的。他也不掂量掂量自己的分量,这么跟我对着干,也未免太不自量力,我捏死他还不比捏死只蚂蚁容易。"

"……"柏冬青道,"你什么都别做,这件事我会处理的。"

两人又说了几句,就挂了电话。

柏冬青转头,看到许煦站在自己身后看着他,笑了笑:"怎么了?"

许煦有些如鲠在喉,半晌才道:"想尽办法说服受害者家属接受赔偿,出具家属谅解书,为嫌疑人减轻罪行,也是尊重事实吗?"说着不等柏冬青回答,又笑了笑道,"我知道律师都是要走这一套流程,我只是觉得有点不舒服,冬青,你做这件事的时候心里好受吗?"

柏冬青看着她,沉默了片刻,如实道:"我习惯了。"

许煦摆摆手,叹了口气:"算了,这是你的工作,我自己也是学法律的,不应该提出这么不理智的疑问。"

柏冬青笑了笑:"你可以对我提任何疑问!"

作为一个学法律出身的法律记者,许煦也知道刚刚对柏冬青的疑问显得既不专业,也过于矫情,只是看到莫伟的文章,心中难免触动。

人是感性的动物,理智和情感,有些时候确实难以分明。

她并非质疑柏冬青的做法,因为他是一个律师,一个优秀的律师。实际上他所做的一切都是一个优秀的律师应该做的。

只是面对这种事情,她一个旁观者尚且觉得纠结,作为置身其中直面那些可怜人的痛苦的他,内心善良柔软的他,应该也是难受的吧!

她在餐椅上坐下,抬头看向对面的男人:"冬青,你做律师这些年,开心吗?"

柏冬青对上她的眼睛,笑着点头:"挺开心的。"

虽然起初面对一些案子的时候也有过挣扎,但时间长了,越来越明白这份职业的意义,也越来越明白自己在做什么。他不再感情用事,而是严格遵循法律框架下的规则。善恶之间当然泾渭分明,只有规则得到遵守,社会这台机器才能正常运转,作为这个社会中的大众才能安然生活。

没能得到法律惩处的恶人,仅仅只是没有在这个案子中得到惩罚,但只要规则仍然有序,那些恶必然会在别处得到惩罚。

他并不指望别人能完全理解他,但他坚信自己的坚持和追求。

他想了想,好整以暇道:"许煦,我知道自己在做什么。"

许煦点点头,笑道:"我只是担心你。"

柏冬青也笑:"我明白。"

因为网上铺天盖地的负面舆论,柏冬青要处理这些乱七八糟的信息,这个周末热恋的计划自然是泡汤了。

许煦也没出门,专心在网上就柏冬青被骂的事跟网友们辩论,当然也没辩论出个所以然。网友们都喜欢自诩为正义的化身,将她这种言论持有者打为理中客,各种痛批。最后她节节败退,只得退网眼不见为净。

到了周一上班,网上的热度还没消减,一进办公室,几个年轻人都在讨论这件事。

"林凯杰以前干了那么多缺德事,全部靠钱摆平,连案都没立过,没想到这次遇到个有骨气的,跟他杠上了。这就叫光脚的不怕穿鞋的,那个莫伟一个残疾人,唯一的亲人没了,也就没什么好怕的了。虽说过失致人死亡罪判不了多久,但判个一年半载也够这种富家子弟受的。"

"这个也难说,他的辩护律师是柏冬青,以柏大律师的本事,这种案子打个缓刑应该不是什么难事。"

"谁知道呢?案发了几个月,死者家属才忽然在网上发文,而且声势浩大,各种林凯杰的黑料接连不断地被爆出来,还有凭有据,那个莫伟背后肯定有高人支招。用舆论倒逼司法，给庭审压力，案子审判的时候肯定会考虑舆论。"

"是啊！一个好好的女孩，就这么被林凯杰这个人渣害得没了性命，更何况那林凯杰还不知道做过多少恶事。柏冬青给这种人辩护，要真能帮他脱罪，他的良心不会痛吗？"

"律师能有什么良心，天天干的就是这种事，最是冷血无情的一个群体。"

许煦听到大家讨论得热火朝天，到底没忍住，插嘴道："这本来就是人家的工作，网友们瞎起哄也就算了，咱们都是做这一行的，说这些话就有点不应该了吧！"

她刚说完，还没等到其他人反驳，主编从办公室走出来打断了他们的讨论："许煦，你来一下！"

许煦走进主编办公室："主编，有何吩咐？"

主编道："林凯杰这个案子估计接下来一直到开庭，都是热点，你负责跟吧！"

许煦道："之前不是小沐跟的吗？"

"小沐手上有别的任务，暂时空不出来，最近就你的工作比较少，所以就你负责吧！"

这几年，许煦是尽可能避免跟柏冬青负责的案子，但这回看主编的口气，确实是没有其他人手了，想了想，还是点头："行！"

主编递给她一张纸条："这是莫伟的联系方式和地址，你待会儿去走访一下。"

许煦接过纸条看了一眼，从主编办公室出来，查好案子的资料，便出了门。

莫伟住的地方在一处城中村，破破烂烂的巷子里散发着一股腐烂的臭味，坑坑洼洼的地面积满了污水，时不时有老鼠在大白天招摇过市。

许煦虽然也采访过一些底层人士，但这种地方确实很少来过，甚至有点不敢相信，繁华的都市腹地，竟然还有这样残破的存在。

巷子两旁的平房门口，坐着的穿着清凉的女人以及形容猥琐的无业游民，都在往许煦这个与此处格格不入的闯入者看过来。

这些目光让她很有些不自在，于是加快了脚步。

可是走了没几米，面前忽然窜出两个混混模样的男人，不怀好意地挡住了她的去路。

她往左，他们也往左；她往右，他们也往右。

等她皱眉停下，那两人干脆朝她靠过来。只是人还没靠近，她忽然被人往后拉了一把，一道高大的身影挡在了她面前。

这人穿着蓝色的制服衬衣，站在这窄小的巷子里，看起来气宇轩昂。

那两个混混看到胸口佩戴徽章的人，自然不敢惹，一句话没说，假装是路人，打着哈哈擦身离开了。

在这种地方遇到程放，许煦还是很惊讶的，她奇怪地问道："你怎么在这里？"

程放转头看她，轻描淡写道："我来走访被害人家属。你呢？"

许煦皱眉，不答反问："林凯杰的案子？"

程放点头。

许煦："我看过资料，之前检方那边的负责人不是你啊！"

程放道:"负责的检察员请产假了,刚刚转到我手上。"说着,他挑挑眉,"怎么?你是来采访这个案子的?"

许煦耸耸肩:"是啊!"

还真是凑巧!

辩护律师是柏冬青,公诉人是程放,自己则被主编派来跟这个案子。

世界可真小!

这是一所典型的城中村平房,房子很有些历史了,外面青砖斑驳,屋内光线暗淡。

房子里很简陋,只有寥寥几样旧家具,不过收拾得还算干净,中间的柜子上,摆放着一张硕大的黑白照片,照片上的人正是死者莫辛。青春靓丽的女孩,已经从这个世界消失。

拄着拐杖的莫伟给两人用一次性杯子倒了水,放在沙发前的茶几上,神色很有些拘谨,手足无措地似乎不知道要干什么。

许煦默默地打量了这个年轻人一眼,大概二十五六岁,五官挺清秀,和妹妹有几分相似,只不过大概是出身环境和身体的缘故,整个人显得有些木讷怯弱。

程放朝他笑了笑:"坐吧!不用紧张。"

莫伟点头坐下,看了眼许煦,朝程放道:"程检,这位记者是跟你一起的吗?这两天有好多记者想采访我,但张律师说不要随便接受采访,以免说错话。"说着又道,"对了,谢谢你给我介绍张律师,要不是她帮忙,我也写不出那么长的文章,更不知道应该发在网上。"

莫伟说的张律师是法援中心的律师,因为是公诉案,他之前并不知道还需要寻求律师的介入。

程放笑了笑:"没事,只要能给你提供帮助就好。"说着,看了眼许煦,"这是《法治周刊》的许记者,正规的法律刊物,你可以接受她的采访。"

许煦从进入这间房子的那一刻,就有种难以描述的压抑感,简陋的陈设、黑白照片上的女孩、木讷的男人,仿佛都在昭显着底层人群的无力、痛苦和迷茫,以至于她如鲠在喉,一直都没有开口说话。

待程放说完这句,她才回神,牵强地笑了笑:"你有事先做,我采访不急。"

程放道:"我今天来也就是了解一下情况,看莫伟有什么需要帮助的。目前案子已经移交法院,只等着开庭了。"

莫伟低声问道:"害死我妹妹的凶手能得到惩罚吗?"

程放沉默了片刻:"你的心情我理解,我只能说会尽力将凶手绳之以法。但这是过失致人死亡案,弹性很大,我不能给你做出保证。"

莫伟闻言黯然地低下头。

程放又道:"你也不用太失落,大家一起努力,总能替你妹妹讨回公道的。"

莫伟点头,想起什么似的起身,拄着拐杖一瘸一拐地从后面的电视柜抽屉里拿出一叠本子文件之类的东西,折身过来,递给程放:"程检,这是你之前让我整理的我妹妹上学时的成绩和奖状。"

程放接过来："行，我先看看。"说着又朝许煦道，"我没什么事了，你可以采访了！"

许煦打开录音笔，看向莫伟，嗓子有些发紧，道："莫先生，您可以先介绍一下您和您妹妹的情况吗！"

莫伟嘴唇翕张几下，才发出声音："我们的情况，在微博上已经写得很清楚了。"

许煦也明白，让这个男人用嘴巴说出来，还不如去那篇文章中提炼自己要的信息。她没继续追问，想了想道："据我所知，您之前应该已经答应嫌疑人一方提出的和解赔偿，也准备出示家属谅解书，但是为什么前天忽然发出那篇文章？"

莫伟听她这样问，忽然激动起来，涨红脸道："那是因为之前林家的律师一直告诉我，这是最好的方式。他说就算我不接受赔偿，不出示谅解书，也不会影响案件的审判结果，但是赔偿金却会有很大的差别。"

许煦知道他说的是柏冬青，她忽略掉心里那点不舒服的感觉，继续问道："法院判决的赔偿和被告主动提出的一百万赔偿金，肯定是有很大差别的。您之前应该考虑过这种情况，所以才答应，为什么忽然拒绝接受赔偿金？"

莫伟的表情愈发激动："那是……那是因为林家的律师说林凯杰坐牢的几率微乎其微，而且周围的人也让我不要跟林家对着干，他们有钱有势，捏死我比捏死一只蚂蚁还容易，我没有钱，也不懂法律，还是个残废，不知道自己能为妹妹做些什么，所以就退缩了。直到张律师和程检他们说会帮我，会努力为我妹妹讨回公道，告诉我该怎么做，我才知道这个世上还是有正义和公道的。我妹妹的命已经没了，我怎么能用她的命去换一百万自己花！就算我再穷，也做不出这种事。"

他说到这里，眼眶早就发红，泪水涌出来，哽咽道："我妹妹进林氏集团后，三天两头就被林凯杰拉去应酬喝酒，说是助理，其实根本就是让她当陪酒小姐，短短半年就得了胃病。我让她辞职，可她才刚刚毕业，好不容易找到这么高薪的工作，一门心思想要改善我们的生活，总是说忍忍就过去了，可是没想到忍耐的结果是把命都丢了。"

一个不善言辞的男人，一口气说这么多话，显然是被激出来了。说完他就号啕大哭起来："我妹妹才二十二岁啊！难道就因为有钱，害死了人都不用负责吗？那些做律师的为了钱，就可以昧着良心帮助坏人脱罪吗？"

这下轮到许煦不知道说什么了，只能公式化地说："坏人也有辩护的权利，但法律是公正的，我相信法律会给你妹妹一个交代的。"

莫伟红着眼睛问："是吗？"

一旁正在对那些成绩单和奖状拍照的程放道："林凯杰那边有律师，但你和你妹妹有我们，我作为公诉人，肯定会竭尽全力。"

莫伟哽咽道："谢谢程检，要不是你，我都不知道怎么办，可能只能眼睁睁地看着害死我妹妹的凶手逍遥法外。"

见莫伟情绪激动，许煦很快就结束了这场采访，与程放一块离开了。

出门后，她心事沉沉，一直到走出巷子口都没有说话，也没看一眼程放，最后还是一直默默注意着她的程放先开口："我有点难以想象，老三在用他做律师的技巧说服莫伟接受赔偿和出示谅解书的时候，是什么样的心情？"

许煦回神，皱了皱眉，冷淡地说道："对于莫伟的现状，难道不是接受赔偿更明智吗？就算林凯杰被判入狱，过失致人死亡罪顶多也就三五年，而且他已经道歉，主动赔偿，在审判中肯定会考虑从轻处理，两三年的刑罚能有多大意义？"

程放轻笑了笑："看来你和老三一样理智。"顿了一下，又道，"只是你心里是真这么想的吗？或者说，如果你是莫伟，你会这么想吗？"

许煦一时噤声。

程放走到自己车边，拉开车门，又转头道："我记得老三曾经说过，学法律是希望能尽己所能寻求公正和正义，我不知道他忘了没有，但我没有忘。你转告他，不管林家和他有多大的能量，我这个小检察官，一定会为莫家兄妹尽自己最大的努力。"

一个下午，许煦都很乱，也没有心思整理采访稿，一直在网上翻看网友的各种言论。

之前看到骂柏冬青的话，恨不得撸袖子跟人干一架，但是现在看到那些谩骂，脑子里想着莫伟和莫辛兄妹，想着那间昏暗的平房以及莫伟的拐杖和哭泣，她忽然就有点迷茫了。

作为一个律师，柏冬青在程序上没有任何错误，但是在道义上，他这么做，甚至在某种程度上利用了莫伟的怯弱和无知，显然是值得商榷的。

就如程放问的，他面对莫伟的时候，还有没有恻隐之心？

其实之前她就问过，但他并没有回答自己的疑问，而且表现得很平静，这意味着他已经见怪不怪了。

是不是律师做久了，内心的柔软就真的渐渐被坚硬所替代？

许煦忽然有点难受，那可是看到在寒风中卖红薯的老人都会动恻隐之心的柏冬青啊！

这天下班后，她回去得比较晚，难得柏冬青比她先到家。

"怎么这么晚？和朋友出去玩了吗？"见她进门，坐在沙发上看电脑的柏冬青抬头问。

许煦点点头，沉默地走过来，在他旁边坐下，看着他不说话。

柏冬青觉察她的异样，问："怎么了？"

许煦抿抿唇，道："我被我们主编派去跟林凯杰的案子，今天去采访了莫伟。"

柏冬青倒是没觉得意外，神色平静地看向她："你是不是觉得他们很可怜？觉得我的做法很可恶？"

许煦犹疑了片刻，点点头："你有没有利用他的贫穷和无知，让他接受赔偿，谅解林凯杰？"

柏冬青微微蹙眉，有些无奈地笑了笑："不管林凯杰的人品有多恶劣，在这个案子里，目前的证据显示就是过失致人死亡。积极主动赔偿是减轻刑罚的途径之一，也是他的权利。而对于莫伟来说，他当然也可以放弃赔偿，以求能够重判。但是过失致人死亡案，在被告人积极主动赔偿的背景下,能判多少?就算是没有律师辩护,也就是两三年。这两三年对于莫伟来说,能解心头之恨吗?他的腿有残疾,接受赔偿让自己接下来的生活更有保障,在我看来,比赌这口气实用。"

说到这里,他又自顾地轻笑一声,"我知道,这是站着说话不腰疼,甚至可能会让人觉得是在找借口,可这确实是事实。"

他说的这些,许煦当然都想过,只是想是一回事,面对真实世界又是另外一回事。

她神色纠结地看着他:"那你会难受吗?"

柏冬青沉默了片刻,点头:"当然难受。但是在办案子的时候,必须把个人的情绪剔除开来,不然就没办法客观地去做这件事。而一个律师一旦失去客观判断的能力,那么他就无法去发现案子可能存在的问题,冤案错案也就来了!"

许煦道:"我明白你说的,但你也要答应我,永远记住你学法律的初衷。"

柏冬青轻笑了笑:"我答应你。"

许煦想了想,又道:"我会一直跟这个案子,虽然报道会客观中立,但报道传达的情感,可能和大部分舆论一样,站在被害者一方。"

柏冬青失笑:"你不站在被害者一方,难道站在林凯杰这一方么?你大胆地写,不用在乎我的感受,因为撇去律师这个身份,情感上我也是站在被害者一方的。"

许煦微微松了口气,想起什么似的,道:"对了,检方公诉人换成了程放,你知道吧?"

柏冬青点头:"知道!"说着叹了口气,"我还真希望他能赢呢。"

接下来的两个月,林凯杰的案子在网上的热度一直没减下来,关于这位富二代的各种黑历史满天飞。

网络一旦开闸,想要再堵住就难了,钱在这种时候也并非万能,何况仇富本就是一种从众心理,连带着对柏冬青的谩骂也不绝于耳。

而柏冬青本人除了那几桩有争议的案子,没有任何实质性的黑料,甚至所有匿名知情人对他的评价都很好。但正是这种没有黑料,反倒成了黑料。

当他的身世背景和成长经历被扒出来后,网友们如同打了鸡血般,乐此不疲地编造一个烈士之后五好青年,在走上社会后,逐渐迷失在名利中的故事。一个二十八岁的顶级律所的合伙人,实在是太值得人们给他编造故事了。

甚至还有网友杜撰出他为了往上爬,用尽心机找了一个有钱女友。

许煦真是哭笑不得,她这个女友的家境是还算不错,但在一起多年,别说是对他事业有半点帮助,就是生活上也是花他的钱更多,毕竟月薪六千块的自己买个贵点的包都难。

不过,对于这些谩骂,柏冬青自己倒是没有任何反应,他仍旧是上班加班,忙忙碌碌,也没和许煦多聊过案情,仿佛这只是一桩再平常不过的案子。

倒是许煦因为一直跟进案子进展,走访了好多次莫伟,遇到了好几回程放,还专门采访过他这个公诉人。

在上学那会儿,许煦对于程放致力于当检察官这件事,从来没和正义感联系起来,只当是还在中二期的男生对制服和权力的向往。但现在看到他为这件并不算大案的案子费心费力,倒是有了不少改观。

他已经不是当年那个有些幼稚的大男孩,二十八岁的程检为人处事稳重周到,成熟得似乎都有点难以捉摸了。

不过,除去私人的那点纠葛,单纯从工作关系来说,相处得还算愉快。

转眼案子就要开庭,这是许煦第一次作为媒体成员去旁听柏冬青参与的案子。也不知是因为这层关系,还是对于结果的期盼,她竟然有些紧张。

早上,两个人一起出门,她又忍不住问道:"我听程放说,这个案子,他挺有信心的,送林凯杰坐两三年牢应该没问题,你这边到底怎么样?"

其实,这几天,这个问题她已经问过好几次,每次柏冬青的答案都差不多。

他神色莫辨地看了看她,仍旧跟之前一样道:"我知道,你想要看到林凯杰那种人受到应有的惩罚。但是就我现在手上拿到的最新证据,可能没办法达到你们想要的结果。"

至于是什么新证据,他却没有细说。许煦也不好追问,毕竟这是他的工作。

两人分道扬镳各自去了单位,然后以不同身份奔赴南区法院。

撇去被告身份的特殊性,这其实只是一桩可以适用于简易程序的小案子。有监控,有行车记录仪,有被告的口供,简单明了,连证人都不需要。

然而,因为被告是人人皆知的富二代,案子广受关注,自然声势浩大,媒体蜂拥而至。

拿着旁听证的许煦和其他几家媒体一起进去,坐下没多久,各方就陆续到位了。

十点,庭审正式开始。

穿着黑色律师袍的柏冬青坐在辩护人席位,微微蹙着眉头,从坐下后,就低头认真看着手中的资料。当书记员宣读到他的名单,他应答后,不知想到什么,忽然朝旁听席看了一眼。很迅速的一眼,却准确地锁定了许煦的位置,神色有些莫辨,很快又低下头。

这是许煦第一次看到他穿着律师袍的模样,脸还是那张自己再熟悉不过的脸,只是整个人透出来的感觉,却是一种让她有些陌生的严肃冷静。只消一眼就能让人确定,这是一个专业而优秀的律师。

穿着制服的程放作为公诉人坐在对面的公诉方位置,身旁还有一个同样穿着制服的女检察官。当许煦看向他时,他嘴角微微上扬,颇有些笃定的模样,不着痕迹地朝她点了点头。

许煦又环顾了一下旁听席,莫伟就坐在左前方的位置。大约是第一次进这种地方,他的身体坐得很直,肩膀微微紧绷着,看起来很是局促不安,直到他将目光投向程放,得到对方安抚般的点头示意,才稍稍安稳一些。

而坐在被告席的林凯杰,因为处在取保候审中,穿的是便服,神色轻松如常,虽然一开始就道歉,但明显是公式化的说辞,表情中仿佛已经笃定自己不会坐牢一般。

然而,他的这种轻松,从法庭调查阶段开始就一点点地慢慢瓦解了。

程放在讯问的时候,从他和莫辛的关系,问到当晚开始是否饮酒,以及将一个女孩子丢在户外是否预见过危险性等方面入手,提问循序渐进,逻辑缜密又严谨。

本来他上庭前已经有所准备，但程放作为辩论高手，太擅长诱导性的提问。一开始林凯杰还能招架得住，但很快就被程放拖下水，几乎每个答案都与初衷背道而驰，变成了对方想要的答案，甚至很快就被诱导承认了网上所爆料的他之前所犯的事。

一个劣迹斑斑的形象，就这么在法庭上树立起来，以至于一开始他在庭上对受害者家属的道歉都显得有些可笑了。

本来可以轻松以对的林凯杰，不知不觉中急得满头汗，这才想起转头向柏冬青求助。程放问的一些问题，显然已经偏离本案，作为辩护律师有权利提出反对意见，但是柏冬青一次都没提出过，甚至对林凯杰的求助视而不见。

许煦皱眉看着神色平静到甚至有些消极的男人，心里有些狐疑。

难道他是故意的？故意消极应对，输掉这个案子，把林凯杰这种人渣送进监狱？

但显然不太可能，因为照林家的诉求，林凯杰这个独苗，是一天牢都不会去坐的。就算是一审被判入狱，也绝对会上诉，到时候柏冬青这个辩护律师必然会被换掉，他的消极也就没有任何意义。

检方的势头几乎已经呈压倒式，林凯杰的神色越来越焦急，尤其是面对辩护律师敷衍的提问时，他对柏冬青的恼火已经写在脸上。

而到了庭辩环节，柏冬青除了坚持无罪辩论这个出发点，对于程放煽情又咄咄逼人的发言，他甚至都没拿笔做笔记以准备反驳，只寥寥说了几句就结束，丝毫没有半点金牌律师的风范。

公诉方的强势和缜密，几乎让所有希望林凯杰恶有恶报的旁听者，包括莫伟在内，都暗暗松了口气。

只有许煦那口提在胸口的气一直没松弛下来，她一动不动地看着柏冬青。

因为她没有忘记这几天他对她说过的话。

到了辩护人最后的陈述，柏冬青站起来，沉默了片刻，忽然转头看向旁听席上的莫伟，又看了一眼许煦，脸上出现一丝挣扎犹疑的表情，最终还是转过头对向合议庭的法官们。

"审判长，两位合议庭的审判员，我这里有一份新的证据要提交。"

审判长点点头，庭审工作人员将他手中的文件袋接过去呈上。

柏冬青道："死者遇害时，现场留下的物品里有一部损坏的手机，我查了这部手机的通话记录，在十二点十分到二十分之间，她曾用这个手机拨打过哥哥的电话，总共拨打过三次，不过被拨打的号码没有人接听，应该是处于关机状态。当然这个不重要，重要的是，监控和行车记录仪显示的事发时间是十一点五十分，这表明死者被被告推下后的二十分钟内还活着，并没有溺水，也就意味着她的溺亡和被告没有直接关系。"

他这番话一出，不仅仅是旁听席发出哗然的声音，就是合议庭的法官和公诉方的检察官都脸色大变。

柏冬青略作停顿，又道："这份证据还有一份心理诊断报告，在事发前两个月，死者去看过心理医生，被确诊为中度抑郁症，甚至出现过轻微的自杀倾向。有理由推断，死者是在跌下路边后，抑郁症发作自杀的。"

首先是旁听席的莫伟站起来大叫："不可能！不可能！"

而坐在被告席的林凯杰，则是抑制不住地大笑起来，神色有些失控般的癫狂："我是冤枉的！我是冤枉的！那女人的死跟我没关系！"

本来安静肃穆的法庭，一时躁动起来，审判长赶紧用法槌维持秩序。

而丢下这一颗炸弹的柏冬青却始终神色平静，说完就坐下了。

许煦看了看他，又看向左前方的莫伟，这个年轻的男人，此时已经崩溃得大哭起来。

如果柏冬青提供的证据是真实的，那么对于这个与妹妹相依为命的男人意味着什么，已经不言而喻。

妹妹出事的那个深夜，也许他关了手机，所以从来不知道妹妹在结束生命前给自己打过三个电话。

如果当时他没有错过这三个电话，妹妹的命运应该就不会这样收场。

这个突如其来的真相，远比莫辛意外死亡更加残忍。也难怪刚刚柏冬青会出现挣扎犹疑的表情。

许煦想过很多种不乐观的结果，比如说柏冬青用他当律师这么多年的技巧取胜，比如说法官看到林凯杰积极赔偿就轻判。

然而，最终的结果竟然是林凯杰和莫辛的死没有关系，他成了一个被冤枉者。

哪怕谁都知道，如果不是他推下那个可怜的女孩驱车离开，莫辛肯定就不会死在那个夜晚。

莫辛在现场留下的物品中，有身份证，有名片，现场有监控录像，路面有滚落的痕迹，莫辛身上有擦伤，但死因很明确是溺亡。加上林凯杰的行车记录仪和口供，让这个案子看起来足够清晰明了。

警方不需要通过一个损坏的手机去确定溺水者的身份和死亡原因，警方和检方在调查案情时，就算按着流程去调查莫辛的通话记录和短信来往，但电信营业厅提供的记录并不包含未接来电，那个拨打三次却没人接听的记录只存在于莫辛的手机里。

柏冬青不知是用什么方法查到的，但真伪与否，只需要打开那个作为遗物保存在莫家的手机就能清晰明了。

一个拨打三次没人接听的电话记录，以及莫辛的心理诊断报告，让整个案子完全变了性质。谁也不会想到，这场意外竟然是一个抑郁症患者的自杀。

因为这个突如其来的反转，合议庭还需要时间验证证据的真伪，案子没能当庭宣判。不过，谁都知道，只要柏冬青提供的证据是真实的，这个案子的结果已经明了。

从法庭出来，媒体纷涌而上采访林凯杰。

他与柏冬青并肩而行，身后簇拥着几个保镖和助手，脸上是掩饰不住的得意，在门口被记者堵住后，对着镜头和话筒侃侃而谈。

"这几个月，我一直饱受舆论的压力，身心都受到很大的伤害，幸而我的律师证明了我的清白。对于莫小姐的意外身亡我深感同情和愧疚，也承认当时因为争吵将她推倒丢下是我人生中犯下的一个严重错误。而作为上司，我没有及时发现她的精神状况不正常，是我做得不好，这些我都不会推卸，也仍旧会对她的家属给予一定的补偿，这是道义上该做的，但她的死亡和我没有因果关系，我相信法院会给我一个公正的判决，我是无罪的。"

许煦没有走上前凑在人堆里采访，只是远远地看了那边一眼，就跟上了莫伟。莫伟被他的律师搀扶着，本来腿上就有残疾，此时走路愈发摇摇晃晃。

程放也在他旁边，脸色很是不好，有记者过来，被他冷漠地拒绝。

因为警方的调查结果，他一开始就认定了莫辛的死是因为林凯杰的失手推倒，所以一门心思想将林凯杰送进监狱，想在庭审中赢过柏冬青，所有的调查都是围绕对林凯杰不利的方面展开的。

他查过莫辛的通话记录，是从营业厅调出来的清单，因为这肯定是比手机上的记录更详细。实际上，莫辛和林凯杰的信息来往也确实显示莫辛总是被要求去应酬陪酒，甚至还有一些类似于要挟的对话，这些都足以让林凯杰在这件案子上很被动，哪怕他的罪名只是过失致人死亡。

在刚刚的庭审中，他看到柏冬青消极应对，本以为自己会毫无悬念地赢了，还暗暗自得，这个传闻中的大律师也不过尔尔。

然而没想到，他原来留了这么一手。

之前的消极应对不过是在嘲弄自己的表演罢了，因为一个检察官忽略了这么至关重要的信息，确实值得被嘲弄。

这不是他第一次当公诉人。实际上，这几年在基层，他办的案子自己都记不清，回来这半年，也接手过好几桩大案，做得都还算漂亮。可是没想到却在这件并不那么重大，但偏偏广受社会关注的案子里出了纰漏。

这样的纰漏倒并不是什么大事，对他的职业生涯也没有任何影响。但因为对方是自己一心想要赢的柏冬青，而被告又是劣迹斑斑得让人憎厌的恶人，自己也承诺会全力帮助那对可怜的兄妹，所以这个结果让他觉得很挫败。

他曾经高高在上，不懂人间辛酸，直到跌入泥泞，尝遍冷暖，才明白那些在底层苦苦挣扎的人们有多无力。

一个有抑郁症的女孩被抛弃在夜晚的荒野，导致了自杀。谁都知道，莫辛的死其实就是因为林凯杰，然而法律不会认同这里的因果关系。

这就是法律，因为太追求公正，所以显得无情。

程放看着泣不成声的莫伟上车，又转头看了一眼后面的人群，林凯杰已经在簇拥中上了自家的车，柏冬青不知道去了哪里，大概是回了自己的车内。

他将目光移回来，落在几步之后的许煦脸上，叹了口气，有些挫败地摊摊手，道："莫伟现在的状态不适合采访，你可能得等等。"

许煦勉强地笑了笑。

这时，林凯杰的车子过来了，在旁边稍作停留，窗户打开，露出一张嚣张得意的脸，他朝程放挑了挑眉，笑道："程检，真是让你失望了，但没办法啊，我就是个清清白白的良民。我知道，这是你的工作，看在你哥的分上，我就不跟你计较了。"说着又用手指敲敲窗户，"对了！莫辛那位瘸子哥哥，你妹妹的死真跟我没关系，她自己想不开，我也没办法，还差点冤枉了我。之前要求和解给你赔偿，你不答应，现在我的律师证明我无罪，还了我清白，赔偿什么的肯定是没有了。不过，作为莫辛的上司，我还是会给一点抚恤金，回头我让助理上门给你送两万块。"

说完勾唇一笑，不等莫伟反应过来，已经关上车窗，让司机开车离开。

路边，车内的莫伟被他这番话气得脸色惨白，整个人都在颤抖，良久才憋出带着哭腔的声音："我妹妹就是被他害死的！我妹妹以前没上班的时候好好的，怎么会得抑郁症？肯定是被他欺负了！"

他身旁的张律师拍拍他的肩膀，低声安抚："等判决下来了再看吧！民事赔偿应该还可以打一打。"

莫伟不知道有没有听进去，双手捂着脸，失声痛哭。

许煦站在远处，默默看着这样的场景，不知道这个可怜的年轻男人是因为这个意想不到的结果而哭，还是因为自己没能接到的那三个电话而哭。

当事人陆续离开，媒体也逐渐散去。程放走到许煦身旁，笑了笑："老三很厉害，我心服口服。"

许煦神色复杂地看了他一眼，没有说话。

程放掏出一根烟点上，走了两步，又转头道："你帮忙告诉老三，林凯杰的事还没完，这混蛋干的坏事可不只这么一桩，等下次看他还能不能护得住。"

许煦很想为柏冬青辩解一句，毕竟，本质上他是用事实证据阻止了一桩冤案的发生，哪怕林凯杰是个人渣。

但她什么都没说，因为当他在法庭上拿出那种证据时，对于这对阴阳相隔的可怜兄妹，真的是太残忍了。

她默默看着程放离开的背影，有些五味杂陈。

庭审的稿子许煦写得很慢，好在他们是周刊，不用追求时效性。一直到晚上快八点，办公室人去楼空，她才勉强完工。

回到家，柏冬青已经做好了饭在等她，他神色轻松，见到她回来，给她盛好饭，笑着叫她去洗手。

从善如流地洗完手的许煦，来到餐桌前坐好，看到桌上好几样她喜欢吃的菜，然后抬头看向对面的男人，心情有些复杂地问："今天打赢了官司，心情很好？"

柏冬青微微一怔，失笑："这段时间大家都很忙，好久没一起吃饭了，今天好不容易早下班，所以做了些你喜欢吃的。"

许煦道："冬青，你觉得今天旁听了庭审的我会有胃口吗？"她喉咙有些发紧，顿了一下才哑声道，"你看到莫伟的反应了吗？"

柏冬青看了看她，语气平静地说："这是事实，他得接受。"

"可这个事实真的太残忍了。"许煦苦笑了一下，"我有时候想，要是你没把那些证据拿出来该多好！"

柏冬青道："我是个律师，不能因为被告的善恶去隐藏已经查到的证据。"

许煦打断他："又或者，因为你是律师，所以想尽办法要保护你所谓的当事人？"

柏冬青神色微微一僵，有些失落道："你就是这样看我的吗？"

许煦将筷子放下："我只是觉得，你在这件案子中表现出来的冷漠让我有点意外。"

柏冬青看向她，好整以暇道："我每年要办几十桩案子，杀人抢劫都有，我必须学会不去感情用事，以防止失去冷静客观的判断能力。当事人的好坏与否，在我办案的过程中确实不重要，重要的是他在这个案子中扮演的角色，是否被冤枉。"他顿了片刻，"没错！莫伟和莫辛是很可怜，但就这个案子本身来说，林凯杰是无罪的。哪怕他再恶劣，也不应该背上这个他不应该有的罪名。"

他在家里，很少说这么长的话，许煦这才知道，他从来不是不善言辞，而是不说罢了。他其实很会说话，因为真的让人无从辩驳。

许煦揉了揉额头："我知道！我知道！这是你的工作，这也是法律本身。但……可能是因为这段时间和莫伟接触得太多，所以我难免有些代入感。"她站起身，"你慢慢吃吧，我有点不舒服，先去休息了。"

她工作这么多年，类似的案子也跟过，但这回是第一次体会到那种身为底层小人物的绝望感。

莫伟的无力和痛苦，林凯杰的嚣张和得意，还有柏冬青在庭审中的平静，几种表情在她脑子里交错，明明跟她没有什么关系，却忽然也有一种说不出来的无力感难以发泄。

柏冬青随她起身，走到她身旁，抓住她的手，嘴唇翕张了片刻，道："我知道这件事对你来说很难接受，可是你相信我，法律是公正的，虽然林凯杰在这件案子上是无罪的，但只要他真的涉及过犯罪，就一定会得到惩罚。"

许煦轻轻地笑了笑："是吗？刑事法庭和舆论这两类法庭都没有让他得到惩罚，那么是要靠良心这个第三类法庭吗？他的良心？还是你的良心？或者是老天爷的良心？你自己做律师的，知道这个世上只要有钱，就一定可以掩盖很多罪恶。你真的相信法律追求的所谓公平和正义吗？"

柏冬青看着她的眼睛，笃定道："我相信。"

许煦怔了一下，忽然想，是不是就因为他如此盲从法律，所以就忽略了人性和情感？也正因为如此，他成了一个专业而优秀的律师，却大概也不再是那个内心过于柔软善良的男孩。

这大概就是成长吧！

可这样的成长真的是让人难过啊！

许煦知道，自己是小题大做了，也很清楚柏冬青作为一个律师，没有任何应该诟病的地方。

只是理智与情感总是相悖的，在一个自己倾注了感情的案子里，她做不到那么理智，至少不可能像柏冬青那样理智。

她也明白，自己是因为心中那无处排解的无力感而有些迁怒于他，可即使明白，也还是不太能接受他在这件案子上所表现出来的冷静到几乎冷漠的态度。

十天后，判决结果公布，毫无悬念，林凯杰被宣告无罪。

网上再次掀起一个小高潮，对于林凯杰和柏冬青的谩骂有增无减，只有少量理智的人讨论着法律的公正性，这种公正性保护的是所有人，而不分好坏。

这些天，许煦尽量让自己的情绪恢复，她也不希望外在的东西影响她和柏冬青的关系。毕竟工作的归工作，生活的归生活。

这日，她接到主编派给她的任务，代表杂志社去采访一个律协主办的慈善酒会。

下了班，她准备直接去会场，只是刚刚从单位所在的大楼里出来，便见到拄着拐杖的莫伟，独自站在路边。看到她后，朝她一瘸一拐地走过来。

她赶紧迎上去："有事吗？"

男人的脸色很差，本来年轻清秀的面孔比先前更加消瘦和憔悴，眼睛里都是红血丝。可以想象他这些天经历了什么样的痛苦。

莫伟看了看她，声音嘶哑道："许记者，我有点事想和你说说。"

许煦点头，带着他来到了附近一家清静的餐厅，点了几样简单的小菜。

"你想跟我说什么？"许煦问。

莫伟沉默了片刻，开口道："我妹妹就是被林凯杰害死的。"

他的语气带着压抑不住的怨恨，还有种无能为力的痛苦。

许煦的眉头轻蹙，努力找到合适的措辞，一字一句道："莫伟，我知道这个结果很让人难过，但是现在的证据表明，你妹妹确实不是因为林凯杰推倒而溺亡的。"

莫伟有些语无伦次道："不……不是，我的意思是说，就算我妹妹是自杀，也肯定是因为被林凯杰欺负了，如果不是这样，她怎么可能自杀？"

许煦愣了一下，反应过来他说的欺负是什么意思，小心翼翼道："我知道，你想让林凯杰受到法律的惩罚，但是你妹妹的尸检报告显示，她没有被性侵的痕迹。"

莫伟面露痛苦，点点头，低声道："我知道，我的意思是，她被欺负是在这之前，不然她好好的一个姑娘，怎么就患上抑郁症了，还要自杀？"

许煦心里一惊，继而又明白，这是面前这个无力的年轻人想要为妹妹讨回公道而病急乱投医的行为。她有些无奈地扯了扯嘴角："这个罪名可比过失致人死亡严重得多，你有证据吗？或者是，你妹妹生前和你透露过什么吗？"

莫伟黯然摇头："她只是有一段时间，总说自己害怕，晚上会做噩梦。我问她怎么了，她又只说是工作压力大。当时我没多想，现在回过头来想，才觉得有问题，她肯定就是被林凯杰欺负了。"

　　许煦思忖片刻："我理解你的心情，可这毕竟只是你的想象，如果你真的这么认为，就看看能不能找到什么证据。但凡有一点蛛丝马迹，你都可以告诉我，我一定会想办法帮你的。"

　　莫伟神色忧伤地看着她，默了一会儿，才点点头，感激道："要不是你们帮助我，我都不知道该怎么办。我真的不想我妹妹就这么不明不白地死了。"

　　许煦道："我也不知道怎么安慰你，但你妹妹肯定不愿意看到你为她这么痛苦，我还是希望你能看开点，不管怎样，你有什么需要帮忙的，尽管可以找我。"

　　两人道别时，霓虹初上，站在路边的许煦目送挂着拐杖的年轻人。他行动艰难地挤在下班的人群中，上了一辆公交车，很快就陷入乌泱泱的车内，让外面的人看不清他的状况，就像是一个毫不起眼的蝼蚁，没有人会去在意他的人生。

　　在这座千万人的大都市里，谁不是蝼蚁呢？

　　她不知道那个叫作莫辛的女孩发生过什么，才会抛弃自己相依为命的哥哥。但她相信莫伟的话，莫辛的死必然和林凯杰有着脱不开的关系。

　　然而，这样的揣测毫无意义，因为法律是冰冷无情的，只讲究证据。

　　因为莫伟的关系，她赶到酒会的时候已经有些晚了，慈善捐款环节已经结束，自助式的酒会宴厅里，衣香鬓影，人来人往。

　　虽然举办方是律协，但因为是慈善酒会，所以除了各个律所的大律师，还有很多合作企业，也是募捐来源的大头。

　　光鲜亮丽的法律精英和富商们，在金碧辉煌的大厅中举着酒杯，每个人脸上都挂着社交场上无懈可击的笑容，这里像极了一个微缩的名利场。

　　许煦找到酒会负责人了解了情况，拿了些资料，然后从服务生手中的托盘上取了一杯果汁，找了位于角落的一个小沙发坐下，边喝饮料，边看资料。

　　"一个人来的？"旁边忽然一道熟悉的声音传来。

　　许煦抬头，看到有一阵子没见的程放在旁边坐下来。他今天穿着一身正装，头发吹得很有型，英俊帅气，气质斐然，与这会场里的精英别无二致。

　　她轻笑了一下，不答反问："怎么检察官也能来这种场合吗？不怕违反禁令？"

　　程放勾起唇角："不能因为检察官比不上大律师收入高，就阻挡我们来做慈善吧？"说着又摊摊手，笑道："好吧，我是跟我哥一块来的，私人活动，跟我的职业身份没关系。"

　　许煦不知道他哥是做什么的，不过照他家从前的情况，如今东山再起，大概是个很厉害的人。

　　她耸耸肩，没有多问，低下头继续看酒会的资料。

　　坐在她旁边的程放不动声色地看了她片刻，似是随口问道："最近过得怎么样？"

　　许煦头也不抬回道："还行吧！"

　　程放笑了笑："你家柏大律师，最近貌似春风得意！"

许煦闻言，终于又再次看他，有些好笑道："不就是赢了你一场官司么？说到底是你们自己漏掉了关键证据，他查到那个证据，也算是阻止了一场冤案发生，你不用这么耿耿于怀吧？"

程放倒是很坦然地点头："是我调查有疏忽，专业不过关，比不上老三心细缜密，我心服口服。"说完，对上许煦的眼睛，"不过，你真觉得林凯杰是无辜的吗？我查过莫辛，一直是个很积极乐观的女孩，为什么会跟了林凯杰短短几个月后，就抑郁症自杀？真的只是应酬陪酒这么简单吗？我看不一定。"

许煦想起之前莫伟对她说过的话，思忖片刻，道："程放，你怎么说也是一个检察官，不要因为莫伟的一些猜疑，就去随便怀疑一些事情，这会让你失去一些客观的判断。凡事都要讲证据，不然小心再犯同样的错误。"

程放点头："那是当然，毕竟这次柏大律师给我上了宝贵的一课。有了前车之鉴，下回我肯定吸取教训，不让类似的问题重演。"

他说完，转头朝一个方向努努嘴，话锋忽然一转："这次老三帮了林凯杰，据说林氏集团把所有法律相关的业务都交给了华天。华天这两年一直在转型，想从主打刑辩跳出来，做更多的民商业务。你也知道，刑辩和民商比起来，收入还是少太多。这次算是个大契机，老三这个合伙人功不可没。"

许煦抬头朝他示意的方向看去，一眼便看到了人群中的柏冬青。

她知道，他今晚肯定也在这里，但之前忙着自己的任务，没去寻找他的身影，这会儿才真正看到。

今晚的他穿着一身黑色正装，颀长挺拔，在金色灯光的映衬下，面容更显英俊不凡。他端着一只酒杯，正在和周围几个衣冠楚楚的男人谈笑风生。

而他身旁那个人模狗样的男人正是林凯杰。两个人看起来很熟稔，时而侧头说着什么，兴起时，林凯杰还伸手揽住他的肩膀，俨然已经超出了普通的工作关系。

程放继续道："林氏集团是省内数一数二的民营大企业，林董还是民企商会的主席，搞定林氏的业务后，拿下更多的企业就再简单不过了。难怪我听说陈瑞国是把老三当接班人培养的，这个接班人选得不错，以后华天的发展不可估量。"

他边说边站起来，看了看灯光下的柏冬青，又低头看了眼神色有些恍然的许煦，轻笑道："小煦，你说老三到底是保尔·柯察金，还是于连？"

程放看着许煦有些恍然的表情，勾了勾唇角，一言不发地转身离开。

犹坐在原地的许煦一直怔怔地看着远处的柏冬青。

那个与人谈笑风生，看起来和这个偌大宴厅里的上流人士别无二致的男人，真的是她的柏冬青吗？

他们已经一起生活了三年，她以为自己对他再了解不过，但现在却不得不承认，她对他的了解，不过是局限在那一百平方米不到的公寓里。在那间共同生活的房子里，他温柔体贴，性格温和，做事周全体贴，对她百依百顺，是独属于她的无可挑剔的男朋友。

她以为这就是他的全部，始终都是当年校园里那个沉默寡言又善良正直的男生。

所以她没有去想过，随着时间的流逝，在那间公寓之外，作为金牌律所合伙人的他，其实也有另外的模样——一个在繁杂社会中游刃有余的精英该有的模样。

这时，只见林凯杰凑到他耳侧不知道说了句什么，他轻笑着点点头，两人与周围谈笑的人们似是道了别，并肩离开了宴厅。

许煦将桌上的资料收好，默默地跟了过去。

柏冬青和林凯杰去了宴厅外的露台，露台上有一张玻璃小几，两人各自在椅子上坐好。

林凯杰掏出一根烟递给他："我最厌烦来这种场合了，还不如去夜总会喝两杯。"

柏冬青接过烟，看了他一眼，轻笑着不置可否。

林凯杰点了烟叼在嘴中狠狠地吸了一口，将火机丢给他，昂着头重重地将烟圈吐出来，双腿往露台的矮墙上一搁，吊儿郎当道："不过也没办法，我家老头子嫌我这小半年来的名声太差，让我来做慈善洗白，不然我才懒得来这里浪费时间，有这功夫都够我泡两个妞了。"

柏冬青扯了扯唇角，拿起打火机，啪的一声，一簇火苗在夜色中蹿起，他微微歪过头去点烟，清俊的面容，在火光下半明半暗。

林凯杰见他不说话，轻笑一声："你还真是我见过的话最少的律师，那天在庭上，我还以为你是徒有虚名，没想到原来是留着大招，所以才让那个检察官尽情表演。"说着，伸手在他肩膀上拍了一下，"这次多亏你，不然连我自己都以为那女的是被我弄死的。那女人真麻烦，想死就不能简单点？非得拉别人下水。"

柏冬青看了他一眼，笑道："可能她就是想让别人误会是你害死她的吧！"

林凯杰神色微微一僵，挥挥手："那可真是莫名其妙，我又没怎么着她！不就是工作压力大了点么！"说完，话锋一转，"不管怎样，你这个朋友我是交定了。"

柏冬青道："我的荣幸。"

林凯杰笑着随口问："你们当律师的听说都很忙，平时有什么娱乐活动？"

柏冬青耸肩："还真没什么。"

林凯杰看了他一眼，笑道："那行！以后出去玩儿叫上你，可别不赏脸啊！"

"怎么会？"

林凯杰朗声大笑："话说你是怎么查到莫辛电话里的拨打记录的？你又没拿到她手机，营业厅查到的通话记录必须是接通的。"

柏冬青道："做了这么多年律师，想查什么总会有办法的。其实，我也是快开庭的时候才想起来查一下，没想到会找到这么重要的证据。"

林凯杰手指夹着烟，伸了伸腰，玩笑般道："那么，在你们律师面前，岂不是谁都很难有秘密？"

柏冬青轻描淡写道："那倒不是，律师也只是普通人。"

林凯杰歪头看着他，伸出手道："我看你一点都不普通啊！以后华天和林氏互惠互利的机会很多，咱们合作愉快！"

柏冬青伸出手，和他握了握。

这时，林凯杰的手机响起，他拿起来接听，点点头后挂断，站起身道："主办方那边找我拍照，我过去一下。"

柏冬青点头："你去吧，我把这根烟抽完。"

林凯杰离开了，偌大的露台上，只剩下柏冬青一个人。他站起身，靠在栏杆上，仲秋的夜风徐徐吹来，身后是灯火通明的名利场，身前是浓浓的夜色，如同站在明暗之间的分界线上。

他默默吹了会儿风，将手中剩下的小半截烟摁灭，慢悠悠地转身。然后，蓦地愣住。

只见许煦不知道何时站在露台入口处，逆着光的脸色，看起来冷得出奇。

"你什么时候来的？"回过神的柏冬青将烟灰缸放回小几上，随口问。

许煦面无表情道："在你和林凯杰勾肩搭背的时候。"

柏冬青眉头轻蹙，走上前，淡声道："华天和林氏最近有合作，和他谈点事情。"

在他靠近时，许煦下意识地退后一步，昂头看向他的脸："谈怎么交朋友么？"

她的眼神冷得就像是在看一个陌生人，柏冬青伸手去拉她，软下声音道："我和他不是朋友……"

还没说完，就被许煦打断："我知道，只是利益。"她闭了闭眼睛，深吸一口气，努力让自己保持平静，一字一句道，"冬青，你代理林凯杰的案子，连莫辛死前拨打出但是没被接听的电话记录都能查出来，我就不相信你不知道林凯杰是什么人，做过什么事？如果只是工作需要，你和他接触无可厚非。但现在是什么情况？你竟然打算和这种人交朋友！你还是我认识的那个柏冬青吗？"

柏冬青看着她，沉默了片刻："我知道自己在做什么。"

许煦哂笑："你当然知道自己在做什么！你可是大律师啊！"

说完，挣开他的手往外走，柏冬青上前去拉她，被她推开，道："我现在不想看到你，你别跟上来。"

柏冬青果然老实地站在原地，没再动弹，那个在别人看来总是从容的柏律师，面对生气的女朋友，此刻也只能无措地眼睁睁看着她拂袖而去。

露台再次恢复宁静，片刻之后，有脚步声响起。柏冬青从失神中抬头，看到西装笔挺的程放不紧不慢地走了进来。

柏冬青脸色微变，开口的语气却很平常："程检，你这样有意思吗？"

程放挑挑眉："不太明白你的话。"

柏冬青道："你做了什么或者想做什么，你自己很清楚。"

程放走上前，背靠栏杆，面对着他，轻笑道："我只是希望让小煦看清你到底是个什么样的人。"

柏冬青看了他一眼，哂笑："你不过是想让她觉得我是你以为的那种人罢了。"他顿了片刻，又才继续，"你是不是觉得只要没有我，她就能回到你身边？大家都不是小孩子了，别这么天真了好吗？不过是校园里一段少不更事的恋情而已，先不说许煦早就不当作一回事了，就是你自己可能也分不清，到底是对她念念不忘，还是怀念那段你人生中最春风得意的时光？别把自己塑造得多痴情，惦记别人的女人这种行为真的挺恶心的。"

程放的神色一僵，片刻之后，才皮笑肉不笑地开口："我以前还奇怪，你这种沉默寡言不善言辞的人，怎么在这么短时间内成为华天合伙人的！看来真的是我低估了你，原来你的嘴巴一点都不笨，刻薄起来，真是让人心服口服。"说着，顿了一下，又道，"你现在知道自己的女人被人惦记是什么滋味了吧？这还只是惦记一下呢，你不如再试想一下许煦被人抢走是什么感觉？这样你就能体会到我当时的痛苦了。"

他说这句话时，几乎有些咬牙切齿。

柏冬青却神色如常，依旧不紧不慢道："我必须提醒你一句，当初你和许煦是正式分了手的，就算我和她在一起，也没有什么不对。她是一个独立的人，不应该被人强行捆绑在一起。我唯一做得不好的地方，是因为自己的怯懦，将这件事隐瞒了你几年。若是重来一次，我一定会堂堂正正地和你说清楚，而不会让自己爱的人误解和委屈。你也不要总标榜你那可笑而幼稚的爱情，真正喜欢一个人绝对不是你现在这种表现。"

活了将近三十年，程放也算是经过了大起大落，早就不是当年那种喜形于色的大男孩，但此刻仅仅是因为他这番云淡风轻却暗含讥诮的话，便再也控制不住自己的情绪。

他上前一步，伸手揪住柏冬青的衣襟，冷笑道："柏大律师，许煦见过你这副样子吗？没见过也没关系，反正我会让她看清楚你到底是什么样的人？"

柏冬青将他的手拨开："我对打嘴仗没兴趣，所以对你明显带着私心的偏见，懒得去多做解释，我是什么样的人我自己清楚，许煦也会很清楚。"他轻飘飘地看了他一眼，转身要离开，走到露台入口时，又回头，冷声地一字一句道，"我再提醒你一句，许煦是我的女朋友，我和她在一起超过三年，不是你试图紧紧抓着不放的那点校园恋爱所能比的。我们会结婚组建家庭生儿育女，对我来说，她比一切都重要。所以别再妄想着夺人所爱，我是绝对不会退让的。你的工作性质是什么样，你自己清楚，随便一点小错误，就足以让人做文章。要是你还想做个好检察官，就不要把私人情绪带进工作里，不然别怪我不客气。"

说完这番话，他就头也不回地离开了。留在露台的程放看着他消失在夜灯下的背影，只觉得心中一片寒凉。

这还是他认识的那个柏冬青吗？还是那个从不拒绝人，也从不和人争辩，人群中总是最沉默寡言的那个柏冬青吗？

他忽然想到许煦，整个人遍体生寒，他怎么能让她和这种可怕的男人在一起！

柏冬青开车匆匆回到家，许煦却并没有在家，他走进卧室扫了一眼，应该是回来过，平时挂在柜子旁边的那个大背包已经不在了。打开衣橱的门，里面少了好几件日常装。

他蹙了蹙眉，拿出手机拨了她的号码。那边倒是很快接起，不等他问已经先回答："我在我爸给我买的公寓这边，你不用担心，我就是想一个人清静清静。"

柏冬青沉默了片刻："我和林凯杰不会成为朋友。"

许煦道："但是我一想到你和那种人勾肩搭背的情形就觉得不舒服。"她顿了一下，"冬青，我也想知道，你到底是保尔·柯察金，还是于连？"

柏冬青幽幽地叹了口气，有些无奈道："我谁都不是，我就是你认识的柏冬青，我们在一起这么多年，你现在忽然开始质疑我，我……有点难过。"

电话那头的许煦，听到这再熟悉不过的温和嗓音，心里微微一紧，良久之后，还是硬着心肠赌气般道："反正我现在想一个人清静清静，想到你跟林凯杰那种人渣沆瀣一气我就来气。"她顿了一下，又想起什么似的，道，"我跟你说，莫伟说，她妹妹自杀是因为被林凯杰欺负过，你要真跟这种人走近，我饶不了你！"

柏冬青有些哭笑不得，沉默了片刻，语气认真地说："如果莫伟手上没有证据，再找你的话，你让他不要四处乱说，尤其是不要在网上瞎写，一个诽谤罪就能让他蹲监狱。要是林凯杰真做过这些伤天害理的事，迟早有一天会真相大白的。"

"迟早有一天？"许煦明显不以为然道，"是靠老天爷开天眼么？受害者已经死亡，要找到证据有多难，你比我清楚多了。"

柏冬青道："只要发生过，就一定会留下痕迹。"他笑了笑，"程放不是打定主意要帮莫伟么？希望他能找出点什么吧！"

许煦被他这无所谓的语气弄得恼火，没好气地挂了电话，重重地躺倒在床上。

这么多年，两个人好像从来没吵过架，以至于虽然因为看到他和林凯杰在露台吞云吐雾而心口直窝火，可是真要对他发脾气顺势作一波，让他意识到这个问题的严重性，她却忽然发觉自己根本不知道该怎么作！

她记得，自己曾经在感情中也是个骄纵任性的女孩，怎么跟柏冬青在一起这么多年，连女人该有的脾气都不知是什么样子了？大概是他对自己真的无可挑剔吧！

她其实都能想象得出，如果她跟他无理取闹，胡乱发脾气，他必然都是顺着自己，让他干什么就干什么，哪怕大半夜让他出去跑圈都不会拒绝。所以之前回家后本来是打算好好酝酿一番，等他回来大吵一架，可是想到自己大概也只是拳拳打在棉花上，最后还觉得是自己欺负老实人，干脆跑出来透口气。

这套公寓之前没用上，现在倒也算派上了用场。房子是酒店式公寓，不仅精装修，平时还有人打扫维护，虽然还没住过，但设施一应俱全，铺上床单就可以直接睡了。

口碑颇佳的品牌床垫软硬适中，太空枕头柔软舒服，都是适合睡眠的利器。然而睡眠质量向来不错的许煦却怎么都睡不着。

脑子里不由自主就会浮现晚上柏冬青和林凯杰在一起的模样。她可以接受他在工作中的冷静理智，甚至不近人情，却无法忍受在工作之后，还与林凯杰那样的人有私交。

这几月下来，她从程放那里拿到的资料，无不显示林凯杰不仅仅只是一个恶劣的纨绔富家子那么简单，那根本就是一个实打实的恶人，很多行为已经涉及犯罪，只是没有确凿的证据，或者依靠金钱与被害人和解，所以他一直逍遥法外，为所欲为。再想到莫伟和莫辛兄妹的遭遇，她就愈发不能忍受柏冬青和林凯杰走近。

她明白人一旦走上社会，很多事身不由己，但也总该还保留一点自己的底线。何况在她看来，柏冬青的底线远远比她还要高。

她在床上辗转反侧，一想两个人勾肩搭背吞云吐雾的情形，她就觉得特别难受，好像本来属于她的完美珍宝被破坏了。

他是真的在自己毫无察觉的时候变了？还是为了律所的利益不得不虚与委蛇？但无论如何，她一定要把他拉回来。

睡得太晚的结果就是早上起来迟了。单位还没正式搬到这边，她上班要有将近一个小时的车程，就算不用打卡，也不好迟到太久，难保不会有什么临时分派下来的紧急工作。

许煦匆忙下楼，也来不及吃早餐，跑到路边正要拦车，一辆再熟悉不过的黑色车子停在她面前。

车窗摇下来，柏冬青笑着探过头："上来吧！"

许煦微微一愣，板着脸上了车。

柏冬青启动车子，将一个袋子递给她："还没吃早餐吧！"

许煦没好气地看了他一眼："吃过了。"

柏冬青轻笑："看你的脸色就知道没吃，先吃吧！吃饱了再跟我生气。"

许煦也不想跟自己过不去，打开袋子，里面是自己爱吃的鸡蓉粥和蛋饼，她面无表情地开吃。

柏冬青边开车边斜眼瞅她，然后忽然轻笑出声。

"你笑什么？"许煦没好气道。

柏冬青牵起唇角："我昨晚差点没睡着，还以为你不打算理我了。"

许煦瞟了他一眼，眼睛下方还真有一圈黑色，她冷哼道："我是真的在生气。"

柏冬青点头："我明白，你担心我变成于连。"

许煦稍稍正色："我不指望也不希望你一直像上学时那样柔软善良，男人努力上进是好事，身在职场身不由己我也明白，但我绝不允许你因追名逐利而抛弃原本的做人原则。"

她说得义正辞严，几乎有点像说教一般，柏冬青笑着点头。

四十多分钟的车程，许煦吃完早餐，车轱辘一般给柏冬青上了一路教育课。柏冬青倒是一如既往地温和顺从，她说什么就是什么。

一直到许煦下车，他才忽然叫住她，趴在窗边昂头看着她，问："如果我真的误入歧途迷失堕落了，你会怎么办？"

许煦毫不犹豫地回道："当然是把你拽回来。"

柏冬青眉梢眼角荡开浅浅的笑容："所以并不会放弃我，对吗？"

许煦道："如果你真变坏，那也是在我手里变坏的，我得负责把你掰正。"

放弃吗？好像从来都没想过，就算他真的令自己失望了，失望过后，也得认命地把他拉回来啊！

爱一个人大概还是会没有原则吧！

她朝他瞪了一眼，转身要去上班，但走了几步又想起什么似的，回头道："当然，如果你要真跟林凯杰那种混蛋走近，学他玩女人什么的话，你有多远滚多远！"

这大概就是她对他唯一的底线了！

柏冬青默默地看着她的背影走进大楼，嘴角不由自主地弯起。

昨天，他的心情其实也有些不好，不仅仅是因为遇到程放，也是因为她对自己的不信任。可他也明白将心比心的道理，莫辛的案子，她是真的投入了情感，所以对林凯杰的厌恶从来都不加掩饰，看到自己和林凯杰私下走得近，必然会接受不了。

尽管如此，她生气的程度也只是这样，哪怕假设自己真的误入歧途，她也并没有要放弃自己的打算。这个答案让昨晚的失落一扫而空，甚至还有些窃喜，那种想要去耀武扬威地去告诉程放，即使自己真的是他以为的那种人，许煦也仍旧会对他不离不弃的窃喜。

不过，他很快打消了这种幼稚的念头，毕竟他并不是程放所以为的那种人。

大千世界的诱惑那么多，他当然不是什么圣人，也会有迷惘和疑惑，有行差踏错的时候，但是只要想到，自己并不是孤身一人，还有一个比自己生命还重要的人在身旁，陪伴着自己，期待着自己，他就绝不允许自己误入歧途。

傍晚，许煦从办公大楼出来，果然又见到了那辆黑色的车。她和同事道别，走过去，拉开车门上车。

柏冬青看了他一眼："想吃什么？"

许煦故意板着脸道："什么都不想吃，回北区公寓，我还在生气。"

柏冬青点头，启动车子，笑道："要不要我写检查？还是保证书？"

许煦道："你别想糊弄过去，这件事在我看来非常严重。"

柏冬青笑："明白，你是怕我误入歧途，我向你保证，一定跟林凯杰保持距离。"

许煦哼了一声："最好是你说的这样。"

到了公寓，许煦下车，柏冬青也跟着下来，从后备箱提出两袋子食材跟上她。

许煦瞟了他手上一眼："上去做饭吃饭是可以，但是吃完了你赶紧回去，不能留宿。"

柏冬青点头："嗯，吃完就走。"

许煦狐疑地看了看他，还是自己熟悉的样子，以至于觉得昨天晚上在宴厅看到的和林凯杰勾肩搭背吞云吐雾的男人，好像真的只是自己的错觉。

公寓的厨房里设备齐全，柏冬青很快就捋袖子干活，许煦一边打下手一边暗暗观察。

他做什么事都很专心，连摘菜的时候都很认真，偶尔觉察到她的目光，会转头笑看她一眼，笑容干净，目光温和。明明已经是奔三的男人，可脱下正装戴着围裙时，仍旧有几分还未褪去的少年感。

三菜一汤很快做好，小炒牛肉、酸辣土豆丝、白灼大虾、冬瓜扇贝汤，都是许煦再熟悉不过的家常菜，但是他们好像已经有一段时间没有这样坐在家里吃饭了，久违的温馨让人动容。

许煦端起碗，吃了几口菜，忽然抬头看向他，将手中的筷子停下。

"怎么了？"柏冬青对上她的眼睛。

许煦笑了笑："我一直搞不清楚自己到底是什么时候对你动心的。好像是那次从你家出来，看到你帮邻居阿婆拎东西上楼。单元楼的楼道很旧，你穿着旧T恤，背影看起来很单薄，可当时却觉得那真是一幅很好的画面，心想这个男孩子可真好，以至于后来还一度很愧疚自己对你做了那样的事。"

柏冬青看着她，笑着不说话。

许煦沉默了片刻，又继续道："可好像又不是，而是更早，你在星巴克打工，每次我去喝咖啡，总是期待你给我拉花的时候。"

说着笑了笑，摇摇头："但想想，感觉也并不是，可能是当志愿者那天，你们宿舍去天桥擦小广告，他们都开溜，就你一个人蹲在寒风里干活。然后那天吃完饭，程放背着我上了他前女友的车，我追赶时被电动车剐倒，是你骑单车把我送回宿舍的时候。"

"可仔细再想想，似乎还不是，而是更早，大一的时候，在校外看到你将那个卖艺的残疾人抱上他的助力车时。那是我第一次见到你，如果不是当时就动了心，怎么可能这么多年都还记得那一幕。只是当时我还不懂什么是真正的喜欢一个人，所以兜兜转转那么久才意识到自己的心意。我一直自认为，当年和程放的恋爱是用尽了全力，但其实心里早就有你的身影。虽然这样说对当年的自己和程放都很不负责任，但这可能就是事实。我在什么都不懂的时候其实就已经喜欢上你了！"

柏冬青伸过手将她放在桌面的手握住。

许煦的眼睛有点发红："我经常想，我的运气可真好，怎么会遇到你这么好的人。所以……你一定不要随波逐流，变得跟那些面目可憎的男人们一样，不然我真的会很难过。"

柏冬青低声道："我不会变的，因为你难过，我会比你更难过。"

许煦破涕为笑，用力在他手掌上掐了一把："那你要是再跟林凯杰那样的人有工作之外的交往，我真饶不了你。"

柏冬青轻笑，在她纤细的手指上摩挲了一下："吃饭吧！"

许煦拿起筷子，继续开动。

柏冬青看了看她，忽然发出戏谑般的笑声："原来你这么爱我啊！亏我以前还总是怕你跟人跑了。"

两个人在一起这么久，其实从来没说过太多的甜言蜜语。今天，许煦也是突然来了情绪，就劈里啪啦地说了一大通，大概还是被昨晚看到的场景给激发的。现下听到他取笑自己，顿时恼羞成怒，耳根窜上一抹红晕，梗着脖子道："我爱自己的男朋友难道不是很正常吗？我爱你，我爱你，我爱你……"

谁怕谁？死猪不怕开水烫。

柏冬青弯唇笑着看她，直到她说完了这一长串，才"嗯"了一声，点点头，夹起一只剥好的虾，放在她碗里。

"喂！你就这个反应？"许煦不可置信地踢了他一脚。

柏冬青低头扒饭不说话，嘴角却快弯到太阳穴了。

就在许煦以为自己得不到这榆木疙瘩的什么回应时，他忽然抬头说："我也爱你！比你以为的更爱。"

明明都是在一起几年的老夫老妻了，但第一次听到这样的话，还是让许煦心花怒放，好容易才控制住脸色狂喜的表情，牵起嘴角，假装淡定道："是吗？"

柏冬青笑了笑，又给她剥了只虾放在碗里："现在能好好吃饭了吗？"

他的话刚落音，手机忽然有信息进来，他拿起看了一眼，眉头微微皱蹙起。

"怎么了？有事？"许煦问。

柏冬青将手机放回桌面："嗯，陪你吃完饭，得出去一趟，有个临时的应酬。"

许煦道："你赶紧去吧，趁我现在住在这边，即使你夜不归宿，我也不知道。"

早上不到七点，刚刚睁开眼的许煦打开手机，几乎是在瞬间，便有电话进来。她看了眼屏幕上的名字，眉头微微蹙起，本还有些惺忪的脑子顿时清醒过来，马上接听了电话。

"莫伟，这么早打电话？有急事吗？"

那头传来莫伟语无伦次的声音："我……我杀人了，现在南区怀诚路派出所。"

许煦大惊，从床上跳下来："你别急，我马上过来！"

挂了电话，随便抹了把脸，她就匆匆出门往怀诚路赶，好在没堵车，半个小时后就赶到了派出所。

值班民警听了她要找的人，道："你说的这位嫌犯还在做笔录，凌晨五点的时候他在澜会所门口持刀伤人。不过刚刚得到消息，伤者没有大碍，而且派了人来处理，准备和解。"

许煦听完，愣了片刻，才反应过来："没杀人啊？"

民警看了她一眼："就是捅了人一刀，医院那边传来的消息是不严重，所以双方能达成和解的话，咱们这里就不用立案了。"

许煦松了口气，刚刚莫伟在电话里的语气那么惊恐，大概是自己被自己吓到了。不过他那么一个老实巴交的人，而且腿脚还有残疾，怎么会跑去澜会所持刀伤人的？这疑问才刚刚产生，她自己就已经找到了答案。

她睁大眼睛问："伤者是不是姓林？"

民警道："你说林凯杰么？"

许煦点头，显然这位警察也认得大名鼎鼎的富二代。

"嫌犯的目标确实是林凯杰，不过受伤的是他身边的人，有人替他挡了这一刀。"

林凯杰出入时总是前呼后拥，有助手和司机跟着，有人替他挡刀也正常。许煦若有所思地点点头，却还是有些狐疑，如果莫伟真的伤了林凯杰的人，双方能和解？

她正想再打听，莫伟被从审讯室带了出来，她赶紧迎上去，看着他青白的脸问道："怎么样？"

莫伟还没回答，负责笔录的警察道："没什么事了，伤者主动和解，可以回家了。如果有问题，我们会再传唤。"说着拍拍莫伟的肩膀，"小伙子，这回是你运气好，伤者没追究，不然按着故意伤人罪，也能让你进去待一阵子，以后可不能再这么冲动了。"

莫伟低着头，嘴唇紧抿，一言不发。

许煦笑着道："谢谢警察同志！"

警察看了一眼旁边一个西装革履的年轻男人："你们应该谢谢伤者。"

许煦这才注意到，莫伟身旁跟着的不是警察，而是一个精英模样的年轻人，心道大概就是林凯杰派来处理这事的下属，对人客气道："麻烦你了！"

男人彬彬有礼道："不麻烦，这是我们老板交代的。"

许煦想了想，又试探问："请问，你们老板提出的和解条件是什么？"

年轻人道："老板现在还在医院，暂时没具体说，不过我们老板人很好，知道莫先生的情况的话，应该不会为难，你们不用担心。"

林凯杰有这么好心？

虽然满腹疑云，但也不好在派出所多问，道谢后，许煦便搀扶着折腾了一夜疲惫虚弱的莫伟往外走。

走出了派出所的小楼，一直沉默的莫伟才终于开口："不好意思，许记者，我刚刚是吓到了，所以打了电话给你，麻烦你跑了一趟。"

许煦摇头："没事的，我说过，你需要帮忙尽管找。"她顿了一下，道，"莫伟，我知道你恨林凯杰，想要替你妹妹讨一个公道，但你觉得这样可行吗？不说你能不能杀他，就算真的杀了他，你自己呢？你妹妹在天上也不会愿意看到你这么做吧？"

莫伟整个人忽然激动起来，身体都忍不住开始颤抖："我妹妹真的是被林凯杰欺负了才自杀的！"

许煦皱眉看向他："你有证据吗？"

莫伟红着眼睛道："我看到过，我妹妹曾经给一则性侵报道留过言，说自己也遇到过类似的事，不知道该怎么办。"

许煦心里一怔："除了这个，还有其他的信息吗？"

莫伟摇头："我妹妹已经不在了，这种事情死无对证。就算我知道欺负她的人是林凯杰，也拿不出证据。除了贱命一条，我什么都没有，只能用这种方式替我妹妹讨公道。"说着，他再次抑制不住地激动起来，"为什么那种人渣还有人替他挡刀？律师只是打官司，怎么还要替他卖命！难道这世上真的是有钱就可以为所欲为吗？"

许煦从他激动的话语中听出了不对劲，皱眉问："律师？什么律师？"

莫伟道："我本来要捅的人是林凯杰，但是他的律师替他挡了刀。"

许煦只觉得脑袋像是被人狠狠地敲了一棍子，一阵阵发蒙，屏着呼吸问："你说的律师是柏冬青？"

莫伟点头："我没想捅那个律师，是他自己替林凯杰挡刀的，我真的没想伤害他……"

许煦的脸色骤然大变，血色全无。

"许记者……"

许煦已经听不进任何话，看到不远处正拉开车门上车的年轻男人，赶紧撒腿跑过去，绕到副驾外打开门："去医院！"

"啊？小姐……"

许煦道："你的老板是柏冬青吧？"

男人点头，他正是柏冬青的助理。许煦很少过问柏冬青的工作，只知道有两个助理，但却从来没有见过，所以刚刚以为他说的老板是林凯杰。

她急得厉害，也懒得多说，径自钻进车内："那就赶紧开车，我是你老板娘！"

"啊？哦！"年轻的助理赶紧坐上车，边启动车子，边看了一眼许煦，见她脸色苍白，像是被吓坏了一般，赶紧安抚道，"柏律师没事，就是缝了几针！"

助理姓王，刚跟了柏冬青一年多，自己老板很少说私事，他只隐约知道老板不是单身，哪里知道会在这种场合碰到老板的女朋友。

许煦揉了揉额头："你开车吧，不用管我。"

此刻，她的脑子已经乱成了一团糨糊。为什么柏冬青会和林凯杰在一起，而且还是一个晚上？为什么他会替林凯杰挡刀？她暂时不想去想那么多，只想马上看到他，确定他的状况。

好在距离医院也就只有二十多分钟的车程，一下车，向王助理问了病房号，许煦就朝住院大楼飞奔，因为跑得太快太急，一路上几次差点撞到了人。

病房的门虚掩着，里面隐隐有说话声。许煦大口喘着气，将门推开。

"煦儿！"坐在病床边的冯佳转过头，惊讶道，"你怎么来了？"

许煦置若罔闻，只苍白着脸看向躺在病床上的人。

因为失血过多，这会儿柏冬青的脸色也跟白纸没什么两样。本来神色还算轻松，但见到许煦铁青着脸走进来，不由得用心虚的黑眸看着她，下意识地往下轻轻挪了挪，拉起身上的被子一点点地将脸蒙住，整个人躲进了被子里。

知道莫伟捅伤的人是他后，虽然警察和王助理都说没事，但许煦还是担心了一路，心脏差点没跳出来，现下看到他这反应，才算确定确实是没什么大碍。

暗暗地舒了口气，她大步走过去，将被子一把撩开。

"嘶！"柏冬青倒吸了口冷气。

许煦吓了一跳："碰到你伤处了？伤到哪里了？让我看看！"

柏冬青小声道："肚子上，不过没什么大事，缝了几针而已，医生说休养几天就好了。"

许煦将他的病号服撩开，果然见到腹部缠着纱布，看包裹的面积，只怕不止几针这么简单。她又恼火又心疼，小心翼翼地将衣服放好，又把被子给他搭好，冷冷地看了他一眼："待会儿再审问你！"说着转头看向冯佳，"你怎么会在这里？"

冯佳看向床上的柏冬青，见他对自己使眼色，正要说话，许煦猛地回头，恰好将柏冬青脸上的动作抓了个正着，她脸一垮，冷飕飕道："怎么？还想临时串供？"

柏冬青无辜地眨眨眼睛，赶紧摇头。

许煦转头看向冯佳："你是我闺蜜，别想着帮他打掩护，到底怎回事，你说吧！"

冯佳笑了笑："昨晚，林总组了一个局，请人在澜会所吃饭打牌，我也在，后来柏学长也来了。玩了差不多一个通宵，五点多才结束。出来时，忽然有个人拿着刀朝林总冲过来，柏学长反应快，将林总拉开，不过阻挡那人时，自己不慎被刺了一刀，好在伤得不严重。本来我一早就准备打电话给你的，但他怕你担心，不让我打。"

许煦再次回头看向病床上的人，几乎是痛心疾首般咬牙切齿道："柏冬青，你昨晚答应过我什么？"

柏冬青支支吾吾："我……"

许煦红着眼睛道："你刚答应我，绝不跟那种人走近，出门就跟人混通宵？！"

冯佳赶紧拉住她："煦儿，我可以证明，昨晚虽然柏学长玩了通宵，但绝对没干坏事，就是玩牌而已。"

许煦道："现在是玩牌，以后是不是就是一起玩别的！"她摆摆手，努力让自己冷静，"还有……你竟然……你竟然替那种人挡刀！冬青，我真的不知道你在想什么！"

柏冬青终于开口，低声道："我要是不挡下那一刀，莫伟刺伤的就是林凯杰，那他就坐牢坐定了。"

许煦急了："那也不能替人挡刀啊！刀子又没长眼睛，你怎知道一刀下来，自己能安然无恙？"

柏冬青笑了笑："我有分寸的，这不是没事么？"

冯佳走上来，拍了拍她的肩膀："煦儿，你别担心了，我就在现场，学长反应很快，刀口不深，就是划了一长道，流了不少血。"

许煦虽然生气，但看着柏冬青也不知是因熬夜还是流血过多而苍白的脸，到底还是先忍了下来，对冯佳道："这里有我就行了，你回去休息吧！"

冯佳笑着点头，凑到她耳边低声道："学长怎么说也受伤了，你就别生气了。"

许煦微不可寻地嗯了一声。

冯佳转身正要出门，门口忽然走进来几个人，为首的便是林凯杰，身后跟着柏冬青的助理小王，以及他自己的两个手下。

"林总！"冯佳礼貌地问候。

林凯杰挑眉看她一眼："去公司么？你等一会儿，我也去，你坐我的车。"

冯佳面色略有些僵硬地点头。

本来走在几人身后的王助理这时疾步走上前，将手中的食盒放在床头柜上："哥，我给你买了些清淡的粥。"

柏冬青点点头，试图坐起来。

林凯杰忙不迭道:"你躺着就好。我问医生了,你这伤口得好好养几天。"

柏冬青轻笑:"小伤而已,没什么大事!下午就能出院,主要是昨晚熬了夜,没怎么睡觉,有些虚。"

林凯杰在他旁边坐下,笑道:"今早要不是你反应快,只怕我就不只是缝十几针这么简单了。你这一刀是替我挨的,我林凯杰绝对不会忘记,以后我当你是我最好的兄弟,有什么需要我做的,说一声就行,只要我办得到,就绝不会推辞。"

柏冬青看了一眼站在一旁脸色黑如锅底的许煦,硬着头皮朝林凯杰笑了笑:"林总言重了,反正大家都没事就好。"

林凯杰笑着点头:"对了,那姓莫的你打算怎么处理?我听说,你跟派出所那边说就是寻常打架斗殴,签了和解书,派出所没立案就把人给放了,到底怎么回事?就算你这只是轻伤,但他可是蓄意伤人,是想杀我,可不能这么算了。"

柏冬青不动声色地看了一眼许煦,轻描淡写道:"当然不能这么算了。但你也看到了,他今早在会所门口一直瞎嚷嚷,说了很多乱七八糟的话。如果让他现在就被关进去,不知道会对警察说些什么,到时候怕给你惹麻烦,所以先让他冷静下来,其他的事慢慢说。放心,我是律师,交给我就好了。"

林凯杰想起早上莫伟闹事时,大喊大叫的那些话,眉头不由得皱起,莫非是他手里有什么证据?虽然也不是什么大事,但真要闹出去,也挺麻烦。

他点点头道:"行,这件事交给你,你办事,我放心。"说着,有些愤愤然道,"这家伙真是阴魂不散,他妹妹自己跳河自杀,非赖在我头上。说到底,都是女人太麻烦!"

一旁的许煦听了他这语气,终于还是没忍住冷哼一声,插嘴道:"那林先生为什么喜欢自找麻烦?"

林凯杰这才注意到床边还站着一个女人,抬头朝她看去,挑挑眉,露出询问的表情。

柏冬青忙不迭轻笑道:"这是我女朋友,因为我受伤的事,跟我生气呢!"

林凯杰立马换上笑脸,起身道:"柏律师是因为我受的伤,弟妹要怪就怪我,别跟柏律师生气!"

许煦鄙薄地轻笑一声:"谁是你弟妹?"

林凯杰不以为意,哈哈大笑:"大律师,弟妹很有个性啊!"

柏冬青有些无奈地笑了笑:"没办法,被我给惯坏了。"说着又朝许煦道,"我这儿有小王就行了,你去上班吧。我这伤没什么事,就是来医院折腾了一会儿,多流了点血,待会输完液,下午就能出院,别耽误你工作了。"

许煦瞅这俩人一唱一和的,哪里像是要跟人保持距离的样子,敢情是一刀挡出真情谊了?但林凯杰人在这里,她再如何厌恶,也不可能情商低到当面吵起来。

她当然也想留下照顾柏冬青,但显然人家不稀罕。她看了眼殷情忙碌的王助理,幸好小王是个男的,不然她还不得被气死!

她懒得再看柏冬青跟林凯杰那股称兄道弟的亲热劲儿,气哼哼地出了门。

225

林凯杰笑："之前都没提起过女朋友的事,以为你这种大忙人肯定是单身,还想着给你介绍美女认识呢,没想到已经金屋藏娇了!"

柏冬青笑而不语。

林凯杰继续道："不过,我看弟妹有点眼熟,是不是在哪里见过?"

柏冬青随口回道："她是记者,可能去某些场合采访的时候,打过照面。"

林凯杰点头："原来是记者,难怪脾气这么火暴。"

火暴?柏冬青心下觉得有些好笑,好像她还从来没对自己发过脾气。这回估计是真被气到了,现在事情乱成一团,也不知道怎么跟她解释。

许煦去医生办公室仔细问了柏冬青的情况,就请教该吃什么补什么会康复得快,医生都快被问得不耐烦了,颇有些无奈地说:"放心吧,没伤到器脏,就是刀口比较长,包扎得看起来有点吓人,要不是没及时来医院处理,多流了点血,不然包扎完毕马上就能出院,连点滴都不用打。只要别瞎折腾,好好修养,一个星期拆线,半个月就能痊愈。"

许煦这才相信柏冬青是真的没事,道了谢出门,下楼准备去找间私家厨房订点营养餐,刚刚走出电梯,就迎面撞上一个熟悉的身影。

程放站定,皱眉问:"今早的事我听莫伟说了,老三怎么样?"

许煦看了他一眼,心不在焉道:"没什么事。"

程放道:"我去看看,问问情况。"

"不用去了,林凯杰在病房。"

程放轻笑一声:"这可真是过命的交情了!"

许煦抬头看他,神色不悦道:"你要真的关心这个案子,就告诉莫伟什么该做,什么不该做。杀人没那么容易,就算冬青没挡那一下,他也杀不死林凯杰,坐牢的是他自己。"

程放轻笑:"你说的是,老三还是跟以前一样是个老好人,不仅见义勇为帮人挡刀,还听说是他主动和解了,也不知道跟派出所怎么说的,案都没立,人直接就给放了。看来莫伟还真要好好感谢他挡了这一刀。"说到这里,忽然又话锋一转,"还是说,这其实也是物超所值的一刀,让他以后平步青云的道路更顺畅?"

许煦本想反驳,但话到嘴边,却又不知道该从何辩驳。

她当然相信,柏冬青挡那一刀,不是为了讨好林凯杰。实际上,按着他的性格,完全可以当作是一次本能的见义勇为。或者如他说的,阻止暴行其实是为了帮助莫伟,毕竟受伤的人如果是林凯杰的话,莫伟这会儿应该已经被关了。

但是他最近的种种行为实在是很难让人如此乐观,不说别的,就说这会儿,人还在病房和林凯杰谈笑风生呢!

想到昨晚他明明答应自己会远离林凯杰,转身就跑去跟人混一通宵。就算华天和林氏有业务往来,场面上的应酬免不了,但私下一副称兄道弟的架势,怎么都让她觉得不舒服。

他答应自己的那些话,显然也只是敷衍。

嚯!柏冬青都开始学会敷衍她了!

最纯善的柏冬青
chapter 08

程放看她的面色晦暗不明,继续道:"说实话,我也希望老三是为了帮莫伟,以前的他这么舍己为人我相信,但现在的他,恕我直言,我不相信。不过,他这次帮了莫伟是事实,不管出于什么动机,讨好林凯杰也好,助人为乐也罢,我都得替莫伟感谢他。"

许煦轻笑一声,歪头看他:"我也说句实话,你这样帮助莫伟,我都不知道你是真的出于好心和正义,还是因为林凯杰的案子你输得太难看不甘心,所以费尽力气也要把林凯杰弄倒,好扬眉吐气!"

程放不以为意地笑笑:"我怎么想不重要,重要的是我知道自己在做什么,该做什么。"他顿了一下,"但是……老三还知道吗?"

许煦怔了片刻,语气平静道:"我相信他知道。"

程放哂笑:"小煦,我是为你好!老三他真的不是以前那个柏冬青了!"

许煦也笑:"人长大了总会变化的,如果一直停留在从前,也不见得是好事。尤其是自以为是地停在从前。程检,你说是不是?"

说完,面无表情地绕过他往外走,走了几步,又想起什么似的,回头道:"程放,别再自欺欺人地停留在从前了。因为眼睛不会骗人,从前我能从你的眼睛里看到我自己,现在我什么都看不到。你觉得你对我余情未了,其实早就没了。但是柏冬青的眼睛里只有我,所以他是什么样的人对我来说,其实也没那么重要,如果真的走错路,我把他拉回来就好了。"

程放因她这番话而僵在原地,等到她人已经走出玻璃门,消失在人来人往的大门口,才回过神,然后自嘲地扯了一下嘴角。

她说得也许没错,他一直试图努力想将自己的人生拉回正轨,但其实属于自己的这列列车已经开得太远,无论是车上的乘客,还是车外的风景,都早已变换更迭。

医院外面不远处就有一家私房菜馆,许煦订了补血的营养餐后,就折返回来。

刚刚走进医院大门,便见到林凯杰一行人已经出来,正往停车的地方走。还没到车位,一个中等身材的男人忽然冒出来迎过去,堆着笑打招呼:"林总,您好!"

林凯杰轻蔑地瞥了他一眼,笑道:"郭总来接冯佳?"

郭铭唯唯诺诺地点头："是啊！正好路过这边，听小佳说在医院，就来接她，顺便送她去公司。"

林凯杰道："不用了，我也去公司，我带她一程就好。"

冯佳走上前，正要婉谢，郭铭却已经忙不迭道："林总真是太体恤员工了，那我就替小佳谢谢您了！"

冯佳皱了皱眉，窘迫尴尬以及失望的表情一闪而过，却到底没说什么。

许煦看着那个站在林凯杰面前，几乎有些卑躬屈膝的男人，忽然意识到这个世界的现实和残酷。她是不是被保护得太好了？因为什么都不缺，所以从来不需要去争取什么，把一切都想得太理所当然。然而，这世上的大部分人想要得到一些东西，就势必要放弃一些东西，比如柏冬青和郭铭，他们都是赤手空拳地走进了这个纷杂的社会。

她或许该庆幸，比起郭铭这样低级的阿谀谄媚，柏冬青至少不卑不亢。

她到底是有些反感这样的场景，鄙夷地撇撇嘴，为冯佳有些不值，避开几人准备往住院大楼走，却又瞥见林凯杰拿起手机，朝旁边的人挥挥手："你们先上车，我去接个电话。"

他转身走过来，许煦也不知是出于什么心理，下意识地隐在一辆车旁。

林凯杰走到一段僻静处，对着电话压低声音，语气有些不耐："怎么这么阴魂不散？跟条臭虫一样，我不想到时候他有什么重要证据闹到警察手上。你让人随便用点什么方法让他消失吧！反正这种人命贱得跟蚂蚁一样。"

等林凯杰挂了电话，回到他自己的车上，一行人绝尘而去。许煦屏声静气地从车身后走出来，站在原地，望着那远去的豪车，重重地吐了口气，脸色却是有些惊恐般的苍白。

林凯杰刚刚虽然没有点名道姓，但说的是谁，她用脚趾头想想也知道。

她赶紧拿出手机拨了程放的电话。

"有事？"那头接得很快。

许煦道："我刚刚听林凯杰打电话跟人说，要莫伟消失，莫伟可能有危险。"

程放倒还算平静："如果真这样，那就是坐实了莫伟的猜想。今早莫伟在澜会所那么大动静，估计林凯杰以为他手里有什么证据。他身上背了那么多事，肯定怕牵一发动全身，所以想把莫伟解决了，一了百了。放心吧，我会让人看着莫伟的。"

许煦松了口气，又想到什么似的，道："你要搜集证据一定要快些，莫伟这么一闹，林凯杰肯定警觉了，只怕是能毁灭的证据都会迅速毁掉。"

程放道："他犯的是可不止这一桩，早就对毁掉证据轻车熟路，毕竟有钱好办事。我也不是搞刑侦的警察，现在都是私下调查，哪里是想找到证据就能找到的，不过是靠捕风捉影的一点信息去摸石头过河。"说着，又轻笑一声，"你家柏大律师，倒是搜集证据的高手，不如让他帮忙？"

许煦脸色一垮，没好气道："你们这些吃皇粮的不除暴安良，竟然指望律师干你们该干的事，脸皮能别这么厚吗？"

程放笑："我就是开个玩笑，我还担心他会站在林凯杰那边帮他销毁证据呢！"

许煦："你能不能不要把冬青想得这么坏？他是给这些恶人打官司，就算在法庭上确实不近人情，那也是在法律允许范围内，他绝不会做知法犯法的事。"

"明白，反正柏冬青在你心里无可挑剔。"

许煦懒得和他多说，毕竟这些事情也不是她该多管的，只是听到刚刚林凯杰的话，还是有些惊愕唏嘘。

挂了电话，她深吸一口气。如果说之前关于林凯杰的黑料，只是靠着捕风捉影，但刚刚已经可以确定，那些捕风捉影原来都有迹可循。

莫辛生前应该真的被林凯杰性侵过。

一个刚大学毕业的贫寒女孩，被有钱有背景的上司欺负，因为害怕、怯懦或者难以启齿的原因，不敢反抗，不敢报警，之后患上了抑郁症，最终选择在那个夜晚结束了自己的生命。对林凯杰来说，欺负一个女孩子，大概并不算什么大事，莫辛可能也不是第一个，毕竟在这个世上，拿钱解决某些问题总是很容易的。但莫家兄妹显然不是能被钱收买的。

之前的案子一了，林凯杰本来算是一劳永逸，做过的恶随着莫辛一起被埋葬在地下，但他没想到莫伟会翻出这件事。

如果闹上法庭定了罪，三五年是跑不了的。对于这种有钱人来说，莫伟那种人的生命和他的三五年比起来，显然微不足道。

许煦五味杂陈地上了楼。病房里，柏冬青已经坐靠在床上慢条斯理地喝粥，王助理坐在一旁给他汇报工作。

这种时候还不忘记工作，许煦也真是服了他。

柏冬青听到推门声，抬头看到她去而复返，有些意外地问："你怎么又回来了？"

许煦没好气道："我怎么就不能回来？"

柏冬青笑了笑："我真没事，待会儿就能出院。"

许煦走过来，看了一眼旁边的王助理。小王同学很上道地站起来："哥，那我就不打扰你和嫂子了，先回所里了。"

柏冬青点头："今天一大早把你叫起来，麻烦你了，没什么事就早点回去休息吧。"

"我知道，谢谢哥！"

王助理拿着文件袋出门，柏冬青看了看站在床边的许煦，干干地一笑，将食盒往床头柜上一搁，慢慢往下挪。

许煦木着脸，看着他的动作："要不要我帮你把脸也蒙住啊？"

柏冬青又默默地坐起来，因为牵动伤口，疼得龇了龇牙。

许煦皱眉道："你别瞎折腾了，好吗？"

柏冬青点点头，老老实实地靠在床头不再动弹，睁着那双黑沉沉的眼睛，抬头看着她。

许煦在他旁边坐下来，放缓语气，认真地说："你是不是在心里觉得，我不让你和林凯杰私下有来往，是个人喜恶下的无理取闹，甚至很天真，对吗？毕竟社会就是一张关系网，你们在工作上有交集，尤其是有重要的业务来往，私下要保持距离根本不可能。所以你才会前脚答应我，后脚就去跟他玩通宵。"

柏冬青看着她，沉默了片刻，道："你相信我，我和你一样讨厌林凯杰这种人。但有时候想要做一些事，就必须暂时做一些妥协。"

许煦点头："行，我相信你，但你以后不能瞒着我。今早在派出所，等莫伟出来，我才知道被捅伤的人是你，你知道我有多担心吗？"

柏冬青轻笑，握住她的手："我真没事。"

许煦撇撇嘴，问："伤口是不是还很疼？"

柏冬青轻轻地摇头："你不生我气，我就不疼了。"

"你还跟我耍滑头，是不是？我看你真是变坏了。"许煦在他手上掐了一把，横眉倒竖，道："算了，等你好了我再跟你算账。"

许煦瞪了他一眼，想了想又压低声音道："我刚刚在楼下听到林凯杰说，要莫伟消失，恐怕莫伟说的他欺负过莫辛的事是真的。不过，我已经告诉程放了，他一直在私下调查林凯杰，希望他能快点搜集到证据。"

柏冬青沉吟片刻，掀起眼皮看她，小声咕哝："你和程放最近联系得挺频繁的嘛！"

许煦轻笑："我也是因为莫辛的案子才跟他有点来往。"顿了顿，又故意道，"不过，他对这件事这么上心，还真挺让我刮目相看的。以前觉得他想当检察官是单纯想找成就感，但现在看他对莫伟的态度，感觉确实是挺有正义感，想惩恶扬善，为老百姓做点事。"

柏冬青默默地看了看他，身体挪下去，单手盖住眼睛："我想睡一会儿！"

许煦笑着趴在他枕头边，用手戳戳他的脸颊："吃醋了？"

柏冬青瓮声瓮气道："没有。"

许煦又捏了捏他的耳朵："真没有？"

"一点吧。"

"真的就一点？"

柏冬青将手拿开，歪头看向她："很多。"

"行啦！我对他一点兴趣都没有。"许煦把他的手放进被子中，"瞧你这黑眼圈，快赶上国宝了，昨晚通宵很爽吧！赶紧睡觉，我在旁边陪着你，等休息好了，咱们就出院。你都不知道我有多讨厌医院，小时候我妈生病，辗转不同的医院大半年，病危了好几次，导致我后来闻到消毒水的味道都害怕。"

柏冬青看着她，认真道："我以后会好好保护自己，争取离医院远一点。"

下午出院，说是不严重，但毕竟也缝了十几针，行动很不方便。当然，柏冬青自己是没觉得有什么，就是一路上，从上车下车到上楼下楼，许煦非得小心翼翼地扶着他，不知道的人还以为他是受了什么重伤呢！

对于许煦这种小题大做，柏大律师也很无奈，又怕自己多说几句会惹她不满，只能老老实实地按着她的话做。

晚上，因为家里的劳动力光荣负伤，许煦就担起了干活的重任。正忙着收拾屋子，看到本来在沙发上的柏冬青往浴室走，她赶紧丢下吸尘器，抢过他手上的衣服："你干吗？"

"洗澡啊！"

"洗澡怎么不叫我帮忙？"

柏冬青有些哭笑不得："我就是肚子被划了一道伤口，手脚还好好的呢！"

"那也不行，万一伤口被你弄到水怎么办？"她小心翼翼地拉着他进浴室，"自己脱衣服！我接水。"

因为有伤不能淋浴也不能泡澡，只能站着用毛巾擦身体，柏冬青慢吞吞地边脱衣服，边悄悄地看许煦。

许煦瞥了他那有些别扭的动作，笑道："你不会不好意思吧？都老夫老妻了，还害什么羞！"

"……不是。"柏冬青看了她一眼。有时候，她迷迷糊糊的时候，他会把她抱进来帮她洗澡，好像觉得理所当然。但现在两人位置一下对调过来，自己变成了被她照顾的人，忽然就觉得有点不习惯。

许煦拿着打湿的毛巾转身，看他光着身子有些僵硬地站在原地，不可思议道："你不是真害羞吧？！"

柏冬青将双手展开，方便她给自己擦背，轻笑道："我爸妈不在后，我就好像从来没被人这样照顾过，有点奇怪。"

许煦怔了一下，想到这几年好像真的一直都是他在照顾她。也许是他总是把一切安排打理好，她也就没想过自己该为他做些什么，一直心安理得地享受着他的好。直到现在，她似乎才意识到，他也只是一个普普通通的人，不是钢铁之躯，这些年必然也会觉得辛苦。

她小心翼翼地给他擦洗着身子，笑道："那你可得习惯，以后要是觉得累就告诉我，让我照顾你。等你老了，我给你端茶倒水。"

柏冬青看着她微微低着的头顶，嘴角弯起一丝笑容，沉默了半晌，才柔声道："好。"

许煦抬头看了他一眼，佯装严肃道："但是你得听话，最近几天就老老实实待在家里，别老想着工作，更不要去跟林凯杰混。"

柏冬青点头："嗯。"

许煦为了照顾柏冬青，专门请了假，不仅定了私房菜的营养餐，还每天亲自下厨煲汤。柏冬青对于这种饭来张口的投喂简直诚惶诚恐，老老实实在家休养了好几天，哪里都没去。工作都是在家处理，还当着许煦的面，在电话里拒绝了几次林凯杰的邀约。

许煦对此颇为满意。

这几天唯一发生的糟心事就是从程放那儿得知莫伟失踪了，是在三天后的晚上消失的。程放安排的人发现后，问了一圈城中村的邻居，唯一打听到的消息是有人说他回老家了。

莫伟老家就在本市城郊，程放赶紧去查看情况，但那个小村子里没人见过莫伟回来。一开始本来断定是林凯杰所为，偏偏意外得知林凯杰的人好像也在找他。

总之，这个腿脚有残疾的青年，消失得诡异又突然。程放本想报警，可他们不是莫伟的直系亲属也就罢了，就怕把警方搅和进来打草惊蛇，让林凯杰知道自己在被调查的事。

最后只能作罢。

许煦听了这消息后，跟柏冬青说起，对方却显然并不放在心上。

"指不定是因为发生了这么多事，去散心了呢！确定林凯杰没能把他怎么样不就行了？"

许煦也只能希望如此。

一星期后，柏冬青去医院拆了线，原本就有一道旧疤痕的腹部又添了一道长长的新痕。

那旧疤痕是当初上大学帮女生追小偷时被捅的，这长长的新痕则是这回留下的。

许煦看着那两道疤，就抓心挠肺地难受，郑重其事道："以后不准再做这种傻事，见义勇为也要先考虑自己的安全。这回还是替林凯杰那样的人挡刀，一想就生气。"

柏冬青无奈地笑："要不是因为莫伟，我也不会挡下的。你也不想莫伟因为林凯杰出事吧？"

"我更不想你出事。"

柏冬青笑着叹了口气，转移话题："要不然庆祝我拆线，咱们出去吃饭。"

许煦还没点头，他的电话忽然来了短信，随手拿出来一看，眉头微微蹙了一下，然后朝她笑道："看来陈老师是猜到我最近被你投喂得太厉害，胖了一圈了，所以临时给我安排了一个紧急出差的任务，我得收拾一下，马上出发。"

许煦啊了一声："你这才拆线就出差啊！"

柏冬青站起身做了个大幅度蹲起的动作："我真的没事了！"

许煦撇撇嘴："那行吧！你自己当心点，有事给我打电话。"

柏冬青点头，草草收拾了行李，就匆匆出门，在玄关处换了鞋出门，走了几步，又匆忙回身，来到门口，对目送他的许煦道："我忙完这阵子，咱们两个好好度个长假。"

"等你忙完再说吧，你这工作说来就来的，我都不知道你什么时候能有长假。"

柏冬青亲了一下她的唇："这次肯定有。"

许煦被这个道别吻抚慰，挑挑眉轻笑："行吧，那我等着。"

柏冬青深深看了她一眼，有些依依不舍地转身离去。

许煦一向很少过问柏冬青工作上的事，只知道这次出差是去海滨城，大概是很忙碌，联系很少，她也不好打扰他，只每天晚上睡前语音几句。

就这么过了三天，晚上九点多，许煦忽然接到程放的电话。

"有事？"

那头的程放沉默了半响，才开口："老三这几天在哪里？"

"滨海出差。"

"他这么跟你说的？"

许煦皱眉："你想说什么？"

程放道："滨海这几天有一年一度的游艇展和盛宴，这是林凯杰每年必参加的活动，而且他还会在这边组织私人派对，可能有一些不是那么光彩的交易，我想趁机跟一下。"

"所以呢？"

程放："这几天我看到老三一直跟林凯杰在一起。"

"什么？！"许煦不可置信地提高了声音。

"而且可以确定老三是他派对的贵宾。"

许煦脑子有些蒙，如果因为工作需要，柏冬青必须和林凯杰交好，她也不是非得反对，但他这次明显又是在瞒着她。

程放道："我刚刚看到老三回酒店房间，"他顿了顿，才又继续说，"带着一个女人，我把照片发给你看一下。"

挂了电话，许煦很快收到对方传来的一张照片。大概是隔得很远，光线也模糊，许煦只认出那穿着白衬衣的男人是柏冬青，而被他扶着的女人，因为裹着他的西服，又只是背影，看不出模样，只隐约可以确定个子很高挑。

程放紧接着又发过来一条信息：其实也不一定是我们想的那样，我等会儿去看看情况。

许煦看着照片中的酒店走廊，柏冬青扶着不知是不是已经喝醉的女人，脑子一片空白。她没有等程放去看情况，在回过神之后，直接将那张照片转发给了柏冬青。

而此时坐在酒店房间沙发椅上的柏冬青，听到手机信息进来，随手拿起一看，目光落在那张照片上，眉头不由得皱了起来。

浴室的门打开，从里面走出来一个顶着一头湿漉漉长发的女人。

柏冬青抬头，问："你怎么样？"

冯佳有些尴尬地扯了扯嘴角："好多了，谢谢学长把我带出来！"

柏冬青道："我之前提醒过你，林凯杰对你居心不良，不要来参加他的私人派对。"说着话锋一转，"幸好你还算警觉，很快就察觉饮料不对劲。"

冯佳苦笑："郭铭的公司想做林氏的业务，正好那块是林凯杰负责。"

柏冬青笑了笑，站起身："既然你没事，那我就走了。这种事，今天你躲过了，下次不知道还有没有这么幸运。你是许煦最好的朋友，懂法律，心态也成熟，应该知道怎么做，总之，我不希望你成为林凯杰那个案子里自杀的莫辛。"

说完便折身往门口走，只是才走了两步，就被冯佳叫住："你是不是在调查林凯杰？许煦知不知道？"

柏冬青沉默了片刻，摇头。

冯佳继续道："我不知道你一个律师为什么要做这件事，但林家什么背景你比我清楚，我不希望因为你的关系，让许煦受到牵连。她是温室里长大的女孩子，虽然不是小姑娘了，但本质还是很简单，很单纯，这是她的人生最适合的状态，我不想看到因为你被打破。"

柏冬青转头，对她笑了笑："这些年，我一直很少让她接触我的工作，就是不想让她直面太多人世间的残酷，我比你更加希望她的生活永远是简单快乐的。虽然我只是律师，惩奸除恶不是我的分内事，但如果明知道有罪恶的事情存在却无动于衷，这不是许煦期望的我。你放心吧，我做事有分寸，肯定不会让她置身在危险中，所以在事情尘埃落定之前，不会让她知道，免得她担心。"

冯佳舒口气："虽然不知道你到底做了些什么，但我相信你，许煦没有选错人。"她顿了一下，又道，"有什么需要帮忙的，可以找我，我在林氏做法务，还是能拿到很多资料的。"

柏冬青摊摊手："不用了，想想你自己该怎么做吧。"他走到门口，又转头道，"我希望许煦在乎的朋友能好好的。虽然有些事外人不好说，但是你的男朋友值不值得你为他付出这么多，我觉得你是时候好好考虑一下了。"

他说完，便拉上门，头也不回地离开了。

酒店的走廊铺着地毯，脚步落在上面，几乎没有声音。柏冬青拿出手机，看着里面许煦刚刚发来的照片，眉头越皱越深。

有些人还真是阴魂不散啊！

他走了一段，觉察到面前有人，抬头停下脚步，举起手机，哂笑道："看来我没猜错，这照片是你发给许煦的。"

程放也笑："我只是想告诉小煦，你是什么样的人？"

柏冬青深吸一口气，一字一句道："这段时间，你一直在用各种方式揣测我，觉得许煦被我欺骗。因为只有这样，你才能说服自己，理所当然地把私心带进工作。你觉得自己在拯救一个被我这种坏男人蒙骗的女人，想让她看到只有你才是正义光明的，只有你才是适合她的人。说到底，你还是心有不甘啊！程放。"

程放沉着脸："没错，我是心有不甘。但如果你行得正坐得端，又有什么好担心的？"

柏冬青轻笑一声："你这段时间做了些什么，我一清二楚，但是懒得去管，就是因为我行得正，坐得端。"他指了指身后，"检察官办事还是多讲点证据吧，照片里的女人还在1210，你不如去好好问清楚。要是真有什么问题，也好在许煦面前一榔头将我打死。就凭这么一张模糊的照片，我随便找个理由就能在许煦面前搪塞过去，毕竟她相信我多过你太多。"

程放冷冷地看了他一眼，越过他往房间走去。

柏冬青摇摇头，离开了。

站在1210房门口后，程放深吸了口气，犹豫了半晌，才伸手敲门。

他太想确定一些什么了，或者说太希望看到自己想要的结果，以至于有种说不出的忐忑。

门从里面打开，露出一张还算熟悉的面孔。

"冯佳？"程放眉头皱起，有些不可思议。

冯佳也很讶异。虽然认识程放，但除了在学校时，这位风云学长因许煦贿赂过她们几个室友外，就没有其他交集，倒是听说他回来做了检察官，但从来没见过面。此刻看到他出现在酒店房门口，如果不是他先开口叫出自己的名字，她根本就不能确定这人是程放。

"程放学长？"她犹疑着开口，忽然又恍然大悟，"哦！你是找柏冬青学长吧？他送我来这里后就走了，刚刚才走的，你没遇到他？"

她的语气太坦然，以至于他不得不狐疑地皱起眉头，想了想，推门而入："我有点事想问你。"

冯佳侧身让他进门，因为他曾经是林凯杰案公诉人的身份，她下意识地问："什么事？关于柏学长吗？他做的事跟我没关系，也没让我帮忙。"

程放皱眉："做的事？帮忙？"

冯佳道："就是林凯杰的事，我只知道柏学长在查他，但具体不清楚。"

程放蓦地怔住。

这厢的许煦发了照片后，半晌没等来柏冬青的回信，本想打电话直接问，却忽然有电话进来，是家里打来的。

"爸爸，有什么事吗？"

许爸爸在那头道："你妈忽然病倒了，你赶紧回来，我已经派了车子去接你，这会儿应该快到了。"

"什么？"许煦大惊，"妈怎么样了？怎么这么突然？"

许爸爸道："你先回来再说。"

"行行行！我马上收拾行李。"

父亲派来的车子二十分钟就到了楼下。许煦草草收拾了行李，爸爸这么急着派车子来接，必定是妈妈的情况不大好。她心里担忧，也就暂时将那张照片的事抛到了一边。

直到车子上了高速，她忽然又接到程放的信息：我误会了，老三恰好撞见冯佳喝了被人加料的东西，把她送回了酒店，送到就离开了。

后面还附了一张他和冯佳的照片。

神经病啊！许煦松了口气，差点又让她误会了，这个程放就没干过几件好事。

程放又发过一条信息：老三是真在出差。

许煦对于他这忽然转变的语气，实在是有些奇怪，但此时最担心的还是妈妈的身体，至于什么事到时候问柏冬青就好了，也懒得再回复过去。

三个多小时的车程，回到家里已经是凌晨。

许煦匆匆进门，叫道："爸，妈妈怎么样了？"

正坐在客厅等女儿回来的许爸爸道："已经没什么大事了，这会儿已经睡着了，你别打扰她，明早再看吧！"

许煦有些狐疑地皱起眉头："为什么生病了不去医院？"

许爸爸道："你妈妈就是老毛病，医院说可以在家休养，反正医生可以上门的。"

许煦舒了口气："你这么急把我叫回来，我还以为出了什么大事呢！吓死我了！"

许爸爸清了清嗓子："主要是你妈妈特别想你，一生病就想你陪在她身边，我就把你叫回来了。"

　　许煦叹了口气："没事就好，那行吧，我请几天假陪陪妈妈。"

　　"对对对！好好陪陪妈妈。"

　　隔日起床下楼，听到餐厅的动静，许煦走过去，看到妈妈正和家里的阿姨在准备早餐，奇怪地问道："妈，你不是生病了吗？怎么这么早起来忙活？"

　　许妈妈见到女儿，赶紧坐在餐椅上，轻轻地喘着气，虚弱地说："你好不容易回家，我就想亲自给你做点早餐。"

　　许煦走过去："我昨晚和爸爸说好了，会请假在家里陪你几天，你就好好休息吧。"

　　许妈妈有些不满地嘟哝："才几天啊！"

　　"是啊！你这回就好好在家多待几天，不行么？"许爸爸走进来接话。

　　许煦看着父母二人，有些无奈地点头："行吧！"又有些奇怪地小声嘀咕，"也不知道你们俩怎么回事，总觉得怪怪的。"

　　许氏夫妇二人相视看了一眼，有些心虚地别开了眼睛。

　　许爸爸笑嘻嘻道："好啦，好啦，咱们一家三口好久没一起吃早餐了，快吃饭吧！"

　　许煦倒也没多想，和父母吃过饭，跟单位请了假，暂时留在了家里。

　　父母对她向来施行的是宽松的教育方式，很少管束她和要求她，给她足够的自由。但这几天下来，许妈妈对她格外黏，就连出门都寸步不离。

　　这也倒罢了，但凡出门，必然带着司机。这司机是家里新请的，据说是退伍军人，高大健硕。说是司机，不如说是保镖更为确切。许煦还开玩笑，总算体会到了一个富家千金的待遇了，但是也没多想。

　　她和柏冬青还是每天晚上才会发信息联系，他总说很忙，她也不好打电话打扰他。虽然对他还是很多疑问，但也不急于一时，准备等回去再问清楚。

　　只是，她总觉得哪里不对劲，却又说不出来到底什么地方不对劲。

　　就这么有些不太踏实地过了十来天。一日早上，许煦刚起来，许爸爸拿着手机在卧室门口等着她。

　　"怎么了，爸爸？"看到父亲脸上严肃的表情，许煦奇怪地问。

　　许爸爸眉头紧锁，郑重其事道："有件事，我得告诉你，你做好心理准备。"

　　许爸爸道："冬青前几天住院了，让我们别告诉你。"

　　"啊？"许煦一头雾水。

　　许爸爸道："你这次回来也是他让我们把你接回来的。"

　　许煦愈发听不懂，但还是听得懂住院两个字："爸，你到底在说什么？冬青现在到底怎么了？"

　　许爸爸把手机递给她："他已经离开医院，说现在很安全，但得离开一阵子，让我把这封信转交给你，叫你不要担心。"

　　许爸爸看着女儿大惊失色的模样，继续道："他暗中查到了林凯杰和林氏集团的犯罪证据,交给了警方,现在警方已经着手调查,但不慎走漏了风声,有点小麻烦。他之前就是担心会发生这种事,所以让我们把你接回来,毕竟这里是咱们的地盘,林氏想动你也没这个本事。"

许煦接过手机,脑子乱嗡嗡地响,觉得自己好像有些没听懂父亲的话。她瞥了眼屏幕,语无伦次道:"爸,你是说冬青悄悄查了林凯杰和林氏集团,然后因为走漏风声被林家报复,所以受伤住院了?我这次回来,是他让你们把我接回来的,为的就是怕连累我?"

许爸爸神色复杂地点点头。

许煦的脑袋像是被人砸了一拳般,眼前一黑,差点栽倒,还是许爸爸及时扶住了她:"你别急,虽然住了院,但就是一点小事故,没什么大事。爸爸了解他的,他做事很周全,肯定早就有准备,不然也不会让我们把你接回来。"

"爸——"许煦崩溃地捂住额头,"他什么都瞒着我,你怎么也跟他一起瞒啊?我是可以回来躲进你们搭建的避风港,但是冬青呢?他无父无母,你就眼睁睁地看着他一个人陷入危险而袖手旁观?"

许爸爸神色严肃道:"先不说爸爸我有没有这个立场和能力去插手他要做的事,就说他作为一个男人,如果没有足够的自保能力,那么就不该为了自己的分外之事去涉险。如果只是凭着一腔冲动,而保护不了自己,这样的人我也决不会答应他做我的女婿。"见女儿表情焦灼,又缓下语气,"你放心吧,他已经向我保证过,绝对不会出事。不告诉你,一来是怕你担心,二来是为了谨慎。你先看他留给你的信吧,看完了下楼吃饭。他好歹也是个大律师,说没事肯定就没事。"

许煦攥着手机返回屋内,脑子还乱得厉害,努力地深吸了几口气,才镇定下来,去看手机中的文字。

当你看到这封信的时候,叔叔应该已经告诉你我做了什么。你放心,我现在在一个很安全的地方,只是为了不让人找到我,暂时没办法使用手机,所以只能先留下这些话给你,让你不要担心。

我知道,你肯定很生气我一直瞒着你,但我也知道,你对我生气从来都是假的,担心却永远是真的,所以我宁愿你生气也不想你担心。也许你有些奇怪我为什么会做这件事,其实一开始我确实没打算多管闲事,因为这并非一个律师该做的。但是当你质疑我为什么变得冷漠时,我忽然才慢慢反思,这份工作是不是真的让我在不知不觉中变得麻木不仁了?虽然不想承认,但这确实是无法抹杀的事实。我每年办几十件案子,每天看到的都是各种罪行,当事人大部分都是传统意义上的恶人。我从最初的痛苦到习以为常,渐渐只关心案子本身,很少去留意罪恶的背后,觉得自己行使法律赋予的权利就足矣,那些恶终有一天会无所遁形。直到我查到莫辛的心理诊断报告和她在网上的留言,意识到这场悲剧的源头毫无疑问是来自林凯杰,再看到莫伟的无力,以及逍遥法外毫无愧疚之心的林凯杰,我决定让他受到该有的法律惩罚。

本来我只是调查与莫辛有关的证据，却无意间发觉了更多的东西。当我犹豫要不要继续下去的时候，我想，必然有很多人会觉得我这样的行为很愚蠢，但我相信你一定会支持我，那么这个理由就足够了。

　　我一定会好好保护自己，等一切尘埃落定，我就来接你回家。

　　读完这一长串留言，许煦虽然担心得眼眶发红，但又有些释然般地笑了。不论怎样，这留言透露出的语气，看起来轻松笃定，显然是真的没事。

　　就如父亲所说，他做事一向周全，必然是考虑好了所有的应对方法。虽然还是有些抱怨他一直瞒着自己，但也明白他这个人从来都是这样，总是做好一切，不让自己费心。一起生活了三四年，她连电费水费都没交过，他又怎么可能会让她卷进这种大事当中？

　　她不由得开始为自己这段时间对他的质疑而愧疚自责。这个世上她谁都可以怀疑，唯独不应该怀疑他。他一直都是自己一开始就认识的那个柏冬青，正直、善良、勇敢。

　　一直都是。

　　许煦握着手机趴在床上又哭又笑，虽然知道他现在关闭了通讯，没办法联系上，但还是编辑了一条信息发给他。

　　"你要是敢出一点事，我饶不了你。"

　　发完之后，哪怕等不到回复，也怔怔地看着屏幕许久。

　　说彻底不担心是假的，毕竟不知道他人在哪里，情况如何。得不到他的消息，许煦其实还是会有些提心吊胆。

　　她在家一面关心着江城那边的形势，一面想着柏冬青到底把自己藏在了哪里，每天至少给他的号码发十几条短信。吃了什么，玩了什么，事无巨细地报告，虽然收不到回复，但总比什么都不做要安心。

　　直到小半个月过去，林凯杰身涉多起性侵和两起命案被逮捕，林氏集团洗钱和偷税漏税正式立案，相关消息突然全面开花般被各大媒体通报。林氏父子被捕的场景，连着两天成为各大网站和报刊的头版头条。

　　树倒猢狲散，很多与林氏父子及林氏集团走得近的名流商贾和企业都纷纷与之撇清关系，甚至开始爆料出各种林氏的黑料。一时间，在江城横行多年的林氏父子如同过街老鼠一般，人人喊打。

　　林氏父子被捕的那日傍晚，许家一家三口正围着餐桌吃火锅，许煦习惯性地拍了张照片给柏冬青发过去。

　　五分钟后，手机叮的一声，响起信息提示声。

　　许煦愣了一下，脑子灵光一闪，手忙脚乱地拿过手机打开，不可置信地看着对话框。

　　连续十天的自言自语之后，对话框里终于有了一条对方的回复，对许煦来说，简直像是做梦一般。

　　柏冬青回复她的是一张照片，照片上是土灶大锅，锅里炖着热腾腾的菜。

许煦愣了半天才回神，赶紧拨过去。

那头很快接起来，温和的声音中略带着点清浅的笑意："喂！"

许煦差点跳起来，不顾父母就在旁边，大声叫道："喂什么喂！你现在在哪里？"

电话里柏冬青发出低低的笑声，不紧不慢道："你不要急，我好好的，一点事都没有。"

许煦道："你看到新闻了吧，林氏父子已经被抓了，你赶紧给我回来，接我。"

"那个……"那头的柏冬青支支吾吾，"我这里有点事，还得过几天才回去。"

"还过几天？这都大半个月了。"许煦简直要炸了，"你到底在哪里？是不是被什么狐狸精迷住了，乐不思蜀了？"

餐桌上的许氏夫妇相互对视了一眼，默默低头吃火锅。

柏冬青被逗笑，在电话里沉默了片刻："要不然你来接我怎么样？"

因为一切尘埃落定，确定他没事，许煦也完全放松下来，听到他的声音后，心中欢快，恨不得手舞足蹈，自然也有了心思开玩笑："你以为你很厉害？当自己是大英雄吗？还要我来接你？你想得美！快点给我滚回来，饶你一命。"

柏冬青低声道："可能……还是得你来接我，我的脚前天扭伤了。"

许煦闻言一下就紧张了："你在哪里？我马上来接你。"

许爸爸终于忍不住了，用筷子敲敲桌面："快七点了，你能马上去哪里？赶紧说完了，好好吃饭。"

许煦撇撇嘴。

那头的柏冬青果然也道："马上可能是没办法了，我现在在山区呢！"

"啊？"像是灵光乍现一般，许煦问，"你在你资助的那个山区小学？"

这些年柏冬青一直资助一间山区小学，用的是两人的名义，还去过两次，和那边的老师算得上熟悉。

柏冬青嗯了一声："没错。"

许煦失笑："难怪都找不到你，原来躲得这么远。"

山区太偏远，连手机信号都不是那么好。

柏冬青在那头咕哝道："那你来不来接我？"

语气里有些罕见的撒娇。

许煦轻笑出声："接！明天就去接你！不是脚崴了吗？要不要请八抬大轿啊？"

"……那就不用了，你人来就行。"

"好吧，你还没吃饭吧？我也正和爸妈吃饭，我得赶紧吃，不然我喜欢吃的鱼丸就要被我爸吃完了，晚点咱们再聊。"

"嗯，晚点我打给你。"

许煦嘴角弯弯地挂上电话，拿起筷子，将她爸捞起的鱼丸抢过来。

许爸爸朗声大笑："慢慢吃，没人跟你抢，知道你今晚的胃口肯定特别好。"

许煦挑挑眉，不置可否。

239

许爸爸笑："不过，也别吃太多了，免得晚上肚子不舒服，明早起不来，耽误了你把我女婿给带回来。"

"什么女婿啊？"许煦嘟哝着反驳，"还没结婚呢！"

"那就赶紧结婚，小心这么好的女婿被人给拐走了。"

许煦道："放心吧，连我都赶不走你们这女婿！"

许氏夫妇再次对视了一眼，对女儿的厚颜无耻默契地露出无语表情。

家里没有直达的航班，许煦天没亮就起床，坐上了第一班去往江城的高铁，从江城乘飞机飞往西南的山区小城。

十月底，已经过了旅游旺季，乘客不多，许煦这一排就只有她一个人。飞机平稳后，旁边空着的位子忽然坐下来一个人。

许煦转头，蓦地一愣："你怎么在这里？"

程放系好安全带，笑了笑："跟你一样。"

"你去找冬青？"

程放道："顺便把莫伟接回来。"

许煦惊讶："莫伟跟冬青在一起？"

程放嗯了一声："之前老三怕他出事，把人给藏起来了，我也是昨天联系上才知道的。"

"哦！"许煦若有所思地点头，这家伙还真是挺能隐瞒。当初莫伟消失时，她还问过他，他完全没表露出半点跟自己有关系的迹象。

程放瞥了她一眼，道："以前是我误会了老三，总是给你传递一些我自己脑补的信息，我跟你说声对不起。"

许煦不以为意道："不用了，虽然我无法否认确实有受到你的影响，但这并不会动摇我对他的感情，哪怕他真的已经不是从前的柏冬青，我也从来没想过放弃他，所以我不需要你这声对不起。"

程放有些无奈地笑了笑："你在我这个前男友面前这么秀恩爱，不觉得有些残忍吗？"

许煦转头看他，笑而不语。

程放继续道："怎么说呢？虽然不想承认，但也不得不承认，之前我确实是被不甘心冲昏了头，只有尽可能将他想象得卑劣虚伪和功利冷漠，安慰自己你是因为被他蒙骗才会忘了我，而不愿承认他就是比我更值得你喜欢，或者说不愿面对自己在感情中的失败吧。"

许煦有些不可思议地笑道："你还是跟之前一样好胜啊！输一场比赛都得跟自己较劲几天。但是感情不是比赛，所以没有输赢。我很感谢大学你陪伴我的那一两年，也从来都没想抹杀，但人是一直往前走的，你离开了，我自然会遇到其他人跟我同行，只是这个人恰好是你的室友柏冬青。在接下来的旅程里，我和他有了共同的经历，一起见到了不同的风景，他渐渐成为我独一无二且无法替代的旅伴。"她顿了顿，继续道，"我不知道那几年你到底经历了什么，才让你对从前念念不忘，但我能感觉到你忘不掉的并非是我，而是从前美好的生活，只是我恰好是这美好中的一部分而已。"

程放苦笑："也许吧！"沉默了片刻，话锋一转，"不过你要让我笑着祝福你们，我还是做不到。毕竟当初老三明知我的情况，还偷偷摸摸跟你在一起，现在一想还是生气。"

许煦轻笑出声："算了吧！前男友的祝福不要也罢！"

程放转头默默地看了她片刻，又道："这次老三本来是匿名举报，可是因为走漏了风声，媒体倒是封了消息不允许暴露举报者身份，但业内已经传出去。他和林凯杰虽然早已经不存在委托关系，算不上违背律师职业守则，但华天和林氏有业务合作，他又是华天合伙人，以后哪家企业还敢跟华天合作？华天要继续发展民商业务，肯定会选择舍弃他。"

许煦蹙眉点头："我也想过这点，做企业的，哪个没点见不得人的东西，冬青举报林氏的消息传出去，华天不想受影响，唯一的选择就是辞掉他撇清关系。"

程放道："他刚刚才做到合伙人，说实话，我觉得挺可惜的，以后的职业路恐怕会受到很大影响。"

许煦叹了口气，不以为然道："他决定做这件事的时候，肯定已经想到过这种后果，那么想必也已经做好了未来的打算，我相信他。"说着又笑了笑，"哪怕他的职业路真的就此中断，还有我呢！"

"你？"程放有些怀疑地上下打量她一眼，"靠你的月薪六千？"

许煦翻了个白眼："你是不是还不知道，我是个有家业继承的富二代？"

程放失笑："虽然是这样，但你觉得老三是会靠女人靠岳父的男人？"

许煦道："他当然不是，我只是要让他知道，他想做什么都可以放手去做，就算失败了也不用怕，因为他不是一个人，还有我。"

正是因为不想被认为攀附她的家庭，这些年柏冬青才会那么拼命地工作，努力在自己的领域做出成绩。他从来不说，但自尊心有多强，她是知道的。

程放听了她的话，将眼罩戴上，靠在椅背："得了，我这个路人甲还是不要再找虐，听你秀恩爱了。"

许煦斜了他一眼，摇头失笑，趴在窗边看向外面的云层。

还有几个小时就能见到柏冬青了。明明才分开不到一个月，竟然像经过了一个世纪那么漫长，以至于现在的她，满心都是迫不及待，还有些莫名的兴奋和激动，好像要去见的是热恋中的情人。

其实想想，两个人同在一个屋檐下已经四年，同床共枕也已经三年，说是老夫老妻也不为过，但对他的感情竟然奇妙地越来越浓烈，简直违背爱情专家给出的理论。

两个小时后，飞机准时落地。

从机场到那个叫红溪村的小村子，还得先坐车去县城，然后从县城倒车，周周转转起码得四个小时。许煦和程放都是怕麻烦的人，干脆在机场高价包了一辆出租，直奔目的地。

饶是这样，到达村子时，也已经是炊烟袅袅的傍晚。

出租车停在小河边的村道上，对面是黑瓦白墙的乡村小学小楼。今天是周末，学校里没有学生，只有几个人在小河上方一座还未完工的桥上忙碌着。

许煦从出租车中向车窗外望出去，一眼就看到了其中的柏冬青。他正和一个工人模样的男人合作筛沙子，衬衣袖子卷得很高，露出晒黑了的手臂，本来白皙的脸上也多了几分阳光色，额头上的汗水在夕阳下闪闪发光。

觉察到路上有车子停下，他抬头看过来，见到从车子里下来朝她跑过来的女人，赶紧放下手中的活，朝路边跑过来迎接她。

他站定后傻笑了笑，双手在衣服上蹭了蹭，才张开双臂一把将她抱进怀中。

他抱得很紧，几乎是要把许煦整个人嵌进自己身体里。虽然快到的时候她已经发过信息，但是刚刚看到她下出租的那一刹那，还是有种做梦的感觉。

直到旁边响起起哄声，柏冬青才红着脸恋恋不舍地将人松开，但还是捧着许煦的脸，双眼灼灼地看着她。

许煦难得被他这灼热的眼神弄得有些耳根发热，笑问："想不想我？"

柏冬青用力点头："想！特别想！"

"我也是。"

这时程放也已经走上前，在他肩膀上轻轻揍了一拳："老三！"

柏冬青朝他神色莫辨地看了一眼。

程放摸了摸鼻子："那个……对不起，之前是我误会了你！"

柏冬青不以为意地笑了笑，没有说话。

程放啧了一声："你能不能说句话？很没面子的，好吗？"

柏冬青斜了他一眼："说什么？你整天想撬我墙角，但我还是要说没关系么？"

许煦差点没被他这损劲儿弄得笑出来。

程放嘿了一声，歪头打量他："老三，你真是变了啊！"

柏冬青板着脸，道："虽然是我对不起你在先，但你要还是对我女朋友不死心的话，我绝对不会坐以待毙。"

就在程放有些尴尬的怔愣时，柏冬青的嘴角忽然又微微弯起来，松开许煦朝他伸出手："但如果你死心的话，永远是我的好兄弟，我们现在就握手言和。"

程放笑开，伸手握住他："女人如衣服，兄弟如手足。放心吧，我不会为了一件衣服，断了手足。"

许煦呵呵冷笑两声。

柏冬青笑着看她一眼，道："许煦不是衣服，她是我的心肝。"

程放做了一个呕吐的动作："恶不恶心你啊！我去找莫伟了！"

许煦大笑。

柏冬青牵着她的手往回走，跟桥面上的几个人介绍道："我对象，许煦。"

许煦笑着和人打招呼，又朝其中一个看起来跟旁人不太一样的男人道："陆老师，好久不见了。"

这位陆老师全名陆远，是这所山村小学的支教老师。前年，她跟着柏冬青来这里的时候见过他，当时只感叹一个大男人在山区待了六七年太不容易，没想到过了快两年，他人还在这里。

陆远笑："冬青整天念叨你，总算是把你念来了。"

他的话刚落音，一个女人从小楼后面跑到操场，朝这边大叫："陆远，饭已经烧好了，你让大家收工回来吃饭吧！"

陆远转头笑着朝女人点点头，对众人拍拍手："行了，今天就到这里吧，大家去吃饭！"

许煦凑在柏冬青耳边，好奇地问："陆老师的女朋友？"

柏冬青小声道："人家已经结婚了，是老婆！"说着又有些幽怨地看了眼她，"我们第一次来的时候，陆老师还是光棍呢！现在人家都结婚了，我还在原地踏步。"

许煦笑着挽住他的手："那咱们回去就结婚吧！"

柏冬青的嘴角快弯到了太阳穴，用力点头："嗯。"

两人跟在说说笑笑的一行人后面，往炊烟升起的小楼走去。

晚风阵阵，倦鸟归巢，斜阳洒在身后，笑语声在这静谧的乡间蔓延，一切刚刚好。

一切不过刚刚好
chapter 09

走下桥，许煦才想起柏冬青说过脚崴了的事，低头一看，却见他步伐正常，奇怪地问："你不是脚崴了吗？哪只脚？刚刚还看你干活呢，已经好了吗？"

"那个……"柏冬青支支吾吾，"是右脚，已经好了。"

"这么快啊？"许煦若有所思地点头，抬头笑着看他。

柏冬青摸摸耳垂，伸手朝周围胡乱一指："不觉得这里风景很好？挺适合度假的啊！"

许煦才不会被他带偏："所以你就把我给骗来了？"

柏冬青转头看她，笑了笑："就是想和你一起度假。"

许煦上下打量了一下他，白衬衣沾满了尘土，脚上的运动鞋也脏兮兮的，握着自己的手明显多了一层粗茧，她掐了他一把，哭笑不得："你这是来度假的还是来干苦力的啊？"

柏冬青倒是不以为意："我来的时候，学校正在修桥，我在这里蹭吃蹭住的，那肯定得帮忙干点活。"他看了一眼许煦，"我们等桥修好了再回去吧！"

许煦笑："所以还是来干活的嘛！"

柏冬青笑："干活也是度假啊！"

许煦点点头，斜眼看向他晒黑的脸："说的也是，真让你什么都不干，估计也受不了，我看你就是个劳碌命。"

学校的厨房在教学楼后面的一栋旧楼，刚刚走近，就已经闻到了饭香味。莫伟正靠在门口等着，看到来人，拄着拐迎上来："许记者，你来了？"

许煦上下打量了他一番，气色比之前已经好了太多，清秀的脸也没有那么消瘦了，恢复了一个年轻人该有的精神。她问："你还好吧？"

莫伟点点头，面露感激，"多亏了柏律师，不然我恐怕都已经没命了。"

柏冬青笑着摇摇头："行了，行了，你都说多少遍了。"

眼见着莫伟眼圈又要发红，程放走上来，拍拍他的肩膀："看你状态不错我就放心了，你妹妹的事也算是能有个交代了。逝者已矣，来者可追，以后好好活着，你妹妹泉下有知，也才会安心。"

莫伟点点头："我会的，也谢谢你，程检。"

几人正说着，从厨房冒出一个女人，朝几人笑道："你们赶紧进来吃饭吧，莫伟做的菜特好吃，小心待会儿被人抢光了。"

莫伟有些不好意思地笑了笑，转身走在前面领着他们进门。

许煦看向站在门口的女人，穿着打扮很简单，但整个人的气质与这里截然不同，实际上她的口音也证实了这一点，只听她笑着道："冬青，你可算是把你女朋友盼来了，天天听你念叨，我的耳朵都快长茧了。"

柏冬青脸上是掩饰不住的喜悦，拉着许煦道："这是陆远陆老师的老婆谢雨，这是我女朋友许煦。"

谢雨挑挑眉，戏谑道："瞅你嘴角都快弯到太阳穴了。"说着又朝许煦道，"我跟你说，你们家冬青我真是服了，平时话也不多，但一张口就是我女朋友我女朋友的，吃到好吃的菜会说我女朋友肯定喜欢，看到好看的花花草草也要拍下来说要给女朋友看，之前下了场雨小溪那边出现了彩虹，赶紧丢下手中的活拿相机拍视频，说给女朋友记录下来，还有前天老乡送了两尾打捞的河鱼，非得养在水缸里，说等你来了一起吃。"

许煦闻言失笑，转头看向柏冬青，虽然谢雨的语气带着调侃，可能也用了点夸张手法，但许煦心里还是很感动。因为她知道，就算他没有明明白白说过这些话，但心里肯定也是这样想的。

柏冬青被谢雨这番话弄得有些面红耳赤，抓了抓耳朵，拉起许煦往厨房走："咱们去吃饭吧，不然好吃的被抢光了。"

谢雨在后面看着他羞赧的模样，哈哈大笑。

正在给大伙儿盛饭的陆远朝这边瞥了一眼，笑道："谢雨，你别老欺负冬青。"

"我什么时候欺负他了？"谢雨反驳，"我看你总是胳膊肘往外拐。"

陆远指着灶台上的几碗饭："你们别理她，舟车劳顿也辛苦了，吃完饭早点休息。"

柏冬青点头，将许煦的背包放在一旁，拉着她在旁边的水管处洗了洗手，拿起一碗饭递给她。灶锅里的腊排骨炖土豆四季豆，还汩汩地沸腾着，冒着诱人的香味。一大锅的分量，十个人是足够了，只是里面的排骨不算多，刚刚开动，就风卷残云去了一半。柏冬青赶紧用铲子舀起两块放在许煦碗里："老乡家自己熏的排骨，很好吃的。"

他从来都很谦让，不争不抢，许煦头一回看到他这副抢食的动作，真是哭笑不得。

不过，他给她舀了两块就放下铲子，自己捧着只有土豆豆角的碗，一副喜滋滋的样子。

许煦将碗里的排骨挑起一块放在他碗里，笑道："别搞得跟饥荒年代似的，我又不是没吃过肉。"

柏冬青看她一眼，笑着没说话。

一旁的谢雨靠在灶台边，看着这两人，笑道："我先前听冬青总提女朋友，还以为是刚刚热恋的情侣，后来好奇一问，才知道你俩都在一起好几年了。传授一下爱情保鲜法呗，我这才结婚一年，就感觉要到七年之痒了。"

"痒了？要不要我帮你挠挠？"陆远不知何时端着碗站在了她身旁，斜眼看她，冷飕飕地问。

谢雨呵呵干笑两声，夹起一根豆角塞进他嘴巴里："我这不是跟冬青和许煦打听一下夫妻相处的秘诀吗？有助于我们婚姻生活的和谐。"

"我觉得挺和谐的。"陆远面无表情，顿了顿，又补充一句，"而且他俩又还没结婚，应该跟我们取经才是。"

柏冬青连连点头："没错，没错。"

许煦默默地看了一眼这对夫妻，虽然看起来不是那种亲昵型的，但却有种让人羡慕的默契。她又看向柏冬青，正好对上他看过来的眼神，两个人莫名相视一笑，又不约而同地埋头继续吃饭。

其实他俩也挺默契的嘛！

吃完饭，柏冬青帮忙收拾了一下，就迫不及待地拉着许煦回宿舍。

"你干吗呢？"许煦笑，"大家都还在聊天呢！"

柏冬青道："他们聊他们的，咱俩聊咱俩的。"

他住的是一间提供给老师的单身宿舍，学校就陆远和谢雨两个老师，这会儿正好空了出来。他将许煦拉进宿舍，然后将门关上。

许煦本来以为，他这样急不可待是因为久别重逢，准备干柴烈火一番，还有点意外他竟然这么猴急。哪知关了门的柏冬青，却是拖过来屋子里的一张椅子，让她坐下，然后自己也坐在她对面的椅子上。

许煦眨了眨眼睛："你真是想和我聊天吗？"

柏冬青点头："嗯，太久没见了，就想两个人说说话。"

好吧，这确实比较符合他的作风。

许煦想了想，抓住他的手，软声道："对不起，我之前不应该怀疑你。"

柏冬青笑着摇摇头："不怪你，是我故意隐瞒你。"

许煦皱了皱鼻子，故意顺着他的话道："就是啊，你干吗瞒着我，怕我拖你后腿吗？"

柏冬青失笑："当然不是，只是事情可能会很严重，我怕万一有什么问题，所以一开始就决定谁都不透露。"说着，叹了口气，"你看，最后不还是走漏了消息么？"

许煦想了想，正色道："这件事你们律所的领导都知道了吧？他们要怎么处理？"

柏冬青道："律所正在发展民商业务，这件事肯定会有影响。我当时收集到证据后，其实和陈老师商量过，是他鼓励我去举报的。他说，无论什么后果，会让华天跟我一起扛。但华天不是他一个人的华天，有三十多个合伙人，还有两百多个执业律师，不能因为我的所作所为影响他们的利益，所以我已经跟陈老师提了辞职。"说着朝她笑了笑，"你别担心，这件事不影响我的执业资格，对接刑辩案子也没有影响。所以我考虑后，决定自己开一个律师事务所。"

许煦睁大眼睛，惊喜道："真的吗？"

柏冬青点点头，笑道："这样可以更自由地选择接什么案子，多做一些法援案，去帮到更多需要法律帮助的人,就是前期可能挣不了多少钱,还得请助理什么的,都是大开销。"

许煦拍拍胸口:"虽然我专业学得一般,当不了律师,但给大律师当个小助理应该还是可以的。"

柏冬青歪头看她:"你自己的工作呢?"

许煦道:"我虽然挺喜欢我的工作的,但毕竟是行业内的杂志,局限太多,做久了也没什么动力。"说着,忽然想起什么似的,"对了,陆老师的老婆是不是《东方周刊》以前的首席记者谢雨?"

柏冬青点头:"是啊!"

"难怪觉得有点眼熟,之前她举报公益腐败案的时候,看到过她的照片。"说着叹气道,"你看,她那种才叫真正的记者,我这种就算了。好在我也算是学过法律,以后跟你一起做点有用的事更好。"

柏冬青笑:"你当我助理,我是怕我舍不得使唤你。"

许煦道:"放心,不用你使唤,我自己会把事情做好。别看我上学时都是混的,事业心也不大,但在杂志社的敬业度可是有目共睹的,绝对不是职场混混。"

柏冬青笑着点头:"我知道,加班写稿子也是常有的事。"

许煦道:"对啊!而且我有媒体经验,以后律所跟媒体打交道时,肯定比你找个普通法学生助理更游刃有余,我也能写公关文。"说着扳起手指头道,"法学专业毕业,过了司考,四年法律媒体从业经历,月薪没要求,你说说这样的助理哪里找?"

柏冬青先是被她逗笑,然后又正色道:"我的工作你也是知道的,以后自己开了律所,肯定更忙,我怕你跟着我吃苦。"

许煦不以为意地笑笑:"你要忙得不着家,我还不是独守空房,不如跟你一起忙呢!"

柏冬青失笑:"行,那就先这么说定了。"

两人正说着,有人敲门,是莫伟:"柏律师,许记者,陆老师在放露天电影,让我叫你们一起来看!"

"嗯,好,我们马上就来。"说着拉起许煦,"你先过去,我拿个东西马上来。"

许煦暗自撇撇嘴,所以说久别重逢和干柴烈火都是假的,幽怨地看了他一眼,出门跟莫伟去了操场。

柏冬青打开自己的行李包,在最内侧的暗袋里摸了摸,摸出一个小小的红丝绒盒子,他看了看,重重地吸了口气。

这戒指买了好几个月了,跟他兜兜转转跨越了几个城市,今天天时地利人和,再不派上用场,他真的该哭了。

暮色四合时分,深秋的山村染上了一层墨色,安宁静谧,时间在这里好像都变得缓慢。

陆远和谢雨正在准备投影,几个修桥的工人则闲闲散散地坐在一起,喝茶聊天,等待电影开始。

这些工人都是附近的村民,不见得对电影多有兴趣,不过是喜欢热闹罢了,所以陆远放的电影也是一部热闹的喜剧动作片。

并不像在城市电影院里看电影那样追求安静，幕布上播放着电影，围坐在一起的人边看边聊天。与其说是在看电影，不如说是乡村里独有的夜间生活。夜并不把人隔远，而是将人拉近。

周遭是静谧的田野山林，河水潺潺，蛙鸣虫叫，操场上的欢声笑语便显得格外清晰。

许煦在城市里生活惯了，这种感觉新奇又美妙，也不知是因为这些质朴的晏晏笑语，还是因为柏冬青在旁，心情莫名地好，甚至体会到一种浪漫的味道。

一场电影放完，大家其实也没太在意到底讲了什么故事，只是这两个小时的时光让人觉得快乐。

陆远去关投影时，坐在许煦身旁的柏冬青忽然站起来，有些不自然地摸了摸耳朵，道："我有点事要宣布一下，请大家帮忙做个见证。"

陆远会意，笑着将投影调出浪漫舒缓的纯音乐，又把灯光打亮了一些。

柏冬青继续道："今天，我女朋友来接我了，我特别开心。有件事情我很早之前就想做，但是一直阴差阳错地没完成。此时此地，天时地利人和，应该再不会有什么会打断我要做的这件事，所以我就不想再等了。"

许煦昂头看他，暖黄的夜灯下，他的脸颊有微微的红色，眼角眉梢中含着浅浅的笑容，是自己最熟悉的温和模样。她当然猜得到他要干什么。

今天刚来的时候，她自然而然地提了结婚，本以为求婚这件事不会再有了，没想到他对这个仪式还挺执着。

她弯唇笑着看他，等他继续说下去。

柏冬青低头看向她，也不知从哪里摸出一束花，呃，一束野菊花。

许煦："……"

只见柏冬青半跪在她跟前，举着野菊花，从裤袋里摸出小小的戒指盒子打开，递到她跟前："虽然我知道我们一定会结婚，但还是想认认真真地跟你求一次婚，因为想让你知道，我想和你结婚并不是因为到了年纪，水到渠成，而是真的想要和你组建家庭，分享彼此的生活，成为对方不可分割的另一半。而这一切只有一个原因，那就是我爱你。"

他虽然做了这么多年的律师，但在生活中不善言辞，更没有说过什么甜言蜜语，在感情中好像一直是木讷愚钝的。现下如此郑重其事地表白求婚，哪怕是已经做了几年枕边人，在周围十来双眼睛的见证下，许煦也还是羞涩得耳根发热。

当然最多的还是感动。

旁边的村民虽然对于这种城里人热衷的仪式很陌生，但是看到这样的场景，也还是不由自主地鼓掌，笑着轻呼。

柏冬青顿了顿，脸上更红，继续道："许煦，嫁给我好吗？"

许煦抿抿嘴，接过他手上的野菊花，将手伸到他面前，点点头。

虽然知道自己不会被拒绝，但柏冬青还是喜不自胜，抖着手将戒指给她戴上。

一旁看热闹的谢雨大笑:"许煦,你怎么能让冬青这么容易就得逞?起码得让他求个三四回,才能显示诚意啊!你知不知道,太容易得到的就不会珍惜啦!"

许煦看着无名指上在夜色下熠熠发光的钻戒,吃吃地傻笑了笑,回道:"虽然你说得好像有点道理,不过我舍不得啊!"

陆远斜了一眼旁边的妻子:"你就不能不破坏气氛?"

谢雨不以为然:"我这明显是在搞气氛啊!"说着又笑嘻嘻道,"恭喜你们二位即将踏入婚姻这坟墓。"

陆远无语地抽了抽嘴角,却还是笑道:"恭喜!"

柏冬青被逗笑,握着许煦的手,双目灼灼地看着她。

"你赶紧站起来,地上凉。"许煦拉了拉他。

陆远关了音乐,拍拍手,道:"大家回去好好休息吧,明天咱们继续,争取这个星期把桥弄好。"

众人起身各自将椅子往教室搬。

程放打了个哈欠,提起自己坐的椅子,笑道:"老三,你真是太狠了,就不能等我走了再求婚?非得塞我一嘴狗粮。"

柏冬青抿抿唇,一本正经地看向他:"我不期望能得到你的祝福,但希望你能彻底放下,不要跟自己过不去。"

程放看了看他,又看向一旁完全沉浸在被求婚喜悦中的许煦,自嘲地笑笑,感叹道:"没错,我就是一直自己跟自己过不去,这六年我一直活在过去,而其他人早就不知往前走了多远。"他指了指头顶的星空,"不是有句诗是这样说的么,你因为错过太阳而哭泣,那么也将错过星星。"

抱着野菊花的许煦轻笑:"是啊!你赶紧去看看你的星星吧!"

程放耸耸肩,招呼身旁的莫伟:"走,咱们回去休息,明天早点出发。"

莫伟点头,跟上他。

操场上的桌椅很快收拾好,三三两两的人群散去,只剩下空荡荡一片。夜风徐徐吹来,带着点清新的凉意。柏冬青拉着许煦往操场前走:"我们去坐坐再回宿舍。"

许煦笑着看他一眼,见他双目炯炯,笑道:"这么兴奋?"

柏冬青点头:"马上就有老婆了,当然兴奋。"

许煦轻笑出声:"是哦!我也是要有老公的人了呢。"

操场前方靠小河的地方,有一块平滑的大石头,柏冬青拉着许煦走上前,将外套脱下垫在上面:"坐吧!"

许煦哭笑不得,将衣服拿起来还给他:"你赶紧穿着吧,石头也不是很凉。"

说完自己就先坐下了。

虽然是仲秋,这几天的天气很好,夜晚凉爽却也不至于寒冷,可柏冬青还是怕她冷,坐在旁边后,将她抱在怀中。

许煦靠在他肩膀，拨了拨手中的野菊花，笑道："用菊花求婚的，古今中外估计也就你一个人吧？幸好花是黄色的，要是白色的话，我真要像谢雨说的那样拒绝你几次才行。"

柏冬青摸了摸鼻子："这个季节山里就菊花最多，我顺手在宿舍楼后扯了一把，等回去之后再给你补上红玫瑰。"

许煦忙不迭摇头："别，你再弄一百零八朵红玫瑰，我都该吐了。野菊花挺好的，全世界独一无二。"

柏冬青笑："你是不是担心，我要辞职创业就没钱了？"

许煦在他唇上啄了一下："不管怎么样，你的钱都是这些年努力赚来的，我不舍得你为我乱花。"

她还没退开，柏冬青已经顺势捧上她的脸，凑上前去做刚刚因为人多没好意思做的事，深深地吻上了她。久违的吻，当彼此熟悉的气息交融在一起，便一发不可收拾。

也不知吻了多久，柏冬青才恋恋不舍地将人松开，微喘着气，将她拉起来："走，我带你去洗澡，早点休息。"

学校宿舍装了太阳能热水器，不过热水不太够，两个人随便洗了个战斗澡，就钻回了房间。

刚刚打开门，柏冬青想起什么似的，道："你先进去，我跟陆远借个东西。"

说完就跑去旁边敲门。许煦狐疑地抓了抓头发走进宿舍，重重躺在坚硬的木板床上。不过片刻，柏冬青就去而复返，进屋将门拴上。

趴在床上的许煦转头看向他，随口问："你问陆老师借什么？"

"就那个。"

"哪个啊？"许煦一头雾水。

柏冬青走到床边，不太自然地清了清嗓子，举起手中的小东西："这个。"

许煦看到他手中的东西，脸一下爆红："你什么时候脸皮这么厚了？"

天哪！想到明天要面对陆远和谢雨，她就有点想找块豆腐撞死算了。一个淳朴好青年怎么会干得出跟人借小雨衣这种事？

柏冬青在床沿边坐下："我忘了带了。"

许煦道："今晚就盖着棉被纯聊天不行么？"

柏冬青想了想，认真道："我觉得不行。"

毕竟这么久没见面，又是求婚成功的第一晚，盖着棉被纯聊天，他应该是做不到的，除非他不是个正常男人。

许煦是被乡间的鸟叫声吵醒的，睁开眼，身边已经空空荡荡，柏冬青早已起床出门，只留下他还没散去的余温。外面隐隐有脚步声和笑语声，应该是修桥的村民来上工了。许煦竖起身，才发觉腰酸背痛，也不知是木板床太硬的原因，还是昨晚折腾过度给闹的。

她拿起枕头边的手表看了一下，已经九点多，心中不免惊讶，她这一觉竟然睡足了十个小时。这段时日来，因为担心在外的柏冬青，虽然睡在家里柔软舒适的大床上，却从来没睡过一个好觉。昨天终于见面，心里的石头总算落在了地上。虽然这山村小学宿舍里的木板床实在简陋，却足足让她睡了个好觉。

许煦心情舒爽地叹了口气，下床伸了伸胳膊。宿舍的门被从外面轻轻推开，柏冬青虽然晒黑了，但仍旧清俊的脸，小心翼翼地探进来，看到她起床，才推门而入，微笑道："不多睡一会吗？正准备饭熟了叫你呢！"

许煦笑着问："大家都起来了吧？"

柏冬青点头："嗯，都忙上了。"

许煦嘟嘟嘴，佯装埋怨："那你也不叫醒我，就我一个睡懒觉，多丢人啊！"

柏冬青笑："你本来就是度假来的，当然应该睡到自然醒。"

许煦轻笑出声："得了，我有什么可以帮忙的吗？"

柏冬青道："那你快点洗漱一下，跟我一块去摘菜。"

"没问题。"

许煦换了衣服，跟着他出门。刚刚走出门口，就碰到陆远从屋檐下走过。

陆远看到她后，笑着打了声招呼，随口问："昨晚睡得还好吧？"

"啊？哦！挺好的。"许煦看到陆远那张轮廓分明，哪怕是笑时都有些严肃的脸，忽然就想到柏冬青昨晚干的事，顿时耳根发红，支支吾吾地有些不知该说什么了。

两个人毕竟快一个月没见，干柴烈火起来，就有点收不住。这老旧的砖瓦房宿舍楼显然不可能隔音，那木板床一摇动，就咯吱作响。

而陆远和谢雨就住在隔壁，不可能没听到。

现下看到陆远那张正经的脸，她真恨不得挖了个地洞钻进去。

等陆远走后，柏冬青转过头看向身旁的许煦，见她双颊发红，一脸窘色，他不以为意地笑道："陆远和谢雨都是过来人，有什么不好意思的。"

许煦嘴角抽了抽，瞪了他一眼："你什么时候脸皮变这么厚了？"

柏冬青轻笑："我可是要结婚的人了，又不是什么纯情少年。"

许煦呵呵干笑两声，愤愤然去了旁边的水龙头洗漱。

草草用凉水刷牙洗脸，然后神清气爽地挎着柏冬青给她的竹编篮子，跟他去了学校旁边的菜园子。乡下别的不多就是地多，这块一亩多的菜地，种满了各种时令蔬菜。

许煦好奇道："这学校就陆老师和谢雨两个人吧？怎么种这么多菜？吃得完么？"

柏冬青笑："这可不是他们俩吃的，学校几十个孩子都要吃呢！就这点还远远不够，每个星期都得去乡集上买呢。"

许煦笑："他们也真是够浪漫的，两口子在这里支教这么久。"

柏冬青道："就一直没老师留下来，不过这里的路已经修好，桥也马上完工了，下学期就会有老师调过来，他们差不多就能回去了。"

许煦抿嘴笑了笑："你说我们什么时候也来支个教？乡下的环境好，空气清新，我觉得还蛮有意思的。"

柏冬青摘了一把豆角放进她手中的篮子，看她一眼，笑道："支教也就是看上去很美，让你在这里待个几天肯定就受不了，不说别的，就冲着不能上网这一点，你也得崩溃。"

许煦挑挑眉："你可别小瞧我，只要你跟我一块儿，我保准受得了。"

"是吗？"柏冬青指着前面的一片草叶，"那你看！"

许煦顺着他指的方向看去，看到一条黑乎乎的毛虫，吓得大叫一声，飞快躲在他身后。

柏冬青轻笑："乡下的空气是清新，但是这些小东西也是很多的。到了夏天，屋子里还可能溜进蛇！"

许煦哆哆嗦嗦地躲在他身后："那……还是再考虑考虑吧！"

柏冬青失笑，拉着她绕过那条大毛虫往前走，边摘菜边道："我知道你一直想做一些能帮助人的事，但我们做好自己该做的工作，就已经很有意义了。"

许煦笑："那是，比如你举报林氏。"说着又正色道，"不过，我可说好了，以后不能再做这种事，打击犯罪是司法机关干的事，你一个律师凑什么热闹？"

柏冬青道："我也不是以律师的身份啊。做这件事的时候，我就是一个遵纪守法的公民而已。其实，这次如果不走漏消息，也不会有人知道我做了什么。"

"你还知道这世上没有什么万无一失啊！"许煦愤愤然，"反正我不许你再做这种事了，本来当律师就挺容易遭到打击报复，你再随便动人家的奶酪，迟早会遇到危险。"顿了顿，又道，"实在是要再做这种事，必须跟我商量，人多力量大，总比你一个人单打独斗安全。"

柏冬青点头："我答应你。"

许煦这才重新笑开："这还差不多。"

柏冬青也笑，低头看了看她手中的菜篮子，见已经装了半篮，拉起她的手："走！赶紧回去，莫伟估计等着菜下锅呢！"

许煦边走边环顾四周，有些感叹道："虽然我挺怕虫子的，不过田园生活确实挺不错的，难怪谢雨能陪着陆老师住下来。"

柏冬青道："你要是喜欢，到时我们在郊区买个院子，周末和假期享受田园生活。"

许煦点头："这个主意不错。"然后又笑着道，"那咱们回去努力赚钱。"

其实，要拥有他说的院子，对她来说很容易，不过是跟爸妈提一句的事。但她知道，他肯定更愿意自己亲手去挣。

柏冬青笑："行，努力赚钱。"

回到厨房，莫伟果然已经在等着蔬菜下锅。他接过菜篮子麻利地将菜挑出来，又是择豆角，又是清洗小白菜，虽然腿不方便，双手却是麻利得出奇。许煦看得目瞪口呆，又看着他把菜下入大灶锅里，哗啦啦地开始翻炒。

"没看出来，你还有这一手啊？"

莫伟有些羞涩地说："我也就会做做菜。"

"做菜也是门技术啊！我煎鸡蛋都煎不漂亮。我看你回去后干脆开个饭馆得了，等以后我和冬青经常去照顾你生意。"

莫伟道："我昨晚跟程检说了，等我妹妹的案子尘埃落定，我就去开个小饭馆。"

坐在灶孔前烧火的程放，被熏得涕泪双下："还别说，这真是个技术活。不说别的，刚刚生火我生了半天都不行，莫伟半分钟不到就搞定了，他也没用过柴火啊！"

莫伟笑："我也是这几天练出来的，还是柏律师厉害，什么活儿都会干，挑水劈柴都不在话下，学生的课桌坏了，他两下就能修好。"

程放抹了把被熏得狼狈的脸，抬头看向灶台外的柏冬青："老三干活儿是没得说，当初上学的时候，我们宿舍的活儿基本上都被他包了。"

柏冬青闻言只是笑，许煦却有些义愤填膺道："你还好意思提，我当年就觉得你们仨有点欺负人。"

"不是吧？当时我们多好啊！怎么会欺负人？"程放一脸无辜，说完却蓦地沉默下来，大概是想起了那些年宿舍相处的日子。

当时确实没觉得，但现在回头看过去好像真有那么点意思。不至于是欺负人，只是一切好像都太理所当然，以至于后来知道柏冬青和许煦在一起，才会有种被羞辱的感觉。因为理所当然地觉得谁都可以，唯独柏冬青不行。

可是为什么不行？除了是因为他知道自己遭遇了什么变故外，也许还有这个原因。他以前从来没想过大学时相处的模式有什么不对，甚至觉得自己对他很好，有困难都会帮助他。直到现在才意识到，当时他并没有把他放在一个与自己对等的位置，对他的友好不自觉地有些高高在上的施舍的味道。柏冬青是聪明人，他不可能意识不到这一点，却始终对他们的友好抱着最大的善意。

后来，当自己落魄到在外狼狈不堪时，他却从来没有因为身份位置调换，而改变态度。哪怕是他在给自己提供金钱援助时，也从来没有表露过任何施舍的意思，只让人单纯感觉到那是朋友间的援助。

如果不是许煦刚刚这么说，他也许永远意识不到。

程放有些不自然地笑了笑："上学那会儿，你老是帮我们干活，当时我们都觉得理所当然，过了这么多年，我觉得还是给你说声谢谢吧！"

柏冬青不甚在意地笑了笑："当时你们帮过我很多，我多做点事也只是举手之劳。大家是朋友，都是心甘情愿的，没什么谢不谢的。"

程放看着他沉默了片刻，终究只是轻笑了一下，又坐回小板凳上，继续添加柴火。

农村很少吃真正意义上的早餐，为了有体力干活，上午一顿正餐后，大家就开工了。

吃完饭，程放和莫伟就要踏上返程之路。道别时，莫伟拉着柏冬青，差点又上演了一次感激涕零，弄得大家都有些哭笑不得。

程放揽着他的肩膀，笑道："你再这样，柏律师会有压力的。"

莫伟有些不自在地摸摸头，低声道："主要是我之前误会了柏律师，现在想起来特别愧疚。"

　　许煦笑："别说你跟他不熟，就是我这个和他一起生活几年的女朋友，也误会过他啊！所以这不怪你，怪只怪他掩饰得太好了。"说着，转头看向身旁的男人，调侃道，"我说你演技挺好的，干脆别做律师，去做演员得了，反正你形象也不比荧幕上那些偶像差。我爸好像认识影视圈的老板，让他给你牵线，我当你经纪人，趁你还年轻，咱也捞点金去。"

　　程放附和："我看行，我哥也认识几个导演，我帮你打听打听去。"

　　柏冬青轻笑了笑，对上许煦戏谑的目光："影视圈那么多漂亮女演员，你放心？"

　　许煦想了想："虽然我对你挺放心的，但就你这性格，谁让你帮忙都不会拒绝，去了那种圈子，不知道会给我惹多少桃花回来。"

　　柏冬青弱弱道："……我其实也知道拒绝的。"

　　程放叹了口气："受不了你们这种肉麻劲儿了，能不能考虑一下我这个万年光棍儿的感受？"说着拍拍莫伟，"咱们两个光棍儿赶紧撤退吧！"

　　许煦笑："马上升南区副检察长的程检，就别把自己说得可怜兮兮了。"

　　"错！"程放抿嘴得意一笑，伸出一根手指摇了摇，"我的调令已经下来，不升区副检了，直接调进市检察院升为高级检察官。林氏和林凯杰的案子影响重大，会由市检负责，我是公诉人之一。"

　　许煦皮笑肉不笑地上下打量一下："还真看不出来你是个准高级检察官。那就祝你步步高升，前程似锦吧！"

　　程放有些贱兮兮地挑眉笑道："情场失意职场得意嘛！"说着又稍稍正色道，"虽然我看起来不像个检察官，但以后一定会做好本职工作，为构建和谐社会贡献一份自己的力量。"

　　许煦啐一声："果然是公务员啊！这思想觉悟让人佩服。"

　　程放轻笑出声，拉着莫伟转身离开，走了几步，又回头大声道："老三，以后要是在法庭遇到，咱们再分个高下。"

　　柏冬青一本正经地回道："法庭不是个人分高下的地方，而是保证公民权利和维护法律尊严的地方，我只会按着自己所掌握的证据和事实去辩护，绝不会是为了和谁争高下。"

　　程放一时被噎得说不出话来，半响才做了个甘拜下风的手势，清了清喉咙，有些词穷般道："……老三，你不去当法官可惜了。"

　　柏冬青笑了笑，没说话。

　　程放叹了口气，好笑地转身，继续往河对面走去。

　　此时已经十点多，秋日的太阳明晃晃地挂在湛蓝的天空中，他昂头看了看天空，静默了半响，忽然自顾地笑出了声。

　　莫伟奇怪问："怎么了？"

　　程放摇头："没事。"

　　柏冬青好像总是能让人自惭形秽，他也许一辈子做不到他那样正直善良，也许以后也会在职场钻营，但只要能够向着光明，那他也就问心无愧了。

目送两人过桥上了乡间的小三轮车，站在操场的许煦才想起来，转头问柏冬青："对了，你以前怎么没想过去考法官？"

柏冬青笑道："一个法律人无论是做法官，还是检察官和律师，在我看来其实是没有区别的。因为这三方并非对立，都是法律体系中不可分割的一部分，只有三方都存在，才能保证法律正常健康地运行，保证公民的权利和社会的有序。虽然经常说什么无良律师，其实律师这个职业和好坏没有任何关系，无良的只是个人。公检机关不也有不少蛀虫么？在我们国家的整个司法运作中，律师是相对弱势的一方，所以作为法律人更应该在这个领域努力。"

"天啦！"许煦故意露出夸张的表情，"冬青！我都怀疑哪天你头顶会出现一圈光环！"

"圣母么？"柏冬青嘴角抽了抽，斜了她一眼，然后又弯唇笑开，"我是觉得这么简单的问题你不该问，所以才这么回答你的。我选择去做律师当然是因为律师最赚钱啊！不然我怎么娶得起老婆？"

许煦哈哈大笑。以前她也费解过，以他的性格怎么会去做律师，难道不是出国留学回来当个高校老师，或者进机关做公务员更合适吗？他当时说的是，想要尝试一次，为自己的人生搏一把。后来她渐渐明白了原因。哪怕她再低调再淡化自己的家境，甚至也因为父亲发迹比较晚，她其实是没什么作为富二代的自觉。但她的家庭背景确实实摆在那里，对他来说就像是一座压力重重的大山，他怎么可能去选择一份稳定的工作，十年八年甚至更久地慢慢熬？

许煦想了想，拉着他的手低声道："以后你安安心心做自己想做的事，不要去想赚钱什么的。其实在十四五岁之前我的生活环境也很普通，我觉得那样的生活也没什么不好。"

柏冬青转头默默地看着她。

"好吧！"许煦摊摊手，如实道，"主要是我爸妈就我一个孩子，他们的钱不给我花给谁花？你跟我结了婚也就是他们的半个儿子了，实在没必要为了所谓的自尊心跟我们见外，然后为了赚钱去做不喜欢做的事。"

柏冬青半晌之后，才轻笑出声，点头："好！"

两个人在山里待了整整一个星期。白天，柏冬青去帮忙修桥，许煦就和谢雨准备饭菜，手忙脚乱了两天，后面也就慢慢熟练了。学生上课的时候，她再帮忙代一两节课，时间也就过去了。

乡下的晚上来得早，也没有娱乐活动，基本上就早早回宿舍休息，第二天好有精神干活。柏冬青没有再去借小雨衣，不是放弃了晚上唯一的乐趣，而是跟着陆远上街采购时，顺便买了一盒。

一个星期的时间很快过去，小桥也如期竣工。看着孩子们兴奋地在桥上嬉闹的场景，许煦忽然就有些莫名的感动。

"我们年底回上海，以后去上海一起吃饭喝一杯。"站在桥头送别两人的陆远笑着道。

"一定。"柏冬青也笑，"这些天打扰了。"

谢雨笑："修这座桥你捐了十万，你要愿意，住一年半载我们也欢迎。"

"别！"许煦笑，"你们继续坚守着等正式老师上岗，我们回家在灯红酒绿的城市为你们加油。"

陆远失笑："保重！顺便提前祝你们新婚快乐。"

"谢谢！"柏冬青听到新婚二字，禁不住面露喜悦。

他这表情被谢雨捕捉，自然不会放过调侃："许煦，你看看你家冬青，一说结婚，嘴角都快翘到太阳穴了。"

许煦转头看了一眼身旁的男人，大概是因为被谢雨这么一说，有点不好意思，想要敛笑，到底没成功，干脆自暴自弃道："你结婚不高兴啊？"

谢雨挑挑眉，和陆远对视一眼，耸耸肩："好吧，确实挺高兴。"

一旁的陆远摇摇头，笑道："再见！"

"再见！"

回到家后，两个人各自要做的事是走辞职流程。柏冬青在举报前，和陈瑞国谈话时，就已经递交了辞呈。他是陈瑞国的关门弟子，深得这位律师圈泰斗的器重，又因为同是寒门学子出身，陈泰斗自然对柏冬青比旁人又多一份关照。本来是不忍他因为这件事辞职，担心他一个没有背景的孩子离开华天，会断送了好不容易挣来的职业路。

直到后来知道他准岳父是谁后，才放心让他去自立门户。

他工作上的交接很快完成，倒是许煦因为临时提出辞职，哪怕之前已经请了大半个月假，对于杂志社来说，也有些突然。按着流程，一个月后才正式离职。

离职那天，自然是要和工作几年的伙伴们一起吃散伙饭。

傍晚下班，从工作几年的办公大楼走出来，她远远就看到站在路边等她下班的柏冬青。

许煦看着他，对旁边已经成为前同事的伙伴笑道："今天的散伙饭，我男朋友请大家。"

杜小沐嗔道："还真是呢！这都多久了，你也没带你那位神秘的律师男友跟咱们见过，这会儿离职了，总算是让我们看看庐山真面了。"她的话音刚落，也看到了路边的柏冬青，嗨了一声，"那不是柏律师吗？"

许煦忍住笑，佯装清了清嗓子。

柏冬青笑着走过来："你们好！"

"柏律师，你怎么在这里？"

柏冬青语气温和道："来接我女朋友！"

杜小沐傻愣愣地问："你女朋友在这附近上班？"

柏冬青看向憋着一脸笑的许煦，伸手将她拉到自己身边："给你们介绍一下，这是我女朋友！"

几个记者编辑顿时哗然。

杜小沐尖叫道："什……什……什么！煦儿，这到底怎么回事？"

许煦清清嗓子："给大家介绍一下，这是我男朋友柏冬青。"

杜小沐像是才反应过来，睁大眼睛问："你什么时候和你之前那男朋友分手的？"说完又呸呸两声，"你和柏律师什么时候在一起的？"

"……"许煦道，"我在华天做律师的男朋友就是冬青，嗯，一直都是他。以前因为工作的关系，我就没告诉大家，你们别怪我啊！当然，现在他要自立门户了，已经不是华天的律师，所以我才辞职，准备和他一起做。以后我们和《法治周刊》肯定还有机会合作，大家也不用太舍不得我。"

杜小沐跟神经错乱似的哇哇大叫："煦儿，你太不够意思了，这么大的八卦竟然一直瞒着我们。我跟你说，今晚不把你和柏律师吃破产，决不罢休。"

许煦乐不可支："没事，随便吃，我男朋友买单。"

柏冬青看了她一眼，温和地说："谢谢这几年你们对我女朋友的照顾，今晚想吃什么随便挑。"

杜小沐看着两人那浓情蜜意的模样，笑道："就你们这喂狗粮的方式，我看我不吃都饱了。"说着看向许煦，"你真是够狠啊！临走前投下这么大个炸弹，咱们办公室接下来的几个月都不愁没有八卦的话题了。"

众人大笑。

当然，一顿晚饭再怎么都是吃不破产的，至于《法治周刊》的办公室，接下来几个月的八卦是什么样子，对于柏冬青和许煦来说并不重要。重要的是，他们要开始新生活了。

对于柏冬青来说，重中之重倒不是急着创业，而是去许家提亲。

提亲这事对许煦来说，就是走个过场。柏冬青每次去许家的表现，早就让许家二老把他当成半个儿子，有时候，甚至还经常批评她对人不够体贴。她自认比窦娥还冤，开玩笑跟她爸吐槽过很多次，她是捡来的，柏冬青才是亲生的。

回家前一晚，柏冬青一直在翻箱倒柜地忙进忙出，还拿着小本子和计算器，一边写一边不知道计算着什么。

许煦躺在床上，看他靠在床头认真的样子，笑问："你这都折腾一晚上了，到底在折腾些什么？明天就是去走个过场，我爸妈为难我也不会为难你的，你就放心吧！"

柏冬青轻轻吐了口气，转过头垂眼看她："我仔细检查了一下礼物清单，怕搞漏了。"

许煦失笑："漏了就漏了，又不是什么大不了的事。"

柏冬青想了想，又道："……我还是觉得聘礼有点少。"

许煦无语地翻了个白眼："聘礼就是意思一下，跟大众行情的差不多就可以了。反正彩礼最终还是我们自己小家庭的。"

柏冬青眉头皱起来："说是这么说，但是你们家亲戚朋友不少，让别人知道了，你爸妈很没面子的吧！"

许煦无语地抽了抽嘴角，坐起身，将他手中的本子抢过来，扫了一眼上面的清单，随手塞进抽屉里，又将他拉下，盖上被子："赶紧睡觉，你要明天顶着一双黑眼圈，我爸妈指不定还真会为难你。"

"好吧！"

两个人是隔日中午开车到家的。柏冬青准备聘礼的时候，她没掺和，到了家门口，打开后备箱，看到满满一后备箱的礼盒，她才知道他搞得有多夸张，他一个人进进出出搬了几趟才搬完。

别说是许煦，就是许家二老都差点目瞪口呆。等他忙完，许爸爸清清嗓子："开了一路车也累了，你赶紧坐着喘口气，喝杯茶。"

柏冬青老老实实地坐下，他今天特意穿了一身新衣服，坐定后身体挺得笔直，还不动声色地整了整领带。喝了口茶后，他从身边的包里拿出几摞崭新的粉红钞票，又把一个红色本子放在旁边。

"叔叔阿姨，这些是我准备的彩礼，本来是想多给一些的，但我马上要开律师事务所，会有不少花费，所以只能拿出这么多了，希望你们不要嫌弃。"

许爸爸笑着看了一眼那几摞钞票，道："八万八算是正常行情，不错了。"又把那红色的房产证拿起来，随手翻了一下，看到上面有女儿的名字，笑道，"还附带一套房子，很大手笔了。当年我和你阿姨结婚的时候，我连三金都没凑齐呢。"

许煦咦了一声，将房本拿过来，柏冬青买房子，两人一起去看的，但是付款交钱办证这些她都没管。现下看到房本上只有自己的名字，也不知该哭还是该笑："你还当律师的呢！我们都还没结婚，你买房就写我一个人的名字，不怕人财两空啊！"

柏冬青一本正经道："我是怕我万一出事，这些东西你没法继承。"

这个世上，她是他唯一亲近的人，但是在婚姻关系成立之前，两个人其实没有任何法律保障的关系。

"呸呸呸！别乌鸦嘴了。"许煦放下房本，朝父亲开玩笑道，"爸，你们说，我这是不是找了个傻子？"

许爸爸还没说话，许妈妈已经先笑着道："你能找到冬青这么好的孩子，都不知道走了什么运，人家这是真心对你，你还说人家傻。"

许煦哼哼唧唧叫道："我就说我是捡来的，冬青才是你们亲生的吧！"

柏冬青有些不好意思地笑了笑。

许爸爸这会儿却清了清嗓子，稍稍正色："都说成家立业，成家虽然重要，但一个男人没有立业肯定是担不起一个家庭的责任的。"

柏冬青本来笑着的脸微微僵住，正襟危坐地看向自己这位准岳父。

许爸爸继续道："你现在刚刚辞职，相当于是失业状态。你觉得这个时候结婚适合吗？"

"爸……"许煦皱眉开口。

许爸爸摆摆手打住她："你虽然在律师界有几分名气，但无论任何职业，平台很重要。华天的柏冬青律师，和柏冬青律师事务所的柏冬青律师对外人来说，意义是完全不一样的。你现在就是从零开始，什么时候做出成绩，还是一个未知数。而前期的忙碌和压力，也并非常人能想象。你觉得你能成为一个合格的丈夫，能给许煦一个稳定的生活吗？"

柏冬青有些急了："叔叔，我知道万事开头难，但你放心，我绝对不会让工作影响家庭生活，也相信自己能够给许煦一个安稳优渥的生活。我求您一定要答应我们的婚事。"

许爸爸看到他脸都涨红了，失笑道："你别急，我不是不答应你们的婚事，而是希望你们结婚后的生活能轻松点。我的意思是，你就考虑一下不要开什么律师事务所了，我做不了几年就该退休了，许煦又不愿继承家业，我也不希望她太辛苦，你看你愿不愿意来帮我打理公司？我就这么一个女儿，所有的东西以后总归是你们的。"

柏冬青转头看了看许煦，猛地站起来，对许爸爸鞠了个躬："叔叔，谢谢您的厚爱。但我自知没有经商的天分，还是希望能好好做自己能做的事。"

许爸爸朗声大笑："这要换作别人，那是求之不得。不过，你要真答应，就不是我认识的冬青了。算了，我就是随口说说而已，也算是最后一次给你的一个小小考验。如果你刚刚有一点动摇和犹豫，我都得重新评估你了。"

许煦无语地翻了个白眼："爸，你认识冬青也不是一天两天了，你觉得他能是贪图你那点钱财的男人？"

许爸爸笑："也不是一点钱财吧！"

柏冬青认真道："叔叔，您的钱也是辛苦打拼下来的，您给许煦理所应当，但我没有白拿的道理。"

许煦轻笑："什么你啊我的，咱们以后还不是一家。"

"话是这么说……"

"行了，行了！冬青你也别见外。"许爸爸好笑地摆摆手，"等你的律师事务所开了，我捐钱建立一个法律援助的基金，你总可以接受吧！"

柏冬青有点不好意思地摸摸头："这个还是可以的。"

因为离开饭还有点时间，聊了会儿天后，柏冬青本来要去厨房帮忙，被许妈妈赶上楼休息了。进了房间，许煦笑着去握他的手，发觉有点冷，还有点湿，不可思议地看向他，睁大眼睛道："你刚刚不是紧张吧？"

柏冬青抽出手，在衣服上把手心的汗水蹭干，道："刚刚叔叔问我的时候，我真有点担心他不答应我们的婚事。"

许煦失笑："怎么可能？"

柏冬青道："叔叔说得很对，我现在算是失业状态，不管之前在华天多光鲜，说到底是华天的柏冬青。离开大的平台后相当于被打回原形，一切都得从零开始。这个时候结婚，其实挺不负责任的。"

"啊喂！"许煦插手，干笑两声，"你这是不想结婚啊？"

柏冬青忙不迭摇头，道："想！从在一起那天就开始想，都想三四年了。"说着，他摸了摸头，露出一丝忧虑，"我也是担心以后自己开律所太忙，照顾不好你。"

许煦笑道："你忘了，我可是你的助理，你所有的工作和压力，我都会帮你分担的。"

就算忙，那也是每天在一起工作，我已经很满足了。"

柏冬青点头，笑道："你说的也是。"

许煦想了想，在他旁边坐下，拉住他的手："冬青，我知道你从小对自己要求很高，觉得无依无靠，所以什么都要自己去努力争取，一直都给自己很大压力。但现在不一样了，我们马上就要结婚，我就是你真正的家人，我的父母也是你的父母，我们就是你的依靠，你所有的压力，都可以让我们跟你一起分担。所以，我不想你以后还跟之前一样，总是绷着一根弦去生活，我希望你和我一样轻松自在，想做什么就做什么，随心所欲一些，开开心心的，好吗？"

柏冬青定定地看着她，一双黑沉沉的眼睛，波光涌动，半晌没说话。

许煦推了推他，笑："你怎么了？"

柏冬青抿抿唇，瓮声瓮气道："有点想哭。"

许煦正要安抚他，却发觉他嘴角弯起了可疑的弧度，不由得微微眯眼看向他。

柏冬青果然忍不住轻笑出来。

许煦用力拍了他两下："小样！你还耍起我来了？"

柏冬青抓住她的手，正了正色，眸中含笑，认真道："我已经很满足很开心了，真的。"

许家二老就一个女儿，婚礼肯定要办得风风光光。为了在亲戚朋友面前不要太丢份，许爸爸让两人领了证，把律所先办起来，免得在婚礼上被人一问女婿干什么的，不好回答。

至于婚礼，则由他们二老慢慢给准备。

本来柏冬青是习惯了凡事都亲力亲为，尤其是婚礼这种大事，总觉得当甩手掌柜有点过意不去，所以忍不住时不时就打电话给许妈妈询问进度，问需不需要帮忙。后来，许妈妈被问烦了，跟女儿投诉了几次，在许煦的镇压下，柏律师终于才彻底撒手放心地让许家二老忙活。

两人领证的那天，是柏冬青专门查皇历定下的日子，天气晴好，万里无云。因为并不算什么特殊的日子，民政局排队的人并不多，前后花了不到一个小时，两人就顺顺利利地拿着小红本出来了。

上车后，许煦瞅着自己这位新婚丈夫那乐得合不拢嘴的傻样，不由得好笑："有这么高兴吗？"

柏冬青用力点头："当然，从今天开始我可是有身份的人了。"

许煦笑："不就是领了个证么？"

柏冬青小心翼翼地将两个小红本用事先准备的小盒子装好，看了她一眼，笑道："这可不是普通的证，这说明我们正式成为合法夫妻，我不再是你男朋友，而是你的丈夫了。这就是我从今往后的身份。"

许煦被他这兴奋劲儿逗乐："是哦！"

柏冬青启动车子，朝她看一眼，得意地点点头，颇有些幼稚。

许煦斜眼看他，故意嗲声道："老公，你别太激动，开车注意点啊！"

柏冬青听了这声称呼，方向盘差点没打稳，却强装淡定："嗯，知道了，老婆。"

许煦笑着继续道："老公，我们中午吃什么？"

柏冬青道："老婆想吃什么就吃什么！"

许煦："那咱们买菜回去自己做好不好？老公！"

柏冬青道："嗯！没问题，老婆！"

"老公，我想吃大螃蟹。"

"好的，老婆。"

"我还想吃龙虾，老公！"

"好的，老婆！"

许煦实在演不下去了，靠在椅背上乐得眼泪都快出来了："我们俩怎么这么无聊。"

柏冬青笑着看她一眼："咱们俩真的结婚了啊！感觉像做梦一样。"

许煦伸手掐了他手臂一把："还像做梦吗？"

柏冬青抿嘴笑："是真的。"

许煦坐正身体："明天开始，律所就要正式运营了，我之前发了招聘启事，这两天挑了几个履历不错的，明天会陆续来面试。"

虽然是个人律师事务所，但上上下下不可能就只有两个人，目前至少还需要一位律师助理。这两个星期下来，为着律所开业的事，两个人都很忙碌。

本来，柏冬青是打算就让许煦做一些简单的事，免得她累到。不想，她做事的效率和能力远远出乎他的意料。从注册到办理各种手续，再到整理办公室和购置各种办公器材，然后又是招聘，又是联系案源，跟个陀螺似的忙进忙出，一切都被她打理得井井有条。反倒是他除了接待了几个当事人的咨询，几乎没怎么忙过。

柏冬青看了看她："辛苦你了！"

许煦笑："我这个助理还合格吧？"

"一百分。"

许煦有点得意道："我跟你说，我其实很能干的，就是有点懒。小时候，平时都不怎么认真学习，每次临时抱佛脚，考得也还不错。"

柏冬青笑："看出来了，要是你努把力，绝对是职场女强人。"

"那还是算了吧！我这个人就怕麻烦，给你打打工，再管理一下我爸掏钱建立的法援基金，能多多帮助需要帮助的人，就阿弥陀佛了。"

也许是父母从小没有灌输过望女成凤的思想，她也就从没有过如何去奋斗的概念，更没什么远大目标，长到这么大，一直算是随心所欲，反正开心就好。可是现在跟着柏冬青一起做事，却好像找到了一点不一样的意义。

柏冬青嗯了一声："嗯，开心最重要。"

许煦："我现在特别开心啊！"

"我也是。"

许煦深吸一口气："你放心，我会做你强大的后盾，绝不拖你后腿。"

柏冬青轻笑着摇头。

她怎么会拖他的后腿呢？如果不是遇到她，也许他就会按着从前所有人以为的那样，公派出国留学，回来后留校做个本本分分的老师，然后在长辈同事们的介绍下去相亲，也许也会遇到一个不错的女孩子，安安稳稳过完一辈子。

这样的人生看起来当然也还不错，只是一辈子走到头，终归还是有些许的遗憾吧！

柏冬青毕竟在业内颇有名气，前两天招聘广告挂出去后，陆续收到了不少求职简历，其中不乏名校本硕生。为了节省时间，许煦选择了几位合适的，统一面试。经过笔试和她这一层初面，最后胜出一位，由柏冬青亲自面试。

胜出的男孩是他们母校的研三学弟，履历很漂亮，笔试中的专业表现很好，口才也非常不错。许煦个人很中意这位男生，不过人是柏冬青要用，最终拍案定板还是由他决定，反正招人这种事，也不急于一时。

男生叫彭南，柏冬青面试时，侃侃而谈，自信却又不失谦逊，表现很让人满意。柏冬青心下已经有了决定，等到面谈完毕，他站起来，笑着朝对面的男孩伸出手："恭喜你，你马上可以来上班了。"

彭南露出有些不可置信的表情："真的吗？"

柏冬青笑着点头："不过你是研究生，应该会有更好的选择，如果还需要考虑的话，再给许助理打电话。"

彭南忙不迭摇头："不用，不用，我马上就上班，这就是我最好的选择。"

他暗暗深呼吸，用尽全力才没让自己的表情崩坏。

从柏冬青的办公室出来，彭南再也忍不住，差点一蹦三尺高，看到许煦也没掩饰，三步并作两步走过去，满脸激动，喜不自胜道："学姐，我被录用了！被柏冬青录用了，以后就是柏大神的助理，我……我……"

本来一个口才极佳的男孩子，此时激动得几乎语无伦次。

"……"许煦笑，"这么高兴？"

彭南道："你不知道，我的偶像就是柏律师，在学校的时候，经常听老师提起他。华天最年轻的合伙人，而且……"他压低声音，"据说，林氏被扳倒，就是因为他，我听我一个警局亲戚说的，太牛了，简直就是大英雄。"

虽然柏冬青举报林氏和林凯杰的消息被压下去了，公众并不知道，但圈内的人多多少少听到了些风声。所以听到彭南说，倒也不奇怪。

许煦笑笑："别道听途说，他就是一个优秀的律师，一个律师做好分内的工作最重要。"

彭南连连点头："我明白，柏律师就是分内工作做得特别好，我们上课的时候，老师经常拿他办的案子当案例。他就是我的偶像，想不到我竟然成为偶像的助理，即将和他一起工作了，刚刚他还握了我的手，我决定至少三天不洗手了。"

许煦："……"

这孩子刚刚不是挺正常的么？怎么一下画风变得这么诡异？

彭南继续笑着道："我的理想就是成为和他一样优秀的律师。"说着话锋一转，"对了，学姐，你下班有空吗？我想请你吃个饭，给我传授一下工作心得。"

许煦还没回答，旁边传来一道刻意的轻咳声。

两人不约而同转头，看到柏冬青不知何时从里面的办公室走出来，一步一步走到许煦身旁，揽住她的肩膀，对彭南道："既然你打算入职，那我就给你先介绍一下，许煦除了是我的助理以及我们律所法援基金的管理人，她还是我的妻子。你要和她吃饭的话，等你入职后，我们夫妻请你。"

许煦瞅了一眼他那宣示主权的架势，哭笑不得。

好在彭南并没有对许煦有什么想法，不过还是有些不好意思地笑了笑："学长，你误会了，我就是想请教学姐工作上的事，希望能尽快上手。"

柏冬青点头，笑道："不用急，慢慢来，我们一起努力。"

彭南一副被感动的模样："学长，我一定会努力的！"

因为不用考虑太多营利的问题，律所运行还算顺利。虽然不再背靠大树，几乎没有有钱客户上门，但更多的普通人慕名而来，尤其是不少涉及刑事案件的弱势人群，比如妇女和未成年人的案件，渐渐成为主流。

除此之外，还有刑事附带民事诉讼的案子，受害人也需要聘请律师。虽然每桩案子收费低廉，但不缺案源，加上个人事务所的成本不高，虽然赚不了大钱，但律所的日子过得也还算不错。最重要的是，法律援助这块做得很好，很快就打响了名声。

那种可以帮助很多人的成就感，无论是对柏冬青还是许煦，都绝非赚钱可以衡量的。

当然，因为案子多，来上门求帮忙的也多，柏冬青几乎又是来者不拒的，律所的几个人整天忙得跟陀螺似的，两个人的婚礼便定在了隔年春天。

过完年后，为了挪出婚期，更是忙得厉害。接到冯佳小聚的邀请，许煦好不容易才空出半天时间。

"最近快忙死了！"匆匆赶到咖啡厅坐下后，她倒了杯水狠狠地喝了口，才缓过劲儿。

冯佳笑："这才开业几个月，名声就打出去了，忙也值得啊！"

许煦嘻嘻笑："认识不少媒体朋友还是很有用的，给安排了好几次采访，算是免费广告，不然也不会这么顺利。不过，我爸赞助的法援基金也起了不少作用。"

冯佳点头，由衷地为她高兴："真好啊！"

许煦问："你呢？在青禾做得怎么样？"

青禾是本市一家规模不错的律所，林氏出事后，冯佳就辞职进了青禾做律师。

冯佳笑："挺好的，比我想象得顺利。就是……你也知道，我是做民商这块儿的，为了案源，不得不参加很多应酬。"

许煦叹道："这个也没办法。对了，你和郭铭怎么样了？"

之前冯佳考虑过分手，但恰逢林氏出事，郭铭公司的业务受损，事业大受打击，她一心软就忍下了。

许煦觉得自己这好友什么都好，就是这段感情是一笔自己都理不清的烂账。她不知道她对郭铭的感情还有几分，但显然一直被多年前家庭变故时所得到的恩情绑架。

冯佳沉默了片刻，有些无奈地笑了笑："虽然知道这个人早已经面目全非，但习惯真的是很可怕，在一起这么多年，真的要分手的话，和割掉一块肉大概没有任何区别。我知道你看不上郭铭，其实我自己都看不上，只是女人对惯性的依赖挺糟糕的，偏偏我就是这种人。"

许煦敛了笑容，正色道："你说的这些我可能没办法感同身受，对我来说，如果一段关系让我不开心，我肯定会毫不犹豫地割舍。"

冯佳笑问："如果是柏冬青呢？"

"那肯定不会。"提到柏冬青，许煦的心情就莫名有些好，有些得意道，"因为他不会让我不开心的。"

冯佳朝她挤挤鼻子："知道你家柏律师好，你就别扎我心了。"

许煦笑："那是因为我也希望你能开开心心的，别自己跟自己过不去，人首先要爱自己，才能真的爱别人。"

冯佳点头："明白，明白！"

两个人谈笑了一会儿，冯佳的电话忽然响起。她看了眼电话号码，接听："有事？"

那头传来郭铭的声音："你把晚上的时间空出来，咱们一起去和陈总吃个饭。"

"就是上周末见过的那个陈总？"

"嗯，如果把他的单子拿下的话，公司就能渡过难关了。今晚这顿饭很重要，他点名要你一起来的。"

冯佳深吸了口气，尽量心平气和地道："上次吃饭的时候，陈总对我的态度你又不是不知道，就差动手动脚了。你为了生意忍气吞声，我不怪你，但你现在还让我陪你们吃饭？你当我是你女朋友，还是免费的陪酒女郎？"

"不是……我这不是因为公司现在很困难么？要是再拿不下单子就只能关门大吉了。没钱咱们怎么结婚？就是一起吃顿饭而已，你是我女朋友，我怎么可能让你被人欺负。"

冯佳闭上眼睛，沉默了半响："当初在林氏，你也是这么说的，如果不是我运气好，他那件案子的受害人名单上也会有我一份。"

郭铭继续辩解："我真不知道林凯杰是那种人，一个富家子什么女人得不到，还得用那些不入流的手段，谁能想到呢？"

冯佳的心凉了半截。她一直说服自己，郭铭只是因为家境不好，太过急功近利而已，可原来他的三观已经崩坏到这种地步，除了金钱，他已经看不到别的了。

她叹了口气，淡声道："今天的应酬我不会陪你去，今后所有的应酬我都不会陪你去。郭铭，就到这里，我们分手吧，祝你能如愿以偿成为你想要成为的有钱人。"

"你说什么？"那头的郭铭似乎有些不可思议。
　　"我说，我们分手。"
　　"佳佳，你别跟我开玩笑了！"说着忽然又想到什么似的，问，"你最近应酬多，是不是遇到什么有钱人，看不起我这个没钱的了？"
　　冯佳听了他这话，只觉得好笑："你看看你，什么都用钱来衡量，不觉得很悲哀么？我要找有钱人，早就找了，不用等到现在。我只是对你太失望了。"
　　"你以为我想钻进钱眼里？还不是为了我们的将来！一起吃顿饭而已，又不会少一两肉，你装那么清高干什么？你自己也应酬不少，我就不信你没让人摸过碰过，指不定不该做的都做了，不然怎么可能才进青禾几个月，就拿到那么多案子！"
　　冯佳剩下的半截心也凉了个透顶，连辩解的欲望都没有，冷淡道："就这样吧！"
　　说完，毫不犹豫地挂上了电话。
　　许煦眨眨眼看着她，电话里说什么，她听得不是很分明，不过冯佳说的话，她听得一清二楚，有些不可置信地问："你就这样分手了？"
　　冯佳点头，苦笑道："他让我去跟他一起陪一个潜在客户吃饭，但是上次那男人就对我心怀不轨，他也是看在眼里的。"
　　许煦大怒："他知道那男人对你心怀不轨，还让你去一起吃饭？他把你当什么了？这还是男人吗？"
　　冯佳沉默了片刻，才略有些自嘲道："这只能说明他对我其实也没爱了，但凡一个男人对一个女人还有感情，就绝对不会忍受这种事。"
　　许煦还是有点不确定："你真决定就这么分手了？"
　　冯佳释然般重重地舒了口气，笑道："虽然我心里想过很多次分手，但这次是头一回真正地提出来。"她站起身，看了一下手表，"为了表示我的决心，我现在就趁郭铭不在家，把自己的东西搬出来，绝不给自己留后路。"
　　许煦笑着点头："我支持你！需要我帮忙吗？"
　　冯佳摇头："我可不忍心让你当劳力，要是让柏大律师知道了，还不得心疼。我叫我弟就行，他已经盼我分手很久了。"
　　许煦哈哈大笑，朝她比了个加油的手势："祝我们冯大美人重新开始新的旅程，当上白富美，迎娶高富帅。"
　　冯佳也笑："是不是高富帅不重要，重要的还是人品好。"
　　许煦点头："我也觉得是，我家冬青就很好了，虽然没那么有钱，但人品一万个人里都挑不出来第二个。"
　　冯佳一副怕了她的样子："你这个可怕的炫夫狂魔，我简直受不了了，我走了。"转身走了几步，又回过头来笑道，"对了，我的伴娘服做小一号。我得以最好的状态去参加你的婚礼，时刻准备着，没准就能遇到我的真命天子呢！"
　　婚礼是在许煦家这边举行的，许爸爸在当地的政商两界都算是有头有脸的人物，加上夫妻双方都是本地人，亲戚众多，这场婚礼自然是声势浩大。

虽然许家从来不主张铺张浪费，但女儿出嫁，总还是要风光体面的，五星级酒店的酒宴订了足足一百桌，而且还是最贵的档次。许妈妈筹备的时候，怕高昂的费用让女婿有压力，还特意模糊了数字，只说他们和酒店关系好，打折后很划算，只拿出二十万结婚费用的柏冬青这才放了心。

当地的惯例是中午举办婚宴，头天晚上柏冬青按着习俗住在酒店，然后第二天一早去许家接亲。也不知是不是太兴奋，柏冬青一晚上都没睡着，天没亮就爬起来等时间一点一点地过去。照说两个人已经领证半年，没理由这么兴奋，可他还是忍不住跟打了鸡血一样。

许煦也比他好不了多少，倒不是兴奋，而是清晨四点多就被拉起来盘头化妆，困得两只眼睛都快睁不开了，直到看到镜子中焕然一新的女人，精神顿时大震。

冯佳打趣："你家柏律师待会儿看到你这么漂亮，不会激动得晕过去吧！"

许煦对着镜子挤眉弄眼，想象了一下一会儿柏冬青看到自己时的场景，嘻嘻笑道："我看有可能！"

说完自己也觉得自己太自恋，乐不可支。

不过她平时只化淡妆，有时候犯懒，常常素颜上阵，柏冬青看惯了她清汤挂面的样子，指不定看到今天她这副盛装打扮，还真会吓一大跳。

好吧！她自己也觉得自己今天挺好看的！

许煦瞟了一眼冯佳，恢复单身大半个月，因为减肥脸颊瘦了一些，但精神和气色都好得不得了，完全变了个人的样子，就像是回到了刚上大学那会儿，自信又生机勃勃。

她怕抢新娘风头，头发只简单扎了个花苞头，化着淡妆，可依旧美得不可方物。

许煦笑："待会儿，我作弊把捧花丢给你。"

冯佳也笑："谢谢啊！我有种预感，我应该会很快脱单。"

许煦不以为意道："你这种能干的大美女，想脱单还不是分分钟的事。"

冯佳笑着叹道："也不能这么说，追求我的男人是不少，但靠谱的真不多，我可不想再为一个男人蹉跎十年。"她和郭铭在一起十年，最美好的青春岁月最后变成了一场笑话，想想都觉得可怕，说完又不甚在意地笑道，"不过现在我想通了，以前是太追求安稳，其实所谓的安稳不过是个作茧自缚的圈套。想要男人给予安稳，不如靠自己给自己安稳，我现在的工作正是上升期，谈谈恋爱泡泡帅哥可以，但要结婚生子为男人洗手做羹汤还是算了吧！"

许煦笑："没错，享受生活最重要，这才是我认识的冯美人。"

许家热热闹闹的同时，五星级酒店的新郎也乘坐接亲的车子，朝许家出发了。

柏冬青穿着礼服，打了一个漂亮的领结，胸口别着一朵新鲜的玫瑰花，头发是早上专门让发型师做过的，整齐又有型。虽然昨晚只眯了一会儿，但整个人精神奕奕，帅气逼人。

只不过与他淡定从容的外表不太相符的是，一路上双手似乎一直无处安放，时不时就揪一把胸口的那朵玫瑰。还才行到半路，那朵本来娇艳欲滴的粉色玫瑰就被他快蹂躏成了一朵苦菜花。

旁边的伴郎彭南实在是看不下去了:"哥,你要真紧张就掐我吧,胸花是无辜的啊!"

在柏冬青手下工作了半年,彭南算是彻底了解了自己这位偶像,业务能力一等一,但性格实在是让他出乎意料。一开始他还天天小心翼翼地毕恭毕敬,后来发觉上司随和得过分,甚至还会对自己这个助理嘘寒问暖。虽然依旧在工作上把柏冬青当作自己的奋斗目标,但私下却不再像一开始那样小心翼翼。对他来说,柏冬青不仅是他的上司,也是哥哥一般的存在。

柏冬青斜了他一眼:"……也没有很紧张。"

彭南切了一声:"别以为我不知道,你昨晚压根就没怎么睡。我真是想不通,你和许煦姐都老夫老妻了,怎么结婚还这么紧张?"

柏冬青有些得意道:"你这种单身狗不会理解的。"

"我……"

柏冬青又道:"你还是赶紧找个女朋友吧!干咱们这行的,天天看到各种刑事案多少会受到影响,多一点个人生活对身心比较健康。而且也不用老是当我和许煦的电灯泡。"

彭南彻底没话了。这半年来,他确实经常跟着两人蹭吃蹭喝,作为一枚电灯泡,还真是尽职尽责。

他伸手从挡风玻璃下的花束了折下一朵,将那朵被新郎官折磨得惨不忍睹的花换下,龇牙咧嘴道:"现在是律所起步阶段,我要谈了恋爱,以后下班就不能随叫随到了,所以为了律所的发展,我还得继续发光发热的。"

柏冬青皮笑肉不笑地呵呵两声:"多谢啊!"

这么一插科打诨,柏冬青倒是真没那么紧张了,只是一颗心忍不住快要飞出去,想要赶紧看到他的新娘子。

其实,也不过半个多小时的车程,柏冬青却觉得像是过了一个世纪那么漫长。许家别墅门口张灯结彩,一看就是在办喜事,长长的车队停下,门口顿时热闹起来。

留在许家帮忙的亲戚看到从车子里走下来的新郎官,个个赞不绝口。

柏冬青挺直腰板,礼貌地和人打招呼,不让自己给许煦和岳父岳母丢份儿。

二楼,许煦闺房里,几个表妹堂妹们从窗户里瞅到下车的新郎官,兴奋道:"来了,来了!姐夫来了!"

"快把门关好,不能放他们进来!"

伴随着笑语的脚步声已经响起,是柏冬青他们上楼了。

坐在大床上的许煦,心脏也忽然快速跳起来。

很快,彭南和几个伴郎团年轻人咋咋呼呼的声音就传来了:"开门!快开门!新郎官接新娘子来了!"

冯佳率领小姑娘们挂了链条,开了一道门缝,叽叽喳喳道:"进门可以,但是得先回答几个问题。"

"出出出！"

小姑娘们争先恐后地问了关于许煦的几个问题，一个都没难倒柏冬青。

"行了，行了！快点吧！"

外面的男人们已经等不及了，然而房间里的女孩子们却乐此不疲，怎么都不放人。最后还是柏冬青机智，除了本身准备的红包，把伴郎们身上的钱都搜过来做成了几个厚厚的大红包递进了门。

拿人手短的小姑娘们，果然马上就开了门。

坐在床上的许煦被这群没有原则的家伙逗得乐不可支。

折腾了满头汗的柏冬青冲进来后，本来是要马上去抱老婆，但目光落在许煦身上时，人一下僵在了半路。

为了保持神秘感，许煦试婚纱的时候没给他看过，这是他第一次见她身着白纱的模样。明明是熟悉得不能再熟悉的枕边人，这一刻却仿佛体会了一种一见钟情的感觉，他只觉得耳根发热，心跳蓦地加速，整个人像是要飘起来，有种云里雾里的不真实感。

直到背后被人推了一把，有人提醒："快点把新娘子的鞋子找出来！"

柏冬青这才蓦地回神，面红耳赤地走上前，深深地看了一眼坐在床上对他笑靥盈盈的许煦，傻愣愣地蹲下身子。

柏冬青这也不知是不是太激动，动作和脑子都不太听使唤，找了半天也才找到一只鞋子，急得手都抖了。

许煦实在是看不下去，低声提醒他："在床头柜的缝隙里。"

柏冬青这才手忙脚乱地挪到床头柜，把鞋子从里面拉出来，给许煦穿上，然后在她脚背上落下虔诚的一吻，如释重负般松了口气，傻笑着将人打横抱起来。

伴郎伴娘们簇拥着两人往外走，下楼时，冯佳感觉到有人掉队，下意识地转头，看到是一个年轻伴郎，笑盈盈道："快点啊！伴郎到时候可别没坐上车啊！"

"啊！哦！"彭南抓抓后脑勺，脸上浮上一丝可疑的红色，赶紧地跟上了去。

富丽堂皇的酒店宴厅布置得精美奢华，长长的红毯旁是散发着芬芳的红玫瑰，就座的宾客们也都在等待见证这场盛大的婚礼。

抱着鲜花等在红毯尽头的柏冬青，则在紧张地看着入口处。

音乐响起，本来喧闹的宴厅顿时安静下来，众人都朝入口处看去，只见穿着白纱的年轻新娘，挽着英挺的父亲，踏着红毯慢慢地走进来。及地的婚纱裙摆逶迤在后，被两个玉雪可爱的小花童托着。面纱下新娘的脸庞像一朵绽开的花朵，美好得难以形容。

都说女人穿上婚纱走在红毯上的这一刻是人生中最美的时候，此时的新娘完美地印证了这一点。许煦隔着薄薄的白纱，看向红毯尽头等待着的柏冬青，西装革履颀长挺拔的男人，是如此的耀眼，她忽然就心跳得厉害。

这头的柏冬青比她好不了多少，眼睛看着越走越近的父女，兴奋激动中又带着些许忐忑。跟领证时不一样，婚礼的仪式才让他真正意识到，自己爱的人，从这一天起，将她未来的人生全权交给了自己。

许家父女在音乐声中终于走到了新郎面前。许爸爸接过司仪递过来的话筒，秉承着言简意赅的风格，笑道："冬青，我把我的宝贝女儿交给你了，你要好好对她。"本来以为故意说得简单点，就不会失控，但许爸爸在把女儿的手递给柏冬青时，眼圈还是忍不住红了，哽咽着补充一句，"如果你对她有一丁点不好，我一定饶不了你。"

柏冬青郑重其事地点头，将许煦的手紧紧握住，一字一句道："爸爸，您放心，我一定会对许煦好的，比您对她还好。"

许爸爸抹着眼睛点点头，本来激动得要流泪的，看着这样的女婿，又有些好笑。

司仪将两位新人领上台。接下来，便是程式化的宣读誓言和交换戒指的环节，两个人都很激动，尤其是柏冬青，给许煦戴戒指的时候，手抖得差点把戒指弄掉到地。好在他牢记着今天大部分宾客是许家的亲戚朋友，绝不能出了洋相，给老婆和岳父岳母丢脸。

所以哪怕他眼眶热了一圈又一圈，愣是忍了下来没哭。

两人拥吻完毕，最重要的仪式终于顺利完成。

随后是新人双方父母的代表发言。许爸爸先是代表新娘父亲说了感谢和祝福的话，等结束后，司仪再次有请男方长辈代表发言。大概是事先并没有特意说明，所以当许爸爸再次上台时，司仪还愣了一下没反应过来。

还是许爸爸笑着主动拿过话筒，站在台子中央不疾不徐地开口道："我知道大家可能会觉得奇怪，为什么我又上台了。是这样的，我女婿的父母已经不在人世多年，他的父亲曾经是我的战友，因为救人而牺牲，我的女婿继承了他父亲的优良品德，是一个非常好的孩子。在很久之前，我就已经将他当成我自己的孩子，所以刚刚我是代表我女儿的父亲，现在则是代表我女婿的父亲。从今往后，我们就是他的家人。我毫不怀疑，即将到来的人生里，他会对我的女儿很好。我想告诉他的是，我们也会像他的亲生父母一样疼爱他保护他，他在这个世上不再是一个人，还有我们作为他的后盾。从今往后，你们两人可以自由地去闯荡，如果累了，随时欢迎回到我们为你们准备的港湾。"

许爸爸这一席话说完，柏冬青再也忍不住，不顾形象地闷声哭起来。

本来许煦听着爸爸这番话，也是感动不已的，但见柏冬青失控的模样，不由得哭笑不得，赶紧拉着他的手安抚他。

最后，因为新郎情绪太激动的缘故，开香槟和切蛋糕的环节，只能许煦一个人完成了，至于柏冬青，当然是继续在旁边泣不成声。

许煦倒是一直沉浸在兴奋中，等到扔捧花的时候，本打算作弊直接丢给冯佳的，但是一众表妹堂妹之类的小姑娘积极得过分，冯佳也不好意思跟人抢，况且她并没有恨嫁心切，自然是礼让到一边。

眼见着朝她飞来的捧花半路要被人截去，忽然一只男人的长臂从天而降，将捧花夺走。

一众小姑娘正要对这人发出嘘声，抢到花的彭南却理直气壮地将捧花递给了冯佳，义正辞严道："这花，新娘子本来就是要给伴娘的，你们这些小姑娘跟人抢什么？"

对待帅哥，小姑娘总是仁慈的，善意地起哄了一下，四散开去。

拿着捧花的冯佳好笑地朝彭南道："谢谢伴郎！"

彭南佯装不甚在意地耸耸肩，一脸淡定地跟上她，陪换了装的新郎新娘去敬酒。

上百桌的宾客，自然只是象征性敬了几桌近亲和贵宾。柏冬青情绪已经恢复，又是一表人才相貌堂堂的新郎官，只是一双红肿的眼睛看起来有些好笑。冗长的酒宴还在继续，不过属于新人的仪式在敬完酒后，就正式宣告结束。

回到酒店的总统套房时，人已经快要累瘫了，许煦连衣服都没换，就大刺刺躺在铺着玫瑰花瓣的大床上。

顶着一双兔子眼睛的柏冬青脱了外套，重重地趴在她旁边，伸手将她散落的发丝绾在耳后，嘴角弯弯，定定地看着她，却不说话。

许煦睁开眼睛，笑道："我猜到你会激动得哭起来，但没想到会哭成那样子。本来我也是有点被我爸感动到的，但是看到你那么夸张，差点没笑出来。"

柏冬青翻身和她并排躺着，问："是不是很丢人？"

许煦笑："……也不是，还挺可爱的。"

柏冬青斜眼看他："你觉得这个词形容一个奔三的男人合适吗？"

"可是真的很可爱啊！我特别喜欢。"

柏冬青认命："那行吧！"沉默了片刻，又道，"爸爸说那些话的时候，我真的很感动，就是……怎么说呢？忽然觉得自己不再是孤儿了。"

许煦转头趴在他身上："当然，我怎么可能让你当孤儿？"

柏冬青对着她的眼睛，将她抱在怀中，嘴角弯起，不再说话。

两人就这样依偎了半晌，许煦戳了戳他："别睡着了，卸了妆洗了澡好好休息一下。"

柏冬青恍然大悟般点了点头，将她抱起来："没错，好好休息，储备体力，为晚上做准备。"

"啊？"

"洞房花烛啊！"

两人的完美生活
番外·01

  转眼又是一年过去，律所的业务发展得如火如荼。虽然是小型的个人律师事务所，但也由一开始的三四个人壮大到了十几个。

  彭南从助理开始独立执业，许煦仍旧做着柏冬青的助理，管理许爸爸赞助的法援基金，负责联系案源。

  两个人已经一起生活五六年了，孩子的事自然水到渠成。本来许煦想着律所正处在发展期，打算迟一两年再要孩子。不过未雨绸缪，开始跟着柏冬青锻炼身体，为将来生孩子做准备。

  然而，计划赶不上变化，就在婚礼后不到半年，也不知是那一次防护措施失败，一个小生命不期而至。

  两人本就挺喜欢小孩，只是打算晚一点生育，因此对于这突如其来的消息，自是都很欢喜。尤其是柏冬青，陪着许煦去医院检查，确定怀孕后，从医院出来，激动得车都不敢开，只得叫来司机送两人回家。

  有了孩子，柏冬青的第一件事就是让许煦在家休养，然而被准妈妈严词拒绝了。

  作为新时代的女性，许煦坚定地认为，女性怀孕也可以，并且应该照常工作。而且她自认身体很好，坚持工作还能保持乐观的情绪，对胎儿发育有利无弊。

  柏冬青说不过她，只得答应。

  一开始他还每天小心翼翼，生怕许煦磕着碰着，但随着肚子慢慢变大，发觉自家怀孕的老婆行动灵活自如，甚至都没出现妊娠反应，连开车都没有问题后，他也就渐渐放心了。

  隔年秋天，怀胎九个月的许煦依然坚持工作。她的状态一直很好，到了这种时候也只是身子稍稍笨重，并没有大部分人所说的那些痛苦，这大概要得益于一直以来的锻炼。

  只不过她现在不能再自己开车，出门办事都是司机接送。

  最近所里接了一桩未成年人故意杀人的援助案。案子之前已经判决生效，但是犯人的母亲一直认为自己的儿子是冤枉的，苦于家境贫寒，申诉失败了几次，没人再帮她，最后是柏冬青接了这个案子。

经过调查取证后，柏冬青发觉这个案子确实有问题，有很大的可能是防卫过当。他搜集好证据后再次向法院提出申诉，如今已经启动重审程序。

今天柏冬青去外地出差，许煦一个人去给住在城中村的当事人母亲送材料。

这位母亲不过四十来岁，却因为儿子的事一夜间生了一头华发，脸上也布满了因忧愁过度而产生的皱纹。

最近知道儿子的案子要重新审理，她才露出久违的笑容。看到许煦，自然是把她当成恩人一般，拉着手各种感激。

许煦也没什么其他事情要做，便陪着她聊了会儿。

哪知聊了半个小时后，站起来打算告别时，忽然感觉肚子有些不舒服，身下好像有水流了出来。

怀孕这么久以来，她跟着好学多问的柏冬青一起做了各种准备，不仅从网络和书本上学习了大量怀孕生产的知识，还虚心地向医生请教了各种大大小小的问题。所以现在她自然知道是发生了什么。

可理论知识是一回事，实践又是另外一回事。无论理论知识多么丰富，这位准妈妈也被吓得半天不敢动。

还是那妇人奇怪地问她："许小姐，你怎么了？"

许煦抖着声音说："我……羊水好像破了。"

"啊？那赶紧去医院啊！"

许煦终于回过神，然后小心翼翼地走出门。

好在车子就停在外面，等在一旁的司机并没有看出她的异样，等她上了车，问："去律所，还是回家？"

"去医院。"

司机随口道："是去检查吗？"

肚子的疼痛已经开始一阵一阵地传来，许煦深吸了口气，努力让自己保持镇静，"我羊水破了，得去生孩子。"

正在启动车子的司机差点给惊得熄火，他慌慌张张地说："你别急，马上就去！"

许煦失笑，"我不急，你小心点开！"然后拿出电话，打给柏冬青。

那头很快接起，听起来有点嘈杂，大概是在跟人开会。

许煦深吸一口气，"冬青，有件事我要告诉你，但你听了，不要着急。"

"什么事？"那头的柏冬青显然已经有点急了。

"我羊水破了，现在正在去医院的路上，你慢慢赶回来就行。有我妈在，你别担心。"

虽然请了保姆照顾饮食，但许妈妈不放心女儿，隔一段时间就过来住几天，如今临产，就直接住在这边照顾了。所以虽然柏冬青不在，许煦倒也不是很担心。

然而她的话刚说完，就听对面一阵劈里啪啦，大概是手机掉在了地上。半晌之后，才又听到柏冬青颤抖而急促的声音传来，"我马上赶回来！"

这是他头一回不等许煦先挂断就匆匆挂了电话，估计是中断会议往家赶了。

　　也不知是不是因为柏冬青的缘故，许煦倒是彻底沉着冷静了下来，挂了电话后，赶紧告诉妈妈自己要生产的消息。作为过来人的许妈妈显然镇定了许多，在电话里交代了她注意事项，然后拎起待产包就往医院赶。

　　等许煦来到医院，许妈妈正好也到了。

　　虽然早产了些日子，但许煦的身体状况很适合顺产。

　　整个生产过程就在产房里，因为选择了无痛分娩，许煦虽然全程保持着清醒，但并没有感觉到太大的痛苦，还能跟柏冬青视频。

　　整个生产顺利得不可思议，从进产房到小家伙出来发出第一声啼哭，不过两个多小时。

　　小家伙迫不及待地来到这个世界，虽然比预产期早了半个月，但身体已经发育得很好，非常健康，皱皱巴巴的一团，哭起来嗓门特别大。

　　柏冬青赶回来已经是五个小时后。

　　因为生产过于疲惫，许煦已经睡了一觉，睁开眼睛，便看到坐在床边的柏冬青正在逗着刚出生的女儿。只听他小声地说："宝宝，你让妈妈多睡一会儿，千万不要哭啊！"

　　许煦还有些虚弱，低低唤了一声"冬青"。柏冬青闻声，立刻抬头看向她，"老婆，你怎么样？"

　　身下的伤口其实很有些疼，但并不是不能忍受。许煦看了看女儿，看见柏冬青红彤彤的眼睛，笑道："终于卸货了，而且还是提前，别提多痛快！"

　　她知道他肯定会因为错过生产而自责，所以故作轻松，让他不要自责。

　　柏冬青果然哽咽道："对不起，在你生孩子的时候，我没在你身边陪你。"

　　许煦笑道："谁知道这小家伙会提前报到呢。放心吧，生孩子没你想得那么可怕，我打了无痛，生产前还玩了把手机游戏。"顿了顿，又道，"再说了，我妈比你有经验，有她在就行了。要是你，指不定会紧张得自乱阵脚呢！"

　　柏冬青勉强笑了笑，"可我还是希望在你身边陪你，和你一起看着咱们的女儿出生。"

　　许煦开玩笑说："没事，你以后多带带孩子，比看孩子出生可有意义多了。"

　　柏冬青却是一脸认真地点头，"那是当然，我的女儿肯定是要自己带的。"说着，又有些感慨，"父母和子女的缘分，说深也深，说浅也浅，我知道没有父母陪伴的孩子有多孤独，所以我会尽最大的努力，陪伴我们的孩子长大，绝不会让她体会我经历过的孤独。"

　　许煦被他说得也微微动容，伸手摸了摸女儿的小脸蛋，笑着道："嗯，她有你这么好的爸爸，一定会很幸福的。"

　　柏冬青也露出笑容，"还有你这么好的妈妈。你看，她长得多像你。"

　　许煦看着脸蛋皱巴巴，眼皮看不出单双的小家伙，笑道："我怎么觉得有点丑啊！"

　　柏冬青不以为然道："怎么会呢？刚出生的小孩子都是这样的。你仔细看，她的眼睛其实很大的，下巴也尖尖的。这么小就能看到鼻梁，以后肯定随我，鼻子高高的。嘴巴也好看，眉毛也好看，连耳朵都长得好看。"

许煦："……"

好吧，她总算明白了，为什么网上很多小孩子并不好看，但是父母却天天当成天使一样晒照片，乐此不疲。因为父母看自己的孩子，都是带着滤镜的，他们就是父母的小天使。

她笑了笑，"好像是啊！"

柏冬青笑着看她，"老婆，你当妈妈了！"

许煦点头，"是啊！我都当妈妈了。"

柏冬青又道："我当爸爸了。"

许煦轻笑，"没错。"

"有点不敢相信。"柏冬青看着她的眼睛，忽然眼眶一热，眼泪涌了上来，喉咙像是被人掐住一般，说不出话来。

"怎么了？"许煦问。

过了半晌，柏冬青才哽咽道："如果回到十年前，我做梦都想不到，会拥有现在这样的生活。"

许煦好笑道："有什么想不到，结婚生孩子，水到渠成，不是很正常吗？"

柏冬青摇头，"不一样的，如果不是遇到你，肯定不一样的。"

许煦知道他的意思，但对她来说，从他身上得到的其实更多。她当然不像他那样悲观，只是回头去看，如果不是遇到柏冬青，也许人生对她来说，就算看起来是完满的，但比起现在，也必然会欠缺点什么。

柏冬青继续道："有了你，我才有待我如亲生父母一般的岳父岳母，有这么可爱的女儿。"

许煦道："我也是啊！要不是遇到你，我不会有这么好的丈夫，我的孩子肯定也不会有这么好的爸爸。"

"哎呀，煦煦醒了？"许妈妈的声音在门口响起，领着刚刚赶到的许爸爸走了进来。

柏冬青赶紧摸了摸眼睛，站起来身道："爸，妈，你们来了。"

许爸爸看向床上的女儿，"煦煦，你怎么样？"

许煦笑着应道："挺好的。"

许妈妈朝柏冬青道："我就说让你放心吧！可顺利了！"

许爸爸松了口气，点点头，看向一旁还在抹眼睛的女婿，朗声笑道："我就猜到冬青肯定又得哭。上回结婚那一哭，每次聚会咱们家亲戚都会提起，我还跟他们打赌，说小煦生孩子，冬青还得哭，这孩子情感太丰富了！"

柏冬青被说得有些不好意思，红着脸拉过来椅子，让岳父在床边坐下。

许爸爸笑着叹了口气，"不过，小煦生孩子，你竟然没赶上，那是该哭的。"

柏冬青小声嘟哝，"爸，您就别打趣我了。"

"行，让我看看我的乖外孙。"许爸爸笑着凑上前，刚出生的小婴儿也不敢靠太近，隔着一段距离，对着不知道有没有睁眼的小家伙挤眉弄眼了一番。本来一直安安静静的小婴孩,小手忽然用力动起来。许爸爸惊喜道,"小宝贝在跟我打招呼呢!"

柏冬青赶紧凑上前去看,果然看到小家伙在摇手。刚刚他盯着她看了那么久,她都没什么反应,现在对着外公竟然这么主动,他不由得有点吃醋了,把脸凑到小家伙面前,"宝宝,看爸爸!看爸爸!"

才出生几个小时的小婴孩,竟然真的睁开了那双挤在一起的眼睛,虽然也只有半大一点缝,却能看得到黑溜溜的眼珠,柏冬青激动地语无伦次,"老婆快看!宝宝睁眼睛了!"

也不知是不是他这一惊一乍的声音把小家伙吓到了,刚刚睁开眼睛的婴孩忽然张开小嘴巴,哇的一声大哭起来。

小家伙大嗓门一哭,本来喜滋滋的柏冬青吓傻了,明明已经拿着布娃娃练习过如何正确地抱刚出生的婴儿,但现下看到小家伙一哭,却一动不敢乱动。

还是许妈妈笑着走上前,将整个襁褓抱在怀中,轻轻安抚,"小宝宝这是饿了,暂时还不能喂奶,先喝点水。"小家伙喝了点水,果然慢慢安静下来。许妈妈将孩子小心翼翼地递给柏冬青,"来!让爸爸抱抱!"

因为有些紧张,柏冬青接过女儿时的动作难免有点僵硬,许妈妈打趣道:"刚当爸都是这样的。当年煦煦刚出生时,他爸也不敢抱,每次都紧张兮兮的,一直到孩子两个多月,脖子硬了些才好点。"

许爸爸笑呵呵道:"你自己还不是一样,也是靠岳母帮忙的。"说着看了看柏冬青臂弯中安静下来的婴儿,又看向床上笑盈盈的女儿,感叹道:"这一转眼,当年才两个巴掌长的小女孩如今自己都当妈妈了,我们也当外公外婆了,真是有些不敢相信!"

许妈妈笑眯眯地附和:"可不是嘛,感觉昨天还是跟我们撒娇的小姑娘,现在都有自己的小宝宝了。"

柏冬青一脸傻笑地看着怀中的女儿,那么小小的一团,是他和许煦的骨血,皱皱巴巴的还不会说话,甚至连眼睛都不太睁得开。可是看着这个小小的人儿,心里便有种难以言喻的满足和牵绊,好像自己的人生,终于因为这个小生命的降临,彻底变得圆满。

如果不是岳父岳母在旁边看着,他又有些想流眼泪了。

许煦看着大家都围着襁褓中的女儿,佯装委屈道:"所以有了小宝宝,我就不是你们的宝宝了吗?"

柏冬青谨记各种怀孕生产手册上的教诲,生完孩子的女人心里很脆弱,一定不能让她觉得自己被冷落忽视,这样会增大产后抑郁的风险。一听许煦这么说,他赶紧将怀抱里的小女儿递给岳母,自己蹲下来趴在床边,用哄小孩的语气说:"不会的,不会的,你永远都是我们的宝宝!"

许煦被他紧张兮兮的语气逗乐,伸手戳了戳他的脑门,"你怎么这么好骗,我开玩笑的!"

许爸爸笑道:"你都知道冬青好骗,还骗他?"

许煦道:"我是想试试他,有了女儿,我是不是就没那么重要了。"

柏冬青立马表忠心，"你永远最重要！"

"回答错误。"许煦道。

"啊？"柏冬青不明所以。

"应该是我和女儿都是最重要的。"

柏冬青愣了一下，连忙点头，"是，是，是！"

"你扶我起来吧，我想下地走走。"

柏冬青不太确定道："你的身体没问题吗？我再去问问医生。"

许煦有些无语地抽了抽嘴角，"我是顺产的，就是伤口有点疼，已经休息了几个小时，没问题的。你没看有些产妇，刚生完就能站了吗？"

"好吧！"柏冬青小心翼翼地扶着她，只差抱着她下床了。

许煦坐起来后，发觉确实没什么大碍，将他推开自己下了床，抱起褓褓中的婴儿。看着那小小的肉团，许煦觉得心中被填得满满的，漫长的孕期以及生产的痛苦，都变得微不足道。

她曾幻想过很多次，自己和柏冬青的孩子是什么样，可直到这一刻才明白，那些想象来的幸福感，在这个鲜活的小生命面前完全不值得一提。实际上连她自己都有些不可思议，明明自己好像还是个孩子，如今却已经成为了妻子和母亲，真是奇妙又美好的体验。

"煦儿！"门口传来一道熟悉的声音，是冯佳赶来了。她兴奋地走进来，看到许煦怀里的小家伙，一脸惊喜，"这就是我的干女儿吗？太可爱了！"

许煦轻咳一声，"美女，你能不能客观点？"

"本来就是！我的干女儿肯定可爱啊！"说着抬头问，"你身体怎么样？"

许煦笑着点头，"挺好的，比我预想得顺利很多。"

冯佳松了口气，"看到你这么轻松，算是给我打了个预防针。"

"那个……"门口又传来一道弱弱的声音。

冯佳转头，咦了一声，"学弟，你怎么还在门口啊？"

彭南摸了摸头，笑问："我能进来吗？"

许煦笑道："赶紧进来吧！"

彭南提着果篮笑嘻嘻地走进来，凑到前面看了看小婴孩，"学姐刚刚说得没错啊，小宝宝太可爱了！"

许煦失笑道："好啦，好啦，你们的夸奖我收下了。"伤口到底还是疼，站了一会儿就有些吃不住，只得抱着孩子又躺下来。

彭南冷不丁问："学姐是小宝宝的干妈，那有干爹吗？"

许煦摇头，"还没有呢！"

彭南立马自告奋勇："那我当干爹怎么样？"

许煦毫不留情地否决："那可不行，干爹的位置是留给冯佳未来另一半的。"说着随口问道，"你们俩一起来的吗？"

冯佳笑说："刚在楼下遇到的。说起来也挺巧，这一年多经常遇到学弟。"

彭南点头，"是啊！特别巧！"

许煦瞅了眼风轻云淡的冯佳，又看了看贼心只差写在脸上的彭南，恍然大悟地笑了笑，"对了，彭南，前段时间你是不是说你中意一个美女，不知道怎么表白？现在还没下文？"

彭南揉着鼻子，支支吾吾："就想先互相熟悉熟悉。"

"我看你是胆小害怕吧？"

冯佳笑着看向面红耳赤的年轻男人，"不会吧？我看学弟性格挺开朗的，不像是不敢追女孩子的那种啊！"

彭南梗着脖子，"本来就不是，我一直在追的。"

"我就说呢！"冯佳笑着点头。

许煦扶额，看向旁边的柏冬青，只见这家伙对病房里微妙的互动完全视而不见，一直专心地看着没什么表情的女儿。

产妇和孩子都要休息，冯佳和彭南待了会儿就一起离开了，许爸许妈也回去准备晚餐了，病房里只剩下刚刚升级的一家三口。

小家伙喝了平生第一顿奶，很快睡着了。许煦想起什么似的，随口问刚刚荣升父亲的柏冬青："你说我们要不要帮彭南一把？"

"帮他什么？"柏冬青不明所以。

"帮他追冯佳啊！"

柏冬青一头雾水，"他喜欢冯佳吗？"

许煦有些无语了，"你俩天天在一块，你不知道？"

"他没说过啊！"

"所以你一点没看出来？"

柏冬青茫然地摇头，"真的吗？"

好吧，许煦确定，他在这方面仍旧是个榆木脑袋。她叹了口气，"彭南每次看冯佳，那眼神跟什么似的，我就奇怪冯佳怎么会看不出来？"

柏冬青想了想说："也许她是假装不知道吧！"

许煦觉得他说得有道理，果然迟钝也不是绝对的。她点点头，"说得也是，她和郭铭在一起那些年，很多东西都被耗尽了，估计是知道也装作不知道。因为不确定该不该开始吧，毕竟彭南这人挺靠谱的，她肯定也看得出来。如果两人要开始，就不是随便谈个恋爱了。最重要的是，彭南还比她小三岁。"说着叹了口气，"算了，这种事咱们还是别管了，顺其自然吧！"

"嗯，我觉得也是。"

许煦身体恢复得很好，还没出月子就能活蹦乱跳了。小家伙更夸张，跟吹了气似的疯长，两个月就已经白白胖胖，哪里还有刚生下来那皱皱巴巴的样子。

女儿的大名是柏映雪，因为长得白，小名便叫小白雪。对于女儿，柏冬青坚定地执行一切亲力亲为，从一开始的洗澡、换尿布、喂夜奶，一样没落下过。连许煦这个妈妈都甘拜下风，除了母乳这件事只能她干，其他基本上就是做辅助工作。至于家里请的月嫂和育儿嫂，大概觉得这是职业生涯中最轻松的一次经历吧。

孩子再大一点，更是完全由小两口自己带着，偶尔许爸许妈过来搭把手足矣。

别说男人，就是做妈妈的，带孩子这种事也会经常崩溃，然而柏冬青从来都是精神奕奕的，半夜起来给女儿翻身完全不在话下，更别提从他口中听到一句怨言，就是一句喊累的话都没有。

柏冬青打定主意要给小白雪一个完整美好的童年，也要让她快乐轻松地度过少年期。对女儿的事可谓是尽心尽力，就算工作再忙，每天都要抽出空来陪女儿。但凡有假期，必然是全天亲自带着女儿。

有时候许煦都觉得他宠女儿宠得有些过分了，照这样下去，只怕小白雪以后会是个被宠坏的小公主。然而她自己也不知道怎么对小家伙严格，那么冰雪可爱的小人儿，含在嘴里怕化了，捧在手里怕摔了，软软地腻在自己身上时，恨不得把天上的星星都摘给她。

她自己都没原则，又怎么要求柏冬青。总之，无论是许煦还是柏冬青，有了小人儿后的生活，一切都是再美好不过。

但这样的快乐到小白雪长到三四岁的时候，迎来了第一次危机。那时候小白雪已经上了幼儿园，小家伙性格开朗，很喜欢和小伙伴们一块玩儿，对于上幼儿园这种事，没两天就适应了。每天早上送到幼儿园门口，都是欢欢喜喜地和爸爸妈妈告别，毫无留恋之情。

想要和女儿上演十八相送的柏冬青别提多失落了。饶是这样，他还是会因为不放心，三天两头就拉着许煦偷偷去看女儿上课。

而最让他受打击的一次，终于来临。

那是幼儿园举办的一次亲子活动，邀请了家长和孩子们互动。柏冬青和许煦特意放下工作，两口子一起来参加，给足了小白雪面子。

在玩乐的活动中，无论干什么柏冬青都亦步亦趋地跟着，这让小家伙有点不乐意了。好几次想去找小伙伴玩，都因为爸爸一直拉着她没能成功。后来实在是眼馋了，便毫不留情地抛下爸爸，去找小伙伴了。

柏冬青自然是继续跟上去。哪知小白雪回到小伙伴阵营后，第一件事就是吐槽："你们的爸爸妈妈真好，做完了游戏就在一边聊天，哪像我的爸爸，做完了大人们参加的游戏，还拉着我玩这个玩那个的。这么黏人的爸爸，真的是好烦人哦！也不知道妈妈怎么受得了这么黏人的老公，一点自由都没有！"说着还抱着旁边小男孩的手臂，奶声奶气道，"我还是喜欢跟小飞船你玩。"

跟过来的许煦听到女儿这番小大人的说辞，差点没笑出声，看着满脸失落的柏冬青，同情地拍拍他的肩膀，"女大不中留，想开点。"

柏冬青转头看向自家老婆，抿着嘴，半晌才委屈地开口："有什么大不了的，她爱喜欢谁喜欢谁，我不稀罕。反正我老婆才不会烦我呢！"

被宝贝女儿公然嫌弃的柏冬青很是伤心难过了一阵，甚至还和小白雪赌气了几天，故意不怎么逗她玩儿。

然而小白雪天生是个心大的，对于爸爸的小脾气浑然不觉，哪怕是拿着玩具去书房找爸爸被拒绝，也会开心地去找妈妈或者自己玩。

最后还是柏冬青自己受不了，没过几天又化身为女儿奴，屁颠屁颠地围着小家伙转，自然又被许煦毫不留情地取笑一番。

当然，柏冬青虽然是个女儿奴，但偶尔也会觉得，他和许煦两人独处的时间实在是太少了，所以小白雪放假后，也会狠心地将她送去外公外婆家小住。

小白雪是很喜欢去外婆家的，因为外婆家的房子很大很漂亮，还有花园。外公外婆对她又是百依百顺，要什么给什么。不像爸爸，有时候她想吃零食，爸爸不让吃也就算了，还要哄着她说一大堆道理。

人家只是想吃个零食而已！

这回刚刚放暑假，小白雪就被外公外婆接走了。当天晚上，柏冬青便兴冲冲地拉着许煦出门去约会。

许煦看他兴致勃勃的样子，觉得好笑："老夫老妻了，有必要吗？"

柏冬青不以为然，"当然有必要。"

"所以柏律师今晚有什么安排？"

柏冬青神秘兮兮地说："你跟着我就好了。"

他先带她去了莫伟的小吃店吃夜宵。当年案子结束后，莫伟开了家小吃店，因为手艺好，生意很快就红红火火。如今也娶了个温柔贤惠的妻子，两个人一块经营着，小日子过得还算不错。

吃完夜宵，和莫伟夫妇聊了一会儿，许煦以为差不多就可以回家了，没想到柏冬青却开车去向了另一个方向。

看着离繁华区越来越远，许煦奇怪地问："你带我去哪里呢？"

柏冬青弯唇笑："你没认出路吗？"

许煦看着越来越熟悉的景致，笑道："回老房子吗？"

柏冬青点头。

下了车回到老房子后，许煦又问："怎么忽然想起回老房子了？"

房子没人住，但是定期会让人来打扫，所以还是跟往常一样干净整洁，随时可以住人。

柏冬青抿唇看了她一会儿，有些委屈道："你忘了今天是什么日子吗？"

"今天？"许煦想了想，嘀咕道，"我的农历生日刚过，今天是六月二十五，也不是公历生日，不是什么特殊日子吧……"说完忽然睁大眼睛看向他，她想起来了，这是那一年的学校毕业典礼日。两人在一起后，没有刻意提过这件事，毕竟这不是建立在爱情基础上的，说到底还是有些羞耻。何况已经过去十来年了。

她有些崩溃地捂脸，"你怎么想起来这个了？"

"其实我每年都会想起这个。"

许煦哭笑不得,"这又不是什么值得庆祝的事,根本就是我年少轻狂做的傻事。"

柏冬青握住她手,认真地说:"你不知道那天对我的意义有多大,如果不是你的年少轻狂,我就错过了你。"

许煦有些惊奇,"所以说,当初你放弃出国,是因为那晚的事?"

柏冬青点头。

"可是你也没来找我啊?"

柏冬青沉默不言,那个时候,他确实还没有足够的勇气。

许煦又笑着问:"你到底什么时候开始喜欢我的?"

虽然她问过,他是不是当初就觊觎兄弟的女朋友,但也只是开玩笑,心里头一直以为是因为两个人后来走近,加上她的主动,他才喜欢她的。看来真实情况,和自己想的有点不一样啊!

柏冬青抿抿嘴,从裤兜里拿出一支发旧的钢笔,"我也不知道是什么时候,但肯定是在你送我这支钢笔之前。"

这支钢笔,许煦很熟悉,是从前在学校时她送他的生日礼物。后来在一起后,她看到他一直在用,也没有多想。

她好笑地摇摇头,故意戏谑:"原来你真的是一早就觊觎室友的女朋友啊!"

柏冬青有点不自在地抿抿唇,小声嘟哝:"这种事也是心不由己的啊!"

"所以你今晚带我来这里要干什么?"

柏冬青抬头看着她,一本正经道:"重温我们的第一次。"

为了还原场景,还专门就在沙发上。当然,这一晚的体验,和当初自然不可同日而语。

隔日起床,柏冬青像第一次那样做了早餐。两个人一起吃完,祭拜了照片中的柏父柏母,牵着手一起下楼,宛如热恋的情侣。

因为是上午,买菜的邻居阿婆正好归来,柏冬青习惯性地捋起袖子,提起阿婆的一小车菜,转身帮她送上楼。站在单元楼外的许煦,看着他虽然清瘦但不再单薄的背影,忽然就想起十多年前同样场景中的少年。

无论之前如何,真正的爱情在她心里,大概就是在那天早上悄然发生的吧!

她弯唇笑了笑,随手摘下旁边的一朵小花,低头轻轻去闻。

好像,真的要感谢曾经的年少轻狂。

冯佳和学弟的幸福

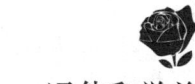

"等等!"

那天许煦婚宴后,结束伴娘工作的冯佳乘电梯准备回酒店的房间时,一道声音传来,紧接着一只大手插进来,本来快要关闭的电梯门又打开了。

"咦?是你啊,伴郎!"冯佳大大方方地和来人打招呼。

彭南有些不自在地摸了摸耳朵,伴装镇定地走进来,"那个,学姐,我叫彭南,是柏律师的助理。"

冯佳点头,"我之前听说了。"

彭南继续道:"我是江大法学院毕业的,比你低两级。"

"啊?是吗?这个我还真不知道,学弟你好啊!"

彭南摸了摸头,"我们以前见过的,你还记得吗?"

"是吗?"冯佳上下打量了这个年轻英俊的男人。

她听许煦说过,柏冬青的助理是今年毕业的研究生,大概是长久待在象牙塔的缘故,虽然年纪不算太小了,但整个人看起来还有种青春洋溢的气息。只是她的大学尤其是后面两年,过得实在算不上太好,并没有心思去留意什么帅哥。所以对眼前的男人,她没有任何印象。

"当时院刊招新人的时候,是你把我招进去的。"

冯佳还是没印象。大学时她是院刊的编委,大三招新时,确实是她负责的。只是招完人,她就退出了,所以对招了什么人已经不太记得。听了他的话,也只能有些抱歉地摇摇头。

彭南倒是没失望,继续道:"当时我是个胖子,快两百斤,一顿能吃三碗牛肉面,快大学毕业时才减下来。你不记得很正常。"

冯佳这回倒是有些印象了,觉得有些不可思议,"我记得了,你是……彭小胖?"

彭南笑眯眯地点头,"嗯,就是我。"

冯佳失笑地摇头,"天啦,你要不说,我根本不可能把当年亲手招进院刊的小胖子和现在的大帅哥联系起来。"

彭南有些不自在地摸摸头,嘀咕道:"也并没有很帅啊!"

电梯叮的一声开门，两人一前一后走出去。

走到冯佳房门口时，彭南佯装随口感叹："没想到这么有缘分啊！学姐竟然是许煦姐的闺蜜。"说着拿出一张卡片递给她，"这是我的名片。"

冯佳接过来，低头看了眼，笑着点头。

见她没有表示，彭南又赶紧道："学姐，你的名片呢？"

冯佳反应过来，在包里摸了一下，咦了一声，"好像忘记带了。"

"没事，你留个电话就行。"

冯佳抬头，一支笔和便签本像是事先准备好的一般，已经递到了她面前。她笑着接过来，在上面写下自己的号码，递给他时故意开玩笑道："小胖再见。"

彭南抿嘴笑着，将便签本放回裤袋里，点头，"再见学姐。"

城市很大，但有时候又很小。在随后的一年里，冯佳隔上一段时间，总会遇到彭南。算不上熟悉，但偶尔遇到也会顺便一起吃顿饭。

那日，去医院看望刚刚当妈妈的许煦和她的小宝宝，又遇到了彭南。两个人被别人的幸福所感染，一块出来时说说笑笑。

到了医院门口，彭南看了下腕表，道："差不多可以吃晚饭了，要不然咱们一起去吃饭庆祝一下！"

冯佳笑问："庆祝什么？"

"……就庆祝我哥和姐生了孩子，你荣升为干妈。"

冯佳点头，"好像是应该庆祝一下，等满月酒还得一个月呢！"

彭南听她这么说，喜笑颜开，"你没开车吧，走，坐我的车！"

彭南开的是一辆奥迪，算不上高价位，不过对于一个毕业才一年的年轻男孩来说，已经算是很不错了。因为"偶遇"，冯佳已经坐过好几次。用彭南自己的话说，因为做律师这一行，很多时候必须得打肿脸充胖子，要是人看你开个破车，会对你的专业能力表示质疑。所以他就贷款买了这辆奥迪，也就图一个标志，其实是奥迪里偏低端的。饶是这样，年纪轻轻的他也不得不背上了几十万贷款，所以必须努力工作。

然而冯佳知道，他这么说不过是不想让人认为他是个富二代罢了。一个因为太能吃导致青春期肥胖的男孩，很大的几率是因为家境富裕。

冯佳记得当年院刊招新没多久，她在食堂偶遇过这位当年的小胖，眼睁睁看着八块钱一个的大鸡腿，他一口气吃了六只。光这样的伙食费，对于普通大学生来说就已经很不可思议了。

当然，她不会戳破他的说辞。

实际上，家境富裕，学历及能力也不错，却愿意在柏冬青的小律所老老实实从零开始的年轻人，确实很难得。

作为一个前吃货，彭南对于本城的美食了如指掌，带着冯佳去了一家别致且历史悠久的私家菜馆。

菜馆的老板显然和他很熟，看到他进来，笑嘻嘻地说："小胖，真是稀客啊！你现在可是越来越少光顾我这小店了！"

彭南笑，"您这还小店？哪家美食杂志没上过？我不是怕张叔太忙没空招呼我吗？"

中年发福了的老板堆着一脸和蔼可亲的笑，"你放心，只要你来我随时恭候。要不是当年你们母子俩帮我宣传，我这店恐怕到现在也无人问津。"

"酒香不怕巷子深，张叔您太谦虚了。"

张叔憨厚地笑了笑，目光落到他旁边的冯佳身上，问道："这是你女朋友吗？长得可真漂亮。"

冯佳轻轻地笑了笑。

彭南忙不迭解释："不是不是，是我的一个朋友，我带她来品尝你的手艺。"

张叔笑呵呵地点头，"这样啊！你们赶紧去里面的雅座。"

落座后，点了菜，老板便离开了。冯佳打趣："是不是全城的美食，就没你不知道的？"

彭南笑了，"我当年两百多斤的肉可不是白长的。"说着叹了口气，"我跟你说，这都是我妈的功劳。我爸妈年轻的时候忙工作，没空要孩子，等我出生时，两人都快四十了。老来得子不说，我还是个早产儿，生下来时据说跟老鼠差不多大，在保温箱里待了半个月。我爸妈好不容得了个孩子，自然当宝贝疙瘩养着。小时候我也不胖，而且还挺瘦的，五六岁的时候还像个豆芽菜。我妈那个急啊！干脆辞了工作，专职照顾我的饮食，还请了米其林餐厅的大厨教她做菜。在她坚持不懈的努力下，我慢慢长胖了。但也只是微胖，所以才叫小胖，不叫大胖子。

"到了高一那年，我忽然生了场病，等病好后，我妈见我瘦了一圈，开始发大招，想方设法地喂我。她不仅自己做，还到处寻找美食，每个星期都带我出来大吃特吃。那时候，我学业压力也大，考不上好学校就得出国，我不想出去，双重作用下，我越吃越多，一天五六顿，一顿顶别人三顿。等顺利考上大学，人也跟吹气球一样，长到了两百多斤。连一直觉得能吃是福、胖才是福气的我老妈，也反应过来大事不妙。但那时候胃口已经大了，想要减少食量就难了。"

他是个能言会道又有幽默感的男人，那并不是那么开心的经历，但被他吐槽般说出来，实在是有些好笑。

冯佳想到当初看到他在食堂一口气吃掉六只大鸡腿的壮举，上下打量了他一番，笑问："那后来你是怎么减下来的？"

彭南沉默了片刻，笑道："大概是因为爱情吧！"

冯佳没有多问，只笑着点头，"看来爱情的力量确实很大啊！"

彭南看了看她，低下头默默喝了口茶。

因为他长胖是温水煮青蛙一般循序渐进的，不仅仅他自己，就是他身旁那些高中同学也并没有察觉什么。但是进了大学后，一个两百多斤的胖子乍然出现在新认识的群体中，自然看起来与众不同。他成了别人开玩笑的对象，哪怕大多没有恶意，也会让他觉得不那么舒服。

那时候，周围的人纷纷投入恋爱的大军中，他这个笨拙的胖子被无情地抛下了。减肥自然是一开始就想过的，但是屡屡败在各种美食之下。

第一次见到她，是在院刊招新的面试中，她是负责面试的学姐。

美女是男生宿舍里永远不过时的话题。刚入校时，他就听过她的名字，说她是院里的大美女。他长到十八岁，见过的美女其实不算少，但看到她的那刹那，还是被惊艳到了。并不是说她比其他漂亮的女孩真的好看多少，而是一种感觉，像是心脏被什么东西击中了的感觉。

几次相处下来，他发觉这个美女学姐从来不会像别人一样，因为胖开他的玩笑，哪怕跟着别人一块叫他彭小胖，也是一种善意温柔的亲昵叫法。

当然，作为一个两百多斤减肥无门的胖子，而且也知道她有男友，他对她自然是不敢有遐想的，完全就是把她当成女神一样看待。

直到她大四毕业那年，他远远看到一个男孩抱着玫瑰花当众对她表白，他才意识到，如果自己不减肥，连像那个男生一样站在自己喜欢的女孩面前，大胆地说出自己心思的机会都没有。

意识到这个可悲的事实后，彭小胖当晚悲愤地吃完两个全家桶，终于下定决心减肥。

对于一个被美食滋养多年的胖子，节食的痛苦远远大于旁人的想象。每次路过食堂里喜欢的窗口，最终只是闻闻解馋，然后打两个清汤寡水的素菜这种事，对别人来说可能不算什么，但对于他来说，无异于一场酷刑。

好在他坚持了下来，等到读研究生时，他已经恢复了正常体重，变成了标准的帅哥，走在路上也会有漂亮女孩子主动搭讪要电话。

他没有再见过她。慢慢地，她变成了始终只存在于自己梦中的女神。

后来也谈过两次恋爱，但都无疾而终，因为再没有过心脏被射中的感觉。

直到一年前的不期而遇。

他暗暗深吸了口气，抬头看向对面的女人，"学姐……"

冯佳笑着看他，"嗯？"

"我有些话……"

还没说下去，忽然被冯佳打断："菜来了！"

老板亲自端着托盘来上菜了，"小胖，让你朋友尝尝我的手艺怎么样？"

冯佳笑道："还用说！"

菜摆好后，她不客气地拿起筷子，挑起一块鲜嫩的豆花鱼送入口中，然后举着大拇指，朝对面的人笑着点头，"太棒了！"

"是吧！"彭南看着她的笑靥，心里也不由得有些软软的。

"对了。"冯佳像是想起什么，随口道，"你刚刚要说什么来着？"

"啊？"彭南脸色微赧，摇头道："没什么。"

彭南觉得许煦对他的评价很精准：厌！他可真是厌，都已经重逢一年多，三不五时就找机会偶遇，但是到现在愣是没敢表露出自己的半点心思。

他是胆小害羞的男人吗？当然不是。只是面对这个在自己心上射了一箭，多年来一直徘徊在自己梦中的女人，他忽然就觉得那些关于饮食男女间的表白，俗气又无聊。

他其实并不害怕她的拒绝。就像当年毕业典礼那天，那个表白却惨遭婉拒的男生，他也并不觉得他可怜悲哀，反倒有种让人羡慕的孤勇，就像是小说中的那些悲情英雄。他不过是担心，自己的表白会给她带去困扰。他绝不愿意成为她的困扰。

所以他厌了。

虽然想说的话到底没说，但这顿饭吃得很开心。

冯佳属于天生丽质的美人，并不像大部分都市丽人一样克制饮食，所以遇到好吃的完全不会装模作样，大大方方地吃了两碗饭。倒是彭南，因为对于肥胖的岁月心有余悸，如今养成了只吃七分饱的习惯，加上有心事，自然就吃得不多。

结账时，冯佳主动要扫码付款，却被他眼疾手快地先付了。

"你怎么动作这么快？"冯佳笑着抱怨。

彭南不以为意道："下次你再付吧！"

冯佳失笑地摇头，"每次你都这样说，以后我都不好意思跟你一块吃饭了。"

彭南也笑，"跟女孩子一起吃饭，本来就应该男士买单。"

"那是跟小姑娘一起吃饭，我比你大，工作时间比你长，收入应该也比你高。"

她是民商律师，收入确实比做刑辩的彭南高很多。当然，得撇开他富二代这个身份。

彭南倒也不辩驳哦，只笑道："莫欺少年穷，买单也是男人努力的动力。"

冯佳站起来，"行吧，少年，谢谢你的慷慨。"

彭南随她起身，"晚上有什么安排吗？"

冯佳道："有些累了，早点回去休息。"

彭南有些失望地点点头，"那我送你回去。"

"那就麻烦了。"

这家私房菜离冯佳现在住的小区不过半小时车程，哪怕彭南故意放慢了速度，也很快就到达了。冯佳下了车，笑着和他道别，转身往小区里走去。

"佳佳！"还没走到单元楼，从旁边突然窜出一道身影，将冯佳紧紧抱住。

冯佳吓了一跳，熟悉的感觉让她很快反应过来，赶紧用力挣扎，"郭铭，你干什么！你给我放开！"

郭铭哭哭啼啼道："佳佳，咱们和好吧？我知道错了，以后再也不让你跟我一起应酬了。你回来，我们结婚，好好过日子。"

提出分手那天，冯佳在他回家前就搬离了两人共同的住所。但两个人是高中同学，在一起十年，朋友圈有不少交集。加上这个城市到底也就这么大，没多久郭铭就找到了她的住址，又哭又求了很久，闹了两个星期，看到她心意已决，只得不情不愿地愤愤作罢。

本来冯佳以为，他会就此从自己的生活圈消失。哪知前两个月，他又跑来找自己，知道她还是单身，各种哀求复合。

两人在一起十年，就算没了爱情，也不可能没有半点情分。冯佳虽然没想过和这个人复合，但也不愿闹得太难看。甚至还因为他的执着而微微动摇了，毕竟余生也就只是再多几个十年，怎么过都是过。

但是当她偶然得知，两人分手后，他很快相亲交了新的女友，甚至连着找了几个。只是每次都不满意，所以才死皮赖脸地回来找自己这个前女友。这个认知，让冯佳的那一点点不忍彻底消失殆尽。

对于郭铭来说，不管当初多爱，随着时间的推移，冯佳也就变成了他胸口的饭粒子。虽然当初不甘心被分手，倒也并没有多难过，很快就准备开始新恋情。只是当他杀入婚恋市场，才发觉以自己的条件，想要找到和冯佳差不多的女人，简直是痴人说梦。他这才惊觉自己失去了什么，于是赶紧跑回来找人复合。

他知道冯佳还没有男友，想必是对两人十年的情分有所留恋，女人毕竟都是恋旧的，何况是冯佳。

然而他不知道的是，正是因为冯佳恋旧情，所以对他这个旧人的心理摸得一清二楚，本来还残存的一点情分，也被他弄得荡然无存。现下除了觉得眼前的这个人可悲可怜又恶心之外，再无其他。

没推开抱着自己的男人，好脾气的女人也愠怒了，"郭铭，你再这样，我报警了！"

郭铭哭道："佳佳，咱们在一起这么多年，一起经历过那么多事，你都忘了吗？那时你妈妈重病，爸爸卷走钱和别人私奔，是我陪你渡过难关，我是真的爱你，你都忘了吗？"

若是换作以前，这样的情感绑架对冯佳多少会有点用处，但现在她是彻底想开了，再不会让自己陷入这种绑架当中。

她冷笑一声，"你帮我那点事说了这么多年，怎么不说说这些年我为你做过什么？"

郭铭点头，"我知道你对我很好，我不能没有你，你别离开我！"

冯佳被这样的纠缠弄得满心烦躁，用力推他，声音变得尖利，"够了郭铭！我和你已经没有任何关系，你走开！"然而郭铭却将她抱得更紧。

就在这时，忽然一股力量拉开了郭铭，紧接着便是砰的一声，郭铭摔在了地上。而彭南不知何时站在了旁边。

冯佳惊愕地看向他，对方只是轻描淡写地对她眨眨眼，便看向正从地上爬起来的郭铭，冷声道："光天化日之下，骚扰女性，信不信我马上就报警？"

郭铭气急败坏地站起来，看向这个年轻英俊的男人，他和冯佳并肩而立，站姿颇有些亲密，一看就不是多管闲事的路人。

"你是谁？这是我和我女朋友的事，你少管闲事？"郭铭虚张声势地吼道。

彭南冷笑，"你女朋友？要不要拿面镜子给你照照？"说着，俊脸一板，"今天就算了，如果下次再看到你骚扰我女朋友，我这个律师不介意陪你走法律渠道。"

郭铭脸色大变，"你是佳佳的男朋友？怎么可能？我没听人说过。"

彭南翻了个鄙夷的白眼，"难道我们谈恋爱还要去登个报吗？"

面色苍白的郭铭上下打量了一眼眼前的年轻男人，他虽然没钱，最近还濒临破产，但毕竟在生意场混过，见过不少有钱人算是有几分识人的本事，所以很快断定这人出身不错。而且最重要的是，他的身高相貌都远在自己之上，冯佳放弃自己选择他没什么不可能。

彭南对他探究的目光露出厌恶的神色，不耐烦道："你有完没完？再不滚我报警了。"

郭铭咬咬牙，愤愤地看了一眼冯佳，转身走了。他走出没几步，彭南大声道："下次再让我看到你，就不是这么简单了。"

冯佳默默看着那道气急败坏的身影走出小区大门，都有些不敢相信，自己竟然会和这样的男人纠缠了十年。过了片刻，她抬头看向彭南，干笑道："谢谢你！"

彭南摸摸耳朵，从刚刚盛气凌人的律师变回阳光大男孩，"举手之劳。"说着，他抬眼试探，"前男友吗？"

冯佳点头。

"有点没想到。"

他早就知道她有一个相交多年的男友，但他一直以为，像她这么漂亮美好的女人，能交往那么久的，必然是一个值得她托付的好男人。但刚刚那个男人，实在是太令人失望了。

冯佳自嘲道："我也没想到会和这样的人在一起那么久，我自己都觉得不可思议。"

彭南不知为何，忽然又心情大好，笑道："谁没有看错人的时候呢，弃暗投明就好啦！"

冯佳点点头，这才想起来问："你怎么在这里？"

彭南举起一串钥匙，"落我车上了！"

冯佳舒了口气，"幸好，不然我还进不了门。"她接过钥匙，想了想，问，"要上去喝杯茶吗？"

彭南听到这样的邀请，心里虽然快乐开了花，面上却努力保持着淡定，只微微挑眉，佯装认真地问："不会打扰吗？"

冯佳笑，"不会，不会。"

去了独居的美女家，喝了美女亲手沏的茶后，彭南觉得自己好像看到了曙光。

这天后，两人"偶遇"的机会越来越多。虽然他没有直接表白，但行为上已经很明显，就等着冯佳稍稍踏出一步，让他确定她对自己也有心思后，立马朝她飞奔过去。

然而冯佳始终没有表露半点意思，甚至偶尔在他意图看起来很明显时，还四两拨千斤地刻意翻过去。以至于彭南渐渐觉得自己只怕是注定要当一个悲情英雄了。

就这样又过了几个月。

某天，一个行业内的饭局，他和冯佳恰好都在，桌上很多大佬，其中一个还是他熟识尊敬的一个长辈。这位长辈在司法界很有名望，跺跺脚就能地震的那种，在座的所有人对他都毕恭毕敬，包括彭南。

酒过三巡之后，长辈开始本性暴露，拉着冯美人划拳敬酒。作为没背景的小喽啰，冯佳自然不敢在众目睽睽之下得罪人，硬着头皮配合着这位衣冠禽兽。哪知到了后面，对方越来越过分，甚至提出要喝交杯酒。

然而他这话刚刚出口，桌上忽然啪的一声，是彭南站起来了。

他面色沉沉，绕过座位走过去，将冯佳拉到自己身后，冷声斥道："关老师，我一向敬重你，没想你也是这种欺负女孩的人渣。冯律师是我女朋友，对不起，我们走了！"说完就拉着冯佳头也不回地离开了。

喝了不少酒的冯佳，脚步有些踉踉跄跄，直到被他拉出饭店大门，一阵夜间凉风吹过，才彻底清醒。

冯佳歪头看向一脸严肃的年轻男人，沉默了片刻，忽然吃吃地笑起来。

彭南被她突如其来的笑弄得有些莫名其妙，转头皱眉看向她，"你笑什么？难道不是应该怪我多管闲事，让你得罪了大人物吗？"

冯佳抿嘴摇头，过了半晌才柔声道："谢谢你！"

彭南松了口气，轻笑道："应该的，我最讨厌那些仗着身份在职场上欺负女人的衣冠禽兽了。刚刚还担心是不是因为我的冲动，给你添麻烦了呢。"

冯佳笑道："怎么会？你刚刚太帅了！"

"是吗？"彭南摸了摸耳朵，面露赧色，"你不怪我年轻冲动就好！"

冯佳道："这说明你没有被社会磨平棱角，保持自我，真好！"

"哎呀，你别夸我了，我会不好意思的。"

冯佳笑着摇摇头，冷不防挽住他的手臂，"时间还早，一起去喝一杯怎么样，男朋友。"

彭南低头看了看挽住自己的手，又抬头看了看那张几乎每天都会出现在自己梦中的脸，半天没反应过来，愣愣道："啊？好啊！"

一直到保持这种姿势走了几米，他才略微回神，再次低头看了看挽在自己臂弯的手，小心翼翼地抽出来用力牵住，确定那是真实的温度，并且没被挣开，才重重地舒了口气，咧嘴傻笑，"所以，真的可以当你男朋友了吗？"

冯佳笑，"怎么？不愿意？"

"愿意！愿意！"彭南忙不迭回道，顿了一下，又有些委屈地嘀咕，"我等这一天都等好久了。"

是啊！掐指一算都七八年了。不过，他才不会告诉她，一个死胖子遐想女神，也太丢人了吧！

程放和他的小姑娘
番外·03

收到柏冬青和许煦的喜帖时，程放其实犹豫了好几天，本打算找个工作忙的借口，随个份子就算了，毕竟去参加前女友和抢了自己前女友的兄弟的婚礼这种事，实在是有些荒谬。就算是他在感情中已经完全释然，但还是没大度到可以欢欢喜喜地去亲眼见证两个人在婚礼上海誓山盟的地步。

然而无论他如何努力，到了两人婚礼的那个周六，手上还是没有半点需要加急的工作。加上姜毅他们打了电话，他也不好意思表现得太小家子气，最后只得硬着头皮去了。

还好，偌大的五星酒店的宴厅里基本上是许家的亲朋好友，除了几个室友和同学，没人知道他这个宾客和新郎新娘的关系。

婚礼很隆重，气氛很浪漫，新郎英俊，新娘美丽。

许煦穿婚纱的模样，和他多年前想象的一样，然而这婚纱却是为了另一个男人而穿。坐在酒席上的他，目睹着做作的仪式，本有些不以为然。但是当看到两人交换戒指后，因许煦的父亲的话而哭得稀里哗啦的柏冬青时，他忽然就笑了，真正释怀了。

他不得不承认，在这段关系里，自己早就只是一个无足轻重的路人。

从婚礼回来后，程放又投入了工作中。

情场失意，职场得意，如今作为程检的他，也算是混得风生水起，是单位里当之无愧的青年才俊。单位的领导知道他还是单身，三天两头就给他牵红线，其中不乏优秀漂亮的年轻姑娘。他当然不会推辞，只要合适的都会去见见。但这么长时间下来，一个都没成。

当年万花丛中过片叶不沾身的院草，如今竟不知道还要打多久光棍儿。

世事无常！

转眼这一年的夏天就要过去了，再过几个月他也要三十而立了，他哥跟他嫂子都办了第二次婚礼，马上要有孩子了，他还是孤家寡人一个。每次上门去蹭饭，都要被他那嘴欠的亲哥狠狠地鄙视一顿。

这日，跟他哥吃了饭，照旧是被从头到脚"羞辱"了一遍，气得他噌噌跑回了家。

他住的公寓有门禁，走到单元楼外时，看到一个陌生的年轻姑娘在门外徘徊，行为很是可疑。他皱眉走上前，"干吗呢？"

低头看着手中纸片的女孩蓦地抬头，在看到他后，脸上怯生生的表情忽然变成狂喜，猛地上前抱住他，"程放哥哥！我终于找到你了。"

程放吓得赶紧将人推开，倒退了两步，上下打量眼前这女孩。女孩长得挺好，二十来岁的模样，脸上还有带着稚嫩的胶原蛋白。虽然看着有点面熟，但确定自己不认识，也不可能是自己不小心在哪里留下的烂桃花。

女孩弯着一双乌溜溜的眼睛，乐不可支，"程放哥哥，我是苗淼啊！"

程放眉头皱起，再次上下打量了她一番，不可置信道："你是苗淼？"

他当然记得苗淼是谁，但是眼前的女孩和记忆中的少女，差别也太大了吧！根本就判若两人。

他认识的小女孩苗淼，皮肤黑黑的，瘦瘦小小的一只，看起来和东南亚的女孩没什么区别。但站在自己面前的姑娘，身材丰腴了，皮肤也变白了，完全就是典型的中国都市女孩。

苗淼用力点头，"你认不出我了吗？"

程放嘴角抽了抽，"你变化也太大了，我哪里认得出来。"

苗淼笑嘻嘻道："是啊！咱们都五年多没见了，你走的时候，我还在上高中呢！"

程放也笑，"对啊！那时候你还是个小丫头片子呢！"又问，"你怎么会在这里？"

苗淼道："我打算以后在中国工作，所以今年毕业就申请了这边的研究生。想提前熟悉一下环境，还没开学就先过来了。"

程放问："那你怎么之前没在网上跟我说？"

苗淼笑，"我想给你一个惊喜，所以先前问程慕哥哥要了你的地址，直接找来了！"

程放哭笑不得地摇头，"万一我出差不在呢，一个小姑娘初来乍到，也不怕遇到坏人。"

苗淼笑道："我不小了，都已经大学毕业了。"

程放像几年前一样，在她额头弹了一下，"行吧，大姑娘，跟我上楼。"

他刷了门禁卡，女孩喜滋滋地跟着上楼，一路叽叽喳喳，兴奋地说个不停。

当年家里出事，为躲避高利贷，他被哥哥带去了越南西贡，投奔在那边做生意的亲戚。西贡的华人很多，兄弟俩租住的房子的房东就是华人。那对华人夫妇很热心，对他们哥俩颇为照顾。而房东的小女儿便是苗淼。

他们属于华侨，多年前就定居越南，苗淼从五六岁开始跟着父母在越南长大，虽然说的是华语，但在东南亚的日照下，少女时期的苗淼和那边的本土女孩差别不大，黑黑瘦瘦的，有一双漂亮的大眼睛。

当初和哥哥刚到异国他乡，还是比国内都市差很多的东南亚小城，从云端跌入泥泞的程少爷，自是每日郁郁寡欢。

跟着哥哥一块做事，不能说多辛苦，可那种不知道何时能结束的苦闷，时常让他喘不过气来。有时候一觉醒来，看到陌生的房子，他会忽然生出一种绝望。

怀念往昔，便成了支撑他好好活下去的唯一动力。

因为都是华人的关系，性格开朗的苗淼和他走得很近，经常带他去看当地的漂亮风景，吃好吃的美食，算是给他那苦闷的生活，增添了不少快乐。

甚至可以说，那两年唯一值得提起的开心事，都是这个小姑娘带来的。

当然，对于当时已经大学毕业的程放来说，十五岁的姑娘，那就真的只是个小孩子，一个讨人喜欢的小孩子。

后来两人熟了，他就经常像对待小屁孩一样，戳她的额头，扯她的马尾。

回来后的这几年，他没再见过她，但一直在网上有联系。隔一段时间，他就会收到她的邮件，知道她高中毕业后去了澳洲留学，但没听她说起要来中国工作。

领着人进了家门，程放问："怎么想到回国的？你们家在越南的生意不是挺好的吗？国内这边也没什么亲人了吧？"

苗淼笑道："因为我是中国人啊！我们只是华侨，拿的可是中国护照呢！再说了，中国机会多啊！"

程放点头，"这倒也是。"他给她倒了杯水，用大哥哥的语气批评她，"你说说你，回国也不联系我，你在这边没认识的人吧？万一遇到点什么事怎么办？还惊喜呢，我看惊吓还差不多！"

苗淼拖拉着语气，撒娇般哼哼唧唧："程放哥哥，我已经二十二岁了，大学毕业啦！而且我在澳洲待了四年，可不是没出过西贡的土包子。"

程放被她逗乐了，"还有多久开学？"

苗淼回他："半个月吧！"

"那你住在哪里？学校宿舍可以提前入住了吗？"

"还不行，我住在酒店呢。"

"胡闹，一个女孩天天住在酒店怎么行？赶紧搬来我这里。"

苗淼眨眨眼睛，鬼鬼祟祟地瞅了瞅这间不大的两居室公寓。

"看什么看？"程放戳了一下她的脑门。

苗淼揉了揉被他戳疼的地方，鼓着嘴巴不满道："我是看你女朋友有没有跟你一起住，要是跟你一起住的话，我借住就不大方便了吧？"

话音刚落，脑门又被戳了一下，"什么女朋友？我什么时候说过我有女朋友了？"

苗淼龇牙咧嘴，小声道："我以前听程慕哥哥说，你有个很喜欢的女朋友，因为家里出事不得不分手。你最大心愿就是衣锦还乡，将人给追回来。"

程放忍不住将自家大嘴巴的亲哥腹诽了一遍，皮笑肉不笑道："人家都结婚了，我追什么追？"

"啊？"苗淼睁大眼睛，"那你怎么办？"

她的眼睛又大又黑，这样一睁，更显得黑白分明。程放本来是要习惯性地再次戳她的，但手悬在半空，不知为何又撤了回来。

他撇撇嘴道："当然是向前看啊。你以为是演电视，还得要死要活？一段恋爱而已，不是什么大不了的事。"

"真的吗？"

"煮的。"程放说着，瞪了一眼苗淼，"吃饭了吗？"

苗淼摇头。

"行，我去给你做。"

苗淼嘻嘻笑道："还是算了吧，你做的饭太难吃了，比不上程慕哥哥的十分之一。"

程放垮下脸，"本来我只是随便说说，其实是准备给你叫外卖，或者带你出去吃的，但你要这么说，我还非得下厨给你做了。"

"我选择拒绝。"

"驳回！"

程放确实不怎么会做饭，当时流落在外，都是他哥做好了投喂他。哥哥忙的时候，他不是在外面解决，就是在苗淼家蹭吃蹭喝。虽然也下过厨，但做出的东西，真的是"狗不理"。

厨艺不好的男人，家里自然会常备方便面、速冻饺子之类的速食食品。他本来是准备给苗淼煮泡面的，但为了健康着想，最终煮了速冻饺子。

苗淼看到是速冻饺子，也总算是松了口气，还昧着良心夸他厨艺好，弄得程放自己都不好意思地抽了抽嘴角。

吃完饭，程放就开车带着苗淼去酒店，将行李拿回了家。

离开学还有两个星期，无所事事的苗同学，每天就是出门瞎逛，熟悉这座城市，了解这里的风土人情。虽然这里算是她的故土，但对她来说，一切都是新奇的，所以每天都是兴致勃勃地出门，玩累了才回来。

程放会提前给她规划好路线，等她出门后他再去上班，只要是不在庭上或者开会，势必隔一个小时就发信息问她的状况，妥妥的一个老父亲心态。

没办法，他还无法从苗淼的身份转变中适应过来，总觉得她还是一个小姑娘。而一个小姑娘独自在陌生的城市出行，怎么能让他不担心？

就这样，两个星期过去了，两个人因为阔别五年乍然重复存在的那点隔阂，也逐渐消失殆尽时，苗淼也要开学了。

开学那天，程放专门请了假送她，俨然一副家长做派。而对于苗淼来说，一个研究生开学报到还要家长送，实在是有些好笑。但她执拗不过程大检察官，只得随了他。

到了学校，自然又是程放上上下下一通忙碌，报到、登记、领房卡、入住宿舍……甚至还帮忙铺床单。

全程在一旁无从插手的苗淼，好笑道："程放哥哥，我觉得你比以前成熟了好多啊！以前什么事都是程慕哥哥做，现在你看起来比他还厉害。"

程放昂昂头，有些傲娇道："我本来就比他厉害。"

苗淼被他的自恋逗得开怀大笑。

程放瞪她一眼，确定一切都安排妥当，拍拍手，"行了，你好好休息，我有空会来看你。

周末你要没事就回我那里,我带你去改善伙食,学校食堂的东西吃几顿就腻了。"

苗淼笑眯眯道:"谢谢程放哥哥,你真是太好了。"

程放道:"当年多亏了你们一家照顾,现在换我照顾你是应该的。"

"哦!"苗淼点点头,神色有些莫辩。

一开始,程放但凡下班早,就会开车去苗淼的大学,叫她一块吃饭,苗淼每次也都会兴冲冲地赴约。周末自然也是不用叫,就主动跑去程放那里。但是开学半个月后,苗同学忽然忙了起来,三次约她,有两次不是说学校有活动,就是和同学已经有约了,连周末也很少再过来。

她性格本就开朗,俨然已经完全融入了新生活,有了新的朋友,生活过得多姿多彩。

照说,程放知道她交了新朋友,在学校过得很好,应该为她高兴,甚至放手让她过自己的生活。可不知为什么,随着见面的减少,他莫名有了种无法形容的抓心挠肺感。尤其是每次约她,被她有事推辞时,简直称得上郁卒。

不知不觉中,他连好心领导们介绍的相亲,都没有再去过。

他毕竟不是没有经验的男人,很快就意识到这种抓心挠肺意味着什么。

只是苗淼在他心里就是个小姑娘啊!他比她大了整整七岁还多,他怎么能对一个小姑娘动这种心思?老牛吃嫩草啊!

那个……好像……也……不是很老……吧。

天气渐渐转冷,一日开车路过商场,程放想起苗淼是从热带来的女孩,估计对这边的寒冷没有正确预估,厚衣服恐怕准备得也不充分,于是停下车去了商场内的女装专柜,一口气给她买了三件冬衣外套,想着羽绒服、呢大衣、棉服,总有一款是女孩子喜欢的。

程放提着三个袋子,兴冲冲地去了学校找人。因为看着时间已经不早,也没提前打电话,直接开车去了宿舍楼下。

停了车,正拿出手机准备打电话,抬头间,他不经意瞥到窗外不远处的大树下站着两道身影,其中一道正是自己再熟悉不过的人。

他眉头蹙起,手上的动作停下来。

两人不知说着什么,那个男生忽然伸手将苗淼的双手拉住。

苗淼似乎是想挣开,但是男生拉得很紧,并没有马上挣脱。

程放一股怒气冲上来,拉开车门,疾步走过去,一把将男生从苗淼身上拉开,然后用自己高大的身躯挡在她身前。

"怎么回事?"他寒着脸冷声问。

三十岁在社会上摸爬滚打多年的男人,和二十多岁还没来得及走出象牙塔的男生比起来,完全是一种压倒性气势,刚刚还想在中意的女孩子面前上演霸道式表白的男生瞬间蔫了下来。

他看着对面高大的男人,支支吾吾问道:"你是谁啊?"

程放道:"我是她哥。这话该我问你才是吧?"

男生听了他的身份，老老实实道："我是苗淼的同学，刚刚只是想说我喜欢她，希望她跟我交往，没有别的意思。"

程放冷笑一声，转头问身后的女孩，"他说喜欢你，你喜欢他吗？"

饶是苗淼在国外待过，性格开朗外向，但面对这样直接的质问，还是面红耳赤地不知如何回答。

程放眉头一挑，"喜欢？"

苗淼赶紧摇头。

"不喜欢？"

苗淼低下头默不作声。

程放勾了一下唇角，当她是默认了，转头对男生道："听到了吗？我妹妹说不喜欢你，你的表白宣告失败，你可以回去睡觉了。"

苗淼简直郁卒！

喂！明天上课还要见面的啊！

男生一脸失落，哦了一声，想要再说点什么，但看了看像座大山一样挡在苗淼面前的男人，心中有种说不出来的压力，只得悻悻地转身离开。

等人走了之后，程放才从鼻子里发出一声冷哼，拉起苗淼的手腕，往车子处走去。

"程放哥哥，你干吗啊？"

程放默不作声，等走到车边，拉开门，弯身将副驾座上的三个袋子拿出来递给她，"给你买的。"

苗淼狐疑地接过来，看到是衣服，有些好笑道："我有衣服穿的。"

程放道："有也拿着。"

"哦！"苗淼又睁大眼睛，试探着问，"你来找我就是给我送衣服？"

程放点点头，看了一下腕表，"时间不早了，你上楼早点休息。"

"好吧！"苗淼撇撇嘴，有点失望。

转身走了几步，又被程放叫住："我明天下班来接你吃饭。不准说没时间，要是和别人约了，赶紧推掉。"不等她开口，又赶紧道，"以后我叫你吃饭，除了非常重要的事，一概不准推辞！周末也是，周五我会直接来接你。"

"啊？"

"要是再遇到刚刚那种男生，要果断拒绝。"

"什么？"

"就说你有男朋友了。"

"可是……"

"可是什么？我还比不上刚刚那个男生吗？"

"不是……"

"别以为我不知道，你手机里存着我的照片。"

"那个……"

"行了,你的心思我明白。"

"程放……"

"对,以后叫我程放就可以,不用叫哥哥了。"

"我……"

"你什么你?赶紧上楼休息,明天穿我给你买的新衣服。"

程放说完,也不等她再说什么,飞快钻回车内,跟犹站在不远处的女孩挥了挥手,开车绝尘而去。

车内,握着方向盘的程检察官重重地舒了口气,然后笑着摇摇头。他确实是无意间在苗淼的手机里看到过自己的照片,虽然不能因为照片就确定什么,但她对自己应该是有一点意思的吧?

管他呢!她最好马上想通了答应,如果不答应,他就追到她答应!他可是程放,一个小丫头片子还搞不定吗?

等到车子消失不见,还没离开的苗淼才鼓着嘴巴,有些愤愤地跺了跺脚。这都什么跟什么啊?哪有这样表白的?竟然一句话都不让自己说完,口才好了不起啊!

她哼了一声,低头看了眼手中的衣服袋子,嘴角又不由得弯起来,将袋子抱在怀里,脚步雀跃地转身上楼。

看来室友教给她的追男秘笈没错,女生千万不要太主动,故意晾他一阵,如果对方对自己有意思,只管等着鱼儿上钩就行了。

他可是自己十六岁时就喜欢上的男人,老远跑回国求学就是因为他,为了鱼儿上钩这一天,她可是备足了鱼饵的。